KB145928

독일 교양소설의 심층적 연구

본 저서는 2012년 전북대학교 저술장려연구비 지원에 의해서 연구되었음을 밝혀둔다.

독일 교양소설의 심층적 연구

진상범

도서출판 박이정

진 상 범
Prof. Dr.Chin, Sang Bum

서강대학교 독어독문학과 및 동대학원 졸업
독일 괴팅겐대학교 및 오스트리아 학무성(BMWF) 초청
비엔나대학교 독문학박사학위 수료(Kan. Dr. Phil.)
고려대학교 문학 박사
오스트리아 비엔나 대학교 교육부 해외파견교수
세계문학비교학회 회장
국제비교문학학회(ICLA) 조직위원 역임.
현 전북대학교 인문대 독문학과 교수

주요논저
〈대중문학이란 무엇인가?〉, 〈신문소설이란 무엇인가?〉, 〈추리소설이란 무엇인가〉, 〈한국문학속의 세계문학〉, 〈한국근대문학의 비교문학적 연구〉, 〈서구문학의 수용과 한국적 변용〉, 〈독어독문학학논총〉, 〈파우스트와 빌헬름 마이스터 연구〉, 〈독일문학의 수용과 해석〉, 〈Eins und doppelt〉, 〈Beyond Binarisms: Crossing and Contaminations: Studies in Comparative Literature〉, 〈Transgressing Cultural and Ethnic Borders Boundaries Limits and Traditions〉, 〈Divergente Kulturraeume in der Literatur-Kulturkonflikte in der Reiseliteratur〉, 〈Kulturwissenschaftliche Germanistik in Asien〉, 〈Vielheit und Einheit der Germanistik weltweit〉 (공저) 및 〈한 · 독 문학의 비교문학적 연구〉, 〈서양예술속의 동양탐색〉, 〈독일문학과 동양의 만남〉(개인저서) 등 다수의 국내 및 국제학회 비교문학 관련 논문(ICLA, IVG)이 있음.

독일 교양소설의 심층적 연구

초판 인쇄 2014년 4월 15일
초판 발행 2014년 4월 25일

지 은 이 진상범
펴 낸 이 박찬익
편 집 장 김려생
책임편집 정봉선
펴 낸 곳 도서출판 박이정
주 소 서울시 동대문구 천호대로 16가길 4
전 화 02) 922 - 1192~3
팩 스 02) 928 - 4683
홈페이지 www.pjbook.com
이 메 일 pijbook@naver.com
등 록 1991년 3월 12일 제1-1182호
ISBN 978-89-6292-631-6(93850)

* 책값은 뒤표지에 있습니다.

머리말

필자는 본 저서가 출간되기까지의 과정을 잠깐 되돌아보려고 한다. 주인공을 통하여 독일인의 전형적 정체성을 드러내는 서사형식을 지닌 교양소설(Bildungsroman)이라는 저서를 집필하게 된 동기부터 먼저 언급하려고 한다. 필자는 독일의 전형적인 소설의 형식을 지니고 있는 교양소설이라는 주제를 가지고 일찍이 저서를 내 볼 계획을 가지고 있었다. 마침 1987년 오스트리아 비엔나(Wien) 대학교에서 괴테와 헤세문학을 동양적 관점에서 박사학위 논문을 작성하면서 자연스럽게 두 작가의 동양관뿐만 아니라, 소설문학세계에서 보이고 있는 교양소설적 요소를 더욱 심도 있게 분석할 필요성을 인식하게 되었다. 그러한 연유로 해서 독일 교양소설에 관한 학술 자료를 찾기 위해서 기회가 되는 데로 독일의 괴팅겐(Göttingen), 베를린(Berlin), 뮌스터(Münster), 지겐(Siegen), 함부르크(Hamburg) 오스트리아의 비엔나대학교를 방문하게 되었다. 그때마다 대학 도서관에 소장되어 있는 독일 교양소설에 관련된 자료가 눈에 띌 때마다 수집하기 시작했다.

독일의 서사적 장르를 대표하는 교양소설을 빌둥스로만(Bildungsroman)이라고 하는데 이 단어는 너무 독일적인 요소를 많이 함축하고 있기 때문에 다른 나라 언어로 정확히 번역하기는 어렵다. '도대체 독일 교양소설은 어떠한 장르적 특성이 있기에 이러한 현상이 생기는 것일까?'라는 생각을 하면서 학문적 호기심을 가지에 되었다. 도대체 독일에서 독일 교양소설이 유난히 뿌리를 내리고 성장할 수 있는 문화적 배경이 무엇일까? 독일을 넘어서 그 밖의 외국에서도 빌둥스로만(Bildungsroman)이라는 말로 독일어 원어로 사용하는 근거는 도대체 어디에서 찾을 수 있을까하는 의문을 계속 품게 되었다. 그래서 독일 서사문학이 지니고 있는 독일인의 내면성의 특성을 잘 드러내고 있는 교양소설의 정체성을 규명하는 일에 흥미를 가지게 되었다. 제일 먼저 독일 교양소설에 대한 원론적 관점에서 접근하여 논문을 발표하면서 독일 교양소설의 작품 속에 신화적 서사구조가 존재하고 있는지를 발견하고 교양소설적 서사구조와 신화적 성년식의 서사구조를 같이 살펴보게 되었다.

이번에 본 저서에 실린 글들은 지금까지 국내 및 국제학회지에 발표한 논문들을 바탕으로 하여 그 사이에 독일 여러 대학에서 연구 체류하면서 모아놓은 학술 자료를 근거로 보완작업을 거쳐서 만든 결과물이다. 먼저 본 저서를 만들면서 자아가 성숙되어 가는 과정을 묘사하는 교양소설이 형성되는 이전의 중세 서사문학에서도 교양소설에서 보이는 성년식 서사구조가 존재하는지를 밝히는 작업이 선행되어야 한다는 생각이 들었다. 그래서 독일 교양소설이 성립되기 이전에 중세시대에도 교양소설적 요소를 보이는 대표되는 작품 『파르치팔』을 선정하여 작품에 등장하는 주인공을 통하여 성년식 서사구조가 어떻게 나타나는지를 엘리아드와 캠벨의 인류학적인 관점에서 검토해 보았다. 필자는 독일 교양소설의 문화사적 배경을 기존 교양 사상사적 배경, 그리고 장르사적 배경과 관련하여 살펴보았다. 그러한 교양소설에 관한 다양한 선행연구가 있었기에 독일인들의 내면성을 추구하는 교양소설에 숨겨진 베일을 조금씩 벗길 수 있었다. 일반적으로 독일인들은 숲에서 혼자서 방랑하며 사색하며 걷기를 좋아한다. 그네들은 숲속에서 걸어 다니는 것을 즐기며 깊은 생각을 하는 특성을 지닌 민족이라고 할 수 있다. 독일인들이 숲속에서 방랑하면서 내면적으로 깊이 성찰하기를 좋아하는 기질 자체가 교양소설이라는 씨앗이 독일인의 내면 깊숙이 뿌리를 내리기에 적합한 조건이었다고 생각한다. 필자는 이러한 자아 내면성을 추구하는 기질이 문학적으로 독일의 낭만주의(Romantik), 표현주의(Expressionismus)

와 독일 교양소설(Bildungsroman), 철학적으로는 독일 관념론(Idealismus)과 실존주의 철학(Existenzphilosophie)을 탄생시킨 모태로 보고 있다. 독일 고전주의시대에는 19세기 시민계급이 대두되면서 그 시대에 적응할 수 있는 시민이 되기까지의 과정을 묘사하는 괴테의 교양소설의 전형적인 작품 『빌헬름마이스터의 수업시대 Wilhelm Meisters Lehrjahr』 속에 나타나는 고전주의적 교양소설의 요소와 성년식 서사구조를 고찰하고자 한다. 반면에 괴테문학을 극복하고자 하는 강한 의도로 출현한 작가가 다름 아닌 노발리스(Novalis)이다. 노발리스는 시인의 상상력을 통하여 무한한 동경의 세계를 확대하여 모든 질서가 확립된 시적 국가를 실현하는 황금시대에 귀환하기까지의 편력과정을 묘사하는 낭만주의적 교양소설 『푸른 꽃 die blaue Blume』을 창작했다. 특히 필자는 노발리스의 상기 작품 속에 등장하는 주인공 하인리히가 꿈속에 본 푸른 꽃을 찾아서 황금의 시대에 적합한 시인이 되기 위해서 아우스부르크(Ausburg)를 향해 가면서 치러야 하는 다양한 체험을 통하여 시인으로 성숙해 가는 과정을 신화적 엘리아드의 성년식의 관점에서 살펴보고자 한다.

또한 사실주의 시대를 대표하는 고트프리드 켈러(Gottfried Keller)의 작품 『녹색의 하인리히 Der grüne Heinrich』를 통하여 대도시 뮌헨에 가서 화가로서의 꿈을 실현하지 못하고 좌절을 경험하고 어머니의 병환 소식으로 귀향하면서 결국 화가로서 현실에 충실하고자 하는 사명의식을 깨닫는 과정을 묘사하고 있다. 이러한 켈러의 사실주의적 소설을 교양소설 및 엘리아드의 성년식의 서사구조의 관점에서 살펴보고자 한다.

20세기에 괴테의 문학적 전통을 계승하고 있는 대표적인 작가 헤르만 헤세(Herman Hesse)와 토마스 만(Thomas Mann)의 문학작품에 내재되어 있는 교양소설과 성년식의 서사구조를 살펴보려고 한다. 헤세의 경우에는 그의 교양소설 『페터 카멘진트 Peter Camenzind』, 『데미안 Demian』을 교양소설의 관점에서 『싯다르타 Siddhartha』와 『나르치스와 골트문트 Narziß und Goldmund』는 신화적 서사구조의 관점에서 주인공이 되기까지의 형성 과정을 살펴보려고 한다. 반면에 토마스 만의 경우에는 지금까지 선행연구에서 소홀히 다루었던 엘리아드의 신화적 성년식이론을 도입하여 그의 대표적 교양소설 『마의 산 Der Zauberberg』의 주인공 한스 카스토르프(Hans Castorps)가 스위스의 국제요양원에서 죽음보다 더한 심한 정신적 아픔을 치루고 결국 역설적으로 그 당시의 시대가 요구하는 시민으로서 전쟁에 참가하고 자하는 현실인식에 이르기까지의 과정을 엘리아드의 성년식의 이론을 도입하여 주인공의 성년식의 서사구조를 고찰하려고 한다.

지금까지 필자는 교양소설에 대한 수집된 자료를 바탕으로 하나의 교양소설에 대한 기존의 연구를 토대로 하여 새로운 연구의 지평을 보여주려고 나름대로 노력해 보았다. 본 저서에서는 독일 교양소설에 대한 연구에 소홀히 다루어왔던 신화적 영웅탐색 및 인류학적 성년식의 이론을 과감히 도입하여 교양소설의 새로운 연구의 가능성을 제시하고자 하였다.

유럽에서 소설사적으로 보면 16세기 스페인의 피카레스크의 소설이 독일적으로 내면화되면서 독일 교양소설로 발전하는 과정을 다시 명확히 규명하고자 했다.

여러 가지 시공간의 제한 때문에 각 문학 사조를 대표하는 작품만을 선정하여 분석 고찰할 수밖에 없음을 밝혀둔다. 앞으로는 비교문학적 차원뿐만 아니라, 세계문학적 차원에서 계속적인 교양소설에 대한 연구를 진행시켜야 할 과제가 남아 있다고 본다. 이번 저서는 그러한 완성을 향하여 가는 하나의 시도임을 밝혀 둔다. 이 분야에 관심이 있는 독자 여러분으로부터 격려와 생산적 비판을 기대하는 바이다.

차례

제Ⅰ장 독일 교양소설(Bildungsroman)의 성립에 대한 원론적 고찰

- 교양소설의 정신사적, 장르사적 및 이론적 성립배경을 중심으로 -

1. 서론

독일의 교양소설은 독일소설의 원형(Achetypus)으로서 독일인의 내면성과 도제적 기질을 잘 표현하고 있는 전형적인 독일적 색채가 강한 소설이라고 말할 수 있다.

독일 교양소설에 등장하는 젊은이의 내면의 성장과정을 묘사하는 소설을 지칭한다. 교양소설에 등장하는 주인공의 젊은 시절의 이상과 좌절의 과정이 상세히 묘사되면서 작가의 개인적이면서 보편성이 있는 교양이념이 표출된다. 교양소설에 보이는 주인공의 교양은 그 시대와 나라 및 한 문화권의 문화와 깊은 관련성을 맺고 있다. 그 이유는 그 주인공의 인격 형성은 그 당시의 문화적 환경 속에서 형성되기 때문이다. 교양소설에 등장하는 주인공의 교양(Bildung)은 발전하는 문화가 그렇듯이 원환(圓環)적이면서 직선적으로 전진하는 형성과정을 거치게 된다. 그러한 교양소설이 지향하는 목표는 보다 높아진 차원에서 자기 자신에로 복귀 혹은 자기 자신과의 일치인 바, 그럼으로써 그의 본래의 개성과 잠재력이 개화된다고 볼 수 있다. 다시 말하면 교양소설은 작가의 주인공을 통한 개인의 성장사인 동시에 주인공의 교양에 영향을 미치는 그 시대의 본질적인 문제에 대한 작가의 비판의식을 느낄 수 있다. 그래서 모범되는 교양소설은 자기 자신의 개인적 파란만장한 성장과정과 시대에 대한 비판의식과 문명비판이 조화 있게 잘 표현되어 있다. 이와 같은 독일 교양소설은 16세기부터 스페인에서 유행하던 피카레스크 소설(Pikareskesroman)이 독일에 유입되어 독일의 내면적 기질에 맞은 소설형식으로 만들어 졌다고 보는 것이 정설이 되어 있다. 볼프강 폰 괴테(Wolfgang von Goethe)가 완성한 독일 교양소설은 낭만주의 대표적인 작가 노발리스(Novalis), 19세기 독일 사실주의를 대표하는 작가 고트프리트 켈러(Gottfried Keller), 20세기의 독일 노벨문학수상 작가인 토마스 만(Thomas Mann), 그리고 헤르만 헤세(Hermann Hesse)의 소설세계에 지대한 영향을 미치고 있다. 오스트리아의 빈(Wien)대학교의 교수로 일반 문학과 독일 교양소설에 다양한 저서를 남긴 헤르버르트 자이들러(Herbert Seidler)도 독일 교양소설이 유럽의 소설생성사에 큰 기여를 하였다고 지적하고 있다.[1)] 첫째로 이렇게 중요한 독일 교양소설이 성립될 수 있었던 정신사적인 배경을 고찰하고, 두 번째로 장르사적인 측면에서 스페인의 피카레스크 소설에서 어떠한 과정을 거처 교양소설이라는 장르로 성립되었는지를 검토하고, 세 번째로 독일에 대해서 어원적인 의미부터 학문적으로 교양소설이라는 개념이 정립되기까지의 과정을 탐색해 본다. 이러한 교양소설에 등장하는 주인공들이 진정한 주인공으로 되기까지 거쳐야 하는 밤의 여행길(Night Jounery)에서 거쳐서야 하는 통과의례의 과정을 인류학적인 관점에서 성년식의 서사구조를 탐색하고자 한다. 그렇다면 독일 교양소설에 이

---

1) Vgl. Herbert Seidler, *Die Dichtung. Wesen·Form·Dasein*, 2.überarbeitete Auflage. Alfred Kröner Verlag, Stuttgart, 1965 S.558.

러한 성년식 서사구조가 발생할 수 있었던 문화사적인 배경을 살펴보는 것도 먼저 선행되어야 할 과제로 보고 본 저서에서 집중적으로 다루어 보고자 한다.

2. 교양소설의 성립 배경

1) 독일 교양소설의 정신사적 성립 배경

독일은 30년 전쟁(1618-1648)으로 피폐해진 생활여건으로부터 안정을 되찾기 시작하면서 독일적 민족문화를 수립하려는 각성운동이 일어나기 시작한다. 봉건체제와 정면으로 대결할 수 없었던 독일 시민계급이 처했던 시대상황과 독일 시인의 순응주의적 지식인의 체질은 18세기 독일의 내면지향적 미학을 창조하는 데 예비적 여건을 마련해준 것으로 이해할 수 있다. 대부분의 독일인들은 공적인 정치생활에서 탈피하여 그들의 사적 영역에서 나름대로의 내면공간을 창출하여 현실에서 이룰 수 없는 그들의 이상을 실현하고자 하였다. 18세기 말에서 19세기 초에 걸쳐서 인식의 주체를 자아로 보고 내면세계를 철학적으로 성찰하려는 독일관념론(Idealismus)의 기틀이 서기 시작했는데, 그것은 정신사적으로 그 시대의 인문주의 사상에 지대한 영향을 미쳤던 것이다. 따라서 독일 교양소설이 성립되기 위한 사상적 배경 역시 루터(Luther), 라이프니츠(Leibniz), 칸트(Kant), 헤르더(Herder), 훔볼트(Humbodt), 그리고 괴테(Goethe)와 관련지을 수 있다. 루터(Luther)는 개인주의와 주관적 독자성에 대한 인식으로 교양소설의 개체주의에 영향을 미치고 있다. 또한 인간의 구원은 윤리적 행동 속에서 찾을 수 있는 것이 아니라 겸손과 절망 속에서 자아를 탈각한 경건주의적 태도에서 이룩될 수 있다고 보았다.[2] 이와 같은 신과 자연에 대한 경건주의 사상은 라이프니츠

---

2) Vgl. E. Cassirer, *Die Philosophie der Aufklärung*, Tübingen, 1932, S.186.

의 『단자론(Monadologie)』에서 더욱 심화되고 있었다. 그의 단자론 개념이나 원현개념(源顯概念, Entelechiebegriff)인 영혼의 완성은 인문주의적 교양이념으로 발전되었다. 우주가 단자로서 조화롭게 구성되어 있듯이 인간계도 인간과 인간이 유기체적으로 조화롭게 구성되어 있다는 조화적 우주관과 인간관이 그의 종합적인 교양론으로 수용되고 있다.[3] 결국 인간과 인간사이의 조화로운 관계는 우주의 단자론적 '조화'에서 유추하여 이해될 수 있는 것이다. 자연에 대한 경건주의적 신앙태도는 18세기 말의 시민계층뿐만 아니라 소시민의 생활에도 영향을 미치고 있었다. 칸트는 도덕의 주관성을 보편적인 윤리법칙과 결합하여 종합적으로 실현할 수 있는 윤리관을 내세웠으며, 양심의 정언적(定言的) 명령(kategorischer Imperativ)에 의해서 인간의 윤리적 행위를 기대할 수 있다고 보았다. 이것은 곧 인간이 태어날 때부터 지니고 있는 자연성을 손상하지 않고 개발시켜야 한다는 루소(Rousseau)의 교육관과 동일하다. 거기에 비해서 페터 빌라우메(Peter Villaume)는 인간의 교육이 그와 같은 자연성만을 계발시키는 데는 한계가 있기 때문에 언제나 기존 사회질서와의 관계 속에서 이루어져야 한다는 체험적 인간학을 바탕으로 하는 현실적 교육관을 주장했다.[4] 이와 같은 계몽주의적 교양관은 빌란트, 헤르더, 훔볼트, 그리고 괴테에게서 나타났다. 빌란트(Wieland)는 그의 작품 『아가톤 이야기 Geschichte des Agathon』에서 자기 자신을 완성하기 위해서 노력을 아끼지 않는 사람은 자기완성을 성취하는 데도 유익할 뿐만 아니라 세계를 위해서도 많은 도움이 된다는 독일의 이상주의적 교육관을 피력하고 있다.

> 보통 능력보다 약간 나은 능력을 가진 사람이라면 자기를 개선하고 완성하는 데 바쁘다. 이런 사람은 자기의 다양한 체험을 통해서 세상을 이해하기

---

3) Vgl. E. Cassirer, *Freiheit und Form*, 2. Aufl., Berlin, 1918, S.69.
4) Vgl. P. Villaume, Allgemeine Revision, S.568.

시작하며 자기를 개선하고 완성하는 일에 가장 능숙한 사람이 된다. 그는 그러한 모습을 갖추기 위해서 스스로 일하는 동안 사실상 세계를 위해서도 일하고 있다.[5]

또한 다음과 같이 빌란트(Wieland)는 인간의 성격이 형성되는 데 필요한 두 가지 요건을 지적하고 있다. 이것은 바로 본래 타고나는 소질과 그가 처한 외부환경의 영향이 조화롭게 종합될 경우에 그와 같은 인간의 성격이 형성될 수 있음을 강하게 암시하고 있다.

인간의 성격이란 거의 개인이 교육을 받을 수 있는 알맞은 연령에서 교육을 통해 얻어지는 형식과, 인상이 가져온 취미, 타고난 바탕의 종합, 다시 말해 개인이 살아가는 동안 그가 처한 외부환경과 상황 및 그 관계의 영향을 받아 얻어진 습관과 타고난 바탕과의 종합이다.[6]

헤르더는 그의 저서 『인간사의 철학적 이념 Philosophische Idee der Menschgeschichte』에서 말하길, 인간의 본성(Menschennatur)은 인간성(Humanität)이며 인간의 운명은 인간 스스로의 손에 달려 있도록 신이 부여하고 있다고 지적하고 있다.[7] 헤르더는 인간 각자가 지니고 있는 인간의 본성, 곧 인간성을 계발하고 인도주의적 보편적 법칙이 실현될 수 있다고 보았다. 또한 훔볼트는 인간의 교양 형성에 있어서 윤리적 활동성을 인식하고 그것의 실질적 성격을 "이성과 자유를 통해 형성된 본래적 자연"[8]으로 결정된다고 언급한 내용으로 보아 두 사람은 동일한 인간 교양관을 표현한 것으로 이해할 수 있다. 앞서 언급했던 인간교육에 있어서 인간이 본래 지니고 있는 바탕과 환경의 종합은 곧 선성설과 후성설의 종합으로[9] 이룩한 인간

---

5) Wieland, *Geschichte des Agathon*, Neudruck. der I. Fassung, Berlin, 1961, S.396-97.
6) 1806년 8월 10일자 편지, in *C. M. Wieland's Briefe an Sophie von La Roche*, F. Horn, Berlin, 1820, S. 347-48.
7) Vgl. Herder, *Werke*, Suphan Ausgabe, 14 Bände, S.207.
8) Humboldt, *Werke*, Akademie Ausgabe, 2 Bände, S.83.

교양관으로 이해할 수 있다. 이것은 앞서 언급한 헤르더의 사상과 동일하며 앞으로 언급할 괴테의 인간 교양관과 일맥상통하는 것이다. 괴테는 1795년 발표한 그의 자연과학 논문 「식물의 생리학에 관한 준비작업 Vorarbeiten zu einer Physiologie der Pflanzen」에서 식물 변태에 관한 법칙을 두 가지로 지적하고 있는데, 식물을 구성하는 내부의 자연법칙과 식물을 변화시키는 외부 환경법칙이 바로 그것이다. 괴테는 이와 같은 자연식물이 지니고 있는 두 가지 법칙을 인간성장의 원리에 적용했는데, 그 기본입장은 앞서 언급했던 빌란트, 헤르더, 훔볼트와 동일하다고 할 수 있다. 괴테는 그의 자연과학 연구를 통해서 인간은 파괴 불가능한 본성을 지니고 있다는 점과, 외부의 삶의 제반조건들과 체험들이 인간의 성장에 결정적으로 영향을 준다는 점에서 18세기 교양사상의 기본 토대를 제공해 주었다고 볼 수 있다. 이와 같은 개체적 자아실현을 위한 윤리적 실천을 강조하는 사상은 독일 계몽주의로부터 싹트기 시작하여 독일 관념주의에서 결실을 얻게 된다. 특히 독일 계몽주의에서는 당시의 감성주의적 도덕성과 영혼의 본성을 수용하여 인간의 내면성을 탐구하였고 개인의 자아실현을 관념주의 철학으로 발전시키고 있었다. 예컨대, 독일 관념론을 완성했던 헤겔은 그의 저서 『정신현상학 Phänomenologie des Geistes』에서 볼 수 있는 감각으로 존재의 유무를 아는 것 부터 지각(Wahrnehmung)의 단계를 거쳐서 절대지(絶對知, das absolute Wissen)에 이르기까지 부정의 논리(Negationgslogik)를 통하여 인식해 가는 과정은 교양소설의 자아의 성숙과정과 구조면에서 유사한 점이 있다고 본다.[10] 특히, 당시 국외적으로 1789년에 프랑스 혁명이 일어나고, 독일 국내적으로는 지방 영주를 중심으로 한 가부장적 영주국가가 형성되고 있었기 때문에 당시의 독일인들은 지배자들의 억압 하에서 개인의 내면

---

9) Vgl. E. Cassirer, *Freiheit und Form a.a.O.*, S.190.

10) Vgl. G. W. F. Hegel, *Phänomenologie des Geistes*, Verlag von Felix Meiner, Hamburg. Darmstadt, 1952. S.79-564.

세계에 몰두할 수밖에 없었던 것이다. 그들은 당시의 혼란한 시대와 정치적 낙후성을 극복할 수 있는 미학적 탈출구를 찾고자 인간내면의 성숙에 대한 강한 욕구를 가지지 않을 수 없었기 때문에 독일은 유별나게 교양소설이 발아하여 성장할 수 있는 시대적이며 사상적 요건을 지니고 있었다고 볼 수 있다.

2) 독일 교양소설의 장르사적 형성 배경

지금까지의 통설로 보면, 독일의 교양소설은 16세기 스페인에서 그 당시의 암울한 시대상을 반영하고 비판하는 피카레스크 소설의 일방적 영향으로 형성된 것으로 되어 있다. 그러나 교양소설이 구조와 주제면에서 피카레스크 소설과 유사하고 그 영향을 받은 것도 사실이지만, 독일 서사문학의 전통 속에도 이미 그 씨앗이 배태되어 있었다. 그것은 1509-1510년에 사기 행각을 벌이는 주인공이 등장하는 『사랑의 방랑자 Lieber Vagatorum』, 『거지 수도사 Der Bettler Orden』와 15세기의 틸 오이겐슈필 Till Eulenspiel에서 그 근거를 찾아 볼 수 있는 것처럼[11], 피카레스크적 전통이 독일 서사문학 속에 잠재되어 있었기 때문에 스페인의 피카레스크 소설이 자연스럽게 독일에서도 수용과 변용의 과정을 거치게 된다. 1615년에는 아에지디우스 알베르티누스(Aegidius Albertinus)가 스페인의 피카레스크 소설가 구즈만(Guzman)의 작품을 번역하여 독일에 소개한다. 또한 울렌하르트(Ulenhart)는 세르반테스(Cervantes)의 『린코레테 이 코르타딜로 Rincorete y Cortadillo』에 나오는 주인공의 이름과 장소를 독일식으로 변형시켜서 완벽한 번안작품을[12] 냄으로써 스페인 피카레스크 소설의 본질을 이해하는 데 결정적인 영향을 주었다. 그 결과 1668년에는 한스 야콥 크리스토펠 폰 그림멜스하우젠(Hans Jacob Christoffel von Grimmelshausen)(1621-1671)이 『짐플리씨

11) Vgl. Harry Sieber, *The Picaresque*, Methuen, 1970, p.40.
12) Ibido. p.41

시무스의 모험 Der abenteuerlicher Simpliccissimus』을 창작하기에 이른다. 그림멜스하우젠은 작품을 구성할 때 알베르티누스의 번역본을 인용할[13] 정도로 스페인의 피카레스크 소설이 그의 창작의 모범이 되어 있었다. 독일의 악동(Pikaro)은 고상한 피가 흐르고 있는 개선 가능한 인간으로서, 30년 전쟁의 잔인과 혼돈 속에서 주인공인 순진한 젊은이가 점차 불량배로 변신하다가 마침내 양심의 가책을 받고 종교로 귀의한다는 점에서 스페인의 구즈만과 일맥상통하는 바가 있다. 독일과 스페인의 피카레스크 소설에 다른 점이 있다면 스페인의 경우에는 주인공이 물질적 성공에 집착하고 있는 데 반하여 독일의 경우에는 정신적, 도덕적인 면에 관심을 두고 있다는 점과 스페인보다 당대의 시대상에 밀착하여 작품을 구성하고 있다는 점을 지적할 수 있다. 이처럼 독일에서는 교양소설과 유사한 스페인 피카레스크 소설의 전통이 계승되어 왔다. 괴테 이전에 교양소설을 구상한 작가들은 피카레스크 소설을 서사문학의 원형으로 삼아왔다. 그러므로 교양소설과 피카레스크 소설의 구조를 동시에 담고 있는 괴테 이전의 독일 서사문학에 대한 고찰이 필요할 것 같다. 먼저 융 슈틸링(Jung Stilling)[14]은 소설 『향수 Das Heimweh』에서 에더만이라는 청년의 신비에 찬 졸리마 나라에서의 방랑의 과정을 통하여 교양소설의 일면을 보여주고 있으며, 요한 칼 벨첼 (Johann Karl Wezel)[15]의 소설 『헤르만과 우리케 Hermann und Urike』는 유혹과 젊은 시절의 황홀감에서 개별적인 완전함에 이르는 과정을 묘사한 소설로서 교양소설에 가까이 접근한 소설로 평가할 수 있다. 프리드리히 하인리히 야콥(Friedrich Heinrich Jacob)[16]은 개성에 대한 강한 신뢰감을 가지고 있었다. 그의 작품에 등장하는 주인공의 발전과정을 삽입할 필요성을 인식하

13) Ibido. p.44

14) Vgl. Jürgen Jacobs, *Wilhelm Meister und seine Brüder. Untersuchung zum deutschen Bildungsroman*, Wilhelm Fink Verlag, München, 1972, S.42.

15) Ibido, S.43

16) Ibido, S.48

고 있는 소설가로서 그의 작품 『알빌 Allwill』은 그와 같은 교양소설관에 입각하여 창작한 것이다. 칼 필립 모리츠(Karl Philipp Moritz)의 작품 『안톤 라이저 Anton Reiser』의 구조도 교양소설과 유사한 점이 있다. 일반적으로 교양소설에 등장하는 주인공이 가상현실 속에서 도달해야 할 목적지를 향해서 다양한 체험을 쌓아가는 데, 모리츠의 소설에서는 가상현실을 결정해 가면서 진행과정의 결과가 이야기의 서두에 놓여있는 점이 다를 뿐이다. 교양소설은 구조상 종점을 겨냥하며 이야기를 풀어나가는 반면에 모리츠는 종점으로부터 이야기를 전개시키고 있는 것이다. 다방면으로 완성되어 조화로운 인격체가 된 것이 아니라 자신의 내면에서 갈기갈기 찢어져 화해되지 못한 채 괴로워하는 인간이 결과적으로 이야기의 동기를 제공한다는 점을 들어 슈림프(H. J. Schrimpf)는 이 소설을 반 교양소설(Anti-Bildungsroman)이라고 지적하고 있다.[17] 빌란트는 프랑스 작가 페늘롱(Fenelon)의 『텔레마크 Télémaque』, 람삭(Ramsag)의 『씨루스의 여행 Voyages de Cyrus』, 그리고 바르텔르미 (Barthelemy)의 『아나카르시스 Anacharsis』와 같은 여행을 통한 교육을 시도한 작품으로부터 영향을 받았다.[18] 빌란트가 『아가톤 이야기』를 구성할 때 결정적인 영향을 받은 것은 영국 작가 필딩의 『톰 존스』라고 할 수 있는데, 이 작품의 주인공이 유아시절부터 결혼할 때까지의 자아 발전과정을 묘사하고 있으며, 그의 선량한 성품이나 도덕성을 확인한 후에 적절한 사회적 위치를 갖게 함으로써 삶의 의미를 되찾을 것처럼 보인다. 그러나 톰 존스는 주인공이 사회화를 추구하고는 있지만 개인 내면의 성숙과정을 드러내지 못하고 있다. 도덕적 가치와 조화의 세계를 추구하고는 있지만 내면세계의 성장은 이루어지지 않는 점이 『아가톤 이야기』와 다르다. 빌란트의 『아가톤 이야기』에서는 주인공이 여러 가지 다른 역할을

17) Ibido, S.53.
18) Ibido, S.57.

수행하면서 변신하고 있는데 시행착오를 통해서 명료한 세계에 이르는 과정을 묘사하고 있다. 상기 작품 속 주인공이 이상적인 목표를 향하여 단계적으로 발전하고 있다는 점에서 교양소설의 특성을 지니고 있다. 또한 여기에서 주목할 것은 『아가톤 이야기』의 주인공이 다양하고 어두운 세계상을 체험하면서 방랑하는 피카레스크적 일면도 지니고 있다는 점이다. 따라서 독일의 서사문학자들은 스페인의 피카레스크 소설양식을 선별적이며 능동적으로 수용하여 독일인의 내향적 기질을 표현하는 데 적합한 교양소설의 양식으로 독자적으로 진화시켰다고 볼 수 있다.

3) 교양소설에 있어서 개념의 이론적 성립 배경

원래 Bildung이라는 단어의 어원적 의미를 살펴보면, "像(Bild), 模像(Abbild), 닮은 모양(Ebenbild), 모방(Nachbildung), 형상(Gestalt), 그리고 형성(Gestaltung)"[19]이라는 다양한 의미를 내포하고 있다. Bildung이라는 말이 처음에는[20] 독일 중세 신비주의자들이 쓰던 용어로 성장이란 인간이 본래 지니고 있던 '신의 모습'을 되찾아보자는 종교적 운동이었다. 이와 같은 의미는 마이스터 에카르트(Meister Eckhart)에 의해서 "죄를 짓기 이전의 상태라 할 수 있는 잃어버린 낙원으로 복귀하기 위한 인간의 '형성(formatio)'과 '변형(transformatio)'이라는 의미"[21]로 발전되었다. 위에서 언급한 대로 교양의 종교적 의미는 인간의 내면에서 신의 모습을 상상해낸다는 뜻과 원죄를 지은 인간을 개조시킨다는 의미로서, 이것은 곧 교양은 Überbildung(초월적 형성) 및 Umbildung(개조)"[22]으로 이해할 수 있다. 18

---

19) Rolf Selbmann, *Der deutsche Bildugsroman*, Stuttgart, 1984, S.1.

20) Ernst Ludwig, *Die religiöse und die humaitätsphilosophische Bildungsidee und die Entstehung des deutschen Bildungsromans im 18 Jahrhundert*, Bern, 1934, S.16.

21) Rolf Selbman, a.a.O., S.1 [Es zeigt sich dabei, daß »formatio« zugleich »transformation« bedeuten kann, also Rückfhrung des Menschen auf den verlorenen Unschuldszustand des Paradieses.]

세기로 접어들면서 교양은 인간에 대한 신의 영향일 뿐만 아니라 자연과 인간이 내재적으로 작용하는 힘이라는 개념으로 파악되기 시작했다. 여기서 교양의 의미는 인간의 이성적 능력을 충분히 발휘하는 것과 개성을 개발한다는 의미로 해석된다. 이와 같은 계몽주의적 사고방식은 "미학적, 도덕적, 이성적, 학문적 교육의 조화"[23]라는 교양이념의 기틀을 마련하였다. 나아가서 각자 인간이 지니고 있는 개성을 변화 발전시킨다는 인문주의적 교양이념을 생성케 된다. 인문주의 철학에서의 성장의 의미는 "육성(Anbildung)이며 각 개인에게 작용하는 외적인 힘과 내적인 힘의 균형을 추구하는 것"[24]을 그 본질로 하고 있다. 그와 같은 교양의 의미는 외부의 영향을 통해서 개인을 현존하는 목표에 따라 보편적으로 형성시킴과 동시에 본질적으로 인간에게 잠재되어 있는 능력을 완성시키는 것으로 파악할 수 있다.[25] 이와 같은 교양 소설의 개념을 학문적으로 최초로 시도한 학자는 프리드리히 폰 블랑켄부르크(Friedrich von Blanckenburg)이다. 그는 자신의 저서『소설에 관한 시론Versuch über den Roman』(1774)에서 "내적인 이야기(Innere Geschichte)는 곧 소설의 본질적인 것과 특징적인 것"[26]을 의미하며 모든 소설이 지향해야 할 목표는 사건을 통해서 주인공의 "성격을 완성시키고 형성하는 것"[27]이라고 강조함으로써 교양소설의 이론적 기틀을 만들었다고 말할 수 있다. 블랑켄부르크의 이론을 바탕으로 교양소설의 개념을 더욱 발전시킨 학자로서는 칼 모르겐슈테른(Karl Morgenstern)이다. 〈교양 소설〉이라는 말을 공식적으로 사용한 최초의 학자인 그는 두 차례의 강연「교양

22) Ibido.
23) Fritz Martini, *Der Bildungsroman. Zur Geschichte des Wortes und der Theorie*, Dvjs.35, 1961,S.47.
24) Rolf Selbmann, a.a.O., S.2 [als Ausbildung von inneren Anlagen zugleich, sucht also den Ausgleich zwischen inneren und äußeren Kraftwirkung auf den Einzelnen herbeizuführen.]
25) Ibido., S.2-3.
26) Friedrich von Blanckenburg, *Versuch über den Roman*, Faksimledruck der Originalausgabe von 1774, mit einen Nachwort von Eberhard Lämmert, Stuttgart, 1965, S.392.
27) Ibido., S.321.

소설의 본질에 대하여 über das Wesen des Bildungsromans」(1819)와 「교양소설의 역사에 대하여 Zur Geschichte des Bildungsromans」(1820)에서 교양 소설의 본질과 교양소설의 역사를 더욱 분명하게 체계화하였다. 칼 모르겐슈테른은 그의 강연 「정신과 철학적 소설의 관련성에 관하여 über den Geist und Zusammenhang einer Reihe philosophischer Roman」(1810)에서 교양소설에 대한 생각을 철학적 소설과 관련지어 생각했다. 그는 교양소설을 "가장 뛰어난 것, 소설의 본질"[28]이라고 정의하였으며 교양소설의 주인공과 그 독자의 교양에 대해서 다음과 같이 지적하고 있다.

> 그것이 교양소설이라는 명칭을 부여할 수 있는 첫 번째 중요한 이유는 소재 때문이다. 왜냐하면 그것은 시작과 진행과정은 물론 일정한 완성의 단계에까지 도달하고 있는 주인공의 교양을 서술하기 때문이다. 두 번째 이유는 그것이 이러한 묘사를 통해서 독자들의 교양을 다른 종류의 소설보다 더 넓은 범위로까지 촉진시키기 때문이다.[29]
>
> Biuldungsroman, sagten wir, wird er heißen dürfen, und vorzüglich, wegen des Stoffs, weil er des Helden Bildung in ihrem Anfang und Fortgang bis zu einer gewissen Stufe der Vollendung darstellt: aber auch, weil er gerade durch diese Darstellung des Lesers Bildung in wieiter m Umfang als jede andere Art des Romans fördert.

칼 모르겐슈테른의 교양소설에 대한 정의는 불분명하지만, 괴테의 『빌헬름 마이스터의 수업시대』를 소설장르의 전형으로 삼고 있는 점은 특기할 만하다. 교양소설의 역사와 개념을 체계적으로 규정한 철학자는 빌헬름 딜타이(Wilhelm Dilthey)이다.[30] 그는 『슈라이어마하의 생애』(1870)에서 『빌헬름 마이스터』와 같은 류의 소설들을 교양소설이라고 불렀다.

---

28) Karl Morgenstern, *Inländisches Museum*, Fritz Martini, a.a.O., S. 56.

29) Ibido., S.53.

30) Vgl. Hans Heinrich Borcherdt, Bildungsroman, in *Reallexikon der deutschen Literaturgeschichte*, Band1, Berlin, 1958, S.175.

나는 『빌헬름 마이스터』와 같은 부류를 이루고 있는 소설을 교양소설이라고 명명하고 싶다. 그 이유는 루소의 유사한 예술 형식은 빌헬름 마이스터의 유파에 대해서 계속 영향을 미치고 있지 않기 때문이었다. 괴테의 작품은 여러 단계, 인물들, 인생의 흐름 속에서 이루어지는 인간의 성숙을 보여주고 있다.31)

Ich möchte die Romane, welche die Schule des Wilhelm Meister ausmachen (denn Rousseaus verwandte Kunstform wirkte auf sie nicht fort), Bildungsromane nennen. Goethes Werk zeigt menschliche Ausbildung in verschiedenen Stufen, Gestalten, Lebensepochen.

딜타이(Dilthey)는 그의 저서 『체험과 문학 Das Erlebnis und die Dichtung』에서 휠덜린 (Hölderlin)의 『히페리온 Hyperion』을 루소(Rousseau)의 영향으로 발전된 독일의 내면 문화의 소산으로서 소설의 대형식32)으로 평가하고 있으며, 괴테의 『빌헬름 마이스터』를 비롯하여 장 파울(Jean Paul)의 『금성 Hesperus』, 『거인 Titan』, 『장난꾸러기 시절 Flegeljahre』, 티이크(Tieck)의 『슈테른발트 Sternbald』, 노발리스(Novalis)의 『하인리히 폰 오프터딩겐 Heinich von Ofterdingen』, 휠덜린의 『히페리온 Hyperion』 등을 교양소설로 분류하고 있다.

『히페리온』은 루소의 영향을 받은 독일에서 당시 내면 문화의 정신적 영향으로 생겨난 교양소설에 속한다. 그러한 교양소설은 괴테와 장 파울, 티이크의 『슈테른발트』, 노발리스의 『오프터딩겐』, 휠덜린의 『히페리온』에 의해 문학적 가치가 계속 주장되었다.33)

Der Hyperion gehört zu den Bildungsromanen, die unter dem Einfluß Rousseau in Deutschland aus der Richtung unsres damaligen Geistes auf innere Kultur hervorgegangen sind. Unter ihnen haben nach Goethe und

---

31) Wilhelm Dilthey, *Das Leben Schreiermachers*,, 1Band. 2Band, Auf, Berlin-Leipzig, 1922, S.317.

32) Hans Heinnch Borchert, a.a.O. S.175.

33) Wilhelm Dilthey, *Das Erlebnis und die Dichtung: Lessing, Goethe, Novalis, Hölderlin*, Göttingen, 1970, S.272.

Jean Paul der Sternbald Tiecks, der Ofterdingen Novalis und Höderlins Hyperion eine dauernde literarische Geltung behaupt.35)

딜타이는 『빌헬름 마이스터』와 같은 부류의 교양소설을 현실과의 투쟁 속에서 다양한 체험을 하며 세계 속에 자신의 사명을 의식하고 자아를 발견하면서 성숙해 가는 과정을 묘사하는 소설로 규정한다.

> 모든 교양소설들은 『빌헬름 마이스터』와 『금성』에서부터 젊은이의 인생을 묘사하고 있다. 그가 어떻게 행복한 여명 가운데서 삶으로 들어서게 되며, 자신과 친숙한 영혼을 찾아 우정과 사랑을 체험하게 되고, 어떻게 세상의 거친 현실과 투쟁하게 되며, 삶에 대한 다양한 체험들을 통하여 성숙해가면서 자아를 발견하고, 세상에서의 자신의 사명을 깨닫게 되는가를 묘사하고 있다.[34]
>
> von dem Wilhelm Meister und dem Herperus ab stellen sie alle den Jüngling jener Tage dar: wie er in glücklicher Dämmerung in das Leben eintritt, nach verwandten Seele sucht, der Freundschaft begegnet und der Liebe, wie er nun aber mit den harten Realitäten der Welt in Kamp gerät und so unter seiner Welt gewiß wird.

딜타이는 인간이 살아가는 동안에 겪게 되는 갈등과 부조화는 인간의 완성을 위해서 치르는 과정으로서, 교양소설 속에서 교양의 전제가 되고 있다. 그 결과 개인의 성숙과 조화의 단계에 접하게 된다는 낙관주의적 인간형성관을 제시하고 있다. 딜타이는 다음의 정의에서도 한 인간의 성숙을 18세기의 개인주의 문화 속에서의 개인의 영역에 국한하여 파악하고 있음을 알 수 있다.

> [...] 이러한 교양소설들은 관심영역을 개인적인 삶의 흥미로운 영역에 국한시키고 있는 문화의 개인주의에 대해서 언급하고 있다.[35]

---

34) Ibido.
35) Ibido., S.272.

[...] So sprechen diese Bildungsromane den Individualismus einer Kultur aus, die auf die Interessenphäse des Privatlebens eingeschränkt ist.

딜타이는 개인과 사회의 변화, 사회 속에서 개인의 상승, 자아의 사명의식을 인식한다는 차원에서 교양소설을 파악하였지만 교양소설의 개념을 자아형성과정을 표현하는 의미로 파악하고 있다는 점도 간과할 수 없다. 요컨대 그는 교양소설을 독일의 전형적인 소설형식으로 체계화했으며, 문예학의 영역에까지 교양소설의 길을 넓힌 공로를 인정하지 않을 수 없다. 교양소설과 유사한 개념으로는 발전소설(Entwickelungsroman)과 교육소설(Erziehungsroman)이 있는데, 이들 사이에는 약간의 차이점과 공통점이 있다. 독일의 교양소설(Bildungsroman)은 주인공의 내면의 성숙과정을 묘사하는 독일의 전형적 소설인데, 주인공의 성장과정만을 중시하는 소설을 발전소설(Entwickelungsroman)이라 하며, 주인공의 성장과정을 묘사할 뿐만 아니라, 조화로운 완성의 단계까지 서술하는 소설을 교양소설(Bildungsroman)이라 부르고 있다. 또한 일정한 교육적 목적을 위해서 한 주인공의 성장과정을 교육적 측면에서 다루는 소설을 교육소설(Erziehungsroman)이라고 하는데, 이상의 세 가지를 모두 포괄한 개념이 교양소설이다. 교양소설에서는 무엇보다도 조화로운 자아형성이라는 방향제시가 분명하다. 교양소설에서의 주인공은 시행착오를 겪으면서 자아를 발견하고 인식해 가며 완성해간다. 또한 그 주인공은 어두운 미로와 같은 세계로부터 올바른 진리의 궤도에 진입하여 교양세계에 도달하는 형성과정이 취급되는 것이다. 교양소설의 공통적인 서술구조는 주인공의 젊은 시절, 방랑시절, 현세적인 낙원단계[36]로 되어 있다. 주인공의 성장 목표가 예술가이고 또한 예술가가 되기 위한 방랑과정을 묘사한다면 그 소설을 예술가적 교양소설이라고 하고, 그 시대가 요구하는 시민적 교양을 지닌 시민이 되기까지의 과정을 서술하는 것을 시민적 교양소설이라고 규정지을 수 있다.

---

36) Vgl. Hans Heinich Borchert, a.a.O., S.177.

제II장 독일 교양소설에 있어서 성년식 서사구조 성립의 문화 및 이론적 배경

본장에서는 독일 교양소설에 있어서 성년식 서사구조가 성립될 수 있는 문화 및 이론적 배경을 먼저 살펴보기로 한다. 먼저 독일 교양소설속에 성년식 서사구조가 내재될 수 있는 문화 배경을 제1절에서 고찰한 후, 제2절에서는 그 이론적 배경을 고찰하고자 한다.

1. 문화 배경

엘라아드(M. Eliade)가 주장하고 있는 신화속의 영웅이 되기 위해서는 영웅이 치러야 하는 입사단계, 시련단계, 죽음단계, 그리고 재생단계라는 성년식(Intiation) 구조가 독일 교양소설에 존재할 수 있는 문화 배경을 살펴볼 필요가 있다고 본다. 먼저 이러한 독일 교양소설 속에 성년식의 구조가 내재될 수 있는 성립의 문화배경을 독일의 경우에는 독일 서사문학에 지대한 영향을 주었던 그리스 오딧세이 영웅 신화와 기독교적인 세계와 관련하여 검토하려고 한다. 독일 서사 문학의 경우에는 그리스 영웅 신화 그리고 기독교적 세계(성경, 세례의식, 십자가, 예수 수난사, 그리고 고해성사)가 성년식 구조의 원초적인 기본 토대가 되었다. 그리스의 영웅 신화 중에 오딧세이의 모험[1]에는 어떠한 성년식의 서사구조가 존재하는 지를 고찰해 보기로 하자. 호머(Homer)의 작품인 『오디세이』는 고대 그리스의 대 서사시로 트로이가 함락된 후 10년간에 걸쳐 각지를 방랑한 영웅 오딧세이를 주인공으로 한 모험담이다. 이야기는 오딧세이가 방랑 생활이 끝날 무렵, 님프인 칼립소의 사랑을 받아 외딴 섬에 붙잡힌 지 7년째 되는 시점에서 시작된다. 한편 오디세이의 고국에서는 그가 이미 죽은 것으로 간주되어, 주변에 있는 젊은 귀족들이 왕비 페넬로페에게 구혼하기 위해서 궁전에 눌러앉아 밤낮으로 연회를 열고 또 왕비의 외아들 텔레마코스를 괴롭히고 있었다. 이윽고 오딧세이가 고국으로 돌아와 아들 텔레마코스와 힘을 합쳐 악랄한 오딧세이의 부인의 구혼자들을 응징하기까지 약 40일 동안에 일어난 사건이 오딧세이 신화의 내용이다. 특히 5권에서 칼립소에게 붙잡혀 있는 주인공 오딧세이가 등장하는데, 신의 명령으로 그는 가까스로 뗏목을 타고 귀국하려 하지만 그를 미워하는 바다의 신 포세이돈이 일으킨 폭풍으로 난파하여 간신히 스케리에 섬에 상륙, 파이아케스인들의 보호를 받는다. 13권에서 고국에 돌아온 오디세이가 아들 텔레마코스와 협력하여 악인들을 퇴치하고 아내와 다시 만난 후, 여신의 중재로 구혼자들의 유족과도 화해하는 것으로 해결된다. 오딧세이 작품에서 오딧세이가 바다의 높은 파도와의 목숨을 건 모험과 악인들을 물리치는 혈투를 통해 막강한 힘이 있는 인간으로 변신되는 과정이 바로 성년식의 형식을 갖고 있는 것이다. 오딧세이는 거친 파도와 악의 무리를 물리치는 시련의 과정을 통과하여 무사히 고향에 돌아온다. 이는 또 다른 강인한 오딧세이로 다시 태어난다고 볼 수 있다. 정리하면 오딧세이가 귀향하기까지의 숱한 역경의 노정이 바로 전이의 단계이며 무사

1) 볼핀치(손명현 역), 『그리이스 로마신화』, 동서문화사, 1975, pp.320-345.

귀향하는 것이 재생이라고 해석할 수 있다. 한편 기독교의 핵심이 되는 성경 속에서 이미 성년식의 요소를 찾아 볼 수 있다.[2] 예를 들어 누가복음(15장)에 기록된 탕자의 비유이다. 방탕한 탕자가 부모 곁을 떠나서 먼 이국땅에서 온갖 고생을 하다가 결국 아버지 곁으로 되돌아오는 이야기 속에서도 고난의 성년식으로 걸어가는 길이 열려 있다. 탕자가 아버지의 존재에 대한 인식을 할 때까지의 과정이 바로 성년식을 치루는 과정이라 할 수 있다. 또한 아담이 에덴동산이라는 천국에서 뱀의 유혹을 받아 선악과를 따먹음으로써 낙원에서 추방을 당하는 창세기 2장과 3장의 이야기에는 순진무구한 상태에서 속된 세계를 체험하는 단계로 변화되는 과정으로 이해된다. 창세기 29장에서도 야곱이 라헬과 레아 대신에 라반을 섬기는 과정에서 시험을 받는다거나, 출애굽기(13장, 14장, 15장)에서 이스라엘 민족이 이집트에서 탈출을 감행하는 긴 여정이라든지, 요한복음(11장)에서 죽었던 라자렛이 무덤에서 부활한다든지, 누가복음(23장, 24장)에서 죽어서 다시 살아나는 부활을 체험하는 것 등에서 일련의 성년식 구조를 발견하게 된다. 또한 기독교적 세례의식은 원래 성년식과 깊은 상관성이 있으며 "하나님 앞으로 돌아온 자는 새로운 종교적 사회에 영입되어 영생을 부여받을 수 있다는"[3] 것을 의미한다. 세례 행위에 두 가지의 의미가 부여될 수 있다. 그 하나는 세례자의 옛날 모습이 세례 물로 씻김을 받음으로써 새롭게 변화된 존재로 어머니의 품속에서 다시 영생을 얻었다는 것을 뜻한다. 이것은 곧 죽어서, 승천하여 부활한다는 기독교적 신비주의로 해석할 수 있다. 기독교의 십자가는 죽음과 총체적 좌초의 상징이 아니다. 오히려 예수와 함께 세례를 받은 모든

---

2) *Myths & Motifs in Literature,* ed. David J. Burrows, Frederick R. Lapides, John T. Shawcross. The Free Press. A Division of Macmillan Publishing Co., Inc. New York. 1973, pp.71-208.

3) Mircea Eliade, *Das Mysterium der Wiedergeburt. Initiationsriten, ihre kulturelle und religiöse Bedeutung*. Zurich 1961. S.200.

이들과 예수와 함께 죽음을 택한 자들은 죽음과 동시에 새로운 생명을 얻게 될 것임을 밝히고 있다.[4] 기독교에서 말하는 하나님의 계시나 예수가 광야에서의 시험을 받은 과정과 부활도 위대한 종교의 지도자가 보이는 영웅성과 신성을 함께 지니고 있다고 볼 수 있다. 기독교의 예수[5]가 걸어간 길과 성년식을 관련지어보면, 예수의 삶은 많은 죄인들을 위해서 십자가에 못 박혀 돌아가시는 고난의 연속인 과정이었다. 이러한 예수의 탄생은 숫처녀의 몸에서 태어나는 것부터 특이한 영웅의 면모를 보여주고 있다. 대부분의 주인공이 그러하듯이 예수도 어려운 탄생의 악조건을 극복하고 있다. 구세주로서 인간 세상에 출현하여 죄인들을 구제하기 위해 십자가에 죽임을 당하고 다시 살아 부활하는 영웅의 모습을 보여주고 있다.

결국 진정한 인간은 방랑의 체험을 고백하고 다시 성스런 존재로 재탄생되기를 바라고 있다. 서구인의 고백의식은 기독교에서 죄를 사해달라는 기도 혹은 고해성사로 표현되고 있는데, 고백을 통하여 자기의 잘못한 점과 죄의식을 참회하는 경향이 있다. 서구인들은 죄 사함을 받으려는 고백의식을 가지게 된다. 이러한 서구인의 기독교적 고백의식은 속된 방랑체험을 참회하고 정화된 인간으로 변신시키는 성년식의 원천으로 해석할 수 있다. 따라서 이러한 고백의식이 잘 반영된 종교적 고백문학에서 세속적 자서전(Autobiographie)과 교양소설(Bildungsroman)이라는 서사적 장르가 발생할 수 있었다는 로버르트 민더(Robert Minder)[6]의 주장은 더욱 설득력을 갖는다.

또한 중세의 영웅서사시 『니벨룽겐의 노래(Niebelungenlied)』에서 영웅

---

4) *Die Bibel oder die ganze Heilige Schrift des Alten und Neuen Testaments nach der deutschen Übersetzung Martin Luthers*, Stuttgart 1962, Römer 6, 3.

5) Vgl. Otto Rank, the *Myth of the Birth of the Hero and other Writings*. Vintage Books. A Division of Random House, New York, 1959, pp.50-56.

6) Vgl. Susanne Luedemann, *Mythos und Selbstdarstellung*. Freiburg im Briesgrau, Rombach 1994, S.45.

지크프리트가 크림힐트의 사랑을 얻기 위해서 경험하는 시련과 모험의 이야기와 중세 서사문학작품 『파르치팔(Parzival)』에 등장하는 주인공이 성배왕이 되기까지 치루는 험난한 시련의 이야기도 성년식의 틀을 지닌 독일 서사문학의 전통으로 계승되어 온 것으로 볼 수 있다. 폴커 마이트(Volker Meid)가 그의 문학 개념 “모험가 소설(Abenteuerroman)”를 정의하면서 주인공을 문학적으로 표현할 때, 모험가의 여행은 종종 주인공이 지니고 있는 개성이 발전되는 과정을 묘사하는 성년식으로 변하는 경향이 있다고 지적하고 있다. 길가메쉬 서사시, 호머의 오딧세이 혹은 성경의 이야기에서도 미지의 세계에 출정하여 모험적인 시험을 치루고 귀환하는 성년식의 의식을 치루는 과정을 묘사하고 있다. 아서왕의 이야기와 영웅서사시 그리고 중세의 기사문학에서도 이러한 모험적인 요소가 강조되고 있다. 픽션적인 종교 문학에서도 연금술사들의 신화적 성지여행은 바로 성년식의 주제로 볼 수 있다. 물론 장르사적인 면에서 보면 16세기 스페인에서 독일로 전파된 피카레스크소설에서도 모험이나 여행에 대한 욕망이 전제되어 있다. 그리고 18-19세기의 시대에 모험소설, 여행가 소설 , 예술가 소설, 교양소설 그리고 발전소설로 발전된 서사문학에서도 주인공의 정신적인 발전과정과 더불어 모험적인 줄거리가 묘사되어 있다. 이것은 결국 독일의 교양소설에 내재되어 있는 모험적인 요소는 미지의 세계를 여행(방랑)하면서 치러야 하는 모험의 통과 의례를 내포하고 있음을 말해 주고 있다는 점에서 시사하는 바가 큰 증거로 이해된다.[7)]

---

7) *Sachlexikon Literatur*, Hrsg von Volker Meid, Deutscher Taschenbuch Verlag S.13-14. *Wanderzwang-Wanderlust, Formen der Raum- und Sozialerfahrung zwischen Aufklärung und Frühindustrialisierung*, Heraugegen von Wolfgang Albrecht und Hans-Joachim Kertscher, Max Niemeyer Verlag Tübingen 1999(방랑억제와 방랑기질이라는 주제로 학제간의 문화사회적 관점에서 독일 계몽주의문학에서 19세기 초기산업사회시대까지의 독일 소설과 시를 포함하여 방랑문학(Wanderliteratur)의 현상을 전반적으로 다루고 있다.)

2. 성년식 서사구조의 이론적 배경

1) 엘리아데의 聖·俗의 이론과 신화적 영웅탐색의 이론

(1) 엘리아데(M. Eliade)의 聖·俗의 개념

일반적으로 종교적인 문학은 인간이 속된 욕망과 선한 의지 사이에서 방황하며 살다가 결국에는 선하고 성스러운 존재로 변화될 가능성이 있다는 것을 보여준다.

엘리아데의 성(聖)·속(俗)의 이론에서는 인간이 본디 지니고 있는 악하다는 속된 요소와 선하다는 성스러운 요소를 도입하여 성과 속이라는 새로운 두 가지 경험의 양태를 인간 본질의 근원적 범주이자 삶의 구성요소로 파악하였다. 특히 속(俗)에서 성(聖)으로의 이행과정을 성년식(Initiation)으로 제시하고 있다.[8] 그가 제시한 성과 속의 개념을 살펴본 후 성년식의 개념을 구체적으로 다루어 보자. 엘리아데는 인간이 행동하는 의미와 가치를 "원초적인 행위(Primodial Act)"[9]의 재현으로 이해했다. 그에 따르면 고대인은 범속한 시간에서 벗어나 주술적인 태초의 시간, 즉 성스런 시간으로 복귀하려는 경향을 보였다고 지적하고 있다. 이러한 태도는 초월적인 세계에 참여하고 자기 확인[10]을 하려는 성스러운 행위라고 생각했다. 이러한 견지하에 엘리아데는 현대사회를 생활, 더 나아가 우주질서의 세속화를 추진해온 것으로 정의하면서 "현대의 신기함은 세속적인 차원에서 고대의 성스러운 가치로 재평가하는 것"[11]으로 간주하였다.

聖의 세계는 모든 생명과 모든 질서의 기원이 되는 시간으로의 계속적인

8) Mircea Eliade,. *The Myth of the Eternal Return*, Bollingen Series XLVI, Princeton Univ. Press, 1949, p.6ff.
9) Ibid., p.4.
10) Ibid., p.5.
11) 멀치아 엘리아데(金炳旭 譯), 「現代의 神話」, 『文學과 神話』, 대방, 1983, p.314

회귀와 관련되어 있다. 이러한 회귀는 바로 "신성에 대한 갈망인 동시에 존재에 대한 향수"[12]라고 해석할 수 있다. 그와 반대로 속된 세계는 고대 사회의 종교적 인간이 지녔던 존재의 차원을 재발견하는 일이 어려운 세계로서 종교적 감정이 없는 세계이다. 성(聖)의 세계와 속(俗)된 세계에 대해서 우리가 유의해야 할 것은 속된 세계의 삶은 성스러운 세계에 그 삶의 원천을 두고 있다는 사실이다. 그 이유는 인간의 삶이 혼돈으로부터 질서로 변화되는 것은 성(聖)의 모범을 모방함으로써 비롯되며, 성스러운 세계를 따르지 않으면 세속적인 것은 자멸하기 때문이다. 말하자면 엘리아데가 성과 속을 인간실존의 본질을 구성하는 경험 양식으로 설정함에 있어서 영원히 참된 성스러운 세계로의 이행은 속된 행위의 반복을 통해 가능하며, 성의 세계를 구하지 않은 속된 삶은 더 이상 지속될 수 없음을 의미한다. 따라서 성과 속은 인간의 두 가지 경험의 양태이면서 인간의 삶을 설명해 줄 수 있는 범주로서 인간과 문화를 포괄할 수 있는 근원적인 범주라고 보는 것이다.

또한 성(聖)과 속(俗)의 합일은 곧 일상적인 삶을 통하여 초자연적인 세계와 원초적인 세계로의 전이를 의미하는 것이다. 이것은 성과 속이 서로 분리되어 있는 것만을 강조하는 것이 아니라, 더 나아가 다양한 삶의 현실을 하나의 체계로 통합할 수 있도록 하는 시각을 부여해 주고자 하는 것이다. 곧 인간이 추구하는 이상적인 성(聖)의 세계에 도달하기 위한 세속적 시도를 한다. 이러한 속(俗)의 세계에서 성(聖)의 세계를 지향하는 시도는 성과 속의 합일을 추구하는 것을 의미한다. 이처럼 엘리아데는 성과 속의 화해와 전이를 "중심(center)"[13]에 대한 설명에서 구체적으로 보여주고 있다.

---

12) 다니엘 키스터. 『무속극과 부조리극』, 서강학술총서 14, 1986, p.137

13) Mircea Eliade. op.cit., p.18 (여기에서 말하는 '중심'은 '새로운 탄생'이라는 상징적 의미로 볼 수 있는데, '성년식 Initiation'이 속(俗)에서 성(聖)으로 이행 및 새로운 인식을 도모한다는 점에서 어느 정도 유사성을 발견할 수 있다.

중심은 분명한 성역이다. [...] 그 중심에 이르는 길은 "험난한 길"이다. 그리고 그 길이 험하다고 하는 사실은 실제에 이르는 매 단계에서 그대로 실증된다. [...] 미로에서의 방황, 자기 존재의 '중심'에 이르는, 자아의 길을 찾는 탐구자의 고난, [...] 이 모든 면에서 험난하고 고통이 뒤따르는 그 길은, 실제로 속으로부터 성으로 하루살이와 같고 환각적인 데서부터 실재와 영원으로, 죽음으로부터 삶으로, 인간으로부터 신성으로의 통과제의이기 때문이다. 중심에 도달한다는 하는 것은 신성화, 성년식과 상응한다. 말하자면 어제까지의 세속적이고 환각적인 실존이 새로운 것, 즉 실제적이고 지속적이며, 실제적인 힘이 있는 생명에 그 자리를 내어주는 것과 같은 것이다.

'중심'에 도달한다는 것은 곧 성스러운 세계로의 접근이다. 속(俗)에서 성(聖)으로의 전이는 하나의 차원에서 또 하나의 다른 차원으로 들어가는 것을 의미한다. 다시 말하면 속된 세계에서 성스러운 세계로의 이행은 '중심'에 도달하려는 과정을 의미하는 것이며, 또한 이것은 곧 성년식의 원래의 의미와도 상통한다.

(2) **엘리아데**(M. Eliade)**의 성년식**(Initiation)**의 개념**

엘리아데의 성과 속의 개념을 고찰함에 있어서 성과 속의 전이 및 합일과정과 성년식간의 그 연계성을 지적한 바 있다. 그는 성년식의 개념을 다음과 같이 정의하고 있다.

일반적으로 성년식이라는 용어는 의식의 본체를 의미하고 경구적인 가르침의 목적은 입문하려는 자의 종교적, 사회적인 단계에서 결정적인 변화를 제시하는 것이다. 철학적인 용어로 성년식은 실존적인 상황에서의 근본적인 변화에 상응한다. 말하자면 입문자는 시련을 통하여 성년식 이전에 소유한 존재에서 전적으로 다른 존재로 태어나게 된다. 즉 그는 다른 삶이 되는 것이다.[14]

---

14) Mircea Eliade, *Rites and Symbol of Initiation*, *The mysteries of Birth and Rebirth*, New York: Harper Torchbooks, 1965, Introduction X.

성년식의 유형과 변형은 서로 다른 사회구조 및 문화영역에 상응하여 나타나고 고대인의 모든 것은 성년식의 관념, 형태 및 기법과 조화되어야만 하는 것이다. 성년식은 입문자의 경우에 실존적 상황의 변화가 종교적 경험에 의해 제시되고 세계와 삶에 대한 결정적 인식을 함으로써 종교적 삶을 포함하는 것[15]을 의미한다. 즉 한 세계에서 다른 세계에로의 이행을 뜻하는 성년식은 실제적인 공간이나 정신적인 범주에서 인간의 성장과 깊은 관련을 맺고 있다. 또한 "죽음과 재생(Death and Rebirth)"[16]을 포함하는 인생에 대한 해명이자 인간 본질에 대한 해석인 것이다. 원래 성년식이라는 개념은 인류학에서 사용되는 개념으로서 원시 사회에서 성년식을 치를 때 성년으로서의 자질이 있는 지를 검증하는 방법이다. 즉, 미성년자를 기존사회에서 멀리 떨어진 숲과 동굴이라는 소외된 공간에 일주일 이상 격리시킨 후 극복하면 성년으로 인정해 주는 성년식을 거행해 준다. 엘리아데[17]는 이와 같은 신화적 성년식을 입사단계(Entry), 시련단계(Ordeal), 죽음단계(Death) 그리고 재생단계(Rebirth)로 정리해 놓았다.

엘리아데가 말한 성년식의 입사(Entry)단계는 어머니의 세계, 여성의 세계, 어린이의 무책임의 상태와 무지함으로부터 벗어나는 것을 의미한다.[18] 그 다음 단계의 시련에 대하여 엘리아데는 "잠을 자지 않는 시련행위는 육체적 피로를 견디어 내면서 무엇보다도 의지와 정신력의 강인함을 증명해 보이는 것이다"[19]라고 설명한 바 있다. 이와 같은 시련은 과거의 상태와는 정반대로 새로운 충격을 받고 어려운 상황에 봉착하는 것을 의미한다. 성년식의 세 번째 단계인 죽음(Death)단계는 필연적으로 재생(Rebirth)단계와

---

15) Mircea Eliade. *The myth of the eternal Return*, op. cit., p.1.
16) Ibid.. pp.134-135.
17) Mircea Eliade, *Rites and Symbol of Initiation: The mysteries of Birth and Rebirth*, op. cit., pp.1-136.
18) Vgl. Ibid.,, p.8.
19) Ibid., p.15.

연관지어 이해할 수 있다. 그것은 죽음이 있음으로써 새로운 재생이 가능하기 때문이다. 엘리아데는 이 죽음(Death)단계에 대해서 다음과 같은 견해를 밝히고 있다.

> 우리의 목적에 있어서 가장 중요한 것은 죽음과 재생의 사상이 성년식의 모든 형태에서 기본적인 것이며, 여기에서 덧붙여 말한다면 죽음은 죽은 자를 위한 종말이 아니라 귀환인 것이다.[20]

엘리아데에 의하면 죽음은 결코 죽음으로써 끝나는 것이 아니라 죽은 자에 있어서 새로운 재생과 귀환을 뜻한다고 볼 수 있다. 마지막으로 성년식의 최종 재생(Rebirth)단계와 관련하여 고찰해 보기로 한다. 고대 종교는 기독교에서 말하고 있는 재생을 죽음 다음에 뒤따르는 필수적인 단계로 간주하기 때문에 죽음은 성년식에서 재생으로 인도되고, 삶에로의 귀환을 약속한다고 본다. 죽음은 총체적인 자기부정 뒤에 새로운 존재의 세계로 변화된다는 인식을 나타내고 있으며, 재생은 순환적인 종착점이 아니라, 새로운 실존세계 에로의 진입을 의미한다. 엘리아데의 재생론을 보면 새로운 실존세계로의 귀환을 지적하고 있다.

> 모든 성년식의 중점적 계기는 입사자의 죽음과 살아있는 사람들의 동료의식으로서의 귀환을 상징하는 예식으로서 나타난다. 그는 존재의 다른 방식을 가지게 된 새로운 인간으로서 삶에 귀환한다.[21]

엘리아데의 성년식 구조는 입사의 단계에서 겪게 되는 과정을 세분화해 놓았을 뿐만 아니라, 입사의 단계는 시련의 단계와 곧장 이어지며, 시련의 단계를 죽음의 단계와 구분할 수 없다. 이러한 시련 혹은 죽음의 극복이 재

---

20) Ibid., p.34.
21) Ibid., p. xii.

생으로 이어진다는 점에서 단계 간의 변별성이 명료하지 않을 경우 적용하기 힘든 구조로 되어 있다. 이와는 달리 캠벨은 성년식의 서사 구조를 영웅 신화와의 관련성 속에서 바라본다. 이에 따라 영웅 신화의 성년식을 분리-입문-귀환의 구조로 설명한다.[22] 이러한 성년식 서사 구조에서는 영웅이 일상적인 삶의 세계로부터 초자연적인 경이의 세계로 떠나고 결국은 결정적인 승리를 거둔 다음 신비로운 모험에서 얻은 힘을 가지고 현실 세계로 돌아오는 과정이 중심이 된다. 캠벨의 서사 구조에서는 일상적 세계에서 벗어난 비일상적 세계의 대비가 의미를 형성하는 동인이다. 곧 일상적인 세계가 갖지 못하는 경험이 비일상적인 세계 속에서 가능하다는 것, 그러한 경험이 일상적인 세계를 변화시키는 계기가 될 수 있다는 것이 캠벨의 성년식 서사 구조의 핵심이라고 하겠다. 이러한 구조는 게넵(Gennep)이 말하는 성년식의 구조와도 유사하다. 게넵은 성년식의 단계를 분리의 제의-전이의 제의-통합의 제의로 구분하고 분리의 제의는 유아적 상태로부터 분리되는 단계를, 전이의 제의는 유아적 상태로부터 사회적 자아로 탄생하기 위한 단계라고 한다. 그리고 시련의 통로를 거친 입사자는 사회와 전통에 통합되는 사회적 존재로 탄생한다고 한다.[23] 이러한 성년식 구조는 인간을 생물학적이고 자연적인 존재와 사회적인 존재의 두 가지 유형으로 구분하고, 이 두 단계 사이에는 통용 불가능한 차이가 존재한다고 전제하고 있다. 자신이 가진 생물학적인 존재로서의 한계를 극복하고 사회적인 존재로 다시 태어나는 일은 존재론적인 변화이자 존재론적인 사건이 된다. 그런 의미에서 보면 게넵이 구분한 성년식의 과정에서는 사회적인 규범이나 질서를 내면화 하도록 함으로써 한 사회의 구성원으로서 소속감과 정체감을 부여하는 과정을 포함하고 있다.

---

22) J. 캠벨(이윤기 역), 『천의 얼굴을 가진 영웅』, 민음사, 2002, pp.44-45.
23) 이경재, 『신화해석학』, 다산글방, 2002, p.93.

세계문학 작품에 편재하는 보편적인 성년식의 서사 구조를 찾는 작업보다 선행되어야 하는 과제는 특정 국가의 문학 작품에 나타나는 성년식 서사 구조의 특징을 규명하는 일이다. 서사문학의 주인공이 고난의 시간과 공간과 미로의 세계를 극복하는 일은 무지에서 지식으로 변화되는 내면적인 움직임이며 정신적 탐색과정이라고 말 할 수 있다. 이것은 엘리아데가 그의 저서 『원천에 대한 동경 Die Sehnsucht nach dem Ursprung』에서 지적한 바 있는 외부에서 내부에로의 전이 현상으로서 이것은 성년식 과정과 일치하고 있다.[24] 성년식이란 신참자가 사회 혹은 기존의 질서에 입문하면서 겪게 되는 시련의 절차로서 이 경우 시련은 죽음과 재생의 의미를 지니고 있다. 시련이 죽음, 재생의 의미를 동시에 가질 수 있는 것은 성년식이 공동체의 질서에 입문하는 통과 의례의 형태와 밀접하게 관련되어 있기 때문이다. 현대 세계에 접어들면서 성년식의 의미가 퇴색된 면도 있지만 다른 한편으로 성년식은 삶의 변환기마다 겪어야 하는 시련과 극복의 의미를 담게 된다. 시련과 극복의 구조란 유아기에서 청년기로 입사하는 시기 외에도 다양하게 경험하는 구조라는 점에서 어느 특정 시기에 한정하여 성년식의 문제를 논의하기보다는 각각의 단계에서 발생할 수 있는 현상으로 바라보는 것이 바람직하다.

본 연구에서는 성년식의 서사 구조를 한 인간의 성장 과정에서 직면하게 되는 몇 가지 사건을 중심으로 구조화 하고자 한다. 문학 작품의 서사 구조를 밝히기 위해서는 삶의 서사 구조를 매개로 하여 영웅 주제의 서사 구조가 지닌 특수성을 파악하는 방법이 타당하리라고 생각하기 때문이다.

인간이라면 누구나 일정한 삶의 단계를 거치면서 살아가지만 영웅의 경우는 보통 사람들과 다르다는 것을 강조하는 데에 영웅적 서사 구조의 특징

24) Manfred Schmeling, *Der labyrionthische Diskurs. Vom Mythos zum Erzählmodel*. Frankfurt a. M. Athenäum 1987, S.136.

이 있다고 본다. 그리고 보통 사람들과 다른 영웅의 특징은 각 단계마다 반복되는 시련과 극복의 과정을 통해 드러나게 된다. 성년식의 서사 구조란 영웅이 직면하게 되는 시련의 성격이 무엇인가, 그리고 그러한 시련을 어떻게 극복해 가는 가에 따라 달라질 수 있다.

(3) 신화적 영웅탐색의 개념

프롬(Fromm)[25]과 프레이저(Frazer)[26]는 상징적 언어와 신호 자체를 연구 대상으로 삼고 있으며 두 개의 단일 신화로서 계절신화와 영웅신화 혹은 탐색신화를 규정하고 있다.

단일 신화 중 후자인 영웅신화의 강조점은 그가 속한 사회에서 돋보이는 영웅의 특별한 자질에 있으며, 영웅은 예수처럼 처녀 몸에서 탄생하는 항상 신비스럽고 이상한 환경 속에서 태어난다. 영웅은 프로메테우스와 예수같이 위인이나 신성한 존재의 아들이다. 그는 위대성을 특징으로 갖고 있다. 오레스티스, 모세, 햄릿처럼 젊은 시절에는 죽임을 당할 정도의 함정에 놓이게 되며 유랑의 몸이 되기도 한다. 또 시련이나 시험을 받음으로써 영웅적 역할의 요구에 대해서 증명해 보여야 한다. 예컨대 바위에 박힌 칼을 끄집어내서 초월적인 힘을 보이는 아서 왕 이야기라든지 혹은 헤라클레스가 시험을 극복하는 이야기 등이 그것이다. 모세와 같이 기적을 보이고, 베어울프와 같이 괴물을 죽이는 능력을 과시함으로써 다른 세상 사람들을 위해 자신의 위대성을 보여준다. 영웅들이 맞이하는 죽음은 가끔 신비스럽거나

---

25) Erich Fromm, The Nature of Symbolic Language, In: *Myth & Motifs in Literature*, ed. by David J. Burrows, Frederick R. Lapides, John T. Shawcross. The Free Press. A Division of Macmillan Publishing Co., P.36ff

26) Sir James G. Frager, The Sacred Marriage, In:*Myth & Motifs in Literature*, ed. by David J. Burrows, Frederick R. Lapides, John T. Shawcross. The Free Press. A Division of Macmillan Publishing Co., P.47ff

애매모호할 때가 있다. 아서 왕은 아발론을 떠나지만 그리스도의 십자가를 통해 다시 태어날 수도 있다. 결국 영웅은 죽지 않거나 아니면 매우 필요한 어떤 미래에 다시 귀환한다는 암시를 던져 준다. 두 가지 단일 신화가 공통으로 지니고 있는 것은 태어나서 성숙한 뒤 죽으며 상징적으로 부활하는 순환적 패턴으로 규정할 수 있다.

영웅에 대한 내용이 빈약한 시나리오와 탐색중인 영웅의 역할은 다음과 같이 말할 수도 있다. 특별한 어떤 이가 중요한 일을 찾기 위해서 밖의 세계를 향해 가거나 혹은 보내진다. 월터 버커(Walter Burker)는 탐색의 플롯을 "이야기의 가장 깊고 깊은 구조"로, 영웅은 "밖으로 나가서 질문하고 찾아내고 추구하고 잡으러 뛰어가는 사람"[27]으로 정의하고 있다. 또한 조셉 캠벨(Josef Campbell)은 핵심 단위인 탐색에 대해서 다음과 같이 언급하고 있다.

> 영웅이란 일상적인 세계에서 초월적인 경이로운 세계에로 모험을 감행하며 나아가는 존재인 것이다. 그곳에서 놀라운 힘들과 접하게 되고 결정적인 승리를 이루어 낸다. 영웅은 동료나 친구들에게 혜택을 부여하는 힘을 가지고 신비스러운 모험에로 귀환하게 된다.[28]

여기에서 "다른 세계"를 향한 탐색과정이 전체의 일부만을 포괄하고 있다는 사실을 발견하게 된다. 캠벨은 너무 일반화된 신화의 개념과 폰 한(Von Hahn), 랑크(Rank), 라글란(Raglan), 토마스 오 캐다자이 (Tomas O Cathasaigh)의 경직된 공식 사이에서 중간 입장을 취하는 드 브리스(de Vries)의 전기적인 진행과정으로 수렴하고 있는데, 이것은 용과의 싸움에서(VI) 여자를 구

---

27) See Baron, "The Querelle," pp.5-6.

28) Erwin Rohde, *Die Griechische Roman and seine Voläufer*(1876: reprint, Hildesheim: G. Olms, 1960): Ben Perry, *The Ancient Romances: A Literary-Historical Account of Their Origins,* Berkeley : University of Califonia Press, 1967, Arthur R. Heisermann, *The Novel before the Novel: Essays and Discussions about the Beginnings of Prose Fiction in the West*, Chicago : Uni. of Chicago Press, 1977.

해내고(VII) 지하 세계를 모험하는 탐색의 단계와 동일시할 수 있다.[29] 영웅에 의해서 전개되거나 해당되는 유형적인 특성의 많은 집합 중에서 다음의 관점들은 특히 영웅의 탐색하는 역할과 과정 혹은 '시험'으로 취급되는 탐색에 적합한 것 같다.

1. 영웅은 독특하고 고독하다. 영웅의 특성은 강하고 아무것도 가진 것이 없이 무척 가난하다. 그러나 탐색은 영웅에게 협동적인 모험을 요구할 수도 있다. 생각 없는 사나운 행동보다는 계획과 설득을 병행하는 행위자를 요구한다.
2. 영웅은 결투와 대결에 몰두한다. 그는 추구하는 것을 준비해야 하고 적어도 갑작스런 계략, 두려움, 폭력을 포괄하는 탐색의 관점들을 피하지 않는다. 그는 어떤 폭력에 대해서도 육체적으로나 도덕적으로 잘 준비되어 있다. 영웅은 모험을 감행하며 가장 용감하고 명예롭게 행동하고 목적이 단순한 것에 비례하여 필요에 따라 많은 상상을 하지 않는다.
3. 영웅은 문화적, 사회적 장소로부터 격리되어 있다. 또한 변화하기 쉽고 비범한 신속함이 있다. 특별한 민첩성으로 여러 세계에서 시간과 거리감으로 부여되는 도전을 쉽게 받아들일 수 있다.
4. 영웅은 사회적 모체로부터 쉽게 분리되기 때문에 종종 위험에 직면한다. 마지막으로 영웅은 사회 밖에서 더욱 활달하며 그의 특출함을 보여주는 데 적극적이다.[30]

오든(W. H Auden)[31]은 탐색영웅담의 6가지 필수 요소를 다음과 같이 제시하고 있다.

---

29) Vgl. Bakhtin, "Epic and Novel" 35.
30) Dean A. Miller. *The Epic Hero*. The Johns Hopkins University Press 2000, P.163 ff
31) W. H. Auden. 「탐색신화」, 『문학과 신화』 (김병욱 외 3인 역), 대방, 1983, p.182.

1. 하나의 귀중한 목적물을 발견하여 소유하거나 혹은 결혼하는 사람.
2. 목적물의 소재는 원래 밝혀져 있지 않으므로 그것을 찾기 위해 긴 여행을 한다.
3. 영웅과 귀한 물건은 아무나 발견할 수 없고 올바른 품행과 성품을 소유한 자만이 발견할 수 있다.
4. 하찮은 사람이 감춰 놓은 하나 혹은 연속적인 시험을 밝혀낸다.
5. 이겨내기 전에 극복해야 하는 목적물의 호위병, 이들은 단순히 영웅의 시련을 오래 끈다. 그렇지 않으면 이들은 사악해지기도 한다.
6. 지식과 요술적인 힘으로 영웅을 도와주는 조력자들. 이들이 없다면 결코 성공하지 못하는 데, 이들은 인간이나 동물의 형태로 나타난다.

일반 교양소설에 등장하는 주인공들은 뚜렷한 소명의식을 가지고 남다른 예술가적 기질과 시민적 기질을 보여주며 세계와 자아의 긴장된 갈등구조 속에서 사회화된 자아를 발견하려는 과정을 보여준다. 이러한 교양소설에 등장하는 주인공들이 성년식(통과 의례)을 치르게 된다는 면에서 영웅신화가 보이는 동일한 성년식의 서사구조를 지니고 있다고 가정할 수 있다. 김열규 교수는 그의 저서 『우리의 전통과 오늘의 문학』[32]에서 성년식은 발전적 성격의 소유자를 주인공으로 하는 교양소설의 특수한 장르로 정립할 수 있다고 지적하고 있다. 여기에서도 성년식 구조와 교양소설의 상관성은 매우 높다고 지적한 점은 시사하는 바가 크다.

32) 김열규, 『우리의 전통과 오늘의 문학』, 문예출판사 1987, pp.120-121.

제Ⅲ장 교양소설의 서곡으로서 볼프람 폰 엣센바하의 작품 『파르치팔 Parzival』의 성년식 서사구조 고찰

앞서 언급한 바와 같이 교양소설이 일반적으로 성년식의 서사구조를 지니고 있다는 전제하에서 『파르치팔』 속에 이러한 성년식의 서사구조가 내재되어 있는 지를 검토하는 일이다. 상기한 작품 속에 성년식 서사구조가 존재한다면 교양소설적 요소가 있는 서사문학으로 규정할 수 있다고 보기 때문이다. 이러한 성년식의 서사구조의 관점을 규명하기 위해서 엘리아드(M.Eliade)의 성년식(Initiation)의 이론을 도입하고자 한다. 독일 중세 영웅서사시 『파르치팔』에 대한 연구는 지금까지 주인공 파르치팔에 대한 엘리아드의 성년식의 관점에서 연구가 거의 이루어지지 않았다. 이점을 착안하여 본 연구의 필요성을 인식하게 되었다. 영웅의 주제는 일정한 서사 구조를 통해 구체적으로 재현된다. 신화적인 주제는 인간이 겪게 되는 다양한 경험을 나타내고 있기 때문에 각각의 주제가 상호 교섭, 침투하면서 신화의 이야기를 짜게 된다. 신화(myth)는 본래 그리스어의 '이야기(mythos)'에서 비롯되었다고 한다. 뮈토스는 이야기를 짜는 것을 말하는 것으로 이야기가 구성되는 방식을 의미한다. 그러므로 신화 연구에서는 신화가 갖고 있는 줄거리, 다시 말해 사건이 구성되는 특정의 방식에 주목할 필요가 있다. 영웅의 주제는 일반적으로 탐색의 플롯을 통해 구현된다. 월터 버커(Walter Burker)는 탐색의 플롯을 "이야기의 가장 깊고 깊은 구조"로, 영웅은 "밖으로 나가서 질문하고 찾아내고 추구하고 잡으러 뛰어가는 사람"[1]으로 정의하고 있다. 프로프가 민담의 안정적이며 지속적인 요소들을 누가 만들었는가는 상관없이 일종의 탐색이라고 말하는 것은 탐색이 민담의 집합체를 구성하고 있다는 것을 의미한다.[2]또한 신화학자인 조셉 캠벨(Josef Campbell)은 핵심 단위인 탐색에 대해서 다음과 같이 언급하고 있다.

> 영웅이란 일상적인 세계에서 초월적인 경이로운 세계에로 모험을 감행하며 나아가는 것이다. 그곳에서 놀라운 힘들과 접하게 되고 결정적인 승리가 이루어진다. 영웅은 동료나 친구들에게 혜택을 부여하는 힘을 가지고 신비스러운 모험에서 귀환하게 된다.[3]

영웅의 탐색은 특정 시공간에서 이루어지는데 이 시간과 공간의 특수성이야말로 영웅의 존재를 규정해 주는 조건이 된다.[4] 시간에 있어서 일상의 생활이 전개되는 세계의 밖, 혹은 세계를 넘어서는 탐색의 과정은 영웅 모험의 연속성과 정상적 시간이 지닌 견고성의 갈등으로 인해 당혹감 혹은 불화로 발전할 수 있다. 영웅의 탐색 과정에서 '어떤' 시간은 다른 세계의 힘에 의해서 포기되거나 지배받게 된다. 특히 밤은 시련을 담보하는 시간인데 영웅은 밤이라는 시간 속에서 초자연적인 중재에 의해 이 세계에서 다른 세

---

1) See Baron, "The Querelle," p.5-6.
2) Frye, Secular Scripture, 4, See the indtroduction by the editors in Brownlee and Brownlee, Romance, 3 ff
3) See Erwin Rohde, *Die Griechische Roman und seine Voläufer* (1876: reprint, Hildesheim: G. Olms, 1960): Ben Perry, The Ancient Romances: A Literary-Historical Account of Their Origins (Berkeley : University of Califonia Press, 1967, Arthur R. Heisermann, *The Novel before the Novel: Essays and Discussions about the Beginnings of Prose Fiction in the West,* Chicago : Uni. of Chicago Press, 1977
4) Dean A. Miller, *The Epic Hero*, The Johns Hopkins University Press 2000, p.164.

계로의 분리를 감행하기도 한다.[5] 영웅은 탐색의 과정에서 시간의 중간 상태, 무시간의 상태를 발견하고 그곳으로 사라지기도 한다. 이와는 달리, 현실에서 보내는 시간과는 길거나 짧은 하룻밤을 보내고 현실의 시간으로 되돌아오면 인간 세상에는 더욱 극적인 변화가 발생한다. 영웅이 인간계에 귀환하면 1년, 또는 1세기, 혹은 더 길게 인간적 시간이 흘러갈 수 있다.

탐색의 전형적인 형식은 영웅의 공간적 확장에서 나타난다. 영웅은 공간을 넓혀가면서 가장 깊은 탐험을 향해 움직인다. 그는 아주 멀리 갈 수도 있으며 낯설거나 두렵고 무서운 세계로 가려고 할 것이다. 여전히 다른 힘(특히 왕의 힘)에 의해서 지배를 받는 제약적인 시간에 행해지는 공간이 있음에도 불구하고, 탐색은 종종 영웅이 일종의 밀폐된 공간을 접하고 그곳에 기꺼이 들어갈 것을 요구한다. 영웅이 도달하고자 하는 목적지이거나 보상이 확실히 보장된 공간의 특성은 섬뜩한 성, 으스스한 도시, 엄한 감시를 받고 있는 성당(궁) 등으로 구성되어 있다. 영웅에게는 모든 경계선을 뛰어 넘을 수 있는 기회가 주어진다. 그러나 특별히 문화적인 지역에서 자연적(초월적인) 지역으로 분리되는 의식의 한계와 탐색은 황량한 세계나 황무지 세계를 통해 가능하며, 성배담의 세계(야만적 지대의 낯선 정취 속에서 더욱 분명하게 초자연적이지만, 어떤 경우에는 일상적인 문화는 명확하게 금지되며, 그림자와 어두움, 흔적 없음, 그리고 두려움과 은닉된 운명을 거역하는 분위기)를 탐색하는 주인공은 배를 잡아타고 지구에 구속된 인류를 낯선 요소로부터 격리하는 절대적인 경계선을 통과하게 되어 있다. 마지막으로 영웅들은 높이 솟아 있어 커다란 두려움을 주는 산들을 통과해야 하는데, 경이로움을 주는 높이, 매서운 추위, 절벽과 동굴, 좁은 도로, 불길한 통로로 대표되는 거창하고 무자비한 세계가 그 극복 대상이다. 영웅의 탐색은 이러한 시공간의 시련을 성공적으로 통과함으로써 그 의미를 부여받게 된다. 이러한 탐색은 특정 있는 서사 구조

---

5) Oinas, "Folk-Epic," 103 ; Frye, Secular Scripture, 83.

의 성격을 보인다. 신화적인 주제 가운데 영웅의 주제는 일반적으로 입사식의 서사 구조가 결합되는 것이 일반적이다. 인류학자인 엘리아데는 성년식(Initiation)의 단계를 입사(entry)단계, 시련(ordeal)단계, 죽음(death)단계, 그리고 재생(rebdirth)단계로 나눌 수 있다고 한다. 엘리아데의 성년식구조는 입사의 단계에서 겪게 되는 과정을 세분화해 놓았을 뿐만 아니라, 이와는 달리 캠벨은 입사식의 서사 구조를 영웅 신화와의 관련성 속에서 바라본다. 이에 따라 영웅 신화의 입사식을 분리 - 입문 - 귀환의 구조로 설명한다.[6] 이러한 입사식 서사 구조에서는 영웅이 일상적인 삶의 세계로부터 초자연적인 경이의 세계로 떠나고 결국은 결정적인 승리를 거둔 다음 신비로운 모험에서 얻은 힘을 가지고 현실 세계로 돌아오는 과정이 중심이 된다. 캠벨의 서사 구조에서는 일상적 세계와 일상적 세계에서 벗어난 비일상적 세계의 대비가 의미를 형성하는 동인이다. 곧 일상적인 세계가 갖지 못하는 경험이 비일상적인 세계 속에서 가능하다는 것, 그러한 경험이 일상적인 세계를 변화시키는 계기가 될 수 있다는 것이 캠벨의 입사식 서사 구조의 핵심이라고 하겠다. 이러한 구조는 게넵이 말하는 입사식의 구조와도 유사하다. 게넵은 입사식의 단계를 분리의 제의 - 전이의 제의 - 통합의 제의로 구분하고 분리의 제의는 유아적 상태로부터 분리되는 단계를, 전이의 제의는 유아적 상태로부터 사회적 자아로 탄생하기 위한 단계라고 한다. 그리고 시련의 통로를 거친 입사자는 사회와 전통에 통합되는 사회적 존재로 탄생한다고 한다.[7] 이러한 입사식 구조는 인간을 생물학적이고 자연적인 존재와 사회적인 존재라는 두 가지 유형으로 구분하고, 이 두 단계 사이에는 통용 불가능한 차이가 존재한다고 전제하고 있다. 자신이 가진 생물학적인 존재로서의 한계를 극복하고 사회적인 존재로 다시 태어나는 일은 존재론적인 변화이자 존재론적인 사건이 된다.

6) J. 캠벨, 『천의 얼굴을 가진 영웅』, p.44-45.
7) 이경재, 『신화해석학』, 다산글방, 2002, p.93.

그런 의미에서 보면 게넵이 구분한 입사식의 과정에서는 사회적인 규범이나 질서를 내면화하도록 함으로써 한 사회의 구성원으로서 소속감과 정체감을 부여하는 과정을 포함하고 있다.

다음으로 독일 교양소설의 전신이라고 할 수 있는 중세서사문학 『파르치팔』에 등장하는 주인공 파르치팔이 성배를 찾아 탐색하는 과정을 엘라이드의 성년식(Initiation)의 단계인 입사단계, 시련단계, 죽음과 재생단계로 나누어서 살펴보기로 한다.

1. 입사단계 : 파르치팔의 기사수업을 위해 집을 떠남

고귀한 기사 가하무레트(Gahamuret) 왕이 전쟁에서 배반당하여 사망한 지 며칠 후에, 슬픔에 잠긴 젊은 왕비 헤르쩰로이데가 유복자를 낳게 되는데, 그녀가 낳은 왕자가 바로 이야기의 주인공 파르치팔인 것이다. 생사가 무상한 기사생활과 전쟁에 염증을 일으킨 헤르쩰로이데비는 귀여운 외아들을 고이 양육하고자 자신의 여왕이라는 신분마저 희생하고 깊은 숲에 들어가 농사를 지으면서 그 아이를 기른다. 그리고 행여 아들이 기사 생활과 모험을 알게 될까 봐 그것만을 염려하였다.

> "왕비는 그의 걱정을 덜기 위해서 그녀가 살던 지역에서 솔탄에 있는 한적한 깊은 숲으로 이주해 왔다. [...] 그녀는 세상으로부터 고귀한 가하무레트의 자식을 도피시키기 위해서 그 쪽으로 같이 오게 되었다. 그녀가 데리고 온 사람들은 밭을 농작하게 했다. 그녀는 그녀의 아들을 충분히 보호할 줄 수 있었다. 아들이 알게되기 전에, 그녀의 주변에 시중들을 모이게 하고 결코 기사에 대한 소리가 흘러나오지 않토록 하라고 명을 내렸다."[8]

---

8) Wolfram von Eschenbach, *Parzival in Prosa,* Übertragung von Wilhelm Stapel. Albert langen Georg Müller Verlag GmbH, Muenchen 1950, S.62. (이하에 나오는 본 작품을 인용하는 경우 Parzival 해당 페이지로 표기하기로 함)

Die Fürstin wanderte , ihren Jammer zu hegen, aus ihrem Lande in einem Wald, auf eine einsame Waldlichtung in der Soltane.[...] Mit sich brachte sie dorthin, um es vor der Welt zu flüchten, des edlen Gachmurets Kind. Die Leute, die sie mitnimmt, muessen das Feld bauen und roden. Sie wusste ihren Sohn wohl zu betreuen. Ehe er zu Verstand kam, sammelte sie das das Dienstvolk um sich und gebot Männern und Frauen bei ihrem Leben, dass sie niemals etwas von Rittern verlauten lassen sollten.

그러나 소년의 몸에 흐르는 아버지의 피는 어찌할 수 없는 것이어서, 어느 날 찬란한 갑옷차림의 기사들이 그 숲까지 들어온 것을 본 아이는 곧 어머니를 졸라서 기사가 되기를 간청하였다. 어머니의 만류도 비탄도 결국은 소용없이 그는 결국 아르투스왕을 찾아가기 위한 말을 어머니로부터 얻게 된다.

날이 뜨는 아침에, 아이는 기사가 되리라 마음을 결심하게 되었다. 헬르츠로이드 부인은 아들에게 입맞춤하고 그를 떠나보낸다. 그때 형용할 수 없는 고통이 치밀어 올랐다.[9)]

Des Morgens, da der Tag erschien, wurde der Knabe mit sich einig, er wollte durchaus zu Artus. Frau Herzeloyde küsste ihn und lief ihm nach. Da geschah ein weltgrosses Leid.

파르치팔의 입사단계는 이와 같은 파르치팔이 기사가 되기 위해서 어머니 곁을 과감히 떠나는 데서 시작된다. 이러한 입사단계는 위에서 언급했던 엘리아드가 지적하고 있는 부모님으로부터 분리단계와 일치고 있다. 또한 켐벨이 언급하고 있는 부왕과 함께 누리던 행복 그리고 에덴동산의 낙원으로부터의 떠나는 분리의 단계에 해당된다.

---

9) Parzival S.68.

2. 파르치팔의 시련단계

- 파르치팔의 붉은 기사로서의 시련과정 -

파르치팔은 공명심과 호기심에 불타면서 아르투스왕의 거성까지 도달한다. 그때 마침 그는 성문에서 원탁의 기사에게 도전하는 붉은 기사 이텔과 만난다. 그는 아르투스로부터 그 기사를 제거하는 대신 기사가 될 수 있다는 허락을 받아, 기사의 예법도 모르는 그는 그를 창으로 찔러 죽이고 스스로 붉은 기사가 된다.

"기사는 창을 거꾸로 해서 둔한 끝으로 그 아이를 떠밀어 말과 함께 꽃밭으로 떨어지게 하였다. 그 영웅은 화를 잘 내는 사람이었다. 그는 아이를 창 끝으로 때려서 살갗에서 피가 솟아오르게 했다. 그러나 용감한 아이 파르치팔은 화가 나서 풀밭에서 일어나 방패용 모자 위, 투구와 면갑 속에 구멍이 있는 곳을 통해 온갖 사악한 적이었던 영웅이 땅에 떨어져 죽을 정도로 머리를 비스듬히 내리쳤다."[10]

Der Ritter kehrte den Speer um und stiess den Kanben mit dem stumpfen Ende, so dass er mitsamt seinem Pferdchen in die Blumen fallen musste. Der Held war ein zornmuettiger Herr, er schlug ihn so mit dem Speerschaft, dass ihm das Blut aus der Haut sprang. Der brave Knabe Parzival aber stand zornig auf von der Wiese und griff nach seinem Gabilot. Da wo sich über deren Schutzkappe die Löcher in Helm und Visier befinden, traf das Gabilot dem Ritter ins Auge und drang quer durch den Kopf, so dass der Held, der aller Falschheit Feind war, tothinfiel.

- 구르네만츠 기사로부터 기사수업 -

집을 떠난 후 파르치팔의 모친은 아들과 작별한 후 슬픔을 이기지 못해 낙명하였다는 이야기가 나오고, 파르치팔은 성스러운 그랄(Gral)의 유래에 대한

---

10) Parzival S.81.

자세한 내용을 그 수도자인 아저씨로부터 배운다. 파르치팔은 아저씨인 수도자 곁에 2주일 동안 머무르면서 구르네만츠는 파르치팔에게 명예를 중시할 필요성, 쓸데없는 많은 질문을 하지 않고 심사숙고하여 대답해야 할 것과 기사로써의 무기를 다루는 방법에 이르기까지 기사도의 기초를 가르친다.

① "그대는 부끄러운 일은 하지 않도록 명심하게! 부끄러워할 줄 모르는 사람을 무엇에 쓴단 말인가? 그와 같은 사람은 마치 아주 고상한 깃털을 상실한 매와 같지. 그 사람은 지옥행이나 다름없어."[11]

Achtet darauf, dass Ihr nie von der Scham lasst ! ein Mensch, der sich nicht schämen kann, was taugt er noch ? Er ist wie ein Falke, der in der Mauserung verfällt, wobei er alle edlen Federn verliert, und er geht den Weg zur Hölle.

② "그대는 많이 질문을 해서는 안 되네. 또한 그대는 충분히 생각한 대답을 꺼리는 것이 아니라 오히려 그대의 견해와 태도를 말로 질문에 정확히 맞도록 대답을 해야지 !"[12]

Ihr sollt nicht viel fragen. Auch sollt Ihr Euch eine wohlbedachte Antwort nicht verdriessen lassen, sondern gebt sie so, dass sie richtig auf die Frage dessen trifft, der Eure Meinung und Art mit Wörtern erkunden will.

③ "지금 그대는 기사도를 배워야 돼! [...] 우리가 들판에 서둘러 나아가야 할 시간이 오늘이야. 그대는 무기 다루는 기술을 배워야 할 테니까!"[13]

Nun sollt Ihr dazu auch Ritterkunst und Ritterkampf lernen! [...] Es ist noch Zeit genug heute, dass wir aufs Feld eilen, da sollt Ihr die Waffenkunst lernen!

구르네만츠로부터 기사수업을 받은 그는 처음으로 무기를 가지고 기사로서의 자질을 시험하는 결투에서 승리한다.

---

11) Parzival S.89.
12) Parzival S.90.
13) Parzival S.91.

이것은 그의 첫 번째 무기싸움이었다. 그는 돌진이 그렇게 멀었기 때문에 마상 창 시합에서 말들이 충돌하기 전에 배띠가 풀어졌다. 말의 뱃대근은 두 마리의 각 말들이 다리 무릎관절 위에 놓여질 정도로 찢어졌다. 그 위에 앉았던 사람들은 무기를 잡았고, 그들은 나누어질 때 그것을 발견했다. 킹룬은 팔과 가슴에 상처가 나 있었다. [...] 들판에서 그에게 달려오는 여섯 명의 기사들을 내리 눕혀버렸다고 하는 힘에 대해서 첨가하여 기술되고 있다. 그러나 파르치팔은 집사 킹룬이 커다란 투석기의 주사위가 그를 맞추었듯이 야릇한 느낌을 받을 정도로 막강한 손힘으로 그에게 보복했다. [...] 파르치팔은 그를 내리 흔들었고 그의 가슴에 무릎을 얹어놓았다.

Dies war sein erster Schwerkampf. Er nahm den Anlauf wohl so weit, dass sich vor dem Anprall seiner Tjoste beider Rosse Gurte lösten. Die Bauchriemen rissen, so dass jedes der beiden Rosse sich auf die Hechsen setzte. Die Männer, die darauf gesessen hatten, griffen nach den Schertern, sie fanden sie in den Scheiden. Kingrun trug Wunden in Arm und Brust davon.[...] Ihm wurde bisher solche Kraft zugeschieben, dass er sechs Ritter, die auf einem Felde gegen ihn herankamen, gefällt haben sollte. Parzival aber zahlte es ihm heim mit seiner gewaltigen Hand, so dass der Seneschall Kingrun ein seltsames Gefühl hatte, als ob eine grosse Steinschleuder ihre Würfe auf ihn gerichtet hätte.[...] Parzival schwang ihn nieder und setzte ihm ein Knie auf die Brust.

"아닙니다, 주인나리. 나는 기꺼이 죽겠습니다. [...] 신께서 주인님께 많은 명예를 내려 주셨습니다. 주인님은 나를 제압할 정도의 힘을 나한테 보여 주셨으며, 그 때문에 주인님은 이미 성공한 사람입니다."

Nein, Herr, lieber magst Du mich töten. [...] Gott hat Dir viel Ehre gegeben: wo immer man sagt, dass von Dir solche Kraft an mir erwiesen wurde, dass Du mich bezwungen hat, da ist Dir's wohl gelungen![14]

- 여왕 콘드비라머스를 위한 크라미데왕과의 결투 -

그 성을 지배하고 있는 파르치팔과 나이가 같고, 양친을 잃은 젊은 여왕

14) Parzival S.102.

콘트비라머스가 그녀의 성을 빼앗으려고 호시탐탐 노리는 적 기사들 때문에 괴로워서 성에서 뛰어내릴 것이라는 소문을 듣는다. 의리가 있는 파르치팔은 그 말을 듣고 그녀를 괴롭히는 크라미데왕을 단숨에 물리친다.

> 그러나 가쉬무레트의 아들은 결코 지치지 않았다. 클라미데왕은 도시인들이 평화를 망가뜨리고 그들의 투석기로 싸움에 돌입하는 것 같은 느낌이 들었다. 그는 적에게 그의 명예를 지키고 돌로 쏘지 않을 것을 청했다. 투석용 돌 같은 무수한 돌들이 그에게 날아왔다. [...] 클라미데는 지쳐 있었다. 승리를 하느냐 실패를 하느냐 하는 결투가 막중지세로 전개되었다. 곧 클라미데왕이 바닥에 내동댕이쳐지게 되자 항복을 선언했다. 파르치팔이 내리누르자 그의 눈과 코에서 피가 솟아올라 초록의 풀이 빨갛게 되었다.
>
> Aber Gachmurets Sohn war noch nicht im geringsten ermüdet. da schien es Klamide, dass die Städter den Frieden gebrochen hätten und mit ihren Mangen in den Kampf eingriffen. Er bat seinen Gegner, seine Ehre zu wahren und zu verbieten, dass man ihn mit Steinen beschiesse. Es trafen ihn so wuchtige Schläge, die wohl von der Art der Mangensteine waren.[...] Klamide ermüdete, aber es schien ihm allzufrüh dazu. Sieg gewonnen, Sieg verloren, so ging der Kampf hin und her. Doch bald wurde König Klamides Niederlage offenkundig, als er zu Boden gerissen wurde. Der Druck Parzivals presste ihm Blut aus Ohren und Nasen, und das grüne Gras wurde rot.[15)]

그 결과 파르치팔과 콘트비라머스는 정식 부부가 된다.

- 성배를 향한 방랑 -

파르치팔은 오랫동안 말을 타고 숲을 지나서 그 날 저녁 그는 어떤 길게 뻗어 있는 호숫가에 도착한다. 호숫가에는 한 척의 작은 배가 떠 있고, 두 사람이 고기를 잡고 있다. 그 중 한 명은 매우 고귀한 의상을 하고 있었고, 안색이 창백하게 보였다. 처음에는 밤이라서 그렇게 창백한 모습으로 보이

---

15) Parzival S.109.

는 것으로 생각한다. 파르치팔은 어부에게 인사를 한 다음 밤을 보낼 숙소를 가르쳐 달라고 한다.

> 다행스럽게도 파르치팔은 그 어부에게 올바른 기사로써 근처에서 하룻밤 묵을 만한 정보를 줄 수 없는지 곧바로 물어보았다. 그러자 그 남자는 슬픔에 잠긴 듯 그에게 이렇게 대답하였다. "기사님, 제가 알기로 여기에서 둘레 30마일까지는 물과 땅 위에 건물이라곤 하나도 없습니다. 근처에는 집 하나밖에 없습니다. 기꺼이 추천해드리지요. 아니면 이 시간에 어디로 갈 수 있겠습니까? [...]
>
> Diesen Fischer fragte er als bald, er möge um Gottes willen und als rechter Ritter ihm Auskunft geben, wo er Herberge finden könnte. Traurig antwortete ihm der Mann: "Herr, soviel ich weiss, ist Wasser und Land dreissig Meilen in der Runde völlig unbebaut. Nur ein einziges Haus liegt hier in der Nähe. Das darf ich Euch mit gutem Gewissen empfehlen; denn wohin wolltet Ihr zu dieser Tageszeit sonst noch? [...]

> 그는 어부가 말한 대로 했으며 그에게 인사하고 돌아섰다. 그러나 그는 그를 향해 외쳤다. "당신이 그곳까지 잘 도착하면, 나는 오늘밤에 주빈으로써 대해줄 것입니다. [...]"[16]
>
> Er tat, wie ihm der Fischer reit, und wandte sich grüssend von dannen. Der aber reif ihm nach: "Gelangt Ihr richtig dorthin, so werde ich heut zur Nacht Euer Wirt sein.[...]

파르치팔은 성주의 근심에 찬 얼굴 표정을 읽게 되며 병 때문에 고통을 겪고 있음을 알게 된다. 갑자기 문이 열리면서 한 시종이 창을 들고 들어오고 창끝에서 창대를 잡고 있는 손까지 흐르는 피를 본다. 고통의 소리가 들리면서 주변 사람들의 눈에 눈물이 맺혀 있음을 목격하게 된다. 파르치팔은 진수성찬의 식탁 주위에 기사들이 앉아있고 하얀 식탁 위에는 빵이 나누어져 있으며 식사할 음식과 음료수에 성배가 빛을 비추고 있는 것을 보게 된

---

16) Parzival S.116 f

다. 그는 그런 성찬의식을 처음으로 경험하게 된다.

그러나 파르치팔은 성배 왕이 고통 속에서 마법에 걸려 있음을 알지 못하고, 진심으로 그를 동정하며 그 고통을 물어봄으로써 그를 낫게 할 수 있는 기회를 놓치고 만다. 그는 구르네만츠로부터 배웠던 기사로서의 지켜야 할 덕목, 곧 질문을 많이 해서는 안 된다는 스승의 말을 존중했기 때문에 성배의 자리에 이르지 못하고 있음을 다음 구절에서 쉽게 파악할 수 있다.

> 그는 자신이 곰곰이 생각했습니다. 구르네만츠는 나한테 진실되고 성실한 마음으로 다음과 같이 가르침을 주셨다. 많이 질문을 해서는 아니 된다고. [...]
>
> 그가 그때 질문을 하지 못했다는 것이 얼마나 가슴 아픈 일인가! 그것은 오늘까지지도 그에 대한 슬픔을 느끼지 않을 수 없었다. 그가 그것을 가까이서 받아들였다면, 그에게 질문을 하도록 주의를 주었으면 좋았을 텐데. 또한 신의 형벌로써 불행한 일에 동정을 보내지 못한 것은 그에게 죄송한 일이었다. 질문을 함으로써 그는 그 사이에 그 병의 고통으로부터 벗어날 수 있었을 텐데."
>
> Er dachte bei sich: " Gurnemanz lehrte mich getreulich und redlichen Herzens, ich sollte nicht viel fragen. [...]
>
> O weh, dass er da nicht fragte! Das macht mich heute noch traurig für ihn. Denn als er es in seiner Hand empfing, sollte es ihn mahnen, zu fragen. Auch tut mir sein lieber Wirt leid, den Ungnade nicht verschont. Durch die Frage wäre er dessen ledig geworden.[17]

그로 인해 파르치팔은 그 성을 찾으려 5년 동안 숲을 방황하지만, 성배왕의 자리에는 도달하지 못한다.

- 파르치팔의 힘든 결투 -

파르치팔은 성배의 왕이 되기 위해서 거쳐야 하는 통과 의례처럼 성배기

17) 위의 책, S.123 f

사와의 결투, 가반과의 두 번에 걸친 결투, 그리고 그라모플란츠와의 결투를 체험하고 이겨내야 할 과제가 남아 있다.

그러나 파르치팔도 적지 않은 값진 화살을 소모했으며 전투경험이 풍부해졌다.[18)]

Aber auch Parzival hatte schon viele nicht minder kostbare Speere verbraucht und kampferprobt.

특히 파르치팔은 가반과 두 번에 걸쳐서 결투를 벌인다.

① 나를 안타깝게 하는 일은 두 사람이 불행한 일에 꼬이지 않을까 하는 것이었다. 그들의 돌격은 정당한 싸움 규칙에 따라서 진행된다. 승리자는 얻은 것이 적고, 오히려 많은 것을 잃어버리는 싸움이었다. 좋은 마음을 지닌 그 사람은 승리할 적마다 후회하게 되는 법이다. 마상시합이 어떻게 진행되는 지를 들어 보시오. 그들은 힘 있게 격돌하였지만, 두 사람은 그들의 힘자랑에 만족해서는 아니 되었습니다. 그 이유는 그 유명한 혈통과 차원이 높은 친교가 격렬한 싸움을 하는 중에도 교차되었기 때문이지요. 동시에 승리의 상을 획득한 자는 기쁨을 맛보려면 고통도 저당 잡혀야 하는 법이지요.[19)]

Mir tut leid, dass die beiden in solch ein Ungemach gerieten. Ihr Anrennen erfolgte nach rechter Spielregel, denn beide stammten aus dem Geschlecht der Tjoste. Es war ein Kampf, bei dem der Sieger wenig gewinnen, aber viel verlieren konnte. Hat er ein Herz, so wird er allzeit seinen Sieg bereuen. Ihrer beider Treue stand gegeneinander, die-auch als sie alt geworden war, nicht minder als in ihrem Anfang-nie Löcher und Scharten bekam. Hört nun, wie die Tjoste sich entwickelte. Sie steissen heftig aufeinander, aber doch so, dass sie beide ihrer Kraft nicht froh sein durften. Denn hier steissen ruhmvolle Sippe und hohe Freundschaft mit herzhafter Kraft in scharfem Kampf aufeinander. Wer dabei den Preis errang, dessen Freude musste wohl dem Leide verpfändet werden.

② 내가 고귀한 가반과 결투를 하다니! 그와의 결투에서 이겼지만 불행이 나한테 밀려 왔도다! 이런 싸움이 있고 나서 내게서 행운이 사라졌다.[20)]

---

18) Parzival S.228.

19) Parzival S.346.

Ach, dass ich hier mit dem edlen Gawan gekämpft habe ! Mich selbst habe ich ihm besiegt, und das Unglück hat mich hier erreicht.! Als dieser Kampf begann, war mir das Heil entronnen.

③ 두 사람은 기가 꺾이지 않은 채 결투를 했다. 그 때 초원이 짓밟혔으며, 이곳저곳에서 이슬이 밟혀 으깨졌다. 나는 빨간 꽃이 슬퍼 보였으나, 겁 없이 결투하면서 고통을 겪어야 하는 영웅들이 더욱 슬퍼 보였다.[21]

Unverzagt kämpften sie beide. Da wurde der Angst zerstaampft. An vielen Stellen wurde der Tau zertreten. Ich traure um die rote Blumen, aber mehr noch um die Helden, die ohne zagen Not erlitten.

– 파르치팔의 성배왕으로서의 소명 –

파르치팔은 오랫동안 방황하다가 어느 봄날 성배의 세계에 이르렀을 때 한 오두막집에서 은자를 만나게 되는 데 그가 바로 과거에 백조를 쏘았다는 이유로 비난한 적이 있었던 성배왕의 동생 트리브리젠트이다. 그는 은자로서 아무도 만나지 않을 정도로 고독하였다. 그 지역은 다른 곳과는 판이하게 다른 성스러운 공간으로 보였다. 파르치팔이 은둔자의 눈을 물끄러미 쳐다보았을 때, 트레비젠트가 백조의 기사라는 사실을 알게 된다. 파르치팔은 길 없는 곳을 찾고 있었고, 그의 앞길에는 절망과 방황, 투쟁과 결투만이 놓여 있었다. 그는 항상 상실한 성스러운 세계를 추구했으며 그것을 찾지 못하고 있는 상태였다. 그러던 중에 그는 트리비젠트를 통하여 성배의 성으로 안내를 받게 된다.

그녀는 대답했다. : "나의 사랑하는 기사님, 남자만이 그대의 동반자가 되어야하는 데, 그 자를 몸소 택하시오! 나는 그대를 안내하겠소. 암포르타스 왕을 도와주는 일을 지체하지 마십시오!"[22]

---

20) Parzival S.350.
21) Parzival S.358.
22) Parzival S.396.

Sie antwortet; "Mein lieber Herr, ein Mann nur soll Dein Begleiter sein, den wähle selbst ! Ich werde Dich führen. Säume nicht lange, Anfortas zu helfen!"

성배성에 안내되어 성에 다다랐을 때 그는 암포르타스의 환영을 받는다. 파르치팔은 성삼위일체를 경배하는 마음으로 무릎을 꿇고, 심한 병고로 고통을 겪고 있는 암포르타스를 도와주도록 기도한다. 그는 세 번 땅에 엎드려 세 번의 간청을 한다. 고통을 당하고 있는 사람에게서 고통이 없어지도록. 그리고 일어서서 "숙부님, 어디가 아프십니까? (Oheim, was wirret Dir ?)"[23] 하고 물어본다. 이렇게 질문을 하자 암포르타스가 순식간에 병이 씻은 듯 치료되고 놀랄 정도로 젊음과 아름다움을 되찾게 되며, 모든 고통과 그를 둘러싸고 있는 불모지의 황량함도 사라지고, 암포르타왕이 새롭게 생기는 힘을 얻게된다.[24] 그리고 찬송과 기쁨의 합창이 울려 퍼진다. 죽었던 나사렛이 벌떡 살아 일어났듯이 암포르타스가 다시 회복하여 병이 씻은 듯이 낫게 되어 파르치팔은 곧바로 성배의 왕으로 선포되었다.[25]

새로운 시대의 인간은 그 인간 내면에 존재하는 양면성을 추구하는 파르치팔과 상처받은 암포르타스가 자의식 속에서 하나라는 동질감을 느끼고 있다. 이러한 이원성 속에서 단일성으로 발전되어야 한다는 원천적인 힘은 바로 이러한 자아의식에서 나온다.[26] 그래서 무엇인가를 추구하는 파르치팔과 상처받은 암포르타스 사이에는 인간적인 긴장감이 흐른다. 진보적인 힘과 파악하기 힘든 저항을 추구하는 자신이 몸소 자기 자신에 대항해서 작용하는 것이며 자기 자신에 반대 위치하고 있는 입장에도 서게 되는 것이

---

23) Parzival S.403.

24) Horst Obleser, *Parzival. Ein Initiationsweg und seine Bedeutung*. Königsfurt Verlag 2002. S.143.

25) Parzival S.404.

26) Steiner, R. 4. Votrag vom 7.2.1913, zit. Nach von dem Borne, G., S.237.

다. 무엇인가를 추구하는 자는 그 자신에 대한 인식과 자의식 확대를 열심히 갈구하는 인간처럼 보인다.[27] 결국 파르치팔은 자아실현이라 할 수 있는 조화의 단계에 이르기 위한 성배를 찾는 데 성공한 셈이다.[28] 파르치팔이 붉은 기사로써 성배왕이 되려면 통과의례로써 거쳐 가야하는 일련의 시련과정, 예컨대 구르네만츠로부터 기사수업, 곤경에 빠진 여왕 콘드비라머스를 위한 크라미데왕과의 결투, 성배를 찾아가는 도중에 경험하는 파르치팔의 힘든 결투, 가반과의 두 번에 걸친 결투, 그라모플란츠와의 결투는 앞에서 지적한 바 있는 캠벨의 어려운 관문통과이며 고난의 야간여행(Night Jounery)으로 이해할 수 있다.

3. 파르치팔의 죽음 및 재생단계

죽음의 단계에서는 파르치팔이 사라져 없어졌다가 다시 나타난다. 이제 그의 삶은 재생의 단계로 바로 연결된다. 파르치팔이 파이레피스와 더불어 몽살바즈의 그랄 성으로 들어간다. 그리고 거기서 격심한 고통으로 죽음만 바라고 있는 아저씨의 고통을 묻고, 그랄에 대한 자신의 귀의를 선포하자, 아저씨의 병은 씻은 듯이 치료되고, 아름다운 건강의 빛이 그 얼굴에 퍼졌다. 파르치팔은 이제 그랄의 신탁으로 영광의 왕위에 올랐으며, 그때 아내 콘드비라무르가 그 사이에 낳은 쌍둥이 로헤란그린과 카르디스를 데리고 찾아왔다. 그리하여 일가족이 비로소 행복하게 한 자리에 모였으며 파이레피스도 세례를 받아 그리스도교도로서 암포르타스의 누이와 결혼한다. 여기에서 파르치팔이 불치병에 걸려있는 그랄왕의 병을 치유할 수 있는 길은 동정심으로 그랄왕의 병고를 물어 봄으로서 마술적으로 병마를 물리쳐서

27) Horst Obleser, *Parzival*, a.a.O., S.228.
28) Steiner, R. a.a.O., S.237.

성배왕의 자리에 도달하게 된다. 이것은 켐벨이 이미 언급한 바 있는 죽음을 통한 재생이요, 과거의 기사의 모습으로부터 탈피하여 새로운 성배왕이라는 존재로 재생으로 이해할 수 있다. 다시 한번 엘리아데와 켐벨의 입사식 개념의 관점에서 정리하면 다음과 같다.

주인공 파르치팔이 순진한 어린이단계에서 태어날 때부터 천부적으로 기사의 기질을 가지고 태어나는데, 진정한 기사수업을 받기 위해서 어머니 곁을 떠나는 입사단계를 거쳐서, 기사들과의 결투에서 고난을 극복하고 기사로써의 수업을 받으면서 사랑을 체험하고, 성배를 찾아 방랑하면서 경험하는 많은 모험을 보여주는 시련의 단계를 체험한다. 결국 지금까지의 성배를 찾기까지의 방랑과정을 청산하고 과거의 파르치팔은 죽고, 성배의 성에서 아포르타스에게 진정한 마음으로 그와 고통을 같이하면서 그에게 병고를 물어봄으로써 마법에 걸려있는 성배왕을 병고로부터 구하고, 그 자리에 주인공 파르치팔이 성배왕으로 다시 군림하게 되는 재생의 단계를 보여줌으로써 성년식 서사구조를 지닌 교양소설의 원형을 제시한 것이다.

제 Ⅳ 장 괴테(Goethe)의『빌헬름 마이스터의 수업시대 Wilhelm Meisters Lehrjahr』속의 교양소설과 성년식 서사구조

1. 서론

괴테가 독일 교양소설의 원형으로 널리 알려진『빌헬름 마이스터의 수업시대』를 완성하기까지는 거의 20년이라는 창작기간(1777-1796)이 필요했다. 이 시기는 괴테가 작가적 세계관의 변화를 꾀하고자 시도하기 시작한 시기이기도 하다. 그의 연애소설『젊은 베르테르의 슬픔』이 나온 후 3년이 지나서 괴테는 이 작품의 구상에 들어간다. 상인의 아들이 주인공이 되어 연극 체험을 해나가는 과정과, 연극을 통하여 개인의 교양을 쌓아가면서 독일 국립극단을 창설하려는 내용의 연극소설『빌헬름의 연극적 사명』이 그것이다. 감성이 예민한 주인공이 등장하여 사랑을 주제로 하는 기존의 연애소설에서 벗어나, 새로 등장하는 주인공은 예술을 통해서 감성적 예술정신을 함양하면서 잠재된 소질을 보여주는 연극소설(Theater-roman)을 의도했던 것이다. 그의 목적은 연극을 통한 국민의 미학 교육에 있었다. 괴테가 개작의 필요성을 강하게 느낀 것은 이탈리아 여행과 프랑스 혁명의 체험이 결정적인 계기였다. 결국 그는 연극의 문제가 중심과제가 아니라 〈새로운 시대가 요구하는 인간의 교양〉[1]이 더욱 중요한 문제라는 것을 깨달았던 것이다. 1794년에 괴테는 연극소설인 『빌헬름의 연극적 사명』을 『빌헬름 마이스터의 수업시대』로 개작하기에 이르고, 연극을 통한 예술가의 인생을 그리는 연극소설이 아니라 한 인간이 다양한 체험을 하는 가운데 예술가로서의 재질의 한계를 인식하고 그 시대가 요구하는 시민의 교양을 쌓아 가는 시민적 교양소설로서 『빌헬름 마이스터의 수업시대』를 1796년 가을에 완성한다. 프리드리히 슐레겔(Freidlich Schlegel)이 이 시대의 가장 위대한 경향[2]으로 높이 평가한 것은 프랑스 대혁명(1789년)과 피히테의 '지식학', 그리고 괴테의 『빌헬름 마이스터의 수업시대』였다. 이와 같은 독일 교양소설은 16세시부터 스페인에서 유행하던 피카레스크 소설 (Pikareskesroman)이 독일에 유입되어 독일의 내면적 기질에 맞은 소설형식으로 만들어 졌다고 보는 것이 정설이 되어 있다. 괴테가 완성한 독일 교양소설은 낭만주의 대표적인 작가 노발리스(Novalis), 횔더린(Hölderlin), 19세기 사실주의 작가 쉬티프터(A.Stifter), 켈러(G. Keller), 20세기의 토마스 만(T. Mann), 헤르만 헤세(H. Hesse), 알프레드 뒤블린(A. Döblin), 로버르트 무질(R. Musil)의 소설세계에 지대한 영향을 미치고 있다. 나아가 독일 교양소설은 21세기에 현존하고 있는 귄터 그라스(Günter Gras)와 페터 한트케(Peter Handke)의 소설세계에까지도 간접적으로 영향력을 행사하고 있다고 볼 수 있다.

더 나아가서 독일을 제외한 유럽의 여러 나라에서도 괴테의 소설세계를 흠모하는 문학자들에 의해서 그의 교양소설이 널리 번역 소개되었다. 그 중에서도 영국의 토마스 카알라일의 영역본(1823년)이 널리 알려지고 읽혔다.[3] 제1장에서 이미 괴테의 교양소설 『빌헬름 마이스터의 수업시대』를 체

1) Erich Turnz, Anmerkungen zu "Wilhelm Meisters Lehrjahre," in Goethes Werk, VII Band, München, S.90.
2) Vgl. Friedrich Schlegel, Athenäum Fragmenten 1797-1798,

계적으로 연구하기 위한 전제 작업으로 교양소설이 성립된 시대적, 사상적 배경을 살펴본 후, 독일 교양소설이 하나의 장르로 성립되기까지의 과정을 스페인의 피카레스크 소설 양식과 관련하여 알아보았다. 이어서 이 작품의 전주곡이라고 할 수 있는 『빌헬름의 연극적 사명』을 개작할 필요성에 대하여 살펴본 후에, 본 교양소설의 주인공 빌헬름 마이스터가 방랑의 단계(Wanderstufe), 내면화를 위한 성숙단계(Reifestufe zur Verinnerlichung), 그리고 현세적인 낙원단계(irdische Paradiesestufe)에 따라서 예술가의 길을 접고서 시민으로 성숙해 나가는 지를 고찰한다. 마지막으로는, 본 괴테의 교양소설에 주인공 빌헬름 마이스터의 시민으로서 성숙해 가는 과정을 엘리아드의 성년식 이론의 관점에서 주인공의 성년식의 서사구조를 살펴보고자 한다.

2. 괴테의 교양소설의 전주곡 : 『빌헬름 마이스터의 연극적 사명』

괴테는 1782년 11월 21일자 크네벨(Knebel)에게 보내는 서한문에서 이 소설의 제목을 『빌헬름 마이스터의 연극적 사명』이라고 붙이고 있으며, 1778년 1월 2일에 제1권, 1780년 초에 제2권, 1782년 11월 12일에 탈고하고 매년 한 권씩 계속 집필하여 1788년 11월 11일에 제6권을 완성함으로써 제1부를 완성했다. 괴테는 1785년 12월 9일자 슈타인 부인에게 보낸 편지에서 이 사실을 전함으로써 〈우어마이스터 Urmeister〉[4]의 초고가 완성되었음을 알렸다. 그것이 본격적으로 세상에 알려진 것은 1910년에 괴테의 친구 바르바라 슐테쓰(Barbara Schultheß)가 소장한 사본이 취리히에서 발견되어

---

3) Vgl. Walter F. Schirmer, *Der Einfluss der deutschen Literatur auf die Englische im 19 Jahrhundert,* Max Niemeyer Verlag, Halle/Saale, 1947, S.79.

4) 〈우어마이스터〉란 『빌헬름 마이스터의 수업시대』의 토대가 되었던 전단계적 작품을 말한다.

1911년에 출판되면서부터이다.[5]

『빌헬름 마이스터의 연극적 사명』의 내용은 다음과 같다.

주인공 빌헬름 마이스터는 상인의 아들로서 어린 시절에 본 인형극을 통하여 연극에 매료된다. 그는 마리안네라는 한 여배우와 사랑에 빠지고 그녀와 함께 도망하여 연극에 전념할 것을 다짐한다. 그러나 그녀가 부정한 여인이라는 사실에 충격을 받아서 중병을 앓아눕게 되고, 그 후에 세상과 장사에 대해서 많은 것을 배우기 위하여 수업여행을 떠난다. 상업여행 중에 해체되어버린 한 극단의 배우들과 만나 여러 주일을 보낸다. 결국 야르노라는 유명한 감독이 이끄는 극단에 가입하기 위해 'H'라는 고장으로 가서 연극을 그의 직업으로 삼고서 정열적으로 일에 몰두하게 된다. 『햄릿 Hamlet』 공연이 그의 첫 목표가 되는데, 그가 야르노와의 계약서에 서명하면서 끝나는 내용을 담은 작품 『연극적 사명』에서 주인공 빌헬름은 사명감을 느끼면서 자신의 내부에 들어있는 잠재력을 마침내 실현시키는 것이다.

빌헬름의 사명에는 주관적인 예술 충동뿐만 아니라 국민극단 창립이라는 지고한 목표가 포함되어 있다. 정치, 종교, 그리고 사회적으로 분열되어 있던 독일과 같은 나라에서 극장은 문화적, 도덕적 교육을 위한 주요한 활동기관의 하나였으며 독일의 지식인과 민중이 만날 수 있는 유일한 장소였다. 빌헬름과 동료배우들이 국민과 세계의 문화 발전에 미치는 연극의 지대한 영향에 대해서 끊임없이 토론하고 있다. 그런 의미에서 『연극적 사명』은 빌헬름 마이스터라는 개인보다는 독일국민 전체의 교육에 관한 이야기라고 할 수 있다. 여기에서는 빌헬름의 인격이 발전하는 것보다는 오히려 국민극

5) Vgl. Hildegard Emmel, *Geschichte des deutschen Romams*, Ⅰ.Band. Bern u, München, 1972, S.147.

단의 활동이 중요하다. 영국의 독문학자인 로이 파스칼(Roy Pascal)은 저서 『독일소설 연구 The German Novel: Studies』에서 대중들이 주인공 빌헬름에게 매력을 느끼는 예술적 측면과 인간적인 측면을 분류하여 다음과 같이 지적하고 있다.

> 빌헬름은 사소한 질투심과 근심 걱정, 그리고 이해관계의 와중에 있는 배우들과 같지 않다. 또한 야르노처럼 실질적인 사람도 아니다. 우리가 그에 대해서 관심을 갖는 것은 그의 이상주의와 시적 예민성, 그리고 솔직함과 인간적인 친절함과 선의 때문이다. 그는 배우들을 모아 돕고 보호해 주며 그들에게 배우라는 천직과 연극에 관해 더 깊은 이해와 인식을 가지게 하려고 노력한다. 그가 예술을 통해 어떻게 이익을 얻고 발전되어 가는지 알 수는 없지만 이러한 주제가 이따금 암시되고는 있다.[6)]
>
> Wilhelm is not one with the actors, who are embroiled in their pette jealousies anxieties interests: nor is he a practical man like Sero. we are interested in him because of his idealism, his poeitc sensitiveness, his candour, his human kindness and goodness. He holds tha actors together, helps them and shelters them, and tries to give them a deeper appreciaiotn of their calling and their plays. But we do not see how he himself profits and develops through his art, through this theme is suggested from time and to time.

빌헬름에게 있어서 인생의 전환점은 셰익스피어(Shakespeare)의 연극세계를 체험한 후부터이며 『햄릿』에 대한 토론과 공연은 이 소설의 정점을 이루고 있다. 이 미완성 소설의 주제는 국민극단의 창립에 빌헬름이 참가했다는 사실과 그가 독일의 미학 교육에 공헌했다는 점이다. 이 소설의 매력은 빌헬름의 발전과정에서 만나는 사건과 인물들에 있다고 지적한 것은 매우 타당하다. 로이 파스칼은 위의 저서에서, 괴테는 그의 문학정신과 세계관을 기반으로 연극에 대한 사명의식을 이 작품을 통해서 보여주고 있으며

---

6) Roy Pascal, *The German Novel : Studies*, University of Toronto Press, Canada, 1956, p.5.

무대를 통해서 민중의 미적 의식을 고취시킬 수 있다는 확신을 가지고 묘사된 연극소설로 규정할 수 있다고 말한다.[7] 유르겐 야콥스는 이 연극소설 속에는 개인이 협소한 사회적 상황으로부터 느끼는 해방감을 다루고 있으며 더욱 제한된 정신세계의 범위 내에서 더욱 사명을 완수하는 데 필요로 하는 자유의 문제를 취급하고 있다고 지적하고 있다.[8] 괴테는 연극을 통해서 시민적 미의식을 고취시킬 뿐만 아니라, 개인적으로는 구속하는 사회현실로부터 도피하여 해방감을 느끼려는 이중적인 면을 보여주고 있다. 또한 주인공이 체험한 고독하고 사려 깊은 어린 시절에 대한 상세한 서술이 전개되고 시민적 세계에 대한 비판과 귀족에 대한 비판이 대조를 이루고 있다. 예술가 기질을 지니고 있는 진지한 주인공 빌헬름은 귀족들과 서로 이해하지 못함으로써 불협화음을 이룬다.[9] 그러면 이 작품의 전주곡인 『연극적 사명』이 교양소설이 아니라 연극소설로 평가되는 이유는 무엇인가. 야콥스는 위의 저서에서 이 작품이 교양소설로써 성립될 수 없음을 다음과 같이 지적하고 있다.

> 보통 연극적 사명을 교양소설로 이해할 수 없는 이유는 개인적 성장과 개별적인 의미부여의 문제를 중심 주제로 삼고 있지 않고, 정해진 외부세계에 도달하기 위해서 투쟁하는 주인공의 이야기를 서술하고 있기 때문이다. 그 주인공들의 사명은 문화적 제도를 만들어서, 예술적으로 국가 교육학적 사명을 완수하는 일이다.[10]
>
> Man wird die Theatralische Sendung wohl nicht als Bildungsroman verstehen können, weil sie die Frage persönlicher Entwickelung und individueller Sinnerfüllung nicht zum bewegenden Themen macht, sondern die Geschichte ihres Helden als Kampf um das Erreichen eines bestimmten

---

7) 위의 책, 6쪽.

8) Vgl. Jürgen Jacobs, *Wilhelm Meister und seine Brüder. Untersuchungen zum deutschen Bildungsroman*. München: Wilhelm Fink Verlag. 1972:, S.74.

9) Vgl. Goethe, HA, VII.Band S.289-91. HA는 Hamburger Ausgabe의 약자로, 함부르크의 역사비평 교열본을 말한다. 『빌헬름 마이스터의 수업시대』는 이 교열본의 제7권에 있으므로 이후 HA로 약칭한다.

10) Jürgen Jacobs, a.a.o., S.75.

äusseren Ziels schidert: seine “Sendung” ist es, eine kulturelle Institution zu schaffen und dadurch eine künsterische-natinalpädagogische Aufgabe zu erfüllen.

이와 같은 연극소설이 의도하고 있는 바는 성숙되지 않은 독일의 연극을 발전시키기 위한 국립극장의 건립에 있다고 할 수 있다. 국립극장이라는 관념적 통일체 속에서 국가는 유랑극단의 무질서 속에서 보다 성숙해지며 향상되리라 믿었기 때문이다. 그리고 『빌헬름 마이스터의 연극적 사명』 속에서도 독일 국립극장이라는 관념적 과제의 실현을 위한 실제적인 방법을 어려움에 처한 독일에서 찾을 수 없었다. 1785년에 이와 같은 연극소설을 포기하고 이탈리아 여행에서 돌아온 괴테는 시대적 요구에 알맞은 인간이 성숙해 가는 인간의 조화적 완성을 주제로 하여 교양소설을 창작하기 위해 〈우어마이스터 Urmeistet〉를 개작할 필요성을 강하게 느끼는 것이다. 괴테는 위에서 말한 여러 권의 책을 기초로 하여 연극이 주인공의 교양을 형성하기 위한 중요한 요소로 작용하도록 구성하고 있다. 그는 연극이 〈우어마이스터〉에서 궁극적 사명이 아니라 그의 교양과정을 추구하고 그 시대가 요구하는 시민적 이상을 실현하는 통과점으로 제시하고 있다는 점에서 다음에 고찰될 『빌헬름 마이스터의 수업시대』라는 독일 전형적인 교양소설을 예비한 셈이다. 다음 절에서는 본 교양 소설의 주인공 빌헬름 마이스터가 방랑의 단계(Wanderstufe), 내면화를 위한 성숙단계(Reifestufe zur Verinnerlichung), 그리고 현세적인 낙원단계(irdische Paradiesestufe)를 거치면서 그 당시 시민사회가 요구하는 시민으로서 어떻게 성숙해 나가는지 과정을 추적해 보고자 한다.

3. 『빌헬름 마이스터의 수업시대』에 나타난 교양소설적 서사구조

1) 빌헬름의 방랑의 단계(Wanderstufe)

주인공 빌헬름이 성장하기 위하여 연극을 통해 방랑하는 단계다. 빌헬름 마이스터라는 이름은 셰익스피어의 이름인 윌리엄에서 가져온 것으로서, 연극에서 셰익스피어 같은 거장이 되고 싶은 강한 포부를 암시하고 있다. 클란스 디터 조르크(Klans-Dieter Sorg)의 『단절된 목적론 Gebrochene Teleologie』에는 빌헬름이 합리적 개념구조 속에서 풀 수 없는 내면의 심오한 문제를 해결할 수 있는 가능성을 셰익스피어의 작품에서 발견했다는 지적이 보인다.[11] 빌헬름은 연극을 통하여 자신의 꿈을 실현할 수 있는 가상의 공간을 마련하려 하는 것이다. 이 작품은 앞서 말한 『빌헬름 마이스터의 연극적 사명』의 내용을 토대로 하고 있는데, 예술가로서의 성공과 국립극장의 창립이 주인공의 사명이 되고 있는 반면에 작품 속에 나오는 연극의 세계는 주인공이 성장과정으로서 거쳐야 하는 통과점인 것이다. 빌헬름은 어머니 덕택에 어린 시절부터 인형극 놀이를 하면서 연극세계에 대한 동경과 호기심을 갖게 되는데, 그의 연극에 대한 열정은 연극배우인 마리안느와의 사랑을 통해서 고조된다. 빌헬름은 애인 마리안느를 통해서 "무미건조하고 지루한 시민적 삶으로부터" 탈피하여 "미래의 국립극장의 창시자"[12]로서의 위대한 사명감을 의식하고 실행에 옮기려 한다. 그러나 그러한 사명감을 가지고 연극에 몰두하려던 빌헬름의 소망은 마리안느와의 사랑이 깨어지면서 좌절된다. 그는 실연의 아픔을 달래려고 산업 여행을 하는 도중에 우연히 어느 극단을 상봉한다. 빌헬름에게 연극세계는 "시민세계의 궁핍한 산문적

---

11) Vgl. Klans-Dieter Sorg, *Gebrochene Teleologie, Studien zum Bildungsroman von Goethe bis Thomas Mann* Carl Winter Universitätsverlag, Heidelberg, 1983. S.72.

12) HA, VII Band, S.35.

협소함으로부터 시적 영혼의 해방"[13]으로 이해할 수 있다. 『빌란트부터 헤세까지의 독일 교양소설 The German Bildungsroman from Wieland to Hesse』에서 마틴 스웨일즈(Martin Swales)는 현실 세계가 그 타당성이 부정되는 상상의 세계로 나아갈 수 있는 것은 연극의 덕택이라고 했다.[14] 간접 체험의 가능성이 연극의 세계 속에 활짝 열려 있는 것이다. 또한 그가 연극에 참여한 것은 본인이 지니고 있는 잠재력을 개발하고 자아를 형성하기 위함인데, 이 사실은 다음과 같은 고백에서 쉽게 파악할 수 있다.

> 자네에게 한 마디로 말한다면, 있는 그대로의 나 자신을 형성하는 것, 그것이 암울한 젊은 시절부터 나의 소원이자 의도였네.[15]
>
> Dass ich Dir's mit einem Worte sage; mich selbst, ganz wie ich da bin, ausbilden, das war dunkel von Jugend auf mein Wunsch und absicht.

있는 그대로의 나 자신이란 자신에게 주어진 숨어 있는 소질을 의미하며, 형성이라는 말속에는 이미 성장의 의미가 함축되어 있다. 그것은 빌헬름이 추구하는 자유스럽고 완전한 인간성을 개발시키는 일과 조화로운 교양의 완성을 뜻한다고 볼 수 있다. 그러므로 연극이 빌헬름에게 호소력을 지닐 수 있었던 까닭은 개성을 충분히 신장시킬 수 있기 때문이라는 마틴 스웨일즈의 지적은 매우 설득력이 있다.[16] 그가 연극무대를 택한 것은 시민계급의 신분으로서 이 계급이 지니고 있는 본질적인 한계를 극복하고 자기 교양을 추구할 수 있는 유일한 방법이었기 때문이다. 또한 무대를 통해서만 사회적 신분의 구속에서 벗어나 한 자유인으로서 귀족과 같이 교양을 함양할 수 있었기 때문이다.

---

13) Georg Lukács, *Wilhelm Meisters Lehrjahre, in Deutsche Literatur in zwei Jahrhundert*, Neuwied u., Berlin, 1964, S.69.
14) Martin Swales, *The German Bildungsroman from Wieland to Hesse*, Princeton University Press, N. J., 1978, p.62.
15) HA, VII Band, S. 290.
16) Martin Swales, a.a.O., S.62.

나로서는 그 모든 것을 무대 위에서만 찾을 수 있으며 이러한 유일한 영역 속에만 원하는 대로 움직이고 수용할 수 있다는 것을 자네는 잘 알겠지. 교양을 갖춘 사람은 상류계급에서와 같이 개인적으로 빛을 발휘하게 되는 법이지. 정신과 육체는 모든 노력을 기울여서라도 보조를 맞추어야 하네. 나는 어느 곳에서와 마찬가지로 거기에서 잘 존재해 있을 수 있고 또한 빛나게 될 것이네.[17]

Du siehst wohl, dass das alles für mich nur auf dem Theater zu finden ist, und dass ich mich in diesem einzigen Elemente nach Wunsch rühren und ausbilden kann. Auf dem Brettern erscheint der gebildete Klassen; Geist und Körper müssen bei jeder Bemühung gleichen Schritt gehen, und ich werde da so gut sein und scheinen können als irgend anderswo.

그러나 빌헬름은 연극무대가 지니고 있는 한계를 의식하는데, 인간이 지니고 있는 개성을 완성하고 총체적인 인간으로 형성될 수 있다는 생각이 오류라는 것을 깨닫는다. 그와 같은 연극의 세계는 하나의 환상이요 가상에 불과한 것이며, 개인의 교양을 완성하는 데는 불완전하다는 인식을 가지기에 이르는 것이다. 따라서 루카치는 그의 저서 『문학사회학』에서 연극예술이 빌헬름에게는 하나의 과도기이자 목표를 향해 가는 우회로이며, 인간의 교양과 인간성의 성장, 그리고 인간성을 종합적으로 융화한 총체적 인간이 되기 위한 요소라고 했다.[18] 더욱이 배우로서의 소질을 갖추지 못한 빌헬름의 극단 생활은 "거의 억누를 수 없는 애착을 느끼고 있었던 자기기만"[19]으로 가장된 삶이다. 그리하여 빌헬름은 주변 인물들과의 접촉을 통하여 부족한 교양을 보충한다. 빌헬름은 제일 먼저 비밀결사의 중심인물인 로타리오를 만나는데, 그는 "진보적인 귀족계급의 대표자"[20]로서 "영웅적이고 활동

17) HA, VII Band, S.292.
18) G. Lukács, *Literatursoziologie*, Leipzig, 1962, S.385.
19) Eberhard Mannack, *Der Roman zur Zeit der Klassik*. "Wilhelm Meisters Lehrjahre", in *Deutsche Literatur zu Zeit der Klassik*, Hrsg. von K.O. Conrady, Stuttgart, 1977, S. 216
20) Eberhard Mannack, a.a.O., S.217.

적인 꿈"[21]을 가진 인물로 묘사되고 있다. 이와 같은 로타리오의 성격은 미국의 독립전쟁 참전에 잘 나타나 있다.

> 미국에서 [...] 나는 쓸모 있고 아주 필요한 존재가 되리라 믿었었네. 숱한 위험이 따르지 않은 행동은 나에게 의미도 가치도 없는 것처럼 보였지.[22]
>
> In Amerika [...] glaubte ich nützlich und notwendig zu sein, so schien sie mir nicht bedeutend, nicht würdig.

로타리오는 다양한 여행체험을 바탕으로 인간의 자유 및 인도주의적 이상을 실현하기 위해서 대토지 소유제도와 귀족계급에 대한 조세면세 혜택의 부당성을 시정하려는 사회적 개혁을 자신의 영역에서 실천하려고 시도한다.[23] 빌헬름은 그러한 로타리오와 같은 활동적인 성격에서 용기 있고 활동적인 생활체와 공동체에 대한 새로운 개혁의지를 배운다. 또한 빌헬름은 테레세를 통해서도 배우게 되는데, 그녀는 솔직하며 분별 있는 여성으로서 로타리오와 마찬가지로 완성된 성격을 지닌 인물이다.[24] 다음은 테레세가 빌헬름에게 한 말이다.

> 집안을 정돈하고 청결하게 하는 것이 [...] 저의 본래의 본능이고 유일한 목적인 것 같습니다.[25]
>
> Die Ordnung und Reinlichkeit des Hauses schien [...] mein einziger Instinkt, mein einziger Augenmerk zu sein.

테레세는 자기의 활동 세계를 집안으로 제한하면서 여주인으로서 가정을 관리한다. 빌헬름은 그녀의 현실적인 생활방식을 보면서 그녀가 바로 생의 반려자라고 생각하고 청혼하지만, 그녀에게서는 활동적이고 현실적인 면

---

21) HA, VII Band, S.616.
22) HA. VII Band, S.431.
23) Georg Lukács, a.a. O., S.73.
24) Vgl. Gerhart Mayer, a.a.O., S.157-158.
25) HA, VII Band, S.447.

이외에는 기대할 수 없다.

> 테레세는 내적이지 못하다. 그녀는 공허한 현실을 대치해줄 꿈에 대한 생각은 하지도 않는다. 그녀는 비밀을 좋아하지 않으며, 이야기를 즐겨한다. [···] 그녀는 환상을 위한 기관을 갖고 있지 않다. 도덕적 환상이나 미학적 환상이 그녀의 천성에는 낯선 것이다. 그녀의 정신은 활동의 세계로, 토지를 관리하는 데로 온전히 향해 있다.[26)]

가정적으로 순수한 현실성을 가진 여성인 테레세는 조화로운 완전한 인격을 완성하려는 빌헬름과 결합할 수 없음을 깨닫는다. 연극계를 대표하는 세를로(Serlo)는 가식적이며 이기주의적 성격의 소유자이다. 빌헬름의 비판의 대상이 되는 세를로 역시 난폭한 아버지의 강압에 못 이겨 배우가 되었는데, 자기의 예술적인 재능을 계발하기 위해 노력하면서도 관객의 희망에 야합하는 기회주의적 성격으로 변화하고 있다. 그는 주변 세계를 조소하는 습관을 가지고 있으며, 생활과 교제에 있어서도 언제나 비밀이 많고 기교적이면서도 가식적인 불안한 인간이다.[27)] 반면에 세를로의 누이동생인 아우렐리는 빌헬름에게 자신의 형성과정을 상세히 말해주는데, "집요하게 자학적인 고집"[28)]의 소유자로 묘사되고 있다. 그녀는 로타리오(Lotalio)를 짝사랑하지만, 이성적이며 도덕적인 자율성과 행동의 결단능력이 결핍되어 있으며 내면의 침착한 중용의식이 없기 때문에 외부 세계로부터 영향에 쉽게 굴복한다. 로타리오와 그 밖의 인물들은 칭찬과 박수갈채를 받음으로써 연극생활을 유지할 수 있지만 그렇지 못한 그녀는 주변세계와의 행복한 관계를 끝내 이루지 못한 채 죽는다.[29)] 그녀의 죽음은 빌헬름에게 연극의 세계가 현실이 아닌 가상의 세계라는 것을 일깨워주는 계기가 된다. 아우렐리

---

26) Emil Staiger, Goethe, II Band, Zürich, 1962, S.151.
27) HA, VII Band, S.268-69.
28) HA, VII Band, S.616.
29) Vgl. Gerhart Mayer, a.a.O., S.158.

(Aureli)는 사회와의 지속적인 활동으로 악화된 분열된 인간상[30]으로서 빌헬름에게는 세를로와 같이 태어날 때부터 편협된 성격으로 불행해진 변종으로 인식된다.

마지막으로 미뇽과 하프너는 신비스럽고 마성적인 힘을 구체화하는 인물들로 묘사되고 있다. 이들은 교양소설에서 인간의 유기체적인 성장과정을 자연과 모순되는 인생항로로 이끌도록 강요하여 개체를 파괴하는 마적이고 신비스러운 힘을 연상시키는 역할을 하고 있다.[31] 하얗게 센 머리와 하얀 수염의 노인 하프너가 갑자기 소설의 중반부에 젊은 낯선 사람으로 등장한다든지, 미뇽이 남성, 여성의 분별을 못할 정도로 양성의 모습을 보이는 등 신비스럽고 상징적인 모습으로 나타난다.[32] 하프너의 비극은 누이동생 슈페레타에 대한 사랑 때문에 초래된 것으로서, 근친상간에 대한 원죄의식으로 은둔자적 방랑자로 살아간다. 또한 미뇽은 금지된 사랑으로 생긴 사생아로서 어린 시절부터 정상적인 생활을 하지 못하고 일정하지 못한 글씨체와 불확실한 언어의 소유자이며, 그 때문에 "불균형의 광기"[33]의 화신으로 묘사되고 있다. 미뇽은 무한한 세계를 동경하는데, 그녀의 동경은 레몬 꽃이 만발한 유년시절의 낙원, 잃어버린 조국 이탈리아에 대한 동경이요, 그녀를 보호해준 빌헬름의 사랑에 대한 갈망으로 해석된다. 그녀는 현실의 실존 속에 머물 수 없는 동경을 내세로 돌린다. 남성도 여성도 아닌 존재인 천상의 인물들에 대해서 이야기하고 있는 그녀는 고통스러운 인생으로부터 탈피하여 영원히 젊어지려는 소망을 애절하게 표현하고 있다.

---

30) Vgl. Petra Gallmeister, Der Bildungsroman in *Formen der Literatur*, Hrsg.von Otto. Krörrich, Stuttgart, 1981, S.43.
31) Vgl. Gerhart Mayer, a.a..O., S.159.
32) Vgl. Hellmut Ammerlahn, Wilhelm Meisters Mignon, ein offenbares Rätsel, In Dvjs, 1968. 42 Heft 1, S.90.
33) HA, VII Band, S.616.

이 모습을 내버려두십시오, 내가 무엇인가 될 때까지
나의 흰옷을 벗기지 마십시오!
저는 이 아름다운 대지에서 떠나 저 세상의 영원한 집으로
서둘러 가렵니다.

그곳에서 잠시 동안 쉬게 되어
이윽고 시원스런 눈이 뜨이면
이 좋은 옷을 벗어버리고
이 띠와 관도 놓고 가려고 합니다.

그리고 저 천상의 인물들은
남자냐 여자냐 물어보지 아니합니다.
깨끗해진 내 몸에는
옷도 주름도 없습니다.

근심 걱정 모르고 살아왔지만
쓰라린 고통만은 잘도 감지한답니다.
근심한 덕으로 너무 일찍 늙어버렸지만
부디 영원히 젊게 해주십시오.[34)]

So lasst mich scheinen, bis ich werde
Zieht mir das weisse Kleid nicht aus !
ich eile von der schönen Erde
hinab in jenes feste Haus..
Dort ruh' ich eine kleine Stille,
dann öffnet sich der frische Blick,
Ich lasse dann die reine Hülle,
Den Gürtel und den Kranz zurück.

Und jene himmlischen Gestalten,
Sie fragen nicht nach Mann und Weib,
Und keine Kleider, keine Falten

---

34) HA, VII Band, S.515-516.

Umgeben den verklärten Leib.

Zwar lebt' ich ohne Sorg' und Mühe,
Doch fühlt' ich tiefen Schmerz genug;
Vor Kummer altert' ich zu frühe;
Macht mich auf ewig wieder jung!

빌헬름은 비극적 운명의 소유자인 미뇽과 하프너를 통해서 초월적 세계, 마적인 세계, 그리고 피안의 세계를 인식함으로써 그의 성장과정에서 한 차원 높은 단계에로의 상승이 가능해졌다고 볼 수 있다. 빌헬름에게 필립이라는 여성은 윤리성이 결여된 가장 매혹적인 관능의 여인이며, 순간의 만족을 위해 가볍게 행동하는 영혼의 소유자이다. 따라서 그녀의 성격은 "관능과 경쾌함"[35]으로 표현되어 있다. 루카치는 이 자유분방한 여인을 자발적인 인간성과 인간적인 조화를 소유한 소설 속의 유일한 인물[36]이라고 했다. 사회규범에 얽매이지 않고 살아가는 그녀의 경쾌한 처세술은 빌헬름에게는 없는 요소로서 시민적인 도덕적 척도가 만사가 아님을 깨닫는 계기를 제공한다. 빌헬름은 방랑시절에 만난 이와 같은 상이한 인간들과의 접촉을 통해 인생의 다양성을 체험하고, 성격의 제약에서 벗어나 자유롭고 조화로운 인격의 성취를 추구하도록 박차를 가한다. 인간은 심장의 팽창과 수축이라는 양극성을 승화하려는 경향을 지니고 있다는 괴테의 세계관에 비추어 볼 때 제1장에서 5장까지의 빌헬름의 방랑단계는 심장의 팽창으로 볼 수 있다. 따라서 데이빗 마일스(David. H. Miles)는 그의 논문 「피카로의 고백자로의 길」에서 이 부분을 "피카레스크적 요소의 전개"[37]로 규정하고 있다.

---

35) HA. VII Band, S. 616.
36) Georg Lukács, a.a.O., S.73.
37) David. H. Miles, Pikaros Weg zum Bekenner, in *zum Geschichte des deutschen Bildungsromans*, Hrsg. von Rolf Selbmann, wissenschafliche Buchgesellschaft, Darmstadt, 1988, S.387.

2) 빌헬름의 내면화를 위한 성숙단계(Reifestufe zur Verinnerlichung)

원래 제6장 「아름다운 영혼의 고백 Bekenntnis der schönen Seele」은 괴테가 라이프치히에서의 방탕한 대학시절에 병든 몸을 치료하기 위해 귀향하여 요양하던 때 경건주의 정신을 일깨워 준 수잔나 카타리나 폰 클레텐베르크(Susana Katharina von Klettenberg)(1723-1774)양의 수기를 모델로 하여 창작된 것이다. 「아름다운 영혼의 고백」의 기본정신은 18세기에 유행하던 "감성주의 Empfindsamkeit"와 "영적 문화" 및 쉴러(Schiller)의 미학에서 말하는 "의무와 쏠림 Pflicht und Neigung"의 조화 사상에서 나온 것이다.[38] 제1장에서 5장까지는 연극세계의 다양한 인간들을 통한 빌헬름의 인생체험이 묘사되어 있고, 7장과 8장에서는 시민사회에 진입하기 위한 과정이 「탑의 결사 Turmgesellschaft」를 중심으로 서술되어 있다. 제6장 「아름다운 영혼의 고백」은 연극세계에서 벗어나 「탑의 결사」의 세계로 입문하기 위한 과도기 단계이다. 이 부분만으로도 한 인간의 내면의 교양과정을 묘사하는 교양소설이 된다. 이 수기의 주인공인 수도원 수녀는 유년시절에 오랫동안 심한 병에 걸려서 내면의 세계와 형이상학적 신의 세계에 민감한 관심을 가지게 되는데, 이 관심은 나중에 그녀의 사고방식의 기틀이 된다. 따라서 이 장을 읽는 독자들은 "주관적이고 내면적인 경건주의의 세계"[39]를 경험한다. 그러나 그녀는 내향적이고 경건한 마음의 소유자로 성숙하면서도 점차로 마음의 평정을 잃고 세속적 생활 속에 빠져든다.

> [...] 저는 마음을 가라앉히지 못하고 있으며 기도를 하지 못하고 자신과 신에 대해서 생각하지도 않았습니다.[40]
>
> [...] Ich sammelte mich nicht, ich betete nicht, ich dachte nicht an

38) Vgl. HA, VII Band, S.639.
39) David. H. Miles, a.a.O., S.385.
40) HA, VII Band, S.364.

mich noch an Gott.

또한 다음과 같은 고백은 이와 같은 혼란스럽고 질서 없는 생활에서 벗어나 세상과 등을 돌리고 인생을 체념한 채 신을 향한 마음으로 '경외하는 분'과의 교제를 추구하고 있음을 보여준다.

> 아무것도 저를 세상에 붙들어 매지 못했어요. 그리고 저는 여기서도 올바른 것을 결코 찾을 수가 없었다고 확신하고 있어요. 그래서 저는 아주 명랑하고 안정된 상태 속에 있게 되었고요. 인생을 체념하면서도 생을 누리고 있었던 것이지요. [...] 신을 향한 제 마음의 곧은 방향, '경외하는 분'과의 교제를 추구하게 되었던 것입니다.[41]
>
> Nicht fesselte mich ab die Welt , und ich war überzeugt, dass ich hier das Rechte niemals finden wurde, und so war ich in dem heitersten und ruhigsten Zustande und ward, indem ich Verzicht aufs Leben getan hatte, beim Leben erhalten.[...] Die gerade Richtung meines Herzens zu Gott, den Umgang mit den " beloved ones" hatte ich gesucht und gefunden.

다시 말해서 그녀는 신과 맺은 개인적 관계를 자기 삶의 유일한 목표로 사랑하고 종교적인 체험 속에서 자신의 내면적인 행복을 추구하는 것이다. 그녀는 이렇게 스스로 깨달은 체험을 근거로 하여 자신의 종교적 세계를 추구하고 절대적인 내면의 자율성에 이르게 된다. 이 사실은 이 장의 마지막 부분에 나오는 그녀의 말에 분명히 나타나고 있다.

> 저는 계명을 기억하고 있지 않으며 법의 형태로 나타나지 않습니다. 저를 이끌고 언제나 올바르게 이끌고 있는 것은 본능일 따름입니다. 저는 자유스럽게 저의 마음을 따르지만 제한과 후회에 대해서 조금 밖에 모르지요.[42]
>
> Ich erinnere mich kaum eines Gebotes, nichts erscheint mir in Gestalt eines Gesetzes, es ist ein Trieb, der mich leitet und mich immer recht

---

41) HA, VII Band, S.386-387.
42) HA, VII Band, S.420.

führet; ich folgr mit Freiheit meinen Gesinnungen und weiss so wenig von Einschränkung als von Reue.

빌헬름은 「아름다운 영혼의 고백」을 통해서 내면적인 세계와 종교적 세계에 대한 새로운 인식을 하게 되고 자신의 법칙에 따라서 살아가는 수녀의 절대성에 대해 놀라움을 금치 못한다.[43] 이것은 빌헬름이 「탑의 결사」에 들어온 후에 이 수기를 탐독했느냐는 나탈리아의 질문에, 큰 관심을 가지고 독파했으며 그의 인생에 절대적인 영향을 주었다고 대답한다.

> 이 수기에서 가장 감명 깊었던 것은 [...] 그녀 자신뿐만 아니라, 만물의 순결성, 그녀 본성의 독립성, 그리고 고결하고 사랑스런 분위기와 어울리지 않는 것은 무엇이든지 그녀의 마음속에 받아들이지 않는다는 사실이었습니다.[44]
>
> Was mir am meisten aus dieser Schrift entgegenleuchte,[...] die Reinlichkeit des Daseins, nicht allein ihrer selbst, sondern auch alles dessen, was sie umgab, diese Selbstständigkeit ihrer Natur und die Unmöglichkeit, etwas in sich aufzunehmen, was mir der edlen, liebevollen Stimmung nicht harmonisch war.

괴테도 그녀를 "주관적이며 극도로 순수한 내면성"[45]에 의하여 편협해진 인물로 묘사하고 있다. 「아름다운 영혼」의 주인공의 삶에서 나타나는 그러한 한계성과 오류는 빌헬름이 앞서 연극배우로서의 방랑 속에서 범했던 시행착오와 동일하다. 이 장에서 추구하는 경건주의적 종교의 세계 역시 빌헬름이 연극생활에서처럼 성장의 요소로서 그의 내면적 성숙을 위한 계기가 되는 것이며 작품의 구조상으로도 전환점이 되기도 한다.

인간은 심장의 팽창과 수축으로, 만물은 플러스(+)와 마이너스(-)로 조화를 이루고 있다는 양극성과 그 승화라는 괴테의 세계관에서 보면, 수녀의

---

43) Vgl. Karl Viétor, a.a.O., S.115.

44) HA, VII Band, S.518.

45) Georg Lukács, a.a.O., S.77.

내면화 현상은 심장의 수축현상에 해당한다. 연극에만 몰두해 온 빌헬름에게 6장은 경고의 의미를 지니고 있으며, 다음의 7장과 8장에 나오는 「탑의 결사」에서 아름다운 영혼의 화신인 나탈리에와의 상봉을 예시해 주고 있다.

3) 빌헬름의 현세적 낙원단계(irdische Paradiesestufe)

「아름다운 영혼의 고백」 이후부터는 『빌헬름 마이스터』의 후반부(2부)라고 할 수 있는데, 연극의 세계에서 점점 멀어지는 빌헬름이 「탑의 결사」에서부터는 인간의 교육문제와 귀족세계에 관심을 보이기 시작한다.[46] 주인공 빌헬름의 인간성숙의 과정은 처음부터 의도적으로 특정한 교육 과정으로 이루어지고 있다. 교육사상의 본질적 전달자로 등장하는 「탑의 결사」의 일원 아베는 선천적으로 타고난 운명적 재능과 후천적으로 개발해야 하는 훈련을 강조하고 있다.

> "[...] 어떤 사람이든 예술가가 형상을 변형시키려 하는 거친 재료를 지니고 있는 것처럼 자기의 고유한 행운을 그 손 아래에 지니고 있는 법입니다. 그러나 예술과 모든 일이 다 그렇지만 능력이 주어진 우리는 그 재능을 익히고 조심스럽게 교육받아야 합니다."[47]
>
> "[...]Jeder hat sein eigen Glück unter den Händen, wie der Künstler eine rohe Materie, die er zu einer Gestalt umbilden will. Aber es ist mit dieser Kunst wie mit allem; nur die Fähigkeit dazu wird uns angeboren, sie will gelernt und sorgfätig ausgeübt sein."

교양이란 인간의 내면에 잠재되어 있는 소질을 최대한으로 개발하고 인간생활에 유익하게 기여하는 데 그 의의가 있다고 할 수 있는데, 각자가 타고난 재질은 다양하여 전체 인간의 한 부분일 수밖에 없다. '수업증서'에는

46) Vgl. Martin Swales, a.a.O., S.58.
47) HA, VII Band, S.72.

다음과 같이 기록되어 있다.

> 오직 모든 사람을 합해서만이 인류를 형성한다. 오직 모든 힘을 통합함으로써만 세계를 이룩한다.[48)]
>
> "Nur alle Menschen machen die Menschheit aus, nur alle Kräfte zusammengenommen die Welt.

한 개인에게 형성된 교양이 여러 구성원들의 힘으로 단합되어 나타날 때 큰 힘을 발휘할 수 있다. 인간의 소질을 개발하기 위해서는 강제적인 방법이 아니라 자연스러운 방법이 시도되어야 한다. 특히 시행착오를 통해서 인간은 더욱 큰 인간으로 성숙할 수 있기 때문에 그 고배를 맛보도록 유도하는 것이 스승의 지혜인 것이다.

> "가르치는 자의 의무는 시행착오를 예방하는 것이 아니라 그 속에 빠진 사람을 지도하는 것입니다. 그에게 시행착오의 고배를 충분히 맛보게 하는 것, 이것이 바로 스승의 지혜입니다. [...]"[49)]
>
> " Nicht vot Irrtum zu bewahren, ist die Pflicht des Menschenerziehers, sondern den Irrenden zu leiten, ja ihn seinen Irrtum aus vollen Bechern ausschlürfen zu lassen, das ist Weisheit der Lehrer.[...]"

시행착오는 "진실을 인식하는 판단력을 부여하기 때문에 참다운 교육은 시행착오를 겪게 하는 것"[50)]이며, 이를 통해 잠재적 자아를 성숙시키는 것이 인문주의의 이상이다.

빌헬름은 인간은 고통에 찬 경험과 시행착오를 통해서 성숙해진다는 진리를 터득하고, 「탑의 결사」의 교육자들에 의해서 교육을 받음으로써 처음

---

48) HA, VII Band, S.552.

49) HA, VII Band, S.494-495.

50) Hans-Egon Haas, Wilhelm Meisters Lehrjahre, in *Der deutsche Roman von Barock bis zur Gegenwart*, B. von Wiese, Düsseldorf. a.a.O., S.139.

의 미숙한 소시민적 근성에서 벗어나 사회에 활동할 수 있는 참신한 인간으로 변신한다. 결국 빌헬름은 도달하고자 하는 궁극적인 교양의 목표지에 가까이 도래하고 있음을 예감하는 것이다. 빌헬름은 귀족계급은 시민생활을 통해서 자유스럽고 완전한 인격교육을 하는 데 방해요인들을 쉽게 제거할 수 있으며, 인간교육을 하기 위해 유리한 조건을 확보할 수 있다는 사실을 깨닫는다. 그러나 시민적 인간의 본성 속에는 조화로운 세계가 존재할 수 없으며 한 가지 일에 유용한 인간이 되려면 그 밖의 모든 세계를 단념해야 한다.[51] 따라서 빌헬름은 로타리오를 위시한 이상화된 귀족계급과 타협하면서 자본주의를 향한 경제 발전에 적응하기도 한다. 빌헬름의 귀족사회에 대한 관점은 후반부로 가면서 다르게 나타난다. 그가 꿈꾸었던 아마조네와 같은 여인상, 아름다운 영혼의 화신 같은 여인상을 동경하면서 처음에는 테레세와 결합하려고 생각하지만, 그가 그리는 아마조네와 같은 이상적 여인상과 일치할 수 없음을 깨닫는다. 결국 현실 활동과 숭고한 내면성이 잘 조화를 이루고 있는 아름다운 영혼의 화신 나탈리에(Natalie)를 만난다. 스위스출신의 문학이론이자 해석학자인 에밀 슈타이거(Emil Staiger)는 나탈리에의 고전적 여인상을 "고상한 모습과 조용한 감정을 가지고 항상 균형을 지닌 어떠한 대상에도 제한을 받지 않는 활동"[52]의 여인으로 표현했다. 결국 나탈리에는 빌헬름이 일찍이 동경하던 아마조네(Amazone)이며 괴테의 고전주의 미학의 화신이기도 한 것이다. 다시 말하면 고전주의의 개념인 형식, 균형, 내면과 외면, 개인과 사회, 인간과 세계, 현실과 이상의 조화를 의미한다. 주인공 빌헬름이 그의 아들 펠릭스(Felix)를 고전적으로 교육시키기 위해서도 나탈리에와 결혼을 하는데, 그의 고전주의적 여성 나탈리에와의 결혼은 그가 성장의 궁극적 목표(Bildungziel)인 현실적 시민세계로의 귀

51) Ibido, S.291.
52) Emil Staiger, *Goethe II* Band, Zürich, 1962, S.162.

환이라는 의미에서 현세적 낙원단계에 도달했음을 의미하며, 그의 교양의 완성을 상징적으로 암시한다고 볼 수 있다.

이바르 자그모어(Ivar Sagmor)는 그의 저서 『교양소설과 역사철학 Bildungsroman und Geschichtsphilosophie』에서, 나탈리에는 「탑의 결사」에서 최고의 존재로서 참다운 예술의 화신이요, 훌륭한 사회의 총체적 개념이며 빌헬름이 도달하고자 하는 목표 자체였으므로 결국 빌헬름은 이상과 현실의 조화를 체험하는 행운을 얻었다고 했다.[53)]

빌헬름과 나탈리에와의 결합을 괴테의 세계관에 비추어 보면 제1장에서 5장까지 빌헬름의 방랑은 심장의 팽창작용이요, 제6장에서 수녀의 내면화 현상은 심장의 수축작용이며, 제7장과 8장은 팽창과 수축의 양극성의 승화, 곧 괴테의 형태학적 미학의 완성으로 이해할 수 있다.[54)]

4. 본 작품에 나타난 성년식 서사구조

문학작품 속에 내재되어 있는 신화적 요소를 탐구하는 연구방법을 체계화한 비평가로는 노드럽 프라이(Frye)[55)], 보드낀(Bodkin)[56)], 피들러(Fiedler)[57)] 등을 들 수 있다. 이들 신화 비평가들은 주로 칼 구스타브 융(C. G. Jung)[58)]

---

53) Ivar Sagmor, *Bildungsroman und Geschichtsphilosophie, Eine Studie zu Goethes Roman "Wilhelm Meisters Lehrjahre"*, Bouvier Verlag, Herbert Grundmann, Bonn, 1982, S.230-232.

54) Vgl. David. H. Miles, Pikaros Weg zum Bekenner, a.a.O., S.387.

55) Northrop Frye, *Anatomy of criticism*, Princeton University Press, 1957.

56) Maud Bodkin, *Archetypal Patterns in Poetry*, Oxford University Press, 1934.

57) Leslie Fiedler, "Archetype and Signature (the Relationship of poet and Poem)" In *Myth & Motifs in Literature*, edited by David J. Burrows, Frederick R. Lapides. John T. Shawcross, The Free Press, New york, 1973.

58) C. G. Jung, *The Archetyper and the Colletive Unconscious*, Trans. by R.F.C. Hull, New York, Pantheon, 1959.

의 무의식과 엘리아데(Eliade)의 인류학을 토대로 하고 있다. 태초부터 체험을 통해 인간의 내부에 축적된 집단 무의식이 무의식중에 창작자의 손끝으로 분출되어 언어화될 때 문학의 형식이 출현한다는 것이다. 시공을 초월한 신화적 원시체험들이 작가의 창작심리에 작용하여 문학작품을 생산한다는 신화적 문학비평 방법을 교양 소설에도 적용할 수 있다. 원래 성년식(Initiation)이라는 말은 인류학적 개념에서 유래한 것으로서 원시사회에서 성인이 되기 위해 치르는 예식이다. 원시사회에서는 성년식을 거행할 때 동네 밖의 무섭고 어두운 동굴이나 숲에 일주일 이상 격리시켜서 그 과정을 무사히 극복하면 집단사회의 성년으로 인정했다. 엘리아데[59]는 그러한 신화적 성년식은 입사단계, 시련단계, 죽음단계, 재생단계를 거친다고 보았으며, 그 단계들은 게넵의 성년식의 개념의 관점에서 보면 입사단계로서의 분리단계, 시련단계로서의 전이단계, 죽음과 재생단계를 합한 통합단계로 대치해 볼 수도 있다.

미국의 문학이론가 마르쿠스는 그의 저서 『입사식 소설이란 무엇인가? What is Initiation story?』[60]에서 인류학적 성년식(Initiation) 개념을 수용하여 '입사식 소설 Initiation story'이라는 장르를 체계화했으며, 김열규는 입사식담과 교양소설과의 관계를 다음과 같이 지적하고 있다.

> 입사식담은 한 인간개체의 사회적 심리적 변전기의 긴장과 갈등을 다룬 얘기로 정의할 수 있게 된다. 입사식담은 성장소설적인 사회, 심리담이다. [....] 오늘날의 입사식담은[의식의 입사식담이다.] 이른바 〈발전적 성격〉을 주인공으로 삼은 교양소설의 특수한 장르로서 정립할 수 있을 것이다.[61]

---

59) Mircea Eliade, *Rites and Symbol of Initiation: The mysteries of Birth and Rebirth*, New york, Harper Torchbooks, 1965, pp.1-136.

60) Mordecai Marcus, "What is an Initiation Story?" in Critical Approaches to Fiction, edited by Shiv, K.kumar, Keith Mckean, McGraw, Hill Book company, 1968.

61) 김열규, 『우리의 전통과 오늘의 문학』, 문예출판사, 1987, PP.120-121.

근래에는 괴테와 쉴러의 희곡작품을 성장 드라마(Bildungsdrama)로 규정하고 그들의 작품을 신화적 입사식 구조의 관점에서 분석하는 새로운 연구들을 볼 수 있다.[62]

1) 빌헬름의 입사단계

엘리아데는 입사단계에 대하여 다음과 같이 규정하고 있다.

> 입사자들이 그들의 어머니로부터 분리되는 이와 같은 예식의 첫 부분의 대한 의미는 매우 분명한 듯하다. 우리가 소유하고 있는 것은 단절인데, 이것이 때로는 어린 시절의 세계로부터 폭력적 단절이 될 수도 있고, 때로는 어머니의 세계, 여성의 세계, 어린이의 무책임의 상태, 무지함과 성의 행복의 상태로부터 단절이 될 수도 있다.[63]

빌헬름이 성장하기 위한 입사단계는 그의 연극세계에 대한 관심과 마리안느와의 사랑이 계기가 된다. 빌헬름은 어린 시절부터 인형극에 매혹되어 있었기 때문에 자연스럽게 연극에 관심을 두게 된다. 빌헬름의 마리안느에 대한 사랑과 연극에 대한 열띤 관심은 상승작용으로 나타난다. 무대 위에서 연극에 몰두하고 있는 마리안느에 대한 빌헬름의 사랑은 절대적이다.

> 그 매혹적인 처녀에 대한 빌헬름의 욕망은 상상력의 날개에 실려 한없이 올라가기만 하였다. 다만 잠깐 동안 사귐을 가졌는데 그는 그녀를 사랑하는 마음을 품게 되었다. 그는 그야말로 사랑하고 존경하는 사람에게 사로잡혀 있음을 느끼고 있었다. 그녀를 처음으로 본 것이 무대 위의 유리창 조명 아래에서였기 때문에 무대에 대한 그의 열정과 여성에 대한 첫 사랑이 하나로 결합되어 그의 청춘은 약동하는 시상(詩想)으로 고양되어 얻어낸 풍요로운 환희를 맛보았던 것이다.[64]

---

62) Vgl. Margaret Scholl, *The Bildungsdrama of the Age of Goethe*, Herbert Lang Bern Peter Lang, Frankfurt, 1976, pp.49-73.

63) Eliade, a.a.O., S.8.

Auf den flügeln der Einbildungskraft hatte sich Wilhelms Begierde zu den reizenden Mädchen erhoben; nach einem kurzen Umgang hatte er ihre Neigung gewonnen, er fand sich im Besitz einer Person, die er so sehr lebte, ja verehrte; denn sie war ihm zuerst in dem günstigen Lichte theatralischer Vorstellung erschienen, und seine Leidenschaft zur Bühne verband sich mit der ersten Liebe zu einem weiblichen Geschöpfe. Seine Jugend liess ihn reiche Freuden geniessen, die von einer lebhaften Dichtung erhöht und erhalten wurden.

빌헬름은 사랑의 열병을 치르면서 새로운 인간이 되어가고 있음을 느낀다.

그렇게 빌헬름도 밤마다 서로를 신뢰할 수 있는 사랑에 취하고, 낮에는 새롭고 행복한 시간을 기다리며 날을 보냈다. 그의 갈망과 희망이 마리안느에게로 끌렸을 때 그는 이미 새로 태어나는 느낌을 받았으며 딴 사람이 되기 시작한 것만 같았다.[65]

So brachte Wilhelm seine Nächte im Genusse vertraulicher Liebe, seine Tage in Erwartung neuer seliger Stunden zu, Schon zu jener Zeit, als ihn Verlangen und Hoffnung zu Marianen hinzog, fühlte er sich wie neu belebt, er fühlte, dass er ein anderer Mensch zu werden beginne;

2) 빌헬름의 시련단계

빌헬름이 어머니의 따뜻한 품안의 세계에서 벗어나 연극의 세계와 마리안느에 대한 사랑에 빠져 새로운 인간으로 눈을 뜨기 시작하는 것이 입사단계이다. 빌헬름이 애인 마리안느로부터 실연을 당하고, 미농이 연극단장으로부터 심한 학대를 당하는 걸 보며, 야르노를 통해 셰익스피어의 연극을 새롭게 체험하고, 산적들로부터 습격을 당하고, 아버지를 잃고, 아들 펠릭스를 죽이려는 노인의 광기를 경험하고, 아우렐리가 갑작스럽게 죽는 것 등

64) HA, VII Band, S.14.
65) HA, VII Band, S.33.

은 엘리아드가 지적하고 있는 성년식 4단계 중에서 시련단계에 해당한다.

엘리아데의 시련단계에 대한 정의는 다음과 같다.

> 잠을 자지 않는 시련행위는 육체적 피로를 견디어 내면서 무엇보다도 의지와 정신력의 강인함을 증명해 보여주는 것이다.[66)]

이와 같은 시련은 과거의 상태와는 정반대의 새로운 심리적, 실존적 상태와의 만남으로 인하여 충격을 받고 난관에 봉착하는 것을 의미한다. 이 시련은 단군신화에서 곰이 인간이 되기 위해서 치러야 하는 시련의 공간(동굴)과 시간(100일)에 해당하는 것이다.

빌헬름의 첫 시련은 그가 진정으로 믿으며 사랑했던 마리안느로부터의 실연의 경험이다.

> 그리고 내 마음속을 들여다보면 옛날의 온갖 욕망이 단단히, 아니 한결 더 굳게 가슴속에 뿌리를 박고 있네. 하지만 불행하게도 실연한 내게 이제 남은 것이라고 무엇이 있단 말인가?[67)]
>
> Wenn ich mein Herz untersuche, alle frühen Wünsche fest, ja noch fester als sonst darin haften? Doch was bleibt mir Unglücklichem gegenwätig uebrig?

빌헬름은 지금까지 주고받았던 편지와 그녀에게 바친 시들을 불 속에 집어던짐으로써 마리안느와의 사랑의 추억을 망각하려고 하지만 견딜 수 없을 정도의 실연의 아픔이 남아있음을 베르너에게 고백한다.

> 나에게 심판이 내려진 지금, 내 소원을 성취시켜야 되었을 사랑을 잃어버린 지금, 나에게 가장 쓰라린 고통을 남겨주는 것 외에 무엇이 내 마음에 남

---

66) Eliade, a.a.O, S.1.
67) HA, VII Band, S.84.

았겠습니까?[68)]

Jetzt, da ich die verloren habe, die anstatt einer Gottheit mich zu meinen Wünschen hinüberführen sollte, was bleibt mir übrig, als mich den bittersten Schmerzen zu überlassen?

빌헬름은 실연의 아픔을 달래려고 산업여행을 떠나는데, 다양한 사람들을 만남으로써 그때까지는 모르고 있던 새로운 연극세계와 시민계급을 알게 됨과 동시에 예상치 못했던 충격적 체험을 한다. 그는 곡마단의 단장이 이상한 소녀 미뇽을 심하게 구타하는 끔찍한 장면을 목격하고 단장을 강력하게 저지하는 인간적인 모습을 보인다.

빌헬름은 번개처럼 그 남자한테 달려들어 가슴을 붙잡고, 미친 사람처럼 '그 애를 놔라. 놓지 않으면 이 자리에서 결투를 하자'고 소리를 쳤다.[69)]

Wilhelm fuhr wie ein Blitz auf den Mann zu und fasste ihn bei der Brust. " Lass das Kind los! " schrie er wie ein Rasender, " oder einer von uns bleibt hier auf der Stelle !"

또한 빌헬름은 프랑스 연극에서 벗어나 영국의 셰익스피어 연극을 접해보도록 야르노의 권유를 받는다.

"그렇다면 한 번 보시도록 권하고 싶군요." 진기한 것을 자신의 눈으로 본다는 것은 조금도 해로운 것 같지는 않으니까요. 두세 편 빌려 드릴 테니 모든 일로부터 벗어난 사람같이 그 구관 한적한 곳에서 그 미지의 세계의 마술적 환등을 들여다보시는 것보다 더 잘 당신의 시간을 이용할 수는 없을 것입니다.[70)]

"Ich will Ihnen denn doch raten ", versetzte jener, "einen Versuch zu machen: es kann nichts schaden, wenn man auch das Seltsame mit eingenen Augen sieht. ich will Ihnen ein paar Teile borgen, und Sie

68) HA, VII Band, S.85.
69) HA, VII Band, S.103.
70) HA, VII Band, S.180.

können Ihre Zeit nicht besser anwenden, als wenn Sie sich gleich von allem losmachen und in der Einsamkeit Ihrer alten Wohnung in die Zauberlaterne dieser unbekannten Welt sehen.[...]"

빌헬름은 자신이 몸소 햄릿 역을 맡을 정도로 새로운 연극세계에 매료되어 간다.

그 성(백작 댁)에서 낭독했을 때 당신들을 매우 기쁘게 해 주었던 셰익스피어의 둘도 없는 걸작(Hamlet)을 알고 계시지요. 우리들은 그것을 상연할 계획도 꾸몄고, 더구나 저는 심사숙고하지 않고 햄릿 왕자 역을 맡았지요. 그래서 저로서는 무엇인가 제일 가련한 장면, 그 유명한 독백이라든가 정신력과 고조된 감정이 자유롭게 활약하고 흥분된 마음이 최고조로 표현될 수 있는 그런 대목을 암송하기를 시작하면서 연극의 역할을 공부한다고 생각했지요.[71)]

Ihr kennt Shakespeares unvergleichlichen Hamlet aus einer Vorlesung, die euch schon auf den Schlosse das grösste Vergnügen machte. Wir setzen uns vor, das Stück zu spielen, und ich hatte, ohne zu wissen, was ich tat, die Rolle des Prinzen übernommen; ich glaubte sie zu studieren, indem ich anfing, die stärksten Stelle, die Selbstgespräche und jene Auftritte zu memorieren, in denen Kraft der Seele, Erhebung des Geistes und Lebhaftigkeit freien Spielraum haben, wo das bewegte Gemüt sich in einem gefühlvollen Ausdrucke zeigen kann.

빌헬름은 셰익스피어의 연극세계에 대한 해박한 지식의 소유자요, 존경하는 사람인 야르노가 미뇽과 하프너 노인을 경멸한다는 사실에 충격을 받는다.

사심 하나 없이 자기의 눈에 괴게 된 그 노인과 소녀가 자기가 그렇게도 존경하는 사람한테 심하게 멸시당하는 것을 보고 참을 수가 없었다.[72)]

Ihm war unerträglich, das Paar menschlicher Wesen, das ihm unschuldigerweise seine Neigung abgewonnen hatte, durch einen Mann,

71) HA, VII Band, S.216-217.
72) HA, VII Band, S.194.

den er so sehr verehrte, so tief heruntergesetzt zu sehen.

빌헬름은 사랑을 느끼면서도 사랑을 실현시킬 수 없는 상태로 백작의 선물을 받고 백작이 거주하는 그 성을 떠나 여행길에 오른다. 그는 경치가 수려한 한적한 숲 속에서 휴식을 취하고 있던 중에 산적단의 습격을 받는다.

그가 다시 눈을 떠보니 기상천외한 입장에 처해 있음을 알았다. 아직도 희미한 여명 속에 눈앞에 보인 것은 피리네의 얼굴이었는데 자기의 얼굴을 쳐다보고 있었다. 그 자신은 몸에서 힘이 빠지는 것을 느꼈다. 일어나려고 몸을 움직이려고 했을 때 피리네의 무릎에 안겨 있는 것을 알 수 있었다. 그 자리에서 그대로 다시 쓰러져버리고 말았다.[73]

Als er die Augen wieder aufschlug, befand er sich in der wunderbarsten Lage. Das erste, was ihm durch die Dämmerung, die noch vor seinen Augen lag, entgegenblickte, war das Gesicht Philinens, das sich über das seine herüberneigte. Er fühlte sich schwach, und da er sich in Philinens Schoss, in den er auch wieder zurücksank.

빌헬름은 몸을 회복한 후, 아버지의 사망소식으로 충격을 받고 지난 날 아버지를 무심하게 대했던 것을 후회한다.

그런 예상치도 않았던 소식에 빌헬름은 가슴이 미어지는 것 같았다. 인간이란 이 세상에 같이 머무르고 있는 동안은 친구나 친척에 대해서 흔히 무감각하게 지내지만 그 아름다운 관계가 이 세상에서 만이라도 끊어지게 되면 새삼 지금까지 등한시했던 것을 후회하게 되는 법이다.[74]

Diese unvermutete Nachricht traf Wilhlem im Innersten. Er fühlte tief, wie unempfindlich man oft Freunde und Verwandte, solange sie sich mit uns des irdischen Aufenhaltes erfreuen, vernachlässigt und nur dann erst die Versäumnis bereut, wenn das schöne Verhältnis wenigstens für diesmal aufgehoben ist.

---

73) HA, VII Band, S.224.
74) HA, VII Band, S.284.

또한 빌헬름은 하프를 켜는 노인이 광기의 발작으로 집에 불을 지르고 펠릭스를 살인하려고 시도하는 광경을 목격하고 충격을 받으며,[75] 아우렐리에의 죽음도 그에게 심적인 타격을 준다.

> 그 여자에 대한 존경심이나 그 여자와 같이 생활한 습관 때문에 그 여자의 죽음은 그에게 큰 고통이었다.[76]
>
> Bei der Achtung, die er für sie gehabt, und bei der Gewohnheit, mit ihr zu leben, war ihm ihr Verlust sehr schmetzlich.

3) 빌헬름의 죽음단계와 재생단계

엘리아드의 성년식의 세 번째 단계인 죽음단계는 필연적으로 재생단계와 관련된다. 죽음이 있음으로써 새로운 재생이 가능하기 때문이다. 엘리아데의 죽음단계에 관한 정의이다.

> 우리의 목적에 있어서 가장 중요한 것은 죽음과 재생의 사상은 성년식(Initiation)의 모든 형태에서 기본적인 것이며, 여기에 첨가하자면 죽음은 죽은 자를 위해서는 종말이 아니라 귀환이다.[77]

엘리아데의 죽음관은 결코 죽음으로써 끝나는 것이 아니라 죽은 자의 새로운 재생과 귀환을 뜻한다. 여기에서 말하는 죽음은 육체적 죽음을 묘사하는 것이 아니라 연극세계와의 이별이며, 연극에 대한 자기의 한계를 인식한 것이다. 이 작품에서 주인공 빌헬름이 믿고 사랑했던 연극의 세계에서 떠나는 것은 그때까지의 삶을 부인한다는 의미이므로 이 단계를 죽음의 단계로 해석할 수 있다. 야르노는 빌헬름에게 연극에 대한 재능이 없으니 단념하고 미뇽과 펠릭스를 데리고 떠날 것을 권유받는다.

---

75) HA, VII Band, S.330.
76) HA, VII Band, S.355.
77) Eliade, a.a.O,. S.34.

"선생은 조만간 연극을 단념하는 것이 좋을 것 같군요. 선생은 그런 데는 전혀 소질이 없는 것 같으니 말입니다."[78)]

"Sie entsagten kurz und gut dem Theater, zu dem doch einmal kein Talent haben."

생명처럼 중요하게 여기던 연극을 단념하는 일은 빌헬름에게는 죽음을 뜻하며, 새로운 현실인 고전적 세계에로의 귀환을 촉구하는 의미이다.

고대 종교와 기독교에서 말하는 재생은 죽음 다음에 뒤따르는 필수적인 단계로서 죽음은 입사식에서 재생으로 인도되고, 삶에로의 귀환을 약속한다고 본다. 죽음은 총체적인 자기 부정 뒤에 새로운 존재의 세계에로 변화된다는 인식을 나타내고 있으며 재생은 순환적인 종착점이 아니라 새로운 실존세계에로의 진입을 의미한다. 다음은 엘리아데의 재생론이다.

모든 성년식의 중심적 계기는 입사자의 죽음과 살아있는 사람들의 동료의식으로의 귀환을 상징하는 예식으로 나타난다. 그는 존재의 다른 방식을 가지게 된 새로운 인간으로서 삶에 귀환한다.[79)]

빌헬름은 지금까지 빠져 있었던 연극에 대한 재능의 한계를 인식하고 새로운 삶을 개척하려 한다. 그는 먼저 미뇽과 펠릭스에게 그 시대가 요구하는 인간으로 교육시킬 어머니가 필요함을 절감하고 고전적인 교양과 현실감각을 지닌 여인을 찾는다. 빌헬름은 나탈리에에게서 아름다운 영혼의 영향을 많이 받는다.

제가 어렸을 때 지금 백모님은 바로 제 나이와 비슷한 때로 저와 아주 닮았답니다. 제 나이 때에 그린 것인데요, 누구든지 처음 보면 저라고 생각하세요. 선생님도 그 훌륭한 분을 아셨더라면 좋았을 거예요. 저는 그 분의 은혜를 많이 입었지요.[80)]

---

78) HA, VII Band S.469.

79) Eliade, a.a.O,. S.xii.

es ist das Bild einer Tante, die mir noch in ihrem Alter glich, da ich erst ein Kind war. es ist gemalt, als sie ungefähr meine Jahre hatte. und beim ersten Anblick glaubt jedermann mich zu sehen. Sie hätten diese treffliche Person kennen sollen. ich bin ihr so viel schuldig.

빌헬름은 나탈리에가 바로 아름다운 영혼의 화신임을 알고 그녀를 영원히 자기 곁에 두는 것만이 유일한 소원임을 고백한다.

빌헬름은 이제 그 여자의 주변사람들과 더불어 있는 나탈리에에 놓고 볼 수가 있게 되었다. 그 여자의 곁에 사는 것 이외에 더 바랄 것이 없었을 것이리라.[81)]

Wilhelm konnte nun Natalien in ihrem Kreise beobachten; man hätte sich nichts Besseres gewünscht, als neben ihr zu leben.

결국 빌헬름은 펠릭스를 교육시키기 위하여 윤리적이며 종교적 신비감을 지니고 있으면서도 현실감각을 갖춘 여성 나탈리에와 결합함으로써 연극을 사랑하는 예술적 인간에서 그 시대가 요구하는 시민적 인간으로 귀환하고 있다. 따라서 그의 이 성숙의 단계는 엘리아드의 성년식의 관점에서는 재생단계로 해석할 수 있다.

80) HA, VII Band, S.517.
81) HA, VII Band, S.526.

제V장 노발리스(Novalis)의 교양소설 『푸른 꽃』 속의 성년식 서사구조

1. 노발리스(Novalis)의 본 작품의 교양소설의 성립배경

독일 낭만주의적 교양소설을 대표하는 노발리스의 작품 『푸른 꽃』(die blaue Blume, 1799)이라는 부제가 붙어 있는 작품 『Heinrich von Ofterterdigen』은 노발리스가 원래 계획한 대로 제1부는 「기대 die Erwartung」 제2부는 「성취 die Erfüllung」라는 소제목으로 구성되었다. 노발리스가 그의 작품을 착수한 지 2년 이후인 1801년 작가 자신의 갑작스런 병으로 단편만을 남긴 채 죽음을 맞이하게 된다. 노발리스의 절친한 친구인 티이크 (Tieck, Ludwig. 1773-1853)가 노발리스의 유고(遺稿)-메모들을 정리하면서 『하인리히 폰 오프터딩겐 Heinrich von Ofterdingen』의 기본 자료(Materialien) 1장-8장을 가지고, 또한 노발리스가 살아 있는 동안에 그와 만나서 나눈 대화와 대담들을 바탕으로 자신의 여러 기억력을 가미하여 티크가 몸소 보완작업을 한 결과물이 바로 본 교양소설이다. 노발리스가 살아 있는 동안에 체험한 소피와의 사랑체험과 소위 윤회사상(Seelenwanderung)이 잘 반영되고 있다. 특히 이러한 윤회사상의 주제는 동양에서는 일찍이 불교사상의 핵심으로 나타나지만 서양에서도 플라톤(Plato)의 작품『이르티르나이오스 IrTirnaios』를 통해서 널리 세상에 알려진 이른바 소크라테스(Sokrates)의 윤회설과도 일맥상통하고 있다. 노발리스(Novalis)가 자신의 작품 구성에서는 특별히 희랍 시대의 전설적 인물인 오르포이스(Orpheus)教의 신화적 요소도 반영된 점을 감안하면 희랍철학 사상과도 무관하다고는 할 수 없을 것이다. 그러나 보다 중요한 것은 우선 형식면에서 노발리스가 그의 작품『하인리히 폰 오프터딩겐 Heinrich von Ofterdingen』의 주요 사건들을 특히 수많은 일련의 불가사의한 일화(Anekdote)들로 수용하고 있다는 점이다. 노발리스의 생존시에 외형상 이 작품의 모범으로 삼았던 작품 괴테의 '발전소설(Entwickelungsroman)'혹은 '교양소설(Bildungsroman)'이라는 이름의 8권으로 구성된『빌헬름 마이스터 수업시대 Wilhelm Meistes lehrjahr』로 되어 있다. 어쨌든 이 소설작품 제1부에서 시인으로 성숙되어 가는 과정이 이미 죽은 여인 소피(Sophie)를 연상시키는 마틸데(Mathilde)와의 만남과 사랑으로 완성되고 제2부에서는 시인으로서 인정받는 인물 하인리히 폰 오프터딩겐(Heinrich von Ofterdingen)은 13세기 초에 태어난 실존인물이며 직업이 기사시인(騎士詩人)으로 그 무렵 크게 성행했던 기사들의 오랜 노래시합에서 승리를 독차지했다는 역사상 전설의 가인(歌人), 원래 이름 하인리히 폰 오프터딩겐을 일컫는 것이다. 즉, 노발리스가 후기 중세기의 성담 모음집『聖 엘리자벳의 생애』와 요한네스 로트(Johannes Roth)의 골드문트에게 『되링겐 Döringen 지방 연대기』 및 시리아쿠스 슈판겐베르크(Cyriacus Spangenberg)의『만스펠트 Mannsfeld 지방 연대기』속에서, 역사적으로는 실증되지 않는 인물이지만 12명의 명인 속에는 산업이 되고 있는 연애가인(Minnesänger) 하인리히 폰 오프터딩겐을 대변했을 때인 1799년 여름에 한낱 발전소설이자 교양소설의 원초적(근원적)인 개념이 다져진 것이었다.[1)]

---

1) Kindlers Lexikon : a.a.O., S.4338.

원래 제1부는 9장으로 제2부는 3장으로 나뉘어지면서 또 제각기 색다른 일화들이 모여서 전체가 하나로 구성되는 이 '민담(동화)' 속에는 지나치게 황당한 요소가 많다는 특징이 있다. 즉 노발리스가 의도한 괴테의 『빌헬름 마이스터의 수업시대 Wilhelm Meisters Lehrjahr』를 의식하고 이에 도전하는 야심찬 창작의욕을 가지고 초현실적인 신비문학-'민담' 형식을 문학의 최고 양식으로 수용하여 괴테가 추구한 고전주의문학을 극복하고자 하였다는 점이다. 그리고 노발리스의 작품 『하인리히 폰 오프터딩겐 Heinrich von Ofterdingen』을 소위 교양소설의 범주에 넣는 이유는 작품 첫 장부터 주인공 하인리히가 어느 날 밤 꿈에서 본 '푸른 꽃'(blaue Blume)을 찾아 실제로 여러 기이한 체험을 하면서, 원숙한 대시인이 되기까지 겪는 숱한 편력과정이 묘사되어 있다는 점을 그 특징으로 지적할 수 있다. 이 작품에 나타나 있는 가족 간의 신분 관계를 보면 하이리히는 갓 스무 살 난 청소년이고 현재는 그의 대모인 어느 백작부인의 궁정신부(宮廷神父)로부터 성직자가 되기 위한 수업을 받고 있었다. 그는 장래에는 또 대시인이 되고자 하는 큰 야망을 품고 있다. 한편 그의 부친은 그 무렵 유행하던 금세업(金細業)을 주업으로 하는 단순 소박한 소시민적 성격의 소유자로 무사안일한 생업에만 종사하면서 모험 따위는 관심이 없는 평범한 시민이다. 이에 반하여 그의 모친은 독일 아구스부르크(Augsburg) 시(市)의 부유한 남부독일의 명문가문의 출신으로 아들 하인리히를 부추겨 그의 외가가 있는 아우스부르크 지방을 여행하게 한다. 그와 같이 노발리스로 하여금 세상 밖의 세계를 여행시킨 목적은 그에게 이전에 경험하지 못한 바깥세상과의 체험을 통해 폭넓은 낭만주의적 세계관을 확립시켜 주기 위함이었다. 노발리스는 작품 『하인리히 폰 오프티딩엔』에서 그 본질적인 특징 속에는 총체적인 자신의 낭만주의적 자연관, 사랑관, 그리고 윤회사상(Seelenwanderung)을 집약적으로 표현한 작품이다. 더구나 베르너[2](Wemer, Abraham Gottlob ; 1749-1817)의

'암석 수성론' (Neptunismus)을 운둔자의 동굴 서술에서 묘사하고 있다. 인간이란 자연을 통하여 무엇인가 배울 수 있다는 그의 생각이 이 소설의 기본이념이 되는 것이다.[3] 결국에는 작품 첫머리에, 아이센나하(Eisenach)에 있는 하인리히의 고향집에 웬 낯선 외지인, 즉 이방인 한 사람이 다녀가면서 말끝을 흐리고 간 '푸른 꽃'이라는 이야기와 하이리히가 그날 밤 꿈속에서 본 자신의 환영으로서의 꽃 이야기와 또 자기의 부친도 옛날 언젠가 꾸어본 '푸른 꽃' 이야기는 제각기 암시하는 바는 상이하지만 작품 전체를 예시해주는 하나의 주제의식은 여실히 낭만주의적 세계관을 잘 반영하고 있다는 점이다. 이방인이 다녀간 날 밤 하인리히가 꿈속에서 꾼 '푸른 꽃'을 찾는 장면을 무엇인가 새롭고도 신기한 앞날의 일을 예시해 주는 상징적 표현으로 점철되어 있다. 노발리스의 교양소설 『푸른 꽃』에 등장하는 주인공 하인리히가 황금시대에 요구되는 낭만적 세계관을 지닌 시인이 되기까지의 편력과정을 엘리아드의 성년식의 관점에서 살펴보려고 한다.

2. 『하린리히 폰 오프터딩겐 -푸른 꽃』에 나타난 성년식 서사구조

지금까지 노발리스(Novalis)의 『하린리히 폰 오프터딩겐-푸른 꽃 』에 대한 연구가 주로 독일의 낭만주의적 세계관의 관점에 치중하여 연구되어 왔다.[4] 본인은 이러한 기존의 연구방향과는 차별화된 새로운 학문적인 도전

---

2) Wemer, Abraham Gotllob 독일의 광물학자이고 지리학자, 프라이불크 광산학교에서 수학하고 지리학적 지질계통학과 체계적인 광물학을 정립함. 지구구조학(Geognosie)이니 광물분류학(Oryktognosie)라는 말은 모두에 이 사람에 의해서 소급하는 말이고 원칙적으로는 암석 수성론(岩石水成論 Neptunismus) 의 창시자이다 - dtv.-Bockhaus, Bd., 20, S.42.

3) Heilbom, Emst : *Novalis, der Romantiker,* Berlin, 1901, S.283.

4) Paul Kluckhohn, *Das Ideegut der deutschen Romantik*, Max Niemeyer Verlag Tübingen 1966, Ders., *Die Auffassung der Liebe in der Literatur des 18. Jahrhunderts und in der deutschen Romantik*, Tübingen 1966, Richard Huch, *Romantik*,(hrsg. von Rainer

으로서 엘리아드의 성년식의 이론의 관점에서 그의 대표적인 교양소설『푸른 꽃』의 주인공 하인리히를 통하여 나타나는 성년식의 서사구조를 고찰하고자 한다. 필자는 이러한 엘리아드의 인류학적 성년식의 관점을 과감히 도입하여 독일 낭만주의 교양소설의 새로운 탐구의 가능성을 제시하고자 한다. 필자는 엘리아드(M. Eliade)의 성년식(Initiation)의 이론을 도입하여 상기한 독일 낭만주의(Romantik)를 대표하는 노발리스의 교양소설『푸른 꽃』에 등장하는 주인공 하인리히(Heinrich)가 꿈에서 본 푸른 꽃을 찾아서 여행을 하는 가운데 다양한 사람들과 만남을 통하여 낭만주의적 교양을 쌓아서 시인으로서 성숙해 나가는 과정을 살펴보고자 한다.

본 작품은 9장으로 되어 있는데, 제1장에서는 주인공 하인리히가 내면적으로 불안한 가운데 푸른 꽃에 대한 꿈과 아버지의 꿈이 그의 주된 관심의 대상이 된다. 주인공 하인리히가 꿈속에서 본 푸른 꽃을 찾아 집을 떠나 많은 전설과 이야기를 들으면서 우주의 세계, 지하 세계를 편력하는 과정을 한 인물이 다른 인물로 다시 태어나는 순환적 구조를 보여 주고 있다. 괴테의 말대로 '죽어서 다시 태어나라(Stirb und Werde)'라는 말을 연상케 하고 있다. 또한 불교의 윤회사상에 따르면 현생의 업고에 따라서 내세에 다시 다른 형상으로 태어나는 것과 같이 순환적 세계관을 보여 주고 있다. 본 작품에서 이전에 인물이 죽었는데, 다시 다른 장에서는 다른 인물로 환생하는 서술 구조를 보여 주고 있다는 점에서 불교의 윤회사상(Seelenwanderung)을 연상시키기에 충분하다. 작품의 주인공 하인리히가 꿈속에서 본 '푸른 꽃'을 탐색하는 과정에서 어느 동굴의 묘사 장면에서 사람들이 짐승들, 꽃들 그리고 암석들과 대화를 하는 상상할 수 없는 세계를 체험한다. 다른 한편으로 주인공 하인리히와 마틸데와 가장 정열적으로 사랑한 후에 사랑하는 님과

---

wunderlich), Tübingen 1951, Clemens heselhaus, Die romantische Gruppe in Deutschland: in: *die Europäische Romantik*, Gesammtherstellung; Tagblatt-Druckerei KG, Ha furt Verlag Athenäum, Frankfurt, 1972.

영원히 헤어지기도 하고 또 죽고 다시 살아나기도 한다는 등 여러 가지로 '다양한 인생' 체험을 한다. 그는 드디어 주인공이 체험하는 윤회 전생의 실마리가 열리면서 생과 사의 경계가 완전히 해소되는 초월적 세계에 대한 암시를 받게 된다. 소위 영혼의 윤회사상(Seelenwanderung)이 잘 표현되어 있는 이 소설 속에서 노발리스가 받은 영향은 우선 전술한 바와 같이 작가 자신의 기술대로 '플로탄 Plotan'이 이르티마이오스 Irtimaios-대화록에서 서술했던 윤회사상이다. 이 대화록은 또 작품 속의 동화 아틀란티스 At1antis 동화소설의 동기에 대한 있을 수 있는 정전(頂典)(Quelle)이 된 것이라고도 할 수가 있다.[5] 한편 노발리스는 삶이 죽음의 시작이라는 말에서 드러난 죽음과 삶을 동일시하는 생사관을 다음과 같이 피력하고 있다.

> 인생은 죽음의 시발이다. 생이란 죽음을 위해서 있는 것이다. 죽음은 종결이자 동시에 시발인 것이며 이별이고 더더욱 친밀한 자기 화합이다. 죽음을 통해서 환언이 완성되는 것이다.[6]

윤회란 무엇보다 생과 사의 경계가 지양된 경지를 말하고 또는 흔히 불교에서 이야기하는 전생의 업고에 따라서 현생의 자기의 혼(靈)이 새로운 육으로 환생이 되는 인연의 고리를 일컫는 것이다.

1) 하인리히의 입사단계

엘리아드의 성년식의 4단계 중에서 하인리히가 시인이 되기 위한 입사식이 시작되는 단계는 제2장에서 아우스부르크(Ausburg)를 향해 여행을 떠남에서 시작된다고 볼 수 있다. 엘리아드의 성년식의 입사식에서는 어머니의

---

5) Novalis 3. Bd., - Kommentar von Hans Jürgen Ba1mes, hrsg. v. Mähl u. Samuel, München, 1987, S.185.

6) Novalis : 2. Bd., a.a.O., S.231.-*Blüthenstaub.*

세계, 여성의 세계, 어린이와 같은 무책임의 상태와 무지에서 벗어나는 것을 의미한다. 이것은 바로 이 세상 밖의 세계를 전혀 모르고 살았던 20대 젊은 청년 하인리히가 성숙한 인간으로 변화시키기 위해서 부모님 곁을 떠나는 단계에 해당된다. 주인공 하인리히의 부모님이 하인리히로 하여금 순진성에서 벗어나 아들 하인리히가 성숙한 시인으로 태어나도록 세상과 자연과 인간 속으로 입사를 시킨 것으로 이해할 수 있다.

> "하인리히는 우울한 마음으로 태어난 도시와 아버지 곁을 떠났다. 그는 이제 생전 처음으로 이별이 무엇인지 분명히 알게 되었다. 사실 그는 처음에 고향을 떠난다고 생각할 때만 해도 이렇게 이상한 느낌이 들 줄은 몰랐다. 지금까지의 세계가 하인리히에게서 떨어져 나가고 마치 낯선 강가에 떠밀려 온 듯한 느낌이었다."[7]
>
> In wehmütiger Stimmung verliess Heinrich seinen Vater und seine Geburtsstadt. Es ward ihm jetzt erst deutlich, was Trennung sei; die Vorstrellungen von der Reise waren nicht von dem sonderbaren Gefühle begleitet gewesen, was er jetzt empfand, als zuerst seine bisherige Welt von ihm gerissen und er wie auf ein fremdes Ufer gespült ward.

본 작품에서 모든 단계가 죽음의 형태로 분리가 이루어지고 있다. 나중에 이러한 경우가 쭈리마, 은둔자, 그리고 마틸데와의 이별을 통하여 분리가 이루어지고 있다. 꿈속에서 하인리히는 마틸데가 물에 익사하는 모습을 목격하게 된다. 이러한 사건은 위대한 시인이 되기 위한 목표로 가기 위한 통과의례인 것이다. 하인리히는 본 소설의 주인공으로서 신화, 설화 그리고 전설에서 주인공처럼 상징적인 여행을 시작하는 것처럼 보다 높은 영혼적 자아와 아니마(Anima)를 상징하는 여성의 사랑을 쟁취하기까지 상징적 시

---

7) Novalis Werke/Briefe Dokumente, Hrsg von Ewald Wasmuth, erster Band/ Die Dichtungen, Verlag Lambert Schneider/ Heidelberg, 1953, S.28. 이하에 나오는 본 작품을 die blaue Blume로 표기하기로 함.

련을 견뎌내야 한다. 우리는 하인리히가 시인으로 완전히 성숙이 될 때만 마틸데에 이르게 된다는 것을 알게 된다. 노발리스의 『하인리히 폰 오프터딩겐(Heinrich von Ofterdingen)』이라는 작품 속에 등장하는 푸른 꽃의 배경 무대는 상징적인 중세가 중심이 된다. 본 소설은 역사적인 소설에 대한 것이 아니라 인간이 자연과 신과 소통하던 신비스러운 황금시대인 중세로 되돌아가려는 낭만주의적 교양소설인 것이다. 그와 같은 이유는 이 시대의 사건을 배제하고 하인리히 자신을 교양의 모델로 많은 원형적 인물들을 쉽게 끄집어내고 있기 때문이다. 또한 중세시대는 어두운 시대로 여겼던 것, 고대에 대한 많은 학문적 인식이 상실되어가고 베일로 쌓이게 되었다는 사실이다. 이러한 중세라는 밤의 세계에서 새로운 시대, 즉 해명의 시대가 탄생된 것이다. 모든 창조적인 세계가 숨겨진 보물들이 백일하에 드러나고 현실적인 인간으로 발전되는 것을 도와주기에 충분하다. 그러한 내면성 속에서 그 근원을 지지하고 있다는 것을 독자들에게 보여주는 일이 노발리스의 주된 관심거리였다. 우리는 노발리스에게 모든 인간적 근원 체험이라는 것이 순환적으로 운동한다는 사실과 이 지상적인 실존이 우주적 성찰의 결과이며 인간은 대우주에 대칭되는 소우주로 보는 세계관에서 출발한다. 노발리스가 보기에 하인리히의 성장은 대우주와 소통할 수 있는 완전한 인간에 해당되는 시인으로 성숙해 가는 일이다, 노발리스가 생각하는 시인은 우주적 질서를 인간에게 제시할 수 있으며 시적인 국가를 절도 있게 구축하는 사람으로 볼 수 있다. 이러한 낭만적인 시인이 구현하고 자하는 시적인 국가는 이 지상에서 천국과 유사한 것이다. 이러한 시적 국가질서에서 모든 이들은 보다 높은 세계에 도달하게 되고 세상에 빛을 제공하는 일이다. 노발리스는 인간을 유성에 해당되는 태양으로 보고 있다. 이러한 시인이 꿈꾸는 새로운 질서는 황금시대의 귀환이며 우주적 질서는 인과율적인 발전의 산물이 아니고, 인간의 우주적 정신의 씨에서 나온 유기적인 자유 속에서 이루어지는 것이다. 모든 인간적 행위는 이러한 시적 국가를 완성하는 데 그 목표를 두고 있다. 이러한 예술가적 토대 위에서 정치적, 사회적, 도덕적 삶과 국가관이 결정된다. 자연은 모든 움직이는 존재로서 모든 것이 결국 회귀하고 거기에서 다시 태어나는 삶과 죽음의 우주적 원저수지 속에 그 근원을 두고 있다. 우리가 알고 있듯이 한 때 잊혀진 황금의 시대(Goldendes Zeitalter)가 도래되기를 고대했다. 이것은 괴테의 "죽어서 되라(Stirb und Werde)"는 말과 일맥상통하는 바가 있다. 우리의 백일몽 같은 상상과 꿈속에서 우리는 항상 원형에 그 뿌리를 두고 있는 입사식의 모델을 만나게 된다. 우리는 의무감을 가지고 창조적 삶을 영위하기 위해서 모든 인간이 치러야 하는 영혼적 위기, 고독감 그리고 절망감 속에서 그러한 원형을 체험하게 된다. 입사식이 종종 그렇게 인식이 되지 않더라도 인간은 개별화의 과정 속에서 자기 자신이 될 수 있다.

2) 하인리히의 시련의 단계

엘리아드의 시련의 단계에서는 잠을 자지 않고 육체적 피로를 견디어 내면서 무엇보다도 의지와 정신력의 강인함을 증명해 보인다.[8] 이 점에서 하인리히는 세상 속으로 입사되면서 이별의 슬픔을 느끼기 시작한 시점이 엘리아드의 시련단계의 문턱에 들어서 있음을 예고하고 있다.

> "세상을 아직 잘 모르는 철부지 청년이 언제나 꼭 있어야 하며 없어서는 안 된다고, 자연에 대해 깊이 뿌리를 박고 있어서 언제나 변하지 않을 것이라고 생각했던 지상의 것들이 무상하게 없어지는 사실을 처음으로 알았을 때 경험한 슬픔은 정말로 끝이 없다. 처음으로 듣는 죽음의 통고처럼 첫 이별은 잊혀지지 않고 기억 속에 머물고 있다."

---

8) Mircea Eliade, *Rites and Symbol of Initiation; The mysteries of Birth and Rebirth*, op. cit., 1-136.

Unendlich ist die jugendliche Trauer bei dieser ersten Erfahrung der Vergänglichkeit der irdischen Dinge, die dem unerfahrnen Gemüt so notwendig und unentbehrlich, so fest verwaschen mit dem eigentümlichsten Dasein und so unveränderlich wie dieses vorkommen müssen. Eine erste Ankündigung des Todes, bleibt die erste Trennung unvergesslich.[9)]

주인공 하인리히가 어머니와 친한 상인들과 같이 고향 아이제니흐에서 아우크부르크(Ausburg)를 향해 여행길에 오른다. 그 여행은 철부지 스무 살의 하인리히가 혼자서 치러야 하는 고난의 여정으로 볼 수 있다. 주인공 하인리히가 상인들과 동행하는 도중에 아라온의 전설과 바다 속에 가라앉은 아틀란티스 이야기를 듣게 된다. 주인공 하인리히가 2장부터 엘리아드의 시련의 단계로서 시인이 되기 위한 긴 밤의 여행(Night Jounery)을 하기 위한 공간 속으로 들어간 셈이다. 원래 아리온 이야기는 그를 고무시켜 준다는 배 선원이 그의 보물을 강탈해 간다는 시인과 소리 예술가에 관한 이야기이다. 그는 생명의 위태로움을 알면서도 가수는 단지 노래를 할 뿐이며 자유스럽게 바다에 뛰어든다. 바다 선원들은 말의 마력을 의식하며 귀를 막아 버린다. 아틀란티스 전설은 노발리스 자신이 만들어 낸 것으로 사랑과 시에 관한 물음에 답을 해 나가는 과정이 묘사되어 있다. 노래가 울리면 가수는 바다로 뛰어든다. 그는 가수를 감사하게도 괴물에 의해서 구원의 해변으로 옮겨온다. 그러나 소리 예술가의 예상치 못한 놀라운 구원은 동물들까지 영향을 줄 뿐만 아니라 신적인 세계와 긴밀한 관계가 있음을 보이는 것이다. 본 작품에 나오는 아리온 이야기는 신의 정의로움의 모티브가 핵심을 이루고 있다. 이 아리온 이야기에서는 소유하고 있는 보물을 나누면서 대부분의 사람들은 목숨을 내놓고 살인적인 투쟁을 벌여야 한다. 가수는 상실한 보물에 대한 한을 노래로 달래면서 혼자서 해변에서 고독하게 산책하고 있는데,

---

9) die blaue Blume, S.39.

바다 속의 친구가 빼앗아 간 보물을 목구멍에서 토해 낸다. 이것은 바로 가수의 노래가 지니고 있는 마적인 힘을 암시하고 있다.

> "그로부터 얼마 뒤 그는 자신의 보물들을 잃어버린 일에 대해 달콤한 선율로 한탄하며 바닷가를 혼자서 거닐고 있었다네. 그 보물들은 행복했던 시절을 상기시켜주는 물건이자 사랑과 감사의 표시로서 그에게 너무나 소중했던 걸세. 그가 그렇게 노래를 부르고 있을 때 갑자기 바닷물을 가르며 그의 옛 바다 속 친구가 즐거운 표정으로 나타나 목구멍에서 그가 빼앗긴 보물들을 모두 백사장에 쏟아냈다네."
>
> Nach einiger Zeit ging er einmal am Ufer des Meeres allein und klagte in süssen Töne über seine verlorenen Kleinode, die ihm als Erinnerungen glücklicher Stunden und als Zeichen der Liebe und Dankbarkeit so wert gewesen waren. Indem er so sang, kam plötzlich sein alter Freund im Meere fröhlich daher gerauscht, und liess aus seinem Rachen die geraubten Schätze auf den Sand fallen.[10]

제6장에서 하인리히와 마틸데 간에 이루어진 사랑의 편력은 주인공 하인리히가 주인공답게 성숙하기 위해서 통과해야 하는 시련의 과정이다. 주인공 하인리히가 꿈속에서 보았던 푸른 꽃이 바로 사랑의 화신인 마틸데임을 깨닫게 되기까지의 과정을 중심으로 고찰하고자 한다.

하인리히가 마틸데와 결혼을 한다는 의미는 단순히 남자와 여자의 결합의 범주를 넘어서는 자연 속의 진리를 탐색하는 하인리히가 자연과 현실적으로 상봉을 하는 순간을 말한다. 9장 처음부분에 그의 외조부 쉬바잉(Schwaning)은 하인리히와 마틸데가 일찍이 결혼하여 행복하고 경건한 결혼생활을 하기를 바라는 조언을 다음과 같이 언급하고 있다.

> 결혼식은 일찍 하고 사랑이 오랫동안 지속되어야지. 나는 일찍 결혼한 사람들이 제일 행복한 것을 항상 보아왔다. 늦게 결혼하면 젊었을 때 보다 결

10) die blaue Blume, S. 39.

혼생활에 있어서 경건한 맛이 없다. 함께 즐긴 젊음은 끊어질 수 없는 인연이지. 추억은 사랑의 가장 확실한 토대인 것을.

Frühe Hochzeiten lange Liebe ich habe immer gesehen, da Ehren, die früh geschlossen wurde, am glücklichsten waren. In spätern Jahren ist gar keine solche Andacht mehr im Ehrestande, als in der Jugend. Eine gemeinschaftliche genossene Jugend ist ein unzerreissliches Band. Die Erinnerung ist der sicherste Grund der Liebe.[11)]

제8장에서 하인리히와 마틸데 간의 긴 대화를 통하여 남녀 간의 사랑의 순수한 실체의 본질이 잘 드러나 있다. 하인리히는 사랑하는 마틸데를 위해서 죽음을 각오하고 있음과 그의 애인 마틸데의 존재는 자신의 존재의 의미를 깨닫게 된다는 점, 그리고 마틸데라는 존재는 자기 자신을 이끌어 주고 붙들어 주는 하늘같은 존재임을 다음과 같이 고백하고 있다.

당신을 좋아하고 당신을 위해서라면 곧 죽고 싶은 느낌도 들어요.

"나의 마틸데여, 이제야말로 불멸이라는 것이 무엇인지 알 수 있을 것 같아."

"당신은 나를 아주 부끄럽게 하는 군요! 나는 오직 당신이 있음으로 해서 이렇게 존재한다오. 당신이 없다면 나는 아무것도 아닐 거요. 하늘이 없는 정신은 무엇인가요. 당신은 나를 이끌어주고 붙들어 주는 하늘이오."

[...] dass ich dir so gut bin, da ich gleich für dich sterben wollte.

Meine Mathide, erst jetzt fühle ich, was es heisst, unsterblich zu sein. [...] Wie du mich tief beschämst ! bin ich doch nur durch dich, was ich bin. ohne dich wäre ich nichts. Was ist ein Geist ohne Himmel, und du bist der Himmel, der mich trägt und erhält.[12)]

노발리스는 하인리히가 사랑하는 마틸데와 죽음만이 서로를 갈라 세울 수 있다는 점과 서로 사랑하기 때문에 서로 영원히 존재할 수 있음을 시화하고 있다.

---

11) die blaue Blume, S.141.

12) die blaue Blume, S.138.

아! 마틸데. 죽음은 우리를 갈라놓을 수 없어요.
[...] 그래요, 마틸데. 우리는 서로 사랑하기 때문에 우리는 영원할 것입니다.
Ach! Mathide, auch der Tod wird uns nicht trrennen.
[...] Ja, Mathilde, wir sind ewig, weil wir uns lieben.[13]

나는 마틸데를 위해 살고 싶다. 영원한 신의가 나의 마음을 그녀의 마음에 붙들어 내 줄 것이다. 나를 위해 또한 영원한 날의 아침이 밝아오고 있다. 밤은 지나갔다. 나는 떠오르는 태양을 향해 나 자신을 영원히 꺼지지 않는 제물로 바치련다.

Für Mathilde will ich leben, und ewige Treue soll mein Herz an das ihrige knüpfen. Auch mir bricht der Morgen eines ewigen Tages an. Die Nacht ist vorüber. Ich zünde der aufgehenden Sonne mich selbst zum nieverglühenden Opfer an.[14]

노발리스가 실제로 일찍이 중병에 걸려서 사별해야 했던 소피와의 사랑의 체험을 바탕으로 사랑의 영원성을 갈구하는 마음이 드러나 있다. 노발리스는 주인공 하인리히와 마틸데 사이에 주고받은 사랑의 공간속에 신이 같이 존재하고 있음을 강하게 믿을 정도로 남녀 간의 사랑을 종교의 경지에까지 상승시키고 있다.

끝없는 이해, 사랑하는 마음의 영원한 합일을 빼놓으면 대체 종교란 무엇인가요? 두 사람이 있는 곳에 신은 존재하는 것이오. 나는 당신 곁에서 영원히 숨 쉬리라.

Was ist die Religion, als ein unendliches Einverständnis, eine ewige Vereinigung liebender Herzen ? Wo zwei versammelt sind, ist Er ja unter ihnen. Ich habe ewig an dir zu atmen.[15]

한없는 헌신만이 나의 사랑을 만족시킬 수 있지. 왜냐하면 사랑은 헌신 속에 존재하며 우리의 은밀하고 고유한 존재 사이의 신비스러운 융합이니까.

Nur die grenzenloseste Hingebung kann meine Liebe genügen. in ihr besteht sie ja. Sie ist ja ein geheimnisvolles Zusammenfliessen unsers

13) die blaue Blume, S.138.
14) die blaue Blume, S.124.
15) die blaue Blume, S.139.

geheimsten und eigentümlichen Dasein.[16]

믿음을 통한 헌신적인 사랑만이 영원히 하나가 될 수 있다는 의미와 사랑이야말로 모든 결속 중에서 확고한 결속이며 사랑은 인간이 지니고 있는 제약성을 초월하여 영원한 평화와 연속적 조화의 세계와 관계를 이어주는 중요한 매개체임을 강조하고 있다.[17]

노발리스는 주인공 하이리히와 마틸데와의 사랑의 체험을 통하여 죽음 후에도 하나님의 보호 하에 천상에서도 두 사람의 사랑이 영원히 지속되기를 믿고 있는 순수한 낭만주의적 세계관을 지닌 시인이 되어가고 있음을 보여 주고 있다.

3) 죽음을 통한 재생의 단계

일반적으로 엘리아드의 죽음을 통한 재생의 단계는 동시에 이루어진다. 예컨대 단군신화에서 곰이 100일 동안 어두운 동굴에서 쑥과 마늘을 먹으면서 견딘 결과 곰이 인간으로 변신하는 것과 같다. 본 작품에 나오는 주인공 하인리히가 아리온의 죽음과 회생할 준비가 되어 있음으로 구원을 받아서 다시 재생된다는 의미를 암시하고 있다. 에리히 노이만(Ehlich Neumann)은 죽음과 재생에 관하여 융(C. G. Jung)이 쓴 "변화 Wandlung"라는 글을 인용하여 영웅은 운명적으로 필연적으로 항상 근본적으로 회생과 고난을 받게 되어 있다는 진리를 밝히고 있다. 예수의 십자가에 목 박혀 돌아가신 후에 다시 부활한 역사에서 볼 수 있듯이 고난과 회생의 구조로 되어 있

---

16) die balue Blume, S.140.

17) G. Schulz, S.91 " Denn Liebe war die festeste aller Bindungen, setzte sie den Menschen doch über seine Beschränkungen hinweg in Relation zu einer Spfäre ewigen Friedens und dauernder Harmonie"

다.[18] 본 작품에 담겨져 있는 아리온 이야기는 성경에 나오는 요나가 악어의 입에서 빠져나옴으로써 구원이 되는 "밤의 여행"을 연상시키고 있다. 요나는 악어의 목구멍에서 구원을 받아 해변으로 이동되고 있으며 노이만과 케랜니(Kerenyi)와 융은 이러한 여러 신화와 문학에 나타나는 보편적인 주인공의 성년식을 찾아냈다. 그 이유는 상징적으로 인간의 집단무의식 속에는 이러한 중요한 재생과 죽음의 틀이 나타나고 있기 때문이다. 융은 "신화소(Mythologem)"라는 글에서 의식과 무의식이 하나가 되는 현상과 새로운 개성을 만들어 내는 아니마로서 무의식과 자아개성과의 하나가 되는 현상을 심리적 언어로 설명하고 있다.[19] 이러한 점에서 아리온 이야기는 신화소의 다양성으로서 고찰될 수 있으며 성년식의 과정을 반영하고 있다고 볼 수 있다. 종횡무진으로 험난한 인생행로를 거쳐 생사의 부침(浮沈)을 겪어도 보고 마침내는 자기 애인과 작별을 고하는 꿈을 통해서 주인공이 앞으로 전개될 생활과정들이 흡사 미래를 예시해 주는 주마등처럼 여러 가지 형태로 전개된다는 이미 제1장에서 암시하고 있다.

> 그는 한없이 다양한 인생을 체험했던 것이다. 죽었다가 다시 살아나기도 했고 때로는 더할 나위 없는 열정으로 사랑도 해 보았다. 더구나 나중에는 영영 자기의 애인과 이별도 또 체험하게 된다. 드디어 날이 환히 밝은 아침 무렵에야 그의 영혼 속에는 온갖 영상들이 더더욱 선명하고 침착하게 자리 잡게 된 것이다.[20]
>
> Er durchlebte ein unendlich buntes Leben: starb und kam wieder, liebte bis zur höchsten Leidenschaft und war dann wieder auf ewig von seiner Geliebten getrennt. Endlich gegen Morgen, wie draussen die Dämmerung anbrach, wurde es stlller in seiner Seele, klarer und bleibender wurden die Bilder.

---

18) Neumann, *Ursprungsgeschichte des Bewusstseins*, Zürich : Rascher Verlag, 1949, S.402f

19) Vgl. C. G. Jung, *The Psychology of the Transference*, Bollingen Series XX: Princeton, N. J. Princeton University Press, 1974.

20) Die blaue Blume S.16.

그러다가 또 꿈을 꾸면서 그에게 의식되는 것이 점차적으로 확대되면서 자기 일신을 옭아매는 또 다른 장면, 그것은 '푸른 꽃'의 환상인 것이다.

> 그러나 그를 힘껏 매혹시킨 것은 푸른빛이 감도는 키가 큰 꽃이었다. 그 꽃은 바로 샘물가에 있었고, 또 넓은 반짝거리는 잎사귀들이 그의 몸에 스쳤던 것이다. 그 꽃은 그를 향하여 머리를 숙였고 꽃잎들은 한 가닥 푸르고 넓은 꽃부리를 드러내고 있었다. 그 속에는 하나의 부드러운 얼굴이 아른거리고 있었다. 이상야릇한 변화하는 몸을 보고 놀랐으나 달콤한 기분이 들었다. 그때 난데없이 그의 어머니가 부르는 소리에 잠에서 깨어났던 것이다.[21]
>
> Was ihn aber mit voller Macht anzog, war eine hohe lichtblaue Blume, die zunächst an der Quelle stand und ihn mit ihren breiten, glänzenden Blätter berührte. Rund um sie her standen unzählige Blumen von allen Farben, und der köstlichste Geruch erfüllte die Luft. Er sah nichts als die blaue Blume und betrachtete sie lange mit unnennbarer Zärtlichkeit . endlich wollte er sich ihr nähern, als sie auf einmal sich zu bewegen und zu veräendern anfing; die Blätter wurden glänzender und schmiegten sich an den wachsenden Stengel, die Blume neigte sich nach ihm zu, und die Blüttenblaetter zeigten einen blauen ausgebreiteten kragen, in welchem ein zartes Gesicht schwebte. sein süßes Staunen wuchs mit der sonderbaren Verwandlung, als ihn plötzlich die Stimme seiner Mutter weckte.

여기서 이른바 '푸른 꽃'의 현상은 드디어 하인리히의 연인 마틸데라는 여성과 하나로 동화된다. 마틸데는 노발리스에 의하여 동양의 여인이며 동시에 취아네(Cyane)라는 인물로도 등장하는 이중의 면모로서 즉 '연인'은 신(神)과 나를 매개하는 중개자요, 더구나 또 '연인'과 신(神)사이를 중개하는 존재는 성모 아니면 그리스도이다. 이 양자는 가끔은 하나로 융합되기도 하고 때로는 예수 혹은 마리아(Maria)로 또는 소피(Sophie)로 취급되기도 한다. 그러니까 시간과 공간의 한계를 넘어서는 삶과 죽음, 현세와 내세가 하나로 융합되는 이면에는 연인의 죽음이란 사랑의 종말이 아니라 오히려 순

---

21) Die blaue Blume, S.18.

환이고 완성에 이르는 구원의 의미를 부여하고 있다. 아우스부르크에 도착한 날 밤 하인리히는 마틸데를 통해서 또 다른 미지의 세계를 예감한다. 이상과 같이 제2부 종장에서 묘사되는 소피 혹은 마틸데상(像)은 즉 현세와 내세, 현실과 죽음의 나라와의 경계가 없어진 세계 안에 구원의 연인상으로 나타난다. 특별히 마틸데의 죽음은 현실세계에서 노발리스 자신이 자기가 젊은 날에 몸소 경험한 애인 소피의 죽음을 연상케 하기에 충분하다. 동시에 소피 사후 노발리스가 또 전격적으로 약혼을 하게 되는 카로린네 폰 차르펜티어(Caroline von Charpentier)(1773-1846/7)양의 한 면모도 반영된 것이라고 한다면 마틸데가 취아네(Cyane)라는 여인상과 동명이인이 되는 동일화 작용이 성립되는 것이다. 따라서 현세와 내세 간의 구별이 없듯이 한 인물이 타 인물도 되고 또 인간이 돌이나 나무나 백양성(白羊星)으로도 변신이 된다. 그러므로 주인공 하인리히는 다양한 형태로 나타나는 변신현상은 과거의 형태의 죽음인 동시에 새로운 형태에로의 재생을 의미한다.

노발리스는 대우주를 삶과 죽음의 원저수지로서 보았다. 인간은 소우주에 해당되는데 인간은 이러한 대 저수지 속에서 결국 태어나기 위해서 다시 죽음의 세계로 잠시 들어간다. 노발리스는 이러한 순환론적 세계관을 주인공 하인리히를 통해서 상징적으로 가시화시키고 있다. 상기한 작품에 등장하는 주인공 하인리히를 통하여 드러난 대우주를 반영하는 인간 의식은 계속적으로 반복되는 작은 죽음에 대한 체험과 거기에 상대적으로 다시 태어나는 관점에서 살펴보고자 했다. 인간이 일련의 어려운 상황을 지배하였던 이후에 본 소설의 1편에서 주인공의 교양적 성장이 수동적인 시도로 이루어지고 있다면, 본 소설의 2편에서는 능동적으로 주인공이 방황하는 모습을 보여주고 있다. 이것은 주인공의 시련과 죽음을 통하여 다른 삶으로 재생되었다는 것을 의미하며 완전히 달리 변화된 현상으로 다시 다른 모습으로 재생되었기 때문이다. 더욱 구체적으로 고찰하면 모든 인간의 삶은 일련의 죽음과 재생으로 이루어져 있음을 보여주는 좋은 증거이기도 하다. 필자는 이러한 주인공 하인리히가 꿈속에 보았던 푸른 꽃을 탐색하면서 또 다른 세계인 지하세계와 대우주의 공간을 자유롭게 방랑하면서 유한한 이승과 무한한 신의 세계를 중개해 주는 낭만주의 작가가 추구하는 황금시대에 적합한 시인이 되기까지 치러야 할 성년식의 과정을 밟고 있음을 확인한 셈이다.

제 VI 장 켈러(G. Keller)의 『녹색의 하인리히 Der grüne Heinrich』 속 교양소설과 성년식 서사구조

1. 켈러의 『녹색의 하인리히』 속 교양소설적 서사구조

고트프리트 켈러(Gottfried Keller, 1819-1890)는 어린 나이에 아버지를 여의고 그의 어머니가 세를 놓아 가족의 생계를 유지했다. 켈러는 지방학교에 다니다가 1834년에 퇴학당했는데, 그 부당한 퇴학으로 말미암아 그는 오랫동안 괴로워했다. 친척과 함께 생활하던 그는 화가가 되기로 결심하고 취리히로 돌아와 화가 수업을 시작했다. 1840년에 뮌헨으로 갔지만 화가로서 성공하겠다는 그의 꿈은 가난과 재능 부족이라는 두 가지 요소가 복합되어 좌절되고 말았다. 1842년에 집으로 돌아온 그는 1848년에 주에서 주는 교부금을 받아 하이델베르크에서 2년여 동안 지낼 수 있게 되었다. 여기에서 그는 포이어바흐(Feuerbach)의 영향을 받아 종교적 신념에 근본적으로 회의를 갖게 된다. 대학에서 헤르만 헤트너(Hermann Hettner)의 강의를 받고 괴테와 문학의 가치를 맛보게 되는데, 특히 희곡에 심취하였다. 1850년에서 1855년까지 그는 베를린에서 살면서 본격적인 글쓰기를 시작했다. 1855년에 취리히로 돌아온 그는 자신의 문학적 명망이 어느 정도 자리를 잡고 있음을 알게 되었다. 1861년에는 고향이 있는 주의 최고 서기로 임명되었다. 그 후 15년 동안 모든 의무를 성실하게 이행하면서 어머니와 누이와 함께 살았다. 1876년에는 서기 자리를 포기하고 전적으로 글쓰기에 몰두했다. 켈러의 삶에서 결정적인 사건들은 그의 소설 『녹색의 하인리히』에 잘 형상화되어 있다. 우리가 살펴보고자 하는 것은 이 소설을 통해 켈러의 인물 속에 잠재한 긴장을 헤쳐 나가는 방법이다. 산문작가로서의 켈러는 19세기 독일 문학의 위대한 인물 가운데 한 사람이다. 그는 본래 재미있는 사람이며, 그의 유머는 조용하고 타협적인 것에서 신랄하고 섬뜩한 것까지 모두 포괄할 수 있었다. 무엇보다도 켈러의 산문에는 다소 무미건조했을 그의 삶, 특히 무척이나 길었던 틀에 박힌 관료생활에도 불구하고 생명력이 존재한다. 한편에는 잠재된 상상력, 다른 한편에는 사회생활의 압박감, 그 사이에서의 갈등이라는 점에서 『녹색의 하인리히』는 의미를 가진다. 하인리히는 다섯 살에 아버지를 여의고 홀어머니 밑에서 자랐다. 학교에서는 가난한 집안 배경 때문에 고초를 겪고, 아버지가 남겨준 서랍장에서 돈을 훔쳐 자신의 불이익을 보상받으려 한다. 그는 상상력이 풍부한 아이였으며 때로는 그것을 잘 이용하여 종종 사실을 속이곤 했다. (자기보다 나이가 많은 소년들이 그에게 맹세를 하도록 가르쳤다고 그들을 고발하여 곤란에 빠뜨린 걸 보면 알 수 있다.) 학교에서 두드러지고 싶은 그의 욕망으로 인하여 그는 그다지 인기가 없는 선생님을 공격하는 데 아이들을 선동하였고, 그 때문에 퇴학을 당하고 만다. 하인리히는 화가가 되려하지만, 어머니가 그를 어머니의 고향으로 보내버림으로써 화가 수업이 중단된다. 거기에서 하인리히는 매우 다른 두 여자를 만나 매력을 느낀다. 한 여자는 정신적이며 천사 같은 안나이고, 또 한 사람은 풍만하고 육감적인 유디트이다. 이러한 극단적인 두 유형의 여성을 밝은 요소을 지닌 여인과 어두운 요소를 지닌 여성으로 구별짓는 지적도 있다.[1] 하인리히는 불안정하지만 재능 있는 화가 뢰머의 제자가 됨으로써 그의 화가적 재능을 발전시키려고 한다. 그러나 그의 스승이 경제적 인 파탄에 이르렀다는 사실을 알아차림으로써 사제지간의 관계는 끝이 나고 만다. 독선적인 성격의 소유자인 하인리히는 파산 직전에 있는 뢰머에게 빌려 준 돈을 돌려 줄 것을 요구한다. 뢰머는 결국 정신병원에 보내진다. 하인리히는 어머니의 친척들을 계속 만난다. 그의 이상적 연인인 안나는 죽지만, 그녀의 이미지는 그에게 계속 잠재적으로 영향력을 행사하고, 그 때문에 그는 유디트를 거부한다. 유디트는 스위스를 떠나 미국으로 이민을 가 버린다. 하인리히는 뮌헨으로 가서 화가의 길을 계속 추구하지만 실패한다. 어머니가 위독하다는 사실을 안 그는 고향으로 떠난다. 가던 중에 그는 자신의 재능을 알아보고 자기 그림을 구입해 준 한 백작의 은혜를 입는다. 하인리히는 백작의 양녀 도르첸 쇤푼트와 사랑에 빠진다. 그러나 하인리히는 그녀에게 감히 청혼하지 못한다. 그는 다시 고향을 향해 떠나지만, 그가 고향에 도착했을 때 어머니는 이미 돌아가시고 없다. 하인리히는 화가의 꿈을 모두 버리고 공무원이 되어 여생을 지역사회에 봉사하며 보낸다. 미국에서 유디트가 돌아와 그의 외로움은 다소 덜어지며, 결혼은 하지 않지만 솔직하고 변함없는 친구로 남는다. 이것이 켈러의 자전적 소설의 주요 줄거리이다. 이 소설은 두 가지의 판본이 있다. 초판본(1854-1855)은 1인칭 시점이 간간이 섞인 3인칭 시점으로 쓰여진 것 인데, 1인칭 시점으로 서술된 이후의 판본(1879 -1880)보다 여러 면에서 감정적이며 격렬하다. 초판본은 주인공이 슬픔과 수치심으로 죽는 것으로 끝난다. 하인리히는 사회 속의 현실적 존재와 예술적 갈망이 그의 존재를 지탱하기에는 불충분하다는 사실을 깨달을 수밖에 없다. 두 번째 판본에서는 좀더 타협적인 결론에 이르고, 회고하는 듯한 주인공 서술자를 위로하는 분위기가 반복되는 사건들에서 오는 마찰과 조급함을 어느 정도 덜어주고 있다. 그것이 바로 많은 독자들이 초

---

1) Lucie Karcic, The Light and Darkness in Gottfied Keller's " Der grüne Heinrich", Bonn, 1976.

판본을 선호하는 이유이다. 독자들은 초판본에서는 엄밀히 말하여 3인칭 시점이 켈러로 하여금 거리감을 가지고 상상적인 급진주의로 자신의 경험을 탐색하게 한다는 말을 한다. 두 번째 판본의 결말 부분에는 확실히 활기가 없다. 두 번째 판본에서는 주인공이 행정적으로 어려운 일에 대하여 비난할 수 없는 윤리를 지지하고 있음을 쓰고 있다. 그러므로 두 번째 판본에서는 켈러의 책임 회피와 소심함이 반영되어 보다 설득력이 약해졌음을 간과해서는 안 된다. 그러나 두 번째 판본에서는 켈러가 마지막 장에 묘사된 경험에 대해 필요 이상으로 설명하려 하지 않는다는 것을 알아야 할 것 같다. 도르첸 쇤푼트의 에피소드에는 하인리히가 그의 잠재적 가능성에도 불구하고 내면의 감정을 밖으로 표현하지 못하고 있다는 것이 명백히 드러난다. 죽음은 하인리히가 사회적 현실로부터 이상적 삶을 분리하게 되면서 치른 대가이다. 그리고 로이 파스칼(Pascal)과 볼프강 프라이젠단츠(Preisendanz)가 켈러의 소설[2]에 대한 방대한 연구에서 보여주고 있듯이, 죽음은 『녹색의 하인리히』의 중심 주제의 일부이다. 이 소설은 어린 시절의 상상력이 무미건조한 현실을 다채롭게 대신하면서 그 자신은 이후의 삶에서 괴롭고 실용적인 수준을 넘어서는 현실에 동의하지 못하는 한 젊은이의 삶을 적고 있다. 파스칼이 제시했듯이,[3] 하인리히는 보다 넓은 사회적 이슈와 문제들을 드러내고 있다. 그의 이러한 사회적문제를 표현하는 내용속에는 심오한 사회심리학적 의미가 내포되어 있다. 기이한 성격에다. 초판본에서는 이런 점이 주인공 하인리히에게 허용되지 않았다. 게다가 상상력 대 현실(혹은 존재)이라는 단순한 대립이 아니라 상상력과 현실의 변증법적 상호작용과 상호침투가 중요하다는 점에서 두 번째 판본이 주제를 반영하는 정도를 측정해 보아야 할 것이다. 상상력이 도피적인 보상이 될 수는 있지만, 사회적 환

---

2) Pascal, *The German Novel* (Manchester, 1956), pp.30-32.; Preisendanz, "Der grüne Heinrich,"in *Der deutsche Roman*, ed. B. von Wiese, Ⅱ(Düsseldorf, 1963), pp.82-84.
3) Ibido., S.35.

경이라는 부수적 사실들을 에워싸면서, 인간존재를 심도 깊게 포괄하는 중요한 주제가 되기도 한다. 『녹색의 하인리히』는 인간공동체 안에서의 삶의 연속성을 일깨우는 몇 가지 중요한 구절 가운데 하나로 시작한다. 분명히 우리는 주민들이 돌아온 그 토양과 무덤에 대해 들었다. 이 부식토는 인간에게 낯선 것이 아니다. 이것은 선조들의 뼈로 이루어진 것으로서 설사 죽는다 해도 그 사람은 마을이 존재하는 한 그곳에 사는 것이다.

> 교회를 둘러싸고 있는 조그마한 묘지는 조금도 넓어지지 않았다. 묘지의 역사가 오래되었지만 묘지에 칠한 하얀 색깔은 아직도 선명하다. 묘지의 땅은 실제로 이전 세대들의 해체되지 않은 뼈들로 이루어져 있다. 인간의 유기체를 거쳐 돌아다니지도 않고, 나머지 땅과 뒤섞인 적도 없는 그 땅의 알갱이가 10피트의 깊이까지도 있기란 불가능하다. (III, 1-2)[4]

이 존재의 보금자리로부터 하인리히는 자신을 점차로 제거함으로써 고립되는데, 이러한 고립감은 집이 없다는 사실을 상쇄시킬 정도로 커진다. 화자는 인간의 가능성을 축복하고 높이 평가할 수 있다. 그러나 주인공은 사회적 연속성이라는 중용적 사실과의 긍정적 관계를 찾을 수 없다. 화법의 긴장-자아를 경험할 때인 "그 때"와 자아를 설명하는 때인 "지금" 사이의 속에서 이 소설은 중심 주제를 생산해낸다. 하인리히의 학창시절로 돌아가보자. 어린이의 쾌활함과 환상, 초보적 선악개념에 따른 손윗사람들의 권위적 몰이해 등을 들 수 있다. 등교하던 첫 날 하인리히는 알파벳 철자를 말해보라는 친구들의 질문을 받는다. 그는 품페르니켈(Pumpernickel)이라는 단어를 집에서 듣고, 그 발음에 매료된 적이 있었다. 불행하게도 P의 이름을 대보라는 질문에 그는 즉시 "품페르니켈"이라고 대답한다.

---

4) Keller, Sämtliche Werke, hrsg. J. Fränkel, Bde. Ⅲ-Ⅳ, Zürich & München, 1926. 다음부터는 같은 작품을 로마 숫자는 권수를 표시하며, 뒤의 아라비아 숫자는 쪽수로 표기하기로 한다.

선생님은 어린이의 심리가 가지는 복잡한 심리적 과정을 전혀 이해하지 못한다. 어린이에게 대문자는 모형이고, 단어는 소리이고, 어린이 입장에서 신기한 존재들이며 그 관습적 가치는 아직 습득하지 못한 단계이다. 성장과정에는 언어학적, 사회적, 도덕 관습적 용어들이 확립된 세계에 적응하는 것이 포함된다. 그러나 어른들의 세계는 그 적응과정 중에 개인적 상상과 확립된 규칙이 화해할 수 있다는 것을 알지 못하는 것 같다. 대신에 어른들은 물리력으로 밀고 나가려고만 하면서 아직 충분히 형성되지 못한 어린이의 자기 이해를 짓밟는다. 따라서 '메레틀라인' 사건은 어린이가 자기 파괴와 같은 비정상적인 행동을 할 수도 있다는 것을 보여주는 것이다. 종교적 교훈에 대한 하인리히의 경험은 여기에서 특별하게 다루어진다. 하인리히는 영리해서 사회적으로 용납되는 행위의 최종 중재자 같은 사람으로서 그의 선배들과 보다 훌륭한 사람들이 신을 정의했다는 것을 인식할 정도다. 그는 이 신에 대항해 불경심을 갖는다. 그의 불경함은 신경과민적 행위이며, 신성(神性)이 존재하는데 그것을 화나게 할 때 벌을 받는다는 두려움에서 나온 것이다. 그리고 그런 의미에서 형벌은 편안함이다. 그가 무엇에 대해 반항하는지를 알고 있다면, 그 문제를 어떤 방식으로든 증명해냈을 것이다. 게다가 어린이의 심리과정은 어른세계의 가치관에 대한 인정과 거부, 연관과 단절이라는 복합적인 변증법을 보여준다. 물론, 하인리히가 사건을 고백하는데 있어 어른세계에서 즉각적으로 인정할 수 있는 상상을 만들어 낼 수 있는가를 그의 상상적 기교와 지력을 측정할 수 있다. 게다가 그는 선생님들이 마음이 넓지 못해서 고백을 이해하는 데 있어 현상의 복합성을 생각할 수 없을 것이라고 느낀다. 그들은 이유를 묻지도 않고 행동을 처벌할 것이다. 하인리히는 실제 상황보다 더 단순하고 다채로운 소설을 만들어 낸다는 것을 알고 있다. 그러므로 그는 어른들이 단순화한 '현실' 세계와 자신만의 심리체계에 따른 복합적 현실성 모두를 조작할 수 있다. 그 결과로 상상적 행위는 강력하고 위험해 보인다. 그 고백사건으로 어린이의 감정적이고 상상적인 생활이 얼마나 위력이 큰지를 제시하고 있다. 마이얼라인의 욕망, 곧 학교 소년들의 집단에 끼고 싶은 욕망 때문에 그는 어린 대부업자인 마이얼라인에게 돈을 준다. 하인리히는 자기 적수인 마이얼라인의 관료적이고 금전적인 비타협성에 두려움을 느낀다. 그리고 그에 대해 쌓인 그의 증오는 항상 날이 서 있다. 시간이 흘러도 변함이 없다. 한참 후에 하인리히는 마이얼라인이 죽었다는 소식을 듣고 기뻐한다. 여기에서 우리는 경험의 결말을 깨닫게 된다. 하인리히의 꺾일 줄 모르는 증오는 지울 수 없는 것이다. 켈러가 보여주듯이 어린 시절의 감정적 강도에는 흔들리고 불안정한 것이 포함된다. 센티멘털한 전원시에서도 내내 위험에 처해 있다는 것을 의심할 바 없이 믿게 만들었다. 그는 친구들과도 떨어져 있으나 그 일원이 되고 싶어 한다. 그를 퇴학시킨 인기 없는 선생 사건은 하인리히의 감정적 동기가 매우 불안정한 스펙트럼을 가지고 있음을 보여준다. 회의적인 아웃사이더가 되면서부터 하인리히는 점차 스스로 준주모자 역할을 하게 된다. 여기서 우리는 그가 현실과 불균형한 관계를 가지고 있음을 알게 된다. 그는 방관적이며 비판적이다. 그러나 현실과 조우할 때는 지나치게 몰입해 켈러는 이와 같은 문제에 있어 매우 민감하고 특이한 방식으로 접근한다. 베도우가 우리를 믿게 했던 것처럼,[5] 하인리히나 그의 다소 협소한 환경이 문제가 되더라도 도덕적 문제가 중요한 관심거리는 아니다. 켈러의 어린 시절에 관한 묘사는 개인적 상상력과 사회적 규범간의 상충되는 지점을 정확하게 지적하고 있다. 그의 심리적 혼란은 부르주아 이상주의에 근거한 사회적 불확실성이 그 징후인 것이다. 하인리히가 어머니의 친척을 만나러 갈 때 그의 인생은 안나와 유디트라는 대조적 인물이 가진 두 가지 중심을 획득하게 된

5) Michael Beddow, "Thomas Mann's Felix Krull and the Traditions of the Picaresque Novel and the Bildungsroman" (Ph.D. diss., Cambridge University, 1975), pp.149-151.

다. 안나는 아름답고 연약하다. 하인리히가 그녀에게 느끼는 매력은 이상적인 것이다. 예를 들면 그들의 관계에는 심리적인 어색함이 존재한다. 이 어색함은 카니발에서의 키스로 끝나지만, 당황한 안나는 창백해지고 나중에는 서로 수치심만 남긴 채 그들의 관계는 끝난다. 하인리히에게 안나는 더욱 구체화되지 않은 이상적 존재로만 느껴지게 되고, 그는 이 이상적 존재에게 그의 모든 소망과 인간적 고결성, 순결성을 부여한다. 다시 말해, 그의 모든 이상적 환상이 안나에게 집중되는 것이다. 안나와의 관계의 비현실성이 온통 하인리히를 사로잡는다. 시간이 흘러도, 정신적으로 성숙해도 이 관계는 발전하지 않는다. 안나는 할머니 무덤가에서 어색한 첫 키스를 나눈 어린 시절의 연인으로만 남게 된 것이다. 첫 장면에서 화자는 인간의 영속성이라는 주제를 아름답게 제시한다. 젊은이의 쾌활함, 육체적 활동의 기쁨, 춤추는 기쁨 등은 조부모의 죽음과 뒤섞인다. 그러나 이 지점에서 하인리히와 안나의 관계는 이상적인 것이 되어버린다. 그리고 근본적으로 육체적인 것의 불충분함과 비본질성에 대한 호소 때문에 하인리히는 유디트를 부정하게 된다. 그는 유디트에게 재빨리 이끌리지만 쉽게 받아들이지 못한다. 이것이 켈러의 위대함이라 할 수 있을 것인데, 유디트는 단지 육체적 생명력, 여성적 매력, 본연적 관능미의 화신만은 아니라는 것이다. 이 소설에서 그녀의 첫인상은 사과, 우유, 수확이라는 자연적 성장과 연관이 있다. 그러나 그녀는 흔들림 없는 지각과 견고성, 육체적 존재에 대한 정직성과 더불어 도덕관을 소유하고 있다. 2권의 절정인 18장에서 하인리히는 절제된 용어로 안나에 대한 사랑을 고백한다.

안나를 위해서라면 나는 모든 짐을 지고 그녀의 암시대로 따르겠습니다. 그녀를 위해서라면 크리스탈처럼 훌륭하고 명예스러운 인간이 되고 싶습니다. 나는 그를 생각하지 않고서는 아무 일도 할 수가 없습니다. 이날부터 앞으로 그녀를 결코 다시는 보지 못한다고 하면 그녀의 영혼과 같이 영원히 하나가 되고 싶습니다. 이 모든 것을 당신을 위해서 과거에는 할 수가 없었지요. 나는 온 마음으로 당신을 사랑합니다. 당신이 나의 가슴에 칼을 들이대고 그것을 증명하라고 한다면, 당신이 지금 조용히 당신의 무릎 위에 피가 떨어지기도 전에 아주 조용히 서 있겠습니다. (IV, 230-231)

사춘기적 장황한 수사 뒤에, 이 사랑의 고백은 안나에 대한 칭송과 유디트에 대한 비하에 이른다. 안나에 대한 감정은 숭고함, 고결함, 영원한 헌신과 관련이 있다. 유디트에 대한 감정은 열정과 좌절로 이어진다. 유디트는 눈물을 흘리면서 대답하는데, 여기서 그녀의 정직성이 두드러진다. "나는 그대의 피와 함께 무엇을 할 수 있을까요! 아, 어떤 사람이 나보다 더 선하고 순결하고 순수하기를 바랄 수 있었던가. 나는 아직도 나 자신을 사랑하듯이 진실을 사랑하오."(IV, 231). 유디트가 중요시하는 정직성은 실제적 삶 속에 존재하는 도덕적 가치이다. 그것은 현실과 유리된 사치스러운 환상이 아니다. 그러나 남자, 특히 하인리히는 이것을 보려하지 않고 그녀에게 끌리는 것을 수치스러워 한다. 이것은 이중적인 이단으로 나타나고 현실과 이상과의 결별로 나타난다. 어린 시절부터 이어온 하인리히의 위험성이 결실을 맺기 시작하는 것이다. 그리고 이 어린 시절은 하인리히의 개인적 심리에 의해서만이 아니라 학교에서의 어른들 세계와의 조우에 의해서도 형성된 것이다. 사회적 존재로서의 요구와 개인적 상상력의 요구 사이의 관계에서 불완전하게 이해된 관계는 하인리히에게서 뿐만 아니라 선생님들에게도 불완전한 것으로 나타난다. 게다가 유디트는 하인리히의 성적 관계의 이중성이 그를 구속하지는 않는다. 그는 분명히 그의 이상주의로 인해 유디트에 의해 느끼는 육체적 매력을 비하하는 구혼자 중 한 사람인 것이다. 그 결과는 이중적 빈곤이다. 이상은 모호해진다. 현실성은 질식할 것 같은 영역으로 간주된다. 이 점에서 유디트에 대한 하인리히의 정서적 난처함은 단순한 개인적 경험 이상이다. 차라리 그것은 일반적으로 사회적 연관성을 가진 주제의 복합성에 초점을 맞춘다. 이 복합성은 실제적 삶과 개인적인 창조적 내성과의 관계에 대한 물음이다. 이것이 교양소설(Bildungsroman) 장르의 핵심이며 부르주아 사회의 중요한 지적 이슈의 근원이다.[6] 유디트에 대해 하인리히가 이상할 정도로 적대적으로 매달리는 것은 매우 중요한 대목인데, 이는 그들이 대화에서 잘 드러난다. 그들의 대화는 하인리히가 사회적 존재와의 갈등에 따른 정도를 뚜렷하게 아는데 도움을 준다. 하인리히는 뢰머를 버린 후 유디트에게 간다. 그는 그녀에게서 구원을 얻고자 한다. 유디트가 그에게 주는 것은 그가 다루지 못하는 수렴과 연민이다.

> 당신 양심을 비판하는 것이 당신에게는 건강하게 살을 빼는 일이지요. 이와 같은 빵으로 당신은 그것에 대한 용서라는 버터를 펴지 않고 당신의 여생을 씹을 수가 있을 까요! 나는 그것조차도 해낼 수 없었습니다. 변화되지 않은 것은 내 사고 방식으로는 그 때문에 잊혀질 수가 없는 일이지요. 나는 그것을 충분히 경험하곤 하였지요. 그런데 불행하게도 당신이 행동했던 이유로 해서 내가 비난받았다고 생각하고 있지 않습니다. 그네들이 현재 있는 처지를 위해서 사람들을 사랑하지 않는다면 우리는 도대체 무엇 때문에 존재하고 있단 말입니까? (V, 67)

유디트는 하인리히가 경험을 통해 죄책감을 가지고 있다는 것을 분명하게 표현한다. 그녀는 다음과 같은 말로 대답한다. "당신은 이제 성인입니다. 그리고 이것을 처리하면서 당신은 이미 도덕적 순결성을 잃었습니다." (V, 68)그녀는 여기서 전통적인 교양소설 양식의 일부인 성장과정을 강조한다. 이 점에서 그녀는 일종의 사부의 역할로 보일 수 있다. 교양소설의 내용 안

---

6) 이러한 문제들에 대한 또 다른 예로는 플로베르의 『감정교육』(1869)을 볼 것. 필자 생각에 켈러는 그의 주인공 하인리히와 19세기 중엽의 부르주아 사회에 대해 플로베르보다 관대했던 것 같다. 켈러는 사회와 내면적 자아 사이의 화합의 가능성과 타당성을 암시할 수 있는 반면에, 플로베르는 모호한 것에 심하게 치우쳐 있어서 한편으로는 프레데릭의 과대망상, 다른 한편으로는 당시 사회의 무미건조함과 저속함을 그리고 있다. 현실과 상상력이 전부 부패해버린 것 같다.

에서 그녀의 가르침이 강조하는 바는 두드러지는데, 그 까닭은 교양소설은 체험이라는 되돌릴 수 없는 본질을 강조하고 있기 때문이다. 실제로 그녀는 다른 사람들이 하인리히의 교육을 위해 존재하는 것은 아니며, 그들 자신을 위해 존재한다고 주장한다. 게다가 하인리히와 그들 간의 상호작용이 이루어진다. 인간의 행동은 지속적인 영향력을 가진다. 유디트는 하인리히의 인생이 그저 자신을 발견하는데 필요한 경험을 위해 존재하는 것이 아니라는 사실에서 하인리히와 대립한다. 뢰머를 버린 것은 하인리히가 도덕적 책임감을 계속 감수하기 위한 것이다. 일단 하인리히가 교훈을 얻자 뢰머는 다시 언급되지는 않는다. 뢰머는 주인공을 위해서 시혜적으로 존재하는 세계에 묻혀 있는 인물은 아니다. 그리고 도덕적 판단을 내린 유디트는 하인리히에 대한 애정을 철회하지 않고 있다. 오히려 그녀는 그에 대한 사랑을 강조한다. 그 사람은 선행과는 무관하게 도덕적으로 연루된 것이다. 그녀의 관능미는 순간적인 관능적 반응 이상의 것을 보여주고 있다. 오히려 그것은 육체적 사랑에서 파생한 도덕적 진실성이다. 그러나 하인리히는 이것을 인정할 수 없다. 왜냐하면 그녀의 사랑은 그의 상상적 시나리오에 속하지 않기 때문이다. 유디트의 사랑의 언어 — "그 사람 자체를 사랑하기 위해서가 아니라면 우리의 존재 이유는 무엇일까" — 는 결정적 대목이다. 하인리히는 유디트를 있는 그대로 사랑하지도, 자신이 있는 그대로 사랑받지도 못한다. 그는 내부적 기준과 비교해서 불충분하기만한 현실과 타협하지 않는 자신의 틀 안에 갇혀 살았기 때문이다. 그의 상상은 이상의 이름으로 유디트를 버리라고 말할 것이다. 안나와 연관된 주된 이미지는 별이다. 소유되지 않는다는 그녀의 특성 때문에 그녀는 귀중한 것이 되어버린다. "그토록 고결하고 사랑스러운 별……그녀에 의해 나의 모든 행동이 이루어질 수 있나니." 그가 유디트에게 키스했을 때의 순간은 유디트와의 키스와 안나와의 키스의 차이를 반영한다. "차이가 너무 두드러져 격렬한 키스 도중에도 안

나라는 별이 떠오른다.”(IV, 232)

빌란트의 『아가톤 이야기』와 괴테의 『빌헬름 마이스터의 수업시대』 때부터 독일의 교양소설은 순진하게 이상적인 젊은이를 다루고 있다. 그들은 현실의 중요성을 인식하려고 노력한다. 그러나 교양소설의 전통에서 어떤 소설도 『녹색의 하인리히』 만큼 초점 없는 이상주의가 가지는 위험성을 그렇게 강하게 기록한 것은 없다. 이해하는 것과 그에 따른 행동을 하는 것이 경험하는 주체에게 전달되지 않음을 화자가 인식하도록 하는 것은 켈러 소설에 강도를 부여하는 방식 중 하나이다. 시간과 경험을 되돌릴 수 없다는 유디트의 말에서, 그 화술은 복선을 의미한다. 하인리히가 유디트를 떠났을 때, 우리는 한번 저버린 것을 되돌릴 수 있을까 하고 의아해 한다. 안나와 유디트의 관계가 현실을 사랑하고 믿을 수 없는 하인리히의 인간관계의 중요성에 초점을 맞춘다면, 축제(하나는 스위스, 하나는 뮌헨) 장면은 하인리히가 보다 넓은 사회관계의 중요성을 얻을 수 없음을 설명해 준다. 『빌헬름 텔』 공연에서 절정을 이루는 스위스 축제 장면은 솔직하고 담담하게 묘사되어 있다. 정말로 지상(현실세계)에 충실한 스위스의 카니발은 젊은 하인리히를 성나게 한다. 그는 돈에 쪼들리는 일상의 현실이 애국적이고 시적인 연극에 빤히 보이도록 뒤섞여 있음에 충격을 받는다. 그러나 그의 까다로움은 잘못된 것이다. 그 연극(빌헬름 텔)은 개인이라기보다 마을사람들 전체가 그들의 이익을 위해 이상적으로 서약한다는 것을 표현하기 때문이다. 과도한 현실주의와 이상적 상상력의 결합이 하인리히에게는 받아들여지지 않는다. 왜냐하면 그는 내부적으로 그 두 영역을 정확하게 구분하고 있기 때문이다. 이 일탈은 또한 하인리히의 예술의 한계를 결정한다. 그의 그림과 스케치는 너무 꼼꼼하고 공을 들여서 사물이나 장면을 마치 세필로 그린 미로 같거나[7] 상상력을 구체적으로 표현하려는 듯 모호하고 감상적이다. 정

7) 소설 속 〈미로〉의 이미지에 대한 논의로는, F. J. Stopp, "Keller's Der grüne Heinrich:

확히 중간지점에서 하인리히는 괴테의 예술에 몰입되었음을 알게 된다. 비록 이런 내적 통찰이 하인리히의 예술적 능력을 전환하는데 도움을 주지는 않지만, 하인리히와 괴테에게서 감명 받은 것은 내적인 시를 현실로 전환시키는 능력이다. "시적인 것은 살아 있는 것, 느낄 수 있는 것과 동일해진다."(v, 7) 하인리히는 괴테의 "생겨나고 지속되는 모든 것에 존중한다. 그리고 세계와의 연관과 깊이를 느낀다."(v, 5)는 말에 감명을 받는다. 물론 구체적인 것과 상상적인 것의 상호침투는 『빌헬름 텔』 공연의 강점이자 아름다움이다. 뮌헨 카니발의 묘사는 이 강점을 더욱 돋보이게 한다. 그 묘사는 예술적 질에 현실성을 커버하는 가공적 상상의 겉치레이다. 이 모든 것이 결투장면에서 전형화 되어 있는데, 과장된 호언장담과 부풀려진 상상적 제스처에는 속 좁음과 성급함이 깔려 있다. 점차적으로 뮌헨에서 하인리히의 생계가 유지되는 것이 불가능해진다. 성취할 수 있다는 가능성은 다소 있어 보인다. 특정한 사람들과의 우정, 하인리히에게 유기적 실체라는 기적을 보여주는 해부학 수업 등이다. 그러나 구세주의 공현 축일은 다가오지 않는다. 세상은 끊임없이 하인리히로 하여금 갈구하는 경험과 만족을 받아들인다는 것을 거절한다. 어머니의 발병 소식에 그는 스위스로 돌아갈 수밖에 없다. 때때로 하인리히는 고향에 관한 꿈을 꾼다. 끊임없이 변화하는 영속성으로, 신성하고 지속적인 일련의 세대들의 배출로서, 그 가능성이 어렴풋이 보이기까지 한다. 그러나 고향에 돌아와서조차 그는 만족을 느끼지 못한다. 그가 찾는 성취는 온당함과 고결함이었다. 시계를 되돌릴 수는 없다. 하인리히는 자신의 이상적 삶에 대한 오류를 현실로부터 무모하게 유리된 것을 보상해야만 한다. 도르첸 쇤푼트 일화에서 이를 잘 보여준다. 마치 소설적 전통이 공공연한 실체가 되어버린 듯하다. 귀족적 환경, 영웅을 향한

The Pattern of the Labyrinth," in *The Discontinuous Tradition*: Studies in Honour of E. L. Stahl, ed. P. F. Ganz (Oxford, 1971), pp.129-131.을 볼 것.

선의, 사랑하는 소녀, 괴테의 『빌헬름 마이스터의 수업시대』의 결론이 부활한 것이 아닌가하는 생각까지 든다. 그러나 우리가 관찰한 경험은 부활을 허용치 않는다. 하인리히는 "얼어버린 그리스도"인 것이다(VII, 210). 내적인 삶, 미상적 가능성만이 존재하고, 외부로 표출되는 행동은 없다. 하인리히는 그를 둘러싼 죽음과 다름없는 상태를 깨트리지 못한다. 그는 도르첸을 돌이킬 수 없을 정도로 상실한 것이다. 하인리히는 시들고 버려진 삶의 상징인 알베르트투스 쯔비한의 해골을 지니고 다니는 사람이다. 하인리히는 스위스로 돌아온다. 고향에 대한 그의 꿈이 무엇이었던 간에 그가 경험한 현실은 한없이 멀리 지체되어 있다. 어머니의 죽음으로 그는 죄책감을 가진다. 그리고 공허감에 빠진다. 마치 자신의 죽음을 바라보듯이 "내 자신이 나에게서 빠져나간 듯하다."(VI, 296) 살아있는 관계를 접촉하려는 마지막 시도를 한다. "어머니에 대한 탄식이 꺼져 가는 동안, 배경은 즐거움이 없는 아주 조용하고 어둡게 되어 갔다. 도로테아의 이미지가 엄청난 생명력으로 다가오기 시작했다. 그러나 그 어둠에 빛을 주지는 못했다."(VI, 301) 그는 마침내 용기를 내어 도르첸의 아버지에게 편지를 썼다. 그의 편지는 완곡하고 자신이 없는, 때늦은 편지였다. 답장은 그가 너무 늦었다는 것을 확인시켜줄 뿐이었다. 도르첸은 약혼한 상태였다. 그리하여 하인리히는 "다소 단조롭고 우울한 공무원"(VI, 308)이 되고 만다. 이 부분이 결말부분의 지배적인 암시이다.

마지막 에피소드에서 이 암시는 더욱 강하게 다가온다. 유디트가 미국에서 돌아온다. 그녀의 재등장은 하인리히의 고독과 외로움을 경감시킨다. 다시 한번 죄의 사함을 바라며 그는 그녀에게 믿음을 가진다. 유디트는 그에게 애정을 줄 수 있음을 확신시킨다.

> "나에게 무엇이든지 말하시오. 그러나 내가 당신을 배반할 것이라고는 생각하지 마십시오."

"하지만 당신의 친절과 감정으로 당신의 판단이 이루어졌다면 당신의 판단은 가치가 없지요."

"그래도 당신의 감정이 판단으로 충분하다면, 당신은 그것을 받아들여야만 합니다. 지금 나에게 말해 주세요."(vi, 319-20)

유디트의 도덕적 견고함은 전과 동일하다. 하인리히는 그녀를 인간의 애정과 참여보다 다른 약간의 기준으로 측정하는 중재자로 바꾸고 싶어 한다. 그러나 유디트는 그렇게 되지 않는다. 그녀는 하인리히를 위해 그녀의 성실함과 진실을 고집한다. 그녀는 자신이 어떤 기계적인 존재로 현실 세계와 담을 쌓은 영적인 권위 있는 존재로 변신하는 것을 허락하지 않을 것이다. 하인리히에 대한 애정에 있어 유디트는 그녀의 행동에서 두드러진 명철함을 지니고 있다. 그녀는 결혼하는 것이 옳지 않을 것이라고 주장한다. "우리는 그와 같은 왕관을 저버리고 이 순간에 우리를 기쁘게 해주는 행복감을 맛보는 이상의 존재가 되겠다."(VI, 323) 그 체념이라는 말이 매우 신성하고 괴테 풍으로 보인다. 그러나 그것은 특별한 도덕적 권리가 있고, 그렇기 때문에 그것은 되돌릴 수 없는 시간을 포함한다. 켈러의 소설에는 여름이 지나가야 늦가을의 화창한 날씨가 뒤따르는 법이다. 그들의 관계가 정립된 것을 하인리히와 유디트가 체험하지 못한다. 유디트도 그녀가 자신이 알고 느끼도록 주어진 것을 알고 느끼는 부류의 여자들 이상의 다른 눈으로 판단할 수 없다는 것을 고집한다. 따라서 이제 그녀는 그들 중의 어느 누구도 그들 자신의 상황과 역할 밖에서 아무 것도 얻어낼 수 없다는 사실을 인식하게 된다. 켈러의 소설은 과거의 삶이 올바른 지식과 완전한 성숙을 위하여 개인이 준비하는 실험이 아니라는 사실을 정확하게 인식시켜 주고 있다. 그것은 한 인간이 존재해 왔으며 행동했던 것이 확실히 틀로 형성되고 주어진 시간에 그의 자아 됨됨이를 정의한다는 의미에서 윤리적일 뿐 아니라 심리학적으로도 구속인 것이다.

몇 년 후 유디트는 죽는다. 하인리히는 그가 초기 몇 년간 썼던 외상 계정을 그녀로부터 상속받는다.

> "그의 소원에 의하면 나는 지금 그녀의 서류를 통해서 그것을 받았습니다. 추억이라는 초원의 옛길을 다시 한번 걷기 위해 다른 역할을 하도록 첨가시켰습니다."(vi, 325)

소설은 하인리히가 서술자로서 설명하는 것으로 끝난다. 그의 삶을 자세히 얘기하면서 삶과 생명과 다산을 암시하는 녹색, 추억 속의 풀밭 길을 찬양한다. 그 말의 두 가지 의미에서 서술자는 체험하는 자아를 확인하거나 실현할 수 없었다는 것을 알고 그것들을 소중하게 여기게 된다. 인간사회의 강력함을 인식하고, 유디트가 찬양하고 있는 윌리엄 텔의 야회극의 반응을 인식하고 있는 사람이 서술자인 것이다. 체험하고 있는 하인리히는 영향을 그처럼 많이 받지는 않았다. 체험하고 있는 자아와 서술하고 있는 자아 사이의 상호작용은 전 작품에 거칠고 날카로운 분위기를 자아내고 있다. 예술적인 서술상의 성취를 함으로서 기록된 실체의 체험에서 풍자를 만들어내는 것을 허락하지 않고 있다. 우리는 하인리히의 자기 자신 살아있는 실체를 서서히 억누르는 일과 그 주변에 활기찬 현실을 인식하고 있다. 필자는 켈러의 소설이 몇 가지 경우에 우리가 이미 괴테, 노발리스에서 고찰했던 바와 같은 교양소설의 전통에서 벗어나는 관점을 언급했다. 무엇보다도 켈러의 도덕적 격정, 그의 후회 없는 시간의 흐름 속에서 체험이라는 인간 잠재성의 동시성과 구성의 연속성 사이의 등장인물의 갈등은 하인리히의 실제 경험에서 복잡한 이중성이 될 수 있다. 그러나 그런 긴장은 『녹색의 하인리히』에서 예술적으로 유지되고 있는데, 그것은 켈러의 소설에는 경험과 해설이 자체적으로 맞물리고 있기 때문이다. 무엇보다도 켈러의 도덕적 격정, 그의 후회 없는 시간의 흐름 속에서의 체험이라는 불가피성에 대해 주장함으로써 여기 논의된 여러 가지 텍스트에서 이 소설을 분리시키는 경우가 있다. 아직도 필자는 『녹색의 하인리히』를 교양소설의 전통과 관련이 없는 작품이라고 보는 것이 잘못된 것이라고 생각한다. 첫째로 우리는 그 소설과 교양 소설과의 연관성을 확실하게 찾아볼 수 있다. 젊은 주인공은 그 주인공이 성장하고 있는 세계로부터 허락된 주인공이기보다는 자아실현을 충실히 하기 위해서 탐색하는 인물로서 안나와 유디트라는 대조적인 두 인물 속에서 에로틱한 체험이라는 두 가지 유형의 만남이 이루어지고 있다. 도로첸과 그의 아저씨와의 만남과 마지막에 유디트가 귀환함으로써 교양소설의 구성의 특징을 암시하고 있다. 무엇보다도 중요한 것은 위에서 확실히 밝혔던 서술적인 관점을 지적할 수 있다. 회상하는 자아는 사실과 상상적 충실, 세계와 자아 사이에 상호 작용하는 겸손한 인간의 전체성을 상세히 찬양하고 있다. 바꾸어 말하면 협소한 제반 환경을 산문화한다는 것은 개인의 상상적 시 세계와 상호 관련성이 있다는 것을 뜻한다. 인간의 현실이라는 것은 실제 사건들의 제한된 세계가 내향적인 정당성을 입증함과 동시에 조화롭게 공존할 수 있는 실존적 범주라는 사실이다. 켈러는 진부한 현 상태를 궤변론적으로 변명을 하는 사람이 아니다. 서술자로서의 켈러는 그의 주인공이 현실세계 속에 내재된 풍요로움과 시적인 세계에 이르기까지 인식하는 데 실패하고 있음을 극명하게 밝혀 주고 있다. 충실한 삶을 살아 보려고 탐색함으로써 상상력으로 현실을 대체하려고 하며, 잠재력을 실제 세계보다 더 높이 평가하고 있다. 켈러가 윤리적으로 엄격한 성품으로 그들이 지니고 있는 결점을 규명하게 되는데, 하인리히는 외부의 현실을 무시함으로서 대가를 지불하게 된다고 주장하고 있다. 그것이 바로 그가 생명 없는 실존 세계로 점차로 가고 있다는 비난을 받는 이유이다. 어떤 의미에서 우리는 켈러의 소설을 실제보다도 잠재적인 세계를 동경하며, 행위와 인간 상호 작용의 실용성에 작용하는 외부의 자아실현보다는 내향적 경향의 소설 전통과 비평적인 논쟁거리의 소설로 보고 있다. 그러나 다른 의미에서 우리는 켈러의 소설이 그러한 전통 안에서 행해지는 논쟁거리의 대상이 된다는 사실을 인식해야 한다. 그러한 화자가 확인하고 있는 바는 단순히 재미없고 난해한 전형적인 작품은 아니다. 그것은 차라리 그의 온갖 내향성에 그의 개인의 온갖 힘을 기울인다고 하면 예술은 물론 진실한 삶에서 나오는 생명의 피인 총체성의 그릇이 된다는 사실이며, 예술적 윤리적인 정당성은 서로 손을 잡고 병행적으로 가고 있다. 그러므로 켈러의 소설은 교양소설에 속하는 일시적인 목적론에 귀속시켜야 한다고 주장하고 싶다. 그 주인공은 그의 길을 잃고 있으나, 그 소설 자체는 그러한 서술 형식을 지니고 있음을 보고함으로써 그 소설 자체는 교양소설의 길에서 벗어나 있지 않다. 인간 잠재성의 병렬성과 구성의 연속성 사이에 존재하는 등장인물의 갈등은 하인리히의 실제 경험에 있어서 완전한 이원론이 될 수 있다. 그러나 그런 긴장은 『녹색의 하인리히』에서 예술적으로 유지되고 있는데 왜냐하면 켈러의 소설은 체험하고 있는 자아와 서술하고 있는 자아가 그 자체적으로 맞물어 있기 때문이다.

2. 켈러의 『녹색의 하인리히』 속 성년식 서사구조

앞에서 본 켈러의 작품 『녹색의 하인리히』에 내재된 교양소설의 서사구조를 살펴 보았다. 여기에 이어서 켈러의 작품의 주인공 하인리히를 통해서 드러나는 성년식 서사구조를 엘리아드의 성년식의 관점에서 고찰하고 자 한다.

1) 하인리히의 입사의 단계

엘리아데는 입사단계에 대하여 다음과 같이 규정하고 있다.

> 입사자들이 그들의 어머니로부터 분리되는 이와 같은 예식의 첫 부분에

대한 의미는 매우 분명한 듯하다. 우리가 소유하고 있는 것은 단절인데, 이것이 때로는 어린 시절의 세계로부터 폭력적 단절이 될 수도 있고, 때로는 어머니의 세계, 여성의 세계, 어린이의 무책임의 상태, 무지함과 성의 행복의 상태로부터 단절이 될 수도 있다.[8)]

제 1권에서 아버지가 일찍이 돌아가면서 어린시절부터 가난한 유년시절을 체험하고 학교 생활에서 적응하지 못하고 퇴학을 당하고 22세 유디트에 대한 육체적인 매력에 매료된다. 또한 화가로서의 길을 가겠다는 결심한 하인리히는 안나와 열렬히 순수한 사랑을 나눈다. 주인공 하인리히는 남자로서의 여인과의 사랑을 체험하면서 어머니로부터 분리가 된다는 의미에서 입사단계로 이해할 수 있다.

2) 하인리히의 시련의 단계 : 화가가 되기 위한 고난의 여정과 사랑을 통한 시련의 체험

엘리아데의 시련단계에 대한 정의는 다음과 같다.

잠을 자지 않는 시련행위는 육체적 피로를 견디어 내면서 무엇보다도 의지와 정신력의 강인함을 증명해 보여주는 것이다.[9)]

주인공 하인리히가 정신적인 강인함을 화가로서 고난의 여정과 유디트를 통한 육체적 사랑과 안나를 통한 정신적 사랑의 체험을 통하여 증명해 보이는 지를 검토하기로 하자.

(1) 화가가 되기 위한 고난의 여정

원래 주인공 하인리히가 화가의 꿈을 꾸게 한 동인은 그를 둘러싼 자연으

---

8) *Rites and Symbol of Initiation; The mysteries of Birth and Rebirth*, a.a.O., S.8.
9) *Rites and Symbol of Initiation; The mysteries of Birth and Rebirth*, a.a.O., S.1

로부터 받은 감동에서 출발한다. 그는 루소의 자연으로 돌아가라는 자연 회귀사상에서 영향을 받았으며 자연과 인간이 조화를 이루고 살아가는 자연관을 지니고 있었다. 그는 숙부의 농가에 살면서 인간과 동물, 인간과 자연이 조화로운 관계를 맺고 있음을 인식하게 된다.

> "목사관과 농가 별장 사냥꾼집들이 어울려 있는 전체적인 모습이며 새와 짐승들의 세계로 가득 찬 이 모든 것을 발견하고 내려다 본 내 마음에서는 환호성을 지르고 있었다. 여기서는 이루 말 할 수 없이 찬란한 광채와 색깔 움직임 생명 및 행복만이 도처에 가득했다. 게다가 자유와 충만함, 재미와 호의가 있었다. 멘 처음으로 떠오는 생각은 구속받지 않은 자유로운 활동이 그 전부였다."[10)]
>
> Das Ganz war eine Verschmelzung von Pfarrei, Bauernhof, Villa und Jägerhaus, und mein Herz jubelte, als ich alles entdeckte und übersah, umgaukelt von der geflügelten und vierfüssigen Tierwelt. Hier war ueber Farbe und Glanz, Bewegung, Leben und Glueck, reichlich, ungemessen, dazu Freiheit und Überfluss, Scherz und Wohlwollen. Der erste Gedanke war eine freie ungebundene Thätigkeit.

하인리히는 주변에 전개되는 농촌 풍경으로부터 인간과 가축, 농촌사람들이 잘 조화를 이루면서 전원의 생명력을 감지한다. 그는 자연은 신의 발현체로 보는 범신론적 우주관을 어떻게 표현해야 하는가 고민하는 예술가로서의 사명감을 가지고 자연 풍경을 그림으로 묘사하고 있다. 결국 하인리히는 화가로서 이러한 신의 발현체인 자연을 그리는 작업이 신에게 봉사하는 것으로 믿고 있었다. 그는 화가로서 자연의 풍경을 묘사한 것은 단순히 자연을 화폭에 담는 것이 아니라 자연의 성스러운 신의 모습을 드러내는 작

---

10) Gottfried Keller, Sämtliche Werke. Historisch-Kritische Ausgabe, Hrsg. von Karl Grob, Walter Morgenthaler, Peter Stocker, Thomas Binder, *Der grüne Heinrich*, Erster Band, Straemfeld Verlag Verlag Neue Züercher Zeitung 2006, S.191.
이하 켈러의 상기 작품을 인용하는 경우에 켈러 작품에 해당 페이지와 권수와 장을 표기하기로 한다.

업이라고 보았다.

> "풍경화는 기이한 장소나 유명한 경치를 찾아 그림으로써 생겨난 것이 아니라 산과 숲, 호수가 어울리는 전체 광경, 한 그루의 나무, 한 조각의 하늘과 물에서 자연의 정숙함과 성스러움과 아름다움을 관찰하고 묘사하는 데서 이루어지는 것이다."[11]
>
> "Sie Dle Lanfschaftsmalerei besteht nicht darin, dass man merkwürdige und berühmte Orte aufsucht und nachmacht, sondern darin, dass man die stille Herrschaft und Schönheit der Natur betrachtet und abzubilden sucht, manchmal eine ganze Ausicht, wie diesen See mit den Wäldern und Bergen, manchmal einen einzigen Baum, ja nur ein Stäcklein Wasser und Himmel!"

화가의 사명은 자연이 풍겨오는 분위기를 파악하여 그림으로 화폭에 옮기는 일이며 새로이 인식된 범신적인 자연의 경건성을 찬양하는 일이다. 그는 화가로서 자연의 정신을 표현하는 자이며, 자연을 수호하는 자이며, 신적 자연을 구현하는 자라고 믿고 있었다.

> "도시와 고귀한 사람들의 집에 대부분 걸려 있는 넓고 평화로운 푸른 숲의 빛나는 그림들은 마치 인간이 신의 자유로운 자연을 바라보는 것처럼 멋지게 그려져 있다. 그리고 도시에 갇혀 있는 폐쇄적인 사람들도 이러한 순수한 그림을 보며 눈을 즐겁게하기 때문에 이것을 그런 사람들에게 부족함이 없이 살게 해 줍니다!"[12]
>
> "In den Städten, in den Häusern der Vornehmen, da hängen schöne glänzende Gemälde, welche meistens stille grüne Wildnisse vorstellen, so reizend und trefflich gemalt, als sähe man in Gottes freie Natur, und die eingeschlossenden gefangenen Menschen erfrischen ihre Augen an den unschudigen Bildern und nähren diejenigen reichlich, welche sie zustande bringen!"

---

11) Kellers Werke: S.214. *Der grüne Heinrich*. Erster Band 21. Kapt.
12) Kellers Werke: S.215-216. *Der grüne Heinrich*. Erster Band 21. Kapt.

하인리히는 화가가 수업하는 과정에서 하버자르트와 뢰머가 중요한 역할을 하게 되는 데, 상업 예술을 지향하는 하버자르트로부터는 많은 것을 배우지 못하지만, 뢰머로부터 자연을 낭만적으로 표현하는 기법과 산문적 예술 화가에서 시적 예술성을 표현할 줄 아는 화가로 변신하는 데 도움을 받게 된다. 그러나 하인리히는 뢰머의 화법에서 산문적 시민성과 시적 예술성과 조화를 이루지 못하는 한계를 인식하게 된다. 본격적으로 화가 수업을 받기 위해 뮌헨이라는 큰 도시를 향해 떠나게 된다. 그곳에서 두 화가를 만나게 되는 데 상업 예술을 지향하는 에릭슨화법과 창조적 예술성을 지향하는 리스화법을 종합하려고 시도하나 예술의 상업성과 예술성이라는 이상과 현실 사이에 존재하는 모순 때문에 좌절을 경험한다. 어머니의 중병 소식을 듣고서 고향에 돌아오는 도중에 백작을 만나게 되는데, 백작은 하인리히의 경제난으로 고통을 받고 있는 하인리히를 경제적으로 도움을 주어서 그가 추구하는 예술 작품의 예술성을 회복시키려고 한다. 그러나 백작의 예술관은 귀족적 예술옹호주의에서 출발하고 있기 때문에 하인리하가 추구하는 시민적 예술성과는 거리감을 인식하게 이른다.

제3장에서 화가수업을 위해서 뮌헨에서 많은 친구와 사귀면서 사랑의 체험을 하게 된다. 하인리히가 도시에 나가서 외부 사람들과 친교을 하며 살아가는 데 치러야하는 대조적인 사랑의 체험으로 유디트와의 육체적 사랑과 안나와의 정신적 사랑을 체험할 뿐만 아니라 안나와 사랑을 성취하지 못하는 실연의 아픔을 체험하게 된다.

(2) 유디트를 통한 육체적 사랑과 안나를 통한 정신적 사랑의 체험

하인리히가 두 여인으로부터 대조적인 사랑의 체험을 하게 된다. 그는 학교 선생의 딸인 안나로부터 정신적인 사랑과 과부된 농부의 딸인 유디트로부터 육제적인 사랑을 체험한다. 이러한 하인리히의 사랑관은 켈러가 교양 수업을 통하여 플라톤적인 사랑관과 루소의 자연성을 강조하는 사랑관으로부터 받은 영향의 산물로 이해된다.

유디트가 건강하고 유난히 아름다움을 지니고 있는 모습이며 머리칼이 진하고 어두운 색깔이라는 의미는 남국의 관능적 여성의 이미지를 보여 주고 있다. 그리고 유디트를 색깔과 향기가 나는 과일에 비유하고 있다. 하인리히가 우유를 친절히 대접하는 태도에서 적극적으로 그를 유혹하는 모습이 독자들로 하여금 매우 주목을 끌게 한다.

> "유디트는 22세 가까이 되어 보이는 건강하게 성장한 모습이었다. 그녀는 비범한 정도로 아름다웠으며, 특히 커다란 갈색의 눈과 둥그스름한 턱을 지닌 입은 순간적으로 강한 인상을 주었다. 게다가 그녀의 머리칼은 진하고 어두운 색깔이었다. 비록 사람들이 그녀를 자세히 보기도 전에 유디트라고 부르면서, 싱싱한 사과와 꽃을 한 아름 안은 체 약간 뒤로 젖힌 모습으로 정원으로부터 들어왔다. 그녀는 마치 로마 과일의 여신인 아름다운 포모나나 그랬던 것처럼 갖가지 색깔과 향기로 빛나는 사과와 꽃들을 식탁 위에 쏟아 놓았다. 그리고는 도시인의 어투로 나에게 인사를 하고 밀짚모자의 그늘 속에서 나를 내려다보았다. 그녀는 목이 마르니 우유나 한잔 들자고 말하며 우유를 컵에 따라서 나에게 주었다. 이때 나는 이미 우유를 마셨으므로 사양을 하려 했더니 그녀는 웃으면서 어서 마시라고 하며 우유컵을 나의 입에까지 대어주는 것이었다."[13]
>
> Kaum zwei und zwanzig Jahre alt, war sie von hohem und festem Wunchse, ihr Gesicht hatte den ausgeprägten Typus unseres Geschlechtes, aber durch eine ungewöhnliche Schönheit verklärt; besonders die grossen brauen Augen und der Mund mit dem vollen runden Kinn machten augenblicklichen Eindruck. Dazu schmückte sie sein schweres dunkles, fast nicht zu bewältigendes Haar. Sie galt für eine Art Lorelei, obschon sie Judith hiess, auch niemand etwas Bestimmtes oder Nachteiliges von ihr wusste. Dies Weib trat nun herein, vom Garten kommend, etwas

13) Kellers Werke: S.186, *Der grüne Heinrich*. Erster Band 18. Kapt.

zurückgebogen, da sie in der Schuerze eine Lust frisch gepflückter Ernteäpfel und darüber eine Masse gebrochener Blumen trug. Dies schüttete sie alles auf den Tisch, wie eine reizende Pomona, dass ein Gewirre von Form, Farbe und Duft sich auf der blanken Tafel verbreitete. Dann grüsste sie mich mit städtischem Accente, indessen sie aus dem Schatten eines breites Strohhutes neugierig auf mich herabsah, sagte sie haette Durst, holt ein Becken mit Milch herbei, füllte eine Schale davon und bot sie mir an.

유디트는 사랑에 갈증을 느끼는 하인리히에게 관능적 욕망을 자극하는 존재로서 부각되고 있다. 본 작품의 화자는 사랑의 굶주림과 배고픔을 같이 병행시키면서 애정의 욕구를 식욕의 열정으로 변화시키며 여인의 관능적 풍만함을 신선한 사과로 비유하고 있다. 본 작품에서 유디트가 남성을 유혹하는 데몬적인 힘으로 보여주고 있다면 안나는 정신적 여성이자 성스러운 성모 마리아의 모습으로 비쳐지고 있다. 안나는 처음부터 우아한 모습으로 계단에서 내려온다.

"창가에는 하얀 커텐이 바람에 나부끼고 있는 데, 젊고 늘씬한 여인이 방문을 나와 계단을 내려오고 있었다. 그녀는 하얀 옷을 입어 나르시스처럼 우아했고 금갈색의 머리에다 파란 눈에 약간 고집이 깃든 이마와 미소 띤 입을 갖고 있었다. 조붓한 양 뺨에는 붉은색이 감돌았고 종소리 같은 섬세한 목소리는 알아듣기 어렵게 울려 퍼졌다. 안나는 우리를 향기가 그득한 장미꽃밭으로 안내하고 십여 년간 서로 보지 못한 듯 나의 자매와 부드럽게 인사를 하는 것이었다. 그리고는 연미복에 하얀 목 칼라 옷을 입은 그녀의 아버지가 우리를 진심으로 환영하는 듯 깨끗이 치워놓은 집으로 인도했다."[14]

aus den Festern wehten weisse Vorhänge und aus der Haushüre trat ein zierliches Treppchen herunter, das junge Bäschen, schlank und zart wie eine Narcisse, in einem weissen Kleide, mit goldbraunen Haaren, blauen Äuglein, einer etwas eigensinnigen Stirne und einem lächelnden Munde. Auf den schmalen Wangen wallte ein Erröten über das andere hin, das

---

14) Kellers Werke: Bd. I, S.210, *Der grüne Heinrich*. Erster Band 21. Kapt.

feine Glockenstimmchen klang kaum vernehmbar und verhallte alle Augenblicke wieder. Durch ein duftendes Rosen-und Nelkengaertchen fuehrte uns Anna, nachdem sie sich mit meinen Basen so zätlich und feierlich begruesst hatte, als ob sie einander ein Jahrzehnt nicht gesehen, in das vor Reinlichkeit und Aufgeräumtheit wiederhallende Haus, wo uns ihr Vater, in einem saubern grauen Fracke und weisser Halsbinde, in gestickten Pantoffeln einhergehend, herzlich und zufrieden willkommen hiess.

여기에서 하인리히에게 비쳐진 안나의 이미지는 장미꽃과 같았다고 고백하고 있다.

"내가 안나와 키스했을 때 나의 입은 실제로 장미꽃과 입 맞추는 듯했다." [15)]
Als ich Anna geküsst, war es gewesen, als ob mein Mund eine wirkliche Rose berührt hätte;

반면에 하인리히가 유디트와의 키스를 심장에서 열정적으로 솟아오르는 육체적인 키스임을 비교하고 있다.

" 그러나 지금 나는 열정적이고 육체적인 키스였고 정열적인 여성의 심장에서부터 솟아오르는 향유를 맞는 듯한 숨결이 맘껏 내게 흘러들어 왔다."[16)]
jetzt aber küsste ich eben einen heissen, liebhaften Mund und der geheimnisvolle balsamische Atem aus dem Inneren eines schönen und starken Weibes strömte in vollen Zügen in mich über.

에 비유하고 있다. 안나가 하인리히에게 금욕적이며 내면성을 강조하고 있는 점에 비교하면 매우 대조적인 면을 보이고 있다. 이러한 대조적인 사랑은 백작의 집에서 알게 된 도르트겐을 통하여 융합이 이루어진다. 하인리히의

---

15) Kellers Werke: Bd. II, S.417, *Der grüne Heinrich*. Zweiter Band 18. Kapt.
16) Kellers Werke: Bd. II, S.417, *Der grüne Heinrich*. Zweiter Band 18. Kapt.

사랑관은 세속적 관능적 사랑과 인간성을 바탕으로 한 이성과 감성이 조화를 이룬 전인적 교양을 갖춘 완전한 사랑관을 추구하고 있음을 보여 주고 있다.

3. 하인리히의 죽음의 단계 :

엘리아드의 성년식의 세 번째 단계인 죽음단계는 필연적으로 재생단계와 관련된다. 엘리아드에 성년식의 이론에 의하면 신화속의 주인공들이 치르는 죽음은 새로운 재생을 위한 통과의례이다. 엘리아데의 죽음단계에 관한 정의이다.

> 우리의 목적에 있어서 가장 중요한 것은 죽음과 재생의 사상은 성년식 (Initiation)의 모든 형태에서 기본적인 것이며, 여기에 첨가하자면 죽음은 죽은 자를 위해서는 종말이 아니라 귀환이다.[17)]

주인공 하인리히가 도시에서의 화가로서의 한계성을 인식하고 고향에 돌아오는 것이 화가의 꿈을 접은 과정이 과거의 삶을 부인한다는 의미에서 새로운 탈바꿈을 위한 과거의 삶으로부터 탈피로 해석할 수 있다. 여기에서 하인리히의 과거의 개인사의 부정이 새로운 삶으로 가기 위한 죽음의 단계로 해석할 수 있다. 여기에서 하인리히는 정신적으로 사랑하던 안나의 죽음과 어머니의 죽음으로 인하여 화가로서의 좌절을 느끼고 예술가로서의 삶을 포기한다는 의미에서 엘리아드의 죽음의 단계로 규정할 수 있다.

4.하인리히의 재생의 단계 : 귀향하여 사회를 위한 봉사자로 재생

하인리히가 예술가로서 고난의 길에서 다양한 경험을 하고 다시 현실 세

---

17) Eliade, a.a.O., S.34.

계에서 사회의 봉사자로서 참여하는 단계이다. 그가 친구로서 유디트와 결합한 것은 내면의 세계에로의 귀향을 의미하며 모성의 세계와의 합일을 의미한다. 그는 유디트에게서 의인화된 자연을 발견하고 현실적 삶을 살아야 한다는 진리를 믿게 된 것은 실제적인 삶에서 도덕적 구체성과 전인적 교양을 성취할 수 있다는 인식에 이르게 되기 때문이다. 이러한 주인공 하인리히가 도달한 마지막의 단계는 이상과 현실을 종합하는 예술가에서 봉사자으로서 사회에 참여하여야 한다는 사명을 인식하였다는 점에서 재생의 단계로 이해할 수 있다.

제 Ⅶ 장 헤세(H. Hesse)의 교양소설과 성년식 서사구조

1. 서론

헤세의 소설 속에 등장하는 주인공들은 한 개인의 영적 성장과정을 묘사하는 독일의 전통적인 교양소설의 형식을 따르고 있는 것이 정설로 되어 있다.

위에서 필자가 언급했던 딜타이의 교양소설 정의에 입각해서 첫째로 헤세의 작품『페터 카멘친트 Peter Camenzind』를 고트프리트 켈러(Gottfried Keller)의『녹색의 하인리히 Der grüne Heinrich』와 비교하여 예술가적 교양소설과 시민적 교양소설로서의 두 작품 사이의 유사점, 차이점 및 시대배경을 고찰한다.

둘째로『데미안 Demian』을 교양소설로 인정할 수 있는 근거를 지올로프스키(Ziolowski), 필드(Field) 그리고 프리드만(Freedman)의 교양소설의 정의에 입각해서 시민적 및 양극적 단일자 교양소설과의 관련성을 검토해 본다.

셋째로『유리알 유희 Das Glasperlenspiel』와 독일 교양소설의 전형적 작품인 괴테의『빌헬름 마이스터의 수업시대』를 비교하여 시민적 교양소설과의 관련성을 고찰함으로써 헤세가 그 작품 속에 독일 교양소설의 전통을 어떻게 수용하여 변형시키고 있는지를 연구하는 데 목적이 있다. 단적으로 교양소설 속에 등장하는 주인공의 교양과정(Bildungsprozess)과 교양의 목표(Bildungsziel)로 구성되어 있다. 교양소설에 등장하는 주인공의 교양의 목표가 시민이면 시민가적 교양소설이요, 예술가(시인, 화가. 음악가 등)이면 예술가적 교양소설이요, 그 주인공이 양극적인 단일성(Einheit)를 인식하고 그 세계에 합일된 자라면 양극적 단일자 교양소설이라고 감히 명칭을 부여하고자 한다.

2. 본론

1) 『페터 카멘진트 Peter Camenzind』와 예술가적 교양소설과의 관련성

헤세의 작품 중에 교양소설적 성격을 가장 두드러지게 지니고 있는 것은 『페터 카멘친트』(1904)이다. 헤세의 출세작이기도 한 이 작품은 어떤 사회적 사건이나 인간심리를 객관적 사실에 입각해서 묘사하는 것이 아니고 소설의 줄거리와는 무관한 자연배경을 묘사하거나 자연을 성찰함과 더불어 주인공의 내적 성장이 이루어지고 있음을 알 수 있다.

> 배우고, 창조하고, 전망을 하고 방랑을 한다. 이 모든 인생의 풍요함이 일순의 은광을 발하여 나의 눈앞에 빛난다. 그리하여 소년시대와 같이 나의 마음속의 어떤 것이 무의식적으로 강한 힘을 받아 두려워하면서 널리 펼쳐진 세계에 대항하는 것이다.[1)]
>
> Lernen, schaffen, schauen, wandern-diese ganze Fülle des Lebens glänzte in flüchtigem Silberblick vor meinem Auge auf, und wieder wie in Knabenzeiten zitterte etwas in mir mit unbewusst mächtigem Zwang der grossen Weite der Welt entgegen.

---

1) Hermann Hesse : *Gesammelte Werk I* in 12 Bänden. Suhrkamp Vevlag, 1970, S.375.

이리하여 페터(Peter)는 고향인 스위스의 조그마한 산촌을 떠나 대도시 취리히로 향해 자유의 날개를 활짝 펴기 시작한다.

"무미건조한 답답한 고향의 공기를 떠나서 나는 환희와 자유의 커다란 날개를 폈다."[2)]

Aus der nüchternen und drückenden Luft der Heimat herausgekommen, trat ich grosse Flügelschläge der Wonne und Freiheit.

그런 뒤에 페터는 다음과 같이 계속해서 젊은 날의 내면적 체험을 고백하고 있다.

즐거운 청춘의 흘러넘치는 술잔을 마시며 부드럽고 아름다운 귀부인들로 인해서 달콤한 고통을 은밀히 느꼈다. 그리고 남성적으로 즐겁고 깨끗한 우정이 흘러넘치는 고귀한 청춘의 행복을 흡족하게 맛보았다.[3)]

Und beglückt trank ich aus den vollen Bechern der Jugend, litt in der Stille süße Leiden um schöne, scheu verehrte Frauen und kostete das edelste Jugendglück einer männlich frohen, reinen Freundschaft bis zum Grunde.

여기에서 상기되는 것은 딜타이의 교양소설에 대한 고전적 정의이다.

청년은 행복한 여명기에 뛰어들어 유사한 영혼을 추구하여 우정과 사랑을 만난다. 그러나 얼마 지나지 않아 세상의 혹심한 현실과 대치하게 되고 따라서 여러 가지 인생경험을 하면서 성숙해가며 결국엔 자기 자신을 발견하게 되고 자신의 사명을 깨닫는 것이다.[4)]

Wie er in glücklicher Dämmerung in das Leben eintritt, nach verwandten Seelen sucht, der Freundschaft begegnet und der Liebe, wie

---

2) Ibido., S.379.

3) Ibido., S.379.

4) Wilhelm Dilthey : *Das Erlebnis und die Dichtung*, Vandenhoeck & Ruprecht, 1965, S.272.

er nun aber mit den harten Realitäten der Welt in Kampf gerät und so unter mannigfachen Lebenserfahrungen heranreift, sich selber findet und seiner Aufgabe in der Welt gewiß wird.

청년 페터도 행복한 예감을 가지고 인생의 길에 들어선다. 리하르트(Richard)와의 우정과 연애에 실패하여 도시 문화에 환멸을 맛보게 된다. 그리하여 성자 프란체스코(Francisco)로부터 성스러운 애정을 배우고 엘리자벳 (Elizabeth)에 대한 애정을 체념하며, 불구자 보피(Bopi)의 죽음을 통한 형제애를 터득하고, 이러한 뼈저린 여러 가지 체험을 써야 한다는 작가적 사명감을 깨닫는다. 이리하여 아버지의 편찮으심을 알고 귀향한 그는 본래의 자기를 좇아 시인으로 살아가려 한다. 이렇게 본다면 이 작품은 사실상 딜타이의 정의에 꼭 들어맞는다. 딜타이는 『슈라이어마허의 생애 Schleimachers Lebensjahr』와 『체험과 문학 Das Erlebnis und die Dichtung』에서 교양소설은 빌헬름 마이스터의 부류에 속하는 소설류를 말하며, 당시 독일에서는 사생활의 영역에 관심의 대상을 한정하는 '문화 개인주의'[5)]가 표방되고 있다고 지적하고 있다. 교양소설의 목표는 오로지 인간형성과 내면적 교화에 있었다. 거기에는 본래 라이프니쯔의 발전철학, 루소의 교육사상, 레싱과 헤르더, 괴테와 쉴러의 고전적 인간주의 사상과 관련이 있으며, 딜타이 이후의 교양소설의 개념에 있어서는 무엇보다도 독일정신의 내면성에 역점을 두기 시작했다. 따라서 교양소설은 주인공의 내면적 성장을 묘사하며, 작가의 서정을 보여주는 독일소설의 전형적 특성을 보이고 있다.

헤세는 자신의 작품을 포함하여 대부분의 독일소설이 교양소설과 서정시가 혼합된 것이라고 말한 적이 있다. 서정시를 합한 독일 교양소설은 작가의 실존적 내면성을 직접 표현하지만, 한편으로는 사회생활을 객관적으로 묘사한다거나 인간의 갈등을 형성하는 데는 부족한 면이 있다고 하겠다. 영

---

5) Ibido. S.272.

국의 독문학자인 로이 파스칼(Roy Pascal)도 독일 교양소설이 안고 있는 한계를 말한 바 있다.[6] 이러한 독일 교양소설의 내면성은 독일 낭만주의 시대에 와서는 더욱 강화된다. 리얼리즘 시대와 자연주의 시대에도 이러한 내면성에 치중한 소설형식의 전통이 계속 이어져 왔다. 리얼리즘 시대의 고트프리트 켈러의 『녹색의 하인리히』와 20세기의 작가 헤세의 『페터 카멘친트』가 중심사상을 달리 하면서도 어떻게 독일 교양소설의 전통을 계승하고 있는지 살펴보자.

켈러의 『녹색의 하인리히』에 등장하는 주인공이 고향에서 주위에 있는 자연을 체험하고 풍경 화가가 되고자 하는 꿈을 꾸며 겪는 연애 체험, 독일의 대도시 뮌헨에서 유학한 일, 화가들과의 우정을 고백의 형식을 빌어 자서전적으로 서술하고 있는 점은 『페터 카멘친트』와 완전히 일치한다. 두 작품에서는 주인공이 인생의 체험을 통하여 인간형성이 된다는 점, 그리고 켈러의 주인공 하인리히는 어머니의 병환으로 인하여, 페터는 아버지의 병환을 계기로 하여 귀향한다는 점도 동일하다. 반면 다른 점은 귀향한 후 주인공이 생활해 가는 방식이다. 하인리히는 그림을 그리는 자기의 재능에 한계를 느껴서 화가가 되려는 의욕을 버리고 공공의 복지에 종사하는 정치적 생활을 한다. 그러나 고향에 돌아온 페터는 예술가의 길을 택하는데, 다음과 같은 그의 고백을 통해 알 수 있다.

> 나는 새롭게 계속적으로 시작하여야 하는 시절이 다시 한번 더 올지도 모른다. 완전히 내 청춘은 동경의 마음으로 충만 되어 있으며 나 역시 시인이었던 것이다. 아마도 그것은 나에게 있어서 동회회원이나 돌제방보다도 훨씬 가치 있는 일이었으리라. [7]
>
> Vielleicht kommt noch einmal die Zeit, dass ich von neuem beginnt, fortfahre und vollende: dann hat meine Jugendsehnsucht recht gehabt,

---

6) Roy Pascal : *The German Novel*, London, 1965, p.303.
7) H. Hesse : G. W. Bd.7, S.496.

und ich bin doch ein Dichter gewesen. Das wäre mir soviel oder mehr als der Gemeinderat und als die Steindämme wert.

페터가 추구하고자 한 것은 시민으로서의 공적 존재로서가 아니라 오로지 시인으로서의 자각을 얻으려는 데 있음이 다음의 말에서 재확인 된다.

나는 거대한 작품 속에 현대인에게 대규모의 자연을 묵묵히 접근시킴으로써 사랑받고 싶은 소망을 가지고 있었다.[8)]

Ich hatte, wie man weiss, den Wunsch, in einer grösseren Dichtung den heutigen Menschen das grosszügige, stumme Leben der Natur nahe zu bringen und lieb zu machen.

딜타이는 앞에서 인용한 문장에 이어서 다음과 같이 부연하고 있다.

괴테의 과제는 수업에 의해 활동의 영역에 도달하는 한 인간의 역사이다. 낭만주의 작가의 테마는 시인이었다. 횔덜린의 주인공 히페리온은 전체적인 것에 영향을 주려고 노력하지만 결국 자기 자신의 사유와 시작(詩作)의 영역에 돌아오는 영웅적 인물인 것이다.[9)]

Die Aufgabe Goethes war die Geschichte eines sich zur Tätigkeit bildenden Menschen, das Thema beider Romantiker war der Dichter: Hölderlins Held war die heroische Natur, wehlche ins Ganze zu wirken strebt und sich schliesslich doch in ihr eigenes Denken und Dichten zurückgeworfen findet.

이런 관점에서 보면 헤세의 『페터 카멘친트』는 시인으로 형성되어 가는 예술가적 교양소설 내지 낭만적 교양소설이라 하겠다. 그에 비해 켈러의 『녹색의 하인리히』는 빌헬름 마이스터처럼 공동체의 한 시민으로서 살아가려고 한다는 점에서 시민적 교양소설 혹은 고전적 교양소설에 해당된다. 켈

---

8) Ibido., S.452.

9) Wilhelm Dilthey : *Das Erlebnis und die Dichtung*. a.a.O., 1965, S.272.

러의 하인리히는 결말에 가서는 자치단체나 국가에 봉사하려는 시민적 자각이 이루어지기 때문이다.

헤세의 『페터 카멘친트』는 노발리스의 『푸른 꽃』의 계보에 연결된다. 이 작품을 그의 이전 작품인 『헤르만 라우셔 Hermann Rauscher』와 비교하면 상당히 사실적인 문체로 되어 있어도 현실에 대한 태도는 낭만적 개성을 벗어나지 못하고 있음을 인식할 수 있다. 그러면 내면성과 개인주의를 기초로 하고 있는 교양소설에서 한편은 시민적 교양소설(고전적 교양소설), 다른 한편으로는 예술적 교양소설(낭만적 교양소설)이 되는 이유는 어디에 있을까? 그것은 그 작품을 쓴 시대적 배경이 다르기 때문이다. 켈러의 경우, 『녹색의 하인리히』는 초판에서는 3인칭 시점을 사용하여 주인공 하인리히를 사회에 무익한 인간으로 묘사했지만, 재판에서는 1인칭 시점을 사용하여 그를 사회에 유용한 인간으로 변화시키고 있다. 당시의 스위스 사회는 근대 자본주의가 진행됨에 따라 사회에 동참하려는 작가의식의 소산으로서 시민의식을 강조하였지만, 『페터 카멘친트』의 시대는 하인리히의 시대보다 훨씬 자본주의 사회가 발전되어 순수한 인간성이 부재했던 시대이다. 이러한 인간성을 회복하기 위해서 헤세는 시인으로서 사명을 다하는 예술가적 교양소설을 창작한 것이다.

『페터 카멘친트』가 사람들에게 환영을 받게 된 것은 자연이나 향토나 내면으로 향하는 경향이 독일에서 지배적이었기 때문이다. 페터는 19세기 말 후기 시민사회의 시민과 예술가가 대립된 상황에서 결국 예술가의 길을 택하게 되는 것이다. 이렇게 본다면, 헤세의 『페터 카멘친트』는 시인이 되기까지의 주인공의 성장과정을 묘사하는 예술가적 교양소설임이 더욱 분명해진다.

2) 『데미안 Demian』과 시민적 및 양극적 단일자 교양소설과의 관련성

『데미안』을 교양소설로 볼 것인가 아닌가는 교양소설을 보는 관점에 달려 있다. 헤세의 모든 작품의 핵심 주제는 인간의 자기실현의 길이다. 이런 의미에서 『데미안』도 자아실현의 과정을 묘사하는 교양소설이라 할 수 있다. 다만 문제가 되는 것은 『데미안』에서 헤세가 내면적인 세계를 강조하면서 내면의 세계와 외부세계 사이의 변증법적인 교양소설의 형식을 취하고 있다는 사실이다. 결국 『데미안』을 교양소설이 아닌 것으로 간주하는 이유는 주인공 싱클레어의 마음에 외계가 완전히 동일시되어 버리기 때문이다. 싱클레어를 둘러싼 인물과 사건은 이야기의 후반에 들어가면 점차로 리얼리티를 잃어버리고, 데미안과 그의 어머니 에바 어머니(Eva Mutter)가 제1차 세계대전이 일어나기 전까지는 주인공 싱클레어의 무의식의 상징이 되어버린다. 이러한 관점에서 『데미안』을 교양소설로 보는 경우에는 정신분석적 교양소설로 규정짓기도 한다.

교양소설에서 자아와 세계와의 비중 관계는 시대의 발전에 따른 자아의식의 성장의 정도에 의해 각각 다른 양상을 보이고 있다. 헤세의 경우, 전자에 비중을 크게 두어서 교양소설의 개념을 적용하면 『데미안』은 독일적 자아 내면성을 지향하는 교양소설에 속한다. 그러나 시대의식의 관점에서 보면 『데미안』은 제1차 세계대전의 충격에서 나온 것이며, 헤세가 말하고자 한 시민사회의 붕괴와 새로운 세계의 탄생을 기대하는 의미를 다음의 말에서 찾아볼 수 있다.

> 커다란 새가 알에서 나오려고 몸부림치고 있다. 세계는 결국 시끄럽게 될 수밖에 없었다.[10)]
>
> Es kämpfte sich ein Riesenvogel aus dem Ei, und das Ei war die Welt, und die Welt musste in Trümmer gehen.

여기에서 헤세는 새로운 인간상, 새로운 세계상을 제시해 주고 있으며,

---

10) H. Hesse : G. W. Bd.7, S.160.

선과 악의 세계, 시민과 예술가, 생과 정신과의 조화를 시도하고 있다.

> 그래서 인류의 의지는 국가와 민족, 협회 그리고 교회의 오늘날의 사회의 의지와 같지 않다고 하는 것은 분명해진다. 자연이 인간과 함께 살고자 하는 의도가 개개인 속에, 주인과 나 속에 쓰여 있다. 그것은 예수에게도 니체에게도 쓰여 있다. 물론 매일 그 양상이 변할지는 모르지만 오늘날의 단체가 붕괴되면 활동할 여지가 있을 것이다.[11]

데미안은 이러한 인류와 자연과 운명을 체험하고 싱클레어를 세계시민정신(Weltbürgertum)으로 안내한다. 데미안은 싱클레어의 영혼의 지도자로서 그를 비밀결사의 원칙과 규범에 따라 교육시킨다. 그와 같은 세계시민정신을 실천하기 위한 새로운 공동체의 결의는 빌헬름 마이스터 시대의 비밀결사적인 성격을 띠고 있다. 따라서 처음에는 내면성을 강조하다가 끝부분에서 시민성을 자각하고 실천하려는 의지를 보여주는 『데미안』은 시민적 교양소설의 요소를 담고 있다고 할 수 있다.

필드(George Wallis Field)는 그의 『헤세론』에서 『데미안』은 헤세의 자서전적 요소로 묘사하여 헤세가 체험한 심리적 발전과정을 보여주고 있는 독일 교양소설의 전형이라고 지적한 바 있으며,[12] 프리드만(Ralph Freedman)은 그의 저서 『서정소설론 The Lyrical Novel』에서 『데미안』 작품의 주인공 싱클레어(Sinclair)의 어린 시절부터 성숙한 인간이 되기까지의 성장 과정을 묘사하는 교양소설로서 3단계의 발전과정을 보여주고 있다고 말하고 있다.[13]

그 첫째 단계로서, 유년기에 싱클레어는 두려움과 죄를 의식하며 부모의 밝은 세계, 크로머와 같은 악의 세계가 있음을 체험하고, 그러한 선과 악을 초월하는 길을 안내해 주는 데미안을 만나게 되며, 여성적인 것과 남성적인

---

11) Ibido.

12) George Wallis Field, *H. Hesse*, Twayne Publishers, 1970, p.44.

13) Ralph Freedman, "The Lyrical Novel", in *Studies in Hermann Hesse, André Gide, and Virginia Woolf*, 1971, p.58.

것, 신과 악마의 요소를 동시에 한 몸에 지니고 있는 페르시아의 신 아브락사스에 사로잡힌다.

둘째 단계로, 싱클레어는 데미안 없이 홀로 집을 떠나 고등학생으로서 어두운 세계와 속된 세계를 마음껏 호흡한다. 그러나 공원에서 우연히 베아트리체(Beatice)라는 순진하고 아름다운 소녀에 대해서 사랑과 성을 느끼기 시작하면서 어두운 악의 세계에서 벗어나 성스러운 세계로 가게 된다. 외부세계를 초월할 수 있는 인간의지의 힘을 피스토리우스(Pistorius)에게서 배우는 단계이다.

마지막 단계로서, 싱클레어가 다시 어른이 되어서 데미안을 상봉하게 되자 지금까지 성취하고자 한 자아초월의 경지에 이르게 된다. 이는 싱클레어가 데미안과 하나가 됨으로써 베아트리체, 에바 부인의 이상과도 합일되는 단계를 말한다.

여기서 우리는 교양소설적 요소가 양극적 단일세계 속에 용해되어 있음을 감지할 수 있다. 미국 프린스턴대학교 독문학과 교수로서 헤세연구와 소설연구에 많은 업적을 낸 바 있는 테오도르 지올코프스키 (Theodore Ziolkowski)는 독일 교양소설에 대한 정의를 '목적의식이 미성숙하고 불안한 상태에서 개성과 능력을 전체적으로 조화시키는 길로 나가는 젊은이의 발달과정을 묘사하는 것'으로 내리고 있다. 교양소설에 대한 프리드만과 지올코프스키의 관점에서 보더라도 『데미안』은 양극적 단일성을 추구하는 교양소설로 규정할 수 있다.

3) 『유리알 유희 Glasperlenspie』와 시민적 교양소설과의 관련성

『유리알 유희』(1943)에 와서는 결사와 봉사의 사상이 주류를 이루는 새로운 형태의 교양소설로 변화한다. 비밀결사의 내용은 『데미안』에서도 엿볼 수 있지만, 그것이 본격적으로 취급된 것은 『유리알 유희』에서이다. 주인공 크네히트(Knecht)라는 말은 원래 어원적으로 섬기는 자의 의미를 지니고 있다. 또한 『페터 카멘친트』와 『데미안』에서는 주인공들이 개성이 강한 인물들이었지만, 이 작품의 주인공은 교단의 조직에 순응하는 유연한 성격의 소유자로 변모하고 있다. 그런 성격으로 인하여 "완성되고 분화된 개성을 계속해서 개발하고 분화시키는 대신에, 참다운 자아를 세상에 내려가게 하여 인간무상이라는 관점에서 영원한 질서를 정리하는 사명을 전하는 인생의 시기가 시작"[14]되는 것이다. 그리고 그러한 과제에 답하려고 한 것이 동방순례자에게 바쳐진 『유리알 유희』이다. 헤세의 경우, 교양소설의 운명은 더욱 내면적 자기형성의 경향을 강화하던가, 아니면 유토피아의 세계를 구상하던가, 둘 중의 한 길이었다. 이 작품의 창작기간인 1931년에서 1942년까지는 나치의 세력이 지배하던 최악의 시기였다. 헤세는 1953년 1월에 판비츠(R. Pannwitz)에게 보낸 편지에서 이렇게 말하고 있다.

> 나는 이를 드러내고 조소하는 현대에 역행하여 정신과 영혼의 세계를 눈에 보이도록 제시하지 않으면 안 되었습니다. 그 점에서 나의 작품은 유토피아가 되었던 것이며, 이미지는 미래를 향해 투영되고 불결한 현대는 추방되고 카스탈리엔의 세계를 고독하게 구상했습니다. 그런 의미에서 『유리알 유희』는 유토피아 소설입니다. 그러나 그것은 전혀 황당무계한 세계를 의미하는 것은 아닙니다.

『유리알 유희』의 서문에 의하면 카스탈리엔의 중심을 이룩한 유리알 유희의 이념은 피타고라스, 스콜라 철학, 인문주의, 라이프니츠, 노발리스, 헤겔 등의 모든 학문의 종합을 목적으로 하는 철학적 이념이며, 유럽 정신사에서 하나의 계보를 이루고 있다. 그 결과 카스탈리엔과 유리알 유희를 열매 맺도록 한 이 정신운동은 문예란 시대에 전부 시작되었다고 한다. 문예란 시대란 20세기 시민사회가 극도로 개인주의를 섬기는 시대여서 교양이

---

14) Hermann Hesse, G.W. 9 Suhrkamp, Frankfurt a.M 1970, S.407.

라는 개념은 이전에 가지고 있던 의미를 완전히 잃어버리고, 단편적인 교양 가치와 지식이 넘쳐 무절제하고 퇴폐적인 상업주의 문화가 지배하고 있는 시대를 말한다. 여기에서 교양(Bildung)의 참다운 의미는 상실되고 '잘못된 교양(Verbildung)'이나 '피상적 교양(Seheinbildung)'으로 전락하고 말았다. 이런 상황 속에서 진실한 교양을 이끌어내려는 운동이 일어난 곳이 카스탈리엔(Kastalien)이라는 신의 왕국이다. 이러한 정신의 연구만을 할 수 있는 최초의 가시적인 수도원을 보여주려는 것이 헤세의 의도였다. 이 테마는 요셉 크네히트라는 주인공을 통해서 밝혀진다. 『유리알 유희』는 크네히트의 유고를 포함한 '마기스터 루디 요셉 크네히트의 전기의 시도(Versuch einer Lebensbeschreibung des Magister Ludi Josef Knecht samt Knechts hinterlassenen Schriften)'라는 긴 부제가 붙어 있다. 그것은 이중의 테마를 의미하며, 그 진정한 의미에서도 이 작품은 교양소설적인 색채가 농후한 느낌을 준다. 하나는 퇴폐한 현대문명에 직면한 유럽의 보편성 있는 교양의 이상을 발전시켜 유리알 유희의 이념에 구체화시키고 있다는 점이다. 또 하나는 소명의식 속에서 카스탈리엔이라는 정신의 나라에서 다시 현실세계로 뛰어들어 봉사해야 한다는 자각 속에서 티토라는 제자를 위해서 죽음을 택할 정도로 스승으로서 사명을 다한다. 크네히트는 그러한 죽음을 통해서 자기실현을 완수했다고 할 수 있다. 자연과 정신, 삶과 죽음, 서양적인 것과 동양적인 것은 헤세의 작품 속에 공통적인 주제로 용해되어 있지만, 이 작품은 두 가지 주제를 잘 조화시키면서 주인공 크네히트의 완숙한 자기실현의 과정을 보여준 교양소설이다.

쿠르티우스(Ernst Robert Curtius)가 한 때 헤세에게 어째서 그런 교양적 테마를 재차 작품 속에 다루고 있는지 물어보자, 헤세는 "하나의 테마가 부정적인 것으로부터 긍정적인 것으로 전환되어 지양된 것이다. 요셉 크네히트는 페터 카멘친트, 싱클레어, 싯다르타, 골트문트로서 자기 자신을 종합적이며 최종적으로 표현한 인물"[15]이라고 대답하였다.

괴테의 교양 소설인 『빌헬름 마이스터의 수업시대』의 주인공 빌헬름 마이스터와 헤세의 『유리알 유희』의 주인공 요셉 크네히트는 쌍둥이 형제로 볼 수 있다. 두 작품은 인문주의의 이상과 현실세계 속에서의 봉사를 주제로 삼고 있는 데 공통점이 있다. 이러한 면에서 헤세의 『유리알 유희』는 괴테의 인문주의 정신을 현대에 다시 부활시키고 있다고 하겠다. 헤세는 그의 「빌헬름 마이스터의 수업시대론」에서 18세기의 시대상을 다음과 같이 말하고 있다.

> 우리는 정신의 모든 영역에서 모든 학문과 예술 분야에서도 황금기를 이루고 있음을 알고 있다. 우연히 운 좋게 개별적인 재능들이 한 군데로 모였다는 것이 아니라 평균적인 수준이 높아져 있었다는 것이다. 이것은 정말로 그 시대의 문화의 수준이 높았다는 것을 말해주는 것이며, 어느 분야에서도 목표의식이 동일한 듯 보인다. 철학자와 자연과학자, 시인이나 평론가, 정치가나 연설가의 일반적인 교양이 높아져 있었고, 아름다운 형식의 전통을 고수하고 있던 시대였다. 뿐만 아니라 그들은 오늘날의 전문화된 시대에 대립되어 있으며, 작은 세계와 개별적인 세계에서 전체적 세계로 향하고 있었으며, 유일한 우주적 태양, 곧 인류적 이상을 향하여 본능적으로 지향한다는 공통점을 지니고 있다.[16]
>
> Auf allen Gebieten des Geistes, in allen Wissenschaften und Künsten sehen wir eine hohe Blüte bestehen, und nicht etwa nur eine zufällige glückliche Häufung von einzelnen Begabungen, sondern eine Höhe des Durchschnits, welche eben das Zeichen allgemeiner Kulturhöhe ist und überall nach demselben Zentrum gerichtet erscheint. Philosophen und Naturforscher, Dichter und Artikelschreiber, Politiker und Redner zeigen nicht nur eine allgemeine Höhe der Bildung und eine schöne formale Tradition , sondern sie haben alle das gemeinsam, dass sie-unserer Zeit der Spezialistenarbeit genau entgegengesetzt-stets vom Kleinen und

---

15) Ernst Robert Curtius, *Kritische Essays zur europäischen Literatur*, Bern, 1954, S.164.
16) "Über Wilhelm Meisterslehrjahr", In: *Hermann Hesse*, G.W. 12 Suhrkamp, Frankfurt a.M 1970, S.161.

einzelnen nach dem Ganzen zielen und mit instinktivem Triebe nach einer einzigen, universalen Sonne gerichtet sind, nämlich eben nach jenem menschheitlichen Ideal.

말하자면 18세기는 인류적 이상을 추구한 시대라고 한다면, 현대는 그것과는 반대로 분석하고 세분화하는 시대라고 할 수 있겠다. 결국 이러한 18세기의 보편적 인간성의 이념이 『빌헬름 마이스터의 수업시대』를 탄생케 한 정신적 기조였다. 보편인간성의 이념에 기초를 둔 괴테의 우주적 의욕은 당연히 거기에 부합하는 새로운 표현형식을 요구하게 된다.

> 『빌헬름 마이스터의 수업시대』에서 만들어진 예술작품은 어디까지나 서정 시인으로서의 천분에서 나온 것이지만, 그럼에도 불구하고 세계 전체에 대하여 지금까지 없었던 관심과 성실성, 그리고 객관적 묘사법을 쓰려고 했다. 모든 문학형식이 여기에 모여져 하나의 훌륭한 소우주 및 세계의 이상적 명상을 만들어내고 있는 듯하다.[17)]
>
> Im Meister war ein Kunstwerk geschaffen, das durchaus aus einer lyrisch-poetischen Begabung floss und dennoch dem Ganzen der Welt eine Teilnahme, Treue und objektive Darstellungskunst entgegenbrachte, wie man sie noch nicht gekannt hatte, alle Dichtungsarten schienen hier zusammenzuspielen und einen wundersamen Mikrokosmos erbaut zu haben, ein ideales Spiegelbild der Welt.

시와 산문을 종합하고 있는 것이 교양소설의 특색인데, 『유리알 유희』에서도 크네히트의 전기로서의 소설형식과 시, 그리고 세 개의 단편소설이 포함되어 있는 것으로 미루어 『빌헬름 마이스터의 수업시대』의 전통을 계승하고 있다고 하겠다. 헤세는 이어서 다음과 같이 말하고 있다.

> 그러나 『빌헬름 마이스터』에서 보이는 규모와 위대한 인간성은 다른 작품이 미치지 못할 정도이다. 그것은 소설 속에 그와 같은 위대한 의욕을 기묘한

17) Ibido. S.163-164.

형태로 긴장시키기도 하고 늦추기도 하기 때문인 것도 아니다. 빌헬름 마이스터가 일종의 토르소로 머문 것은 괴테의 기술상의 부족에서 온 것이 아니라 오로지 하나의 작품 속에 기도된 시야가 지나치게 넓었기 때문이다.[18)]

Aber nicht nur Weite des Umfangs und die reife Grösse der Menschlichkeit, die wir im Wilhelm Meister finden, ist nie wieder erreicht worden, sondern es ist auch nie wieder ein ähnlich grosses Wollen im Roman formal so schön und meisterlich gezügelt und gelöst worden. Dass der Wilhelm Meister schliesslich eine Art von Torso blieb, daran ist nicht Goethes Mangel an technischer Vollendung schuld, sondern einzig die ungeheure Weite des Horizonts, den er in einem einzigen Werke aufzuspannen unternahm.

모든 형식의 종합으로서의 교양소설과 성숙되고 위대한 인간상은 표리일체를 이룬다. 헤세는 우선『유리알 유희』를 통하여 주인공 크네히트의 성숙 과정을 묘사하며, 티토라는 그의 제자를 위해서 죽음으로써 사명을 다하는 위대한 인간성을 보여주고 있다.

고전적 교양소설의 원형이 되는 괴테의『빌헬름 마이스터의 수업시대』와 헤세의『유리알 유희』는 유사한 점이 있다. 전자의 경우에는 주인공 마이스터가 연극사회에서 시민사회로 돌아오지만, 생과 정신이 조화를 이룬다는 점에서 그렇다. 전자는 시민시대의 테두리에 속하며 현실사회 속에서의 자기실현을 내비쳤던 사상에서 기인하는 데 반하여, 후자의 경우는 2400년대의 미래의 이상을 실현할 수 있는 유토피아적인 세계였다. 사실상 현대는 괴테적인 교양의 실현이 불가능한 시대이다. 그럼에도 불구하고 우리는 "존재하는 것으로 취급함으로써 틀림없이 존재하고 탄생의 가능성에도 한 발 가까워지는 것"[19)]이라는 말에서 그 실현의 가능성을 엿볼 수 있는 것이다.

---

18) ibido, S.169.
19) Hermann Hesse, G.W. Bd. 9 Suhrkamp, Frankfurt a.M 1970, S.7. [sie gewissermassen als seiende Dinge behandeln, dem Sein und der Möglichkeit des Geborenwerden um einen Schritt näher geführt werden.]

『유리알 유희』가 수학과 음악, 환상을 근본 모티브로 하고 있다는 점에서는 노발리스의 『푸른 꽃』처럼 대상을 상징적으로 묘사하는 일종의 동화 형식을 취하고 있어서 낭만적 소재와 구성을 보여주고 있지만, 생과 정신의 대립 속에서 크네히트가 세상에 용감하게 나설 수 있는 의지를 보면 그의 낭만적 마성(魔性)의 극복을 나타내는 건강한 고전주의 정신을 엿볼 수도 있다. 헤세 자신도 1949년 8월 2일자 Z에게 보내는 편지에서, '나의 『유리알 유희』 중에서 종교에 대해서는 존경의 마음을 가지지만 종교의 경우에는 인문주의 정신을 표현했다'고 고백하고 있다.

『유리알 유희』는 동방순례자에게 바쳐졌는데, 그런 의지에 나타난 동방의 순례는 "아시아 부모들의 고향으로 돌아가는 도정이라기보다 괴테와 노자(老子)가 말한 고전적 정신으로의 상승"[20]을 의미한 것이었다.

결국 『유리알 유희』는 괴테의 빌헬름 마이스터적인 의미의 시민적 교양소설에 가장 가까운 걸작이라고 할 수 있다. 요컨대, 위에서 살펴본 헤세의 작품들은 결국 독일의 시민적 및 예술가적 교양소설의 전통을 수용하여 개성과 시대성의 요구에 따라서 차원 높은 교양소설로 창작되었다고 할 수 있는데, 우리에게 한 가지 과제가 남아 있다면 그 교양소설의 형식 속에 동서양의 고전적 지혜가 어떻게 조화롭게 용해되어 있는지를 연구하는 일일 것이다.

3. 헤세의 『싯타르타 Siddharta』와 『나르치스와 골트문트 Narziß und Goldmund』에 나타난 성년식 서사구조

헤세의 교양소설 『싯다르타』와 『나르치스와 골트문트』에 등장하는 중심 인물인 싯타르타와 나르치스와 골트문트가 참다운 주인공이 되기 위해서

20) Fritz Strich, "Dank an H. Hesse", in *Der Diehter und die Zeit*, Bern, 1947, S.388.

치르는 여정을 캠벨과 엘라아드의 성년식의 관점에서 살펴보려고 한다.

먼저 캠벨이 영웅의 모험에서 중요시하고 있는 핵심은 다음과 같다. 영웅으로서 소명을 받고 초자연적인 힘을 얻어 첫 관문을 통과하는 단계와 현실적인 세계에서 비현실적인 세계로 진입하는 단계를 분리의 단계로 볼 수 있다. 두 작가의 주인공들이 성자가 되어야 한다는 소명의식을 인식하고 수도자의 길을 택하는 것은 분명히 현실로부터 탈피하여 성스런 세계로 들어가는 탐색의 과정이다. 그것은 켐벨의 성년식의 분리단계로 해석할 수 있다. 이러한 면에서 두 주인공 지산과 싯다르타가 속된 현실의 세상으로부터 멀리 떠나서 성스러운 세계에로 입문하는 과정을 살펴보기로 하자.

1) 분리단계 : 친구 고타마를 통한 사문의 세계 입적

주인공 지산이 모든 속세의 질긴 인연을 끊고 부처와 같은 새로운 인간으로 재탄생하기 위해서 머리를 깎는 것은 속된 욕망으로부터의 분리단계를 의미한다. 반면에 주인공 싯다르타(Siddhartha)는 친구 고타마(Gotama)와 같이 사문의 세계에 들어가기 위해서 부모님 곁을 떠나게 된다. 싯다르타는 불교의 세계에 입문하여 세상의 무상(無常)과 번뇌와 희로애락으로부터 해탈하기 위해서 모든 욕심을 제거하고 만물의 인과율(因果律)과 윤회의 법칙에서 벗어나 인간 본연의 진아(眞我 Atman)를 찾는 과정에 나선다.

석가의 설법을 듣기 위해서 싯다르타와 그의 친구 고타마는 고해(苦海)의 세상에서 탈피하여 모든 인생의 고통에서 해탈할 수 있는 불교의 가르침인 사체(四諦), 즉 고체(苦諦), 집체(集諦), · 감체(減諦)), 도체(道諦)와 팔정도(八正道), 즉 정견(正見), 정사(正思), 정어(正語), 정업(正業), 정명(正命), 정정진(正精進), 정념(正念), 정정(正定)의 불교 교리를 배우게 된다.

제3장부터 고타마는 불교의 가르침에 귀의할 것을 결심하지만 싯다르타는 불교의 말씀에서 자아를 발견할 수 없음을 깨닫는다. 이는 싯다르타와

불타의 대화 속에서 찾아볼 수 있다.

> 그것은 당신의 독특한 시도에서 나온 당신 자신의 명상을 통해서나 참선을 통해서 인식을 통해서 각성을 통해서 이루어진 것입니다. 배움에 의하여 이루어진 것은 아닙니다! 그러므로 제 생각은 이러합니다. 아무도 해탈을 배워선 할 수 없습니다. 오, 세존이시여![21]
>
> Sie ist dir geworden aus deinem eigenen Suchen, auf deinem eigenen Wege, durch Gedanken, durch Versenkung, durch Erkenntnis, durch Erleuchtung. Nicht ist sie dir geworden durch Lehre! Und so ist mein Gedanke, o Erhabener ! keinem wird Erlösung zuteil durch Lehre.

다음으로 엘리아데의 성년식의 개념에 따르면 입사단계에 이어지는 단계가 시련의 단계라고 볼 수 있다. 인간이 성숙하려면 통과의례로써 거쳐 가야 할 단계로써 소명을 받고 모험의 세계로 떠나는 과정으로 고난과 시련을 거쳐야 한다고 캠벨은 말하고 있다. 주인공이 영웅이 되기 위해 치르는 시험의 과정을 겪는 단계로 이해할 수 있다. 두 주인공인 지산과 싯다르타가 성스러운 존재가 되기 위해서는 어떠한 입문과정(Initiation)을 겪게 되는가를 고찰해 보기로 하자.

2) 입사단계 : 싯타르타의 애욕과 물욕으로 인한 방랑의 세계

헤세작품의 주인공은 이전부터 추구해 왔던 진아(Atman)의 세계에서 벗어나 자기 자신을 탐색하기 위한 방랑의 길을 떠난다. 주인공이 자아를 찾기 위해서 사랑과 돈을 쟁취하고자 하는 욕심으로 인하여 방랑하는 모습을 보이고 있다. 작품의 제2장, 제5장과 제6장에서 싯다르타는 개인의 체험을 통해서 단일성(單一性)을 향한 깨달음의 세계에 이르기 위해 세속적 애욕과

---

21) Hermann Hesse, *Gesammelte Werke*, Suhrkamp Verlag, Frankfurt am Main 1970. Bd. 5 S.381. 이하의 본문에 인용되는 동일한 헤세작품을 WA 5로 표기하기로 함.

물욕의 세계를 통과하지 않을 수 없게 되어 있다. 싯다르타는 인간 욕망이라는 윤회의 틀에서 벗어나지 못한 채 방랑하는 단계를 거치게 된다.

먼저 제5장에서는 싯다르타가 관능의 반려자 카말라(Kamala)[22]와의 육체관계를 통해서 남녀 간 사랑의 기술(術)을 터득하게 된다. 다음에서 싯다르타가 고빈타를 포옹하려고 하였으나 여자의 탐스런 육체의 황홀한 맛을 음미하면서 그 세계로부터 벗어나지 못하고 있음을 알 수 있다.

> 그때 그는 고빈다를 포옹했으며 두 팔로 그를 감싸 안았다. 그가 그의 가슴에 바싹 끌어안으며 입을 맞추었을 때, 그것은 이미 고빈다가 아니라 여자였다. 여자의 탐스러운 젖이 저고리 앞을 비집고 흘러나와 있었다. 싯다르타는 그 젖에 매달려 마구 빨았다. 달콤하고 강하게 유방에서 흘러나오는 젖맛이었다. 여자와 남자, 태양과 숲, 동물과 꽃, 온갖 열매며 환희의 맛을 느낄 수 있었다.[23]
>
> Da umarmte er Govinda, schlang seine Arme um ihn, und indem er ihn an seine Brust zog und küßte, war es nicht Govinda mehr, sondern ein Weib, und aus des Weibes Gewand quoll eine volle Brust, an der lag Siddhartha und trank, süß und stark schmeckte die Milch dieser Brust. Sie schmeckte nach Weib und Mann, nach Sonne und Wald, nach Tier und Blume, nach jeder Frucht, nach jeder Lust.

또한 싯다르타는 몸소 관능적 애욕의 기술을 사랑의 반려자 카말라와의 성적 체험을 통해서 터득해 가고 있다.

> 그녀(카말라)는 그에게 인간은 쾌락을 주지 않고서 쾌락을 취할 수 없다는 것을 온갖 몸짓, 애무, 접촉, 바라보는 일, 심지어 육체의 아주 작은 부분

---

22) Kama는 원래 산스크리어(Sanskrit)어로 사랑(Love), 욕망의 신(the god of desire)을 의미한다. 본 작품에 등장하는 카마라(Kamala), 카마스바미(Kamaswami)는 여인에 대한 사랑, 물질의 사랑하는 뜻을 암시하기 위해서 작가가 의도적으로 이름을 각각 부여한 것으로 이해된다. Vgl. Thedore Ziolkowski, *Hermann Hesse. A Study in Theme and Structure.* Princeton. Princeton University Press, 1965, p.168.

23) WA 5, S.390.

조차도 깨달은 자에게 행복을 일깨워주려고 준비된 비밀을 지니고 있음을 가르쳐 주었다.[24]

lehrte sie von Grund auf die Lehre, daß man Lust nicht nehmen kann, ohne Lust zu geben, und daß jede Gebärde, jedes Streicheln, jede Berührung, jeder Anblick, jede kleinste Stelle des Körpers ihr Geheimnis hat, das zu wecken dem Wissenden Glück bereitet.

또한 제6장에서 싯다르타는 상인 카마스바미(Kamaswami)한테서 물질의 욕망을 채우는 기술을 습득한다. 즉, 장사경험을 몸소 겪으면서 돈을 버는 기술을 배우게 된다. 싯다르타가 상인 카마스바미와의 대화 속에서 물질을 구하는 기술을 터득하고 있음을 알 수 있다.

그런 농담으로 나를 놀리지 마시오. 내가 당신에게 배운 것이란 한 바구니의 생선 값은 얼마라든가 빌려준 돈의 이자를 얼마만큼 요구할 수 있다든가 하는 것들이었소. 그것이 당신의 학문이었소.[25]

Wolle mich doch nicht mit solchen Späßen zum besten haben! Von dir habe ich gelernt, wieviel ein Korb voll Fische kostet, und wieviel Zins man für geliehenes Geld fordern kann. Das sind deine Wissenschaften.

싯다르타는 지금까지의 관능과 물질의 욕망을 채우려고 사랑의 기술과 돈을 버는 기술을 터득했지만 욕망의 굴레에서 벗어나지 못하고 있음을 알게 된다. 과거에 고타마가 성스러운 불교의 세계를 체험했던 것에 비하면 하나의 윤회(輪廻) 바퀴에서 벗어나지 못하고 있는 것을 인식하게 된다.

캠벨의 성년식 마지막 단계는 귀환의 단계이다. 영웅이 일상적인 삶의 세계로부터 초자연적인 경이의 세계로 떠나고 결국은 결정적인 승리를 거둔 다음 신비로운 모험에서 얻은 힘을 가지고 현실 세계로 돌아오는 단계가 바로 그것이다. 두 주인공이 성스러운 존재가 되기 위해서 일상적인 속세의

24) WA 5, S.404.
25) WA 5, S.407.

욕망의 세계로부터 탈피하여 방랑하면서 온갖 고생과 시련을 이겨낸 후 다시 자유인과 도가적 인간과 같은 새로운 존재로 변신하고 있는 과정을 고찰해 보기로 하자.

3) 귀환 단계 : 단일성을 각성한 도가적 인간상

헤세의 상기한 작품의 주인공 싯다르타(Siddhartha)는 극악(極惡)한 세속적 욕망의 세계에 대한 강한 회의를 느낀 나머지 성(聖)스러운 세계와 욕심에 찬 세계가 단일성을 이루는 단계를 향하여 과감히 떠난다. 제8장부터 제12장까지 싯다르타(Siddhartha)가 지금까지 추구했던 성(聖)스러운 불교의 교리의 세계와 속(俗)된 물질적 관능적 욕망의 한계를 강하게 인식하고, 그 양면성의 세계가 합일된 단일성(單一性)을 각성하는 과정을 발견할 수 있다.

제9장에서 속(俗)된 애욕과 물질에 대한 욕망을 충족하기 위해서 방랑했던 과거의 생활에 회의를 느끼고 자살을 하려는 순간, 강에서 옴(OM)의 소리를 듣게 된다.

> 그것은 하나의 말. 무심코 중얼거리는 소리로 혼자서 말하는 음절, 모든 파라문의 기도의 처음과 마지막 소리인 오랜 그 말 '완전한 것' 또는 '완성'을 의미하는 성스런 옴이었다. 옴이라는 소리가 싯다르타의 귀에 들어온 순간 잠자던 그의 정신은 갑자기 눈을 뜨고 자기 행동의 어리석음을 깨달았다.[26)]
>
> Es war eine Wort, eine Sillbe, die er ohne Gedanken mit lallender Stimme vor sich hinsprach, das alte Anfangswort und Schlußwort aller brahmanischen Gebete, das heilige 《Om》, das so wie bedeutet viel 《das Vollkomene》 oder 《die Vollendung》. Und im Augenblick, da der Klang 《Om》 Siddharthas Ohr berührte, erwachte sein entschlummerter Geist plötzlich, und erkannte die Torheit seines Tuns.

싯다르타는 단일성을 상징하는 옴의 소리를 듣고서 그의 내면 깊숙이 잠

26) WA 5, S.421.

자던 단일성에 대한 각성이 일기 시작한다. 이 단계는 헤르만 헤세가 주장하는 인간 성숙의 3단계(Menschenwerdung) 중에서 제 3단계에 속하는 각성의 단계라고 할 수 있다.[27] 싯다르타는 뱃사공이며 단일성의 화신인 바수데바(Vasudeva)의 곁에 머물면서 단일성에 대한 수업을 받기 시작한다.

> 싯다르타는 뱃사공의 곁에 머물렀다. 그리고 노 젓는 법을 익혔다. 나루터에서 할 일이 없을 때에는 바수데바와 같이 논에 가서 일을 하기도 하고, 나무를 모으고 바나나나무 열매를 따곤 했다. 그는 노 만드는 법과 배 수선하는 법을 배웠고, 바구니 엮는 법을 배웠다. 그리고 그는 배우는 모든 것을 기쁘게 생각했다. 세월은 빨리도 지나갔다. 바수데바가 그에게 가르쳐 준 것보다 더 많은 것을 강은 그에게 가르쳐 주었다.[28]
>
> Siddhartha blieb bei dem Fährmann und lernte das Boot bedienen, und wenn nichts an der Fähre zu tun war, arbeitete er mit Vasudeva im Reisfelde, sammelte Holz, pflückte die Fruchte der Pisangbäume. Er lernte ein Ruder zimmern, und lernte das Boot ausbessern, und Körbe flechten, und war fröhlich über alles, was er lernte, und die Tage und Monate liefen schnell hinweg. Mehr aber, als Vasudeva ihn lehren konnte, lehrte ihn der Fluß.

제10장에서 싯다르타는 강으로부터 생명의 소리, 존재의 소리, 영원히 생

---

27) Hermann Hesse, *Betrachtungen, in: Gesammelte Werke in 12 Bände*, Bd. 10, Suhrkamp Verlag, Frankfurt am main 1976, S. 74 Vgl. Gerhart Mayer, *Die Begegnung des Christentums mit den asiatischen Religionen im Werk Hermann Hesses*. Ludwig Roehrscheid Verlag. Bonn, 1956, S.557-89. [Hesse의 3단계의 인간성숙의 단계(Stufen der Menchenwerdung)가 있는 데, 제 1단계는 인간성숙은 순진 무순한 상태(천국, 천진성, 책임감을 느끼지 못하는 전단계)로써 시작한다. 제 2단계는 천진스러운 무의식적인 신앙의 순진성으로부터 벗어나 인간의 충동의 세계에로 이성적이며 의식적으로 목표를 설정한다. 제2단계의 마지막에 가서는 불안과 욕망에 억압되어 인간적인 좌절을 맛보게 된다. 제3단계는 인간에게 불변한 정신, 아트만이 있다는 확신을 얻게 된다. 이 단계에서는 인간이 궁극적으로 도달되어야 할 신비적 구원의 길로써, 두 대립의 세계를 조화시키는 단일성의 신비(Unio Mystika)를 체험하게 되고 결국 불멸의 성인(聖人)들의 각성의 단계에 이르게 된다.]

28) WA 5, S.435-436.

성하는 단일성의 소리를 듣게 된다. 그리고 차츰 싯다르타는 바수데바와 이심전심(以心傳心)의 상황을 체험하게 된다.

종종 그들은 저녁에 강변 나무줄기 위에 같이 앉아, 묵묵히 물소리를 귀 기울여 들었는데, 그것은 물소리가 아니었고 생명의 소리, 존재의 소리며, 영원히 생성하는 소리였다. 그리고 때때로 그들은 물소리를 듣고 있으면 똑같은 것을 생각할 때가 있었다. 며칠 전에 나누었던 대화를, 그 얼굴과 운명이 잊혀지지 않는 여행자의 한 사람을, 죽음을, 그들의 어린 시절을 생각하고 있을 때가 더러 있었다. 그리고 또한 강물이 그들에게 어떤 좋은 말을 들려줄 때, 두 사람은 똑같이 같은 것을 생각하며, 같은 물음에 대한 같은 대답에 행복을 느끼며 서로 얼굴을 마주 보곤 했다.[29)]

Oft saßen sie am Abend gemeinsam beim Ufer auf dem Baumstamm, schwiegen und horten beide dem Wasser zu, welches für sie kein Wasser war, sondern die Stimme des Lebens, die Stimme des seienden, des ewig Werdenden. und es geschah zuweilen, daß beide beim Anbören des Flusses an dieselben Dinge dachten, an ein Gespräch von vorgestern, an einen ihrer Reisenden, dessen Gesicht und Schicksal sie beschäftigte, an den Tod, an ihre Kindheit, und daß sie beide im selben Augenblick, wenn der Fluß ihnen etwas Gutes gesagt hatte, einander anblickten, beide genau dasselbe denkend, beide beglückt über dieselbe Antwort auf dieselbe Frage.

싯다르타는 마음으로 단일성을 강에서 느끼며 바수데바와 같이 단일성의 화신이 되어 가고 있음을 싯다르타와 바수데바와 대화 속에서 파악할 수 있다.

그래요, 바수데바(Vasudeva). 나는 여기 앉아 홀로 강물소리를 듣고 있었소. 강은 나에게 여러 가지 이야기를 속삭였소. 실제로 유용한 단일사상으로 내 마음을 가득 채워 주었소.[30)]

sie gewissermassen als seiende Dinge behandeln, dem Sein und der Möglichkeit des Geborenwerden um einen Schritt näher gefuehrt werden

29) Ibido, S.437.
30) WA 5, S.443.

Nein, Vasudeva, Ich saß hier, ich hörte dem Flusse zu. Viel hat er mir gesagt, tief hat er mich mit dem heilsamen Gedanken erfüllt, mit dem Gedanken der Einheit.

4. 헤세의 교양소설 『나르치스와 골드문트』에 나타난 성년식 서사구조

앞서 언급된 엘리아드의 성년식의 4단계인 입사단계, 시련단계, 죽음단계 그리고 재생단계를 헤세의 작품 『나르치스와 골드문트』에 등장하는 두 중심인물 골드문트와 나르치스가 진정한 주인공이 되기 위해서 치러야 하는 탐색 과정에 적용하여 성년식 서사구조를 살펴보려고 한다. 또한 엘리아드가 주장하는 성속의 이론을 도입하여 상기한 작품의 주인공이 되기 위해서 어떻게 지속적인 성의 세계와 속된 세계의 상호 이동 현상을 보이고 있는지를 구체적으로 고찰하고자 한다.

1) 입사(Entry)의 단계 : 주인공 골드문트의 순진무구한 세계로 부터의 탈피

헤세가 주장하고 있는 인간화(Menschwerdung) 중에서 순진무구한 낙원, 어린 시절, 무책임한 초보단계를 인류학자 엘리아드(M.Eliade)의 성년식의 관점에서 살펴보기로 한다.

헤세가 주장하고 있는 인간화 중에서 어린 시절에 의무 이행 능력이 없고 행복한 유아기의 단계, 곧 무지의 상태이면서 성(性) 역할을 하지 못하는 상태[31]가 엘리아드의 성년식의 입사식의 단계에 해당된다. 상기 한 작품의 주인공 골드문트(Goldmund)가 세속화의 길에 입문하기 전에 그의 수도원 생활은 바로 순진무구한 상태 그 자체로 헤세가 주장하는 인간화의 첫 단계이다. 왜냐하면 골드문트의 수도원 생활은 낙원을 의미하는 유아적 상태인 무지의 상황을 보여주기 때문이다. 그러나 골드문트는 그러한 무지의 상황에

31) Vgl. Mircea Eliade : *Rites and Symbols of Initiation*, a.a.O., S.8.

서 끝난 것이 아니라 자신의 길이 어떠한 것인지를 알고 난 후, 수도원을 떠나게 됨으로써 그가 순진 무구의 세계에서 세속화의 길로 들어섰음을 예시하고 있다. 골드문트가 수도사가 되려고 노력하는 성스러운 단계에서 다른 차원에서 자연본성에 따른 어머니의 길로 들어서고자 하는 단계로의 이행이 이루어지는데 이것은 엘리아드가 제시하는 일반적으로 성스런 세계에서 속된 세계로의 이행을 의미한다. 또한 골드문트가 순진무구의 상황을 벗어나 세속화의 길로 들어서기까지의 태도는 엘리아드의 식으로 말하면 성년식의 입사의 단계를 향한 진입을 의미한다. 따라서 골드문트의 수도원 생활을 엘리아드의 성년식의 입사단계와 관련성을 고찰하면 한 상황에서 다른 상황으로 통과적 의미를 부여할 수 있다. 이것은 엘리아드의 성년식의 첫 번째 입사의 단계는 일반적으로 작품의 주인공이 부모로부터 "분리(Separation)"[32]로 시작되는 데, 부모의 집에서 밖의 세상을 향한 공간의 이동을 의미한다. 골드문트가 경험하게 되는 순진무구한 수도원 생활을 자세히 들려다 보면 두 번의 '분리' 현상을 찾아 볼 수 있다. 그 첫 번째의 '분리' 현상은 아버지에 의해 수도원에 들어감으로써 세속적인 일상에서 聖스러운 세계(수도원)로의 공간적 이동과 함께 골드문트의 신분상의 변화(수도원 학생)로 나타난다. 결국 아버지로부터의 '분리'와 함께 수도원으로 들어선 이 시기의 골드문트의 삶은 장래의 목표에 대해서는 아무것도 알고 있지 못하는[33] 무지의 상태이다. 더욱이 골드문트는 아버지에 의해서 수동적으로 수사의 삶을 선택할 수밖에 없었고, 아버지의 소원대로 경건한 금욕적인 세계를 체험하게 된다. 또한 골드문트가 주어진 수도자적 삶을 자신의 운명이라

---

32) Ibido. M. Eliade에 의하면 '분리'는 입사자후보자를 그의 가족으로부터 격리시키는 일과 숲속에서 일정기간 은둔생활을 보내게 하는 일로 시작된다고 보았다.

33) Vgl. Hermann Hesse : *Narziß und Goldmund*, in : *Gesammelte Werke in 12. Bänden*, Bd, 8, Suhrkamp, Verlag, Frankfurt am Main 1976, S.62.(이하 본 작품을 인용하는 경우 『Narziß und Goldmund』작품과 해당 페이지로 표기하기로 한다.)

고 여기고 경건한 성인(聖人)의 삶을 받아들이려 하고 있음을 다음에서 알 수 있다.

> 왜냐하면 골드문트는 수도원 학교를 졸업할 뿐만 아니라 가능하다면 아주 영원히 수도원에 남아서 자신의 삶을 神에게 바치고 싶었기 때문이다. 그것은 그의 의지였으며 아버지의 소망이며 명령이었고, 神 스스로가 규정을 짓고 요구한 것이었다.
>
> Denn Goldmund war gesonnen, nicht nur die Klosterschule zu absolvieren, sondern womöglich ganz für immer im Kloster zu bleiben und sein Leben Gott zu weihen; so war es sein Wille, so war es seines Vaters Wunsch und Gebot, und so war es wohl von Gott selbst bestimmt und gefordert.[34]

다시 말해서 순결하고 고귀한 성인(聖人)의 생활을 추구하는 골드문트는 나르치스(Narziß)와의 대화에서, 자신과 나르치스는 수도원 생활을 하기로 결심한 사실과 동일한 목표를 지향하고 있음을 다음과 같이 분명히 밝히고 있다.

> 너는 나와 마찬가지로 기독교인이고, 너는 나와 마찬가지로 수도원 생활을 결심하고 있고, 너는 나와 똑같이 하늘에 계신 아버지의 아들이다. 우리 두 사람의 목표는 동일하다. 즉 영원한 축복이다. 우리들의 천명은 동일하다. 즉 神으로의 복귀다.
>
> Du bist wie ich ein Christ, du bist wie ich zum Klosterleben entschlossen, du bist wie ein Kind des guten Vaters im Himmel. Unser beider Ziel ist dasselbe: die ewige Seligkeit. Unsere Bestimmung ist dieselbe: die Rückkehr zu Gott.[35]

나르치스는 수도원 생활을 운명으로 받아드리고자 하는 골드문트의 태도에 대해 매우 부정적이다. 유난히 재능을 많이 소유한 나르치스는 골드문트

---

34) Narziß und Goldmund, S.20.
35) Narziß und Goldmund, S.46.

가 자기 자신을 인식하지 못하고 과거의 일부인, 말하자면 어머니를 망각하고 있음을 간파하고 있었다. 나르치스가 골드문트의 원모상으로서 비밀의 본성이 에바 어머니(Eva Mutter)임을 파악하고 있음을 알 수 있다.

> 나르치스는 골드문트의 비밀의 본성에 대해서 더 이상 의심하지 않았다. 그 배후에 있는 것은 근원모(根源母) 에바였다.
>
> Narziß war nicht mehr im Zweifel über die Natur von Goldmunds Geheimnis. Es war Eva, es war die Urmutter, die dahinterstand.[36]

골드문트가 원모상으로서 에바를 동경하고 있음을 알게 된 나르치스는 골드문트의 "넘치는 감성의 물결"[37]을 참지 못하였던 것이다. 자기 자신을 알아보지 못하는 골드문트와 이를 바라보고 있는 나르치스의 모습은 다음의 비유적 표현에서도 나타나고 있다.

> 보는 자와 눈 먼 자가 나란히 걸어갔다. 보지 못하는 자가 자기 자신의 눈 먼 것을 전혀 눈치 채지 못했다는 것은 그 자신에게 있어서 편안한 일이었다.
>
> Ein Sehender und ein Blinder, so gingen sie nebeneinader; daß der Blinde von seiner eigenen Blindheit nichts wußte, war nur für diesen selbst eine Erleichterung.[38]

나르치스는 자기 자신의 길이 어디에 향하고 있는지를 모르고 있는 '보지 못하는 자'이다. 한편 그는 수도사의 길을 받아들이는 자신의 운명을 예감하는 '보는 자'로서 비유되고 있다. 이러한 비유는 골드문트를 위한 나르치스의 역할이 무엇인지를 암시적으로 보여주는 고도의 메타퍼이다.

골드문트는 어린시절부터 어머니가 없는 상태에서 성장하였지만 수도원 생활로 들어서자 그의 본성을 간파한 나르치스가 그의 어머니를 다시 찾도

---

36) Narziß und Goldmund, S.38.
37) Narziß und Goldmund, S.63. [Der Überschwall des Gefühls]
38) Narziß und Goldmund, S.34.

록 옆에서 도와준다. 더욱이 나르치스가 사랑을 구가하던 골드문트에게 그가 태어난 이후 아직 한 번도 각성한 적이 없이 잠을 자고 있다[39]는 말을 함으로써 골드문트의 심중에 파문을 일으킨다. 따라서 골드문트는 수도사로서 살아가려던 자신이 추구하고 있던 길과 모순되는 순진무구함과 안식을 취할 수 있었던 아름다운 시절이 지나가고 내면적으로 긴장해야 하는 불안한 세계를 예감하고 있음을 고백하고 있다.

> 그러면서도 그는 일종의 순진무구함과 안식을 취하는 행복한 시기는 지나가 버리고 그의 내부에 있는 온갖 것이 긴장된 상태로 준비되어 있는 운명이 예비되었을 정도로 강하면서 종종 공포스러워지는 분명함을 예감할 수 있었다.
>
> So spürte er doch mit starker und oft beängstigender Deutlichkeit, daß sein Schicksal sich vorbereite, daß eine gewisse Schönzeit der Unschuld und Ruhe nun vorüber und alles in ihm gespannt und bereit sei.[40]

또한 나르치스가 골드문트의 본체를 드러내도록 유도함으로써 어느 정도 성공한 면을 보여주고 있다. 그는 “여인의 성(性)을 세속적인 것과 죄로 느끼고 있는”[41] 골드문트를 이제는 그러한 사고로 부터 탈피하게 한다. 이로서 그 자신의 본성으로 이끌게 함으로서 골드문트의 두번째 ‘분리’가 시작된다. 두 번째 ‘분리’는 골드문트가 자신이 가야할 길은 수도사가 되어 정신에의 봉사를 행하는 것이 아니라 어머니의 부름에 따르는 길임을 인식된다. 말하자면 이것은 주인공 골드문트가 자아의 길을 인식하지 못한 무지에 대한 깨달음은 스스로 수도원에서 탈출하고자 하는 ‘분리’의 단계에 진입하고 있음을 말해 준다. 다시 말하면 그가 자신의 처지에 대한 무지(無知) 상태

---

39) Vgl. Narziß und Goldmund, S.55.
40) Narziß und Goldmund, S.62.
41) Narziß und Goldmund, S.37.
(Du fühlst im Weib, im Geschlecht, den Inbegriff alles dessen, was du ‘Welt’ und ‘Sünde’ nennst.)

에서 인식의 단계로 발전되고 있음을 보이는 것이다. 따라서 골드문트가 어머니를 향해 가는 길에 진입한 것은 자신이 속해 있던 세계(수도원)로부터의 '분리'를 의미할 뿐만 아니라, 동시에 성인세계에로 들어섰음을 의미한다. 골드문트가 '어머니에게 향하는 길이 곧 자신의 길임을 인식하게 되는 전환점은 한 소녀와 집시 여인 리제(Lise)와의 만남을 통하여 이루어진다.

골드문트는 그의 수도원 동료가 함께 "마을에 가는 것"[42]이 금지된 바깥으로의 외출을 시도한다. 그는 거기에서 한 소녀와의 만남으로 인해 "자신의 천명이라 여겼던 지금까지의 모든 꿈이 허사가 되어버린 것이다."[43] 골드문트는 부지중에 금지된 외출을 감행하여 그자신도 예상하지 못했던 "뜻밖의 세계"[44]인 감성의 세계 속으로 끌려들어가게 된다. 말하자면 골드문트의 이러한 순간적 잘못은 자기 "운명의 시작"[45]으로 해석할 수 있다. 따라서 골드문트는 자신의 행동에 대한 수치심과 함께 어머니라는 존재에 대해 어느 정도 감지하기에 이른다. 비로소 골드문트가 어머니에 대한 그리워하는 마음이 싹트고 있음이 다음 표현에서 인식할 수 있다.

> 그는 기억이 났다. 아, 어머니, 어머니! (...) 망각의 바다는 사라져 버렸다. (...) 그 모습은 마치 미풍과도 같이, 생명과 열과 애정을 품고 내면적으로 경고하는 구름과도 같이 그의 마음속을 스쳐 지나갔다. 아, 어머니! 아, 내가 어떻게 해서 어머니를 잊어버릴 수 있단 말입니까!
>
> Er erinnerte sich, O Mutter, Mutter! (...) Meere von Vergessenheit waren weg. (...) wie Föhnwind ging ihr Bild durch ihn hin, wie eine

---

42) Narziß und Goldmund, S.25. [Ins Dorf gehen]
43) Narziß und Goldmund, S.32.
(Denn dies fühlte er im Innersten, daß all sein bisheriger Lebenstraum, alles, woran er glaubte, alles, wozu er sich bestimmt und berufen meinte, durch jenen Kuß im Fenster, durch den Blick jener dunklen Augen an der Wurzel gefährdet war.
44) Joseph Campbell : *The Hero with a Thousand Faces*, Bollingen Series XVII, Princeton Univ. Press, 1912, S.51. [An unsuspected World]
45) Ibido, p.51. [Opening of a destiny]

Wolke von Leben, von Wärme, von Zärtlichkeit und inniger Mahnung. O Mutter! O wie war es möglich gewesen, daß er sie hatte vergessen können![46]

골드문트는 머릿속에서 잊어져 버린 어머니를 재인식하면서 그 자신에 주어진 운명에 대한 준비를 하게 된다. 또한 언제나 나르치스가 골드문트에게 그 자신과 골드문트의 가야할 길은 같지 않음을 암시를 주었던 나르치스의 말을 비로소 진지하게 받아들이려 하면서 자신에 대한 질문[47]을 제기하기에 이른다. 그러나 이러한 질문에 대한 제기는 집시 여인 리제와 만남으로 한층 뚜렷한 해답을 얻게 된다. 결국 골드문트는 리제를 어머니의 "전령관(Botschaft)"[48]으로 명명하고 어머니의 부름에 따르는 것이 자신의 소명임을 알게 된 것이다. 이러한 골드문트의 인식을 나르치스와의 다음 대화에서 발견할 수 있다.

이때까지 내가 느낀 바 있는 모든 동경, 모든 꿈, 모든 달콤한 불안, 내 마음속에 잠자고 있던 모든 비밀이 되살아나고, 그 모든 것이 변하고 모든 것이 마법에 걸려 모든 것이 의미를 얻었습니다.

AIle Sehnsucht. die ich je gespürt. aller Traum. aIle süße Angst. alles Geheimnis, das in mir geschlafen, wurde wach, alles war verwandelt, verzaubert, alles hatte Sinn bekommen.[49]

비로소 골드문트는 자신을 알게 되고 어머니의 부름에 나서는 것은 자아

---

46) Narziß und Goldmund, S.58ff.

47) Vgl. Narziß und Goldmund, S.42.

48) Narziß und Goldmund, S.81.

(Vgl. Hermann Hesse : *Demian. Die Botschaft vom Selbst*, Uwe Wolff, Bonn : Bouvier Verlag, 1979, S.12f. Uwe Wolff에 의하면 H.Hesse의 주인공들은 전령관을 통한 -Goldmund는 집시여인 리제(Lise)에 의해-'부름'을 경험한다는 것이다. 그에 의하면 결국 '부름'은 죽음 및 신(神)으로의 복귀인 것이다.)

49) Ibido.

의 각성이라고 불리어지는 단계를 암시하고 있다. 즉, 골드문트가 자기 존재의 근원으로서 어머니를 찾아나서게 되는 것도 비록 골드문트의 인생 후반에 이르러서는 죽음일수도 있지만 자아에 대한 각성의 세계에 한 발자국 접근한 것으로 보여준다. 골드문트의 소명은 신화학자 캠벨이 지적하는 통과의례의 첫 번째 소명의 시도와 일치한다고 볼 수 있다.

> 소명은 언제나 변용의 신비-완성되면 곧 죽음과 탄생에 이르는 정신적인 통과 의례를 개막한다.
>
> The Call rings up the curtain, always, on a mystery of transfiguration-a rite of spiritual passage, which, when complete, amounts to a dying and a birth[50]

골드문트가 자기 자신에 대한 인식과 함께 수도원을 이탈하게 되는 것은 곧 정신의 세계가 아닌 자연의 세계로, 아버지의 세계가 아닌 어머니의 세계로 한 걸음 다가서고 있음을 의미한다. 나르치스가 예견한 것을 실행에 옮기고 그를 인도한 곳으로 향하여 걸어가고 있는 것이다. 말하자면 나르치스가 "너는 어머니의 품에서 잠들고 나는 황야에서 눈을 뜨고 있다. 너의 꿈은 소녀의 꿈을 꾸고 나의 꿈은 소년의 꿈을 꾼다."[51]라고 말한 것을 이해하고 자신과 나르치스는 판이하게 다름을 깨닫게 된다. 즉, 골드문트는 전적으로 나르치스에 의존했던 삶으로부터 벗어나 이제부터는 자신 스스로가 혼자만의 길을 가야한다는 진리를 깨닫게 된다. 골드문트는 일평생을 신(神)에게 헌신하려던 말하자면 자신의 소명을 알지 못했지만, 이제야 비로소

---

50) Joseph Campbell : op. cit., p.51.

51) Narziß und Goldmund, S.85. [Du schläfst an der Brust der Mutter, ich wache in der Wüste. Deine Träume sind von Mädchen, meine von Jünglingen.]
이러한 나르치스(Narziß)의 표현에서 쉬테폰 코호(Stephon Koch)는 골드문트(Goldmund)가 '여성'과의 관련을 암시한다고 지적하고 있다. (Vgl. Hermann Hesse. A collection of Criticism ed. Judith Liebmann, Mcgrow-Hill 1977, Narziß und Goldmund, S.87.)

'자기 내부에 존재했던 최상의 것'[52]을 보여주고 있다. 여기에서 골드문트는 새롭게 삶을 시작하려는 가운데 희망의 빛을 인식할 수 있다. 아울러 그가 외부와의 단절을 통한 수도원 삶과의 결별한 것은 보다 넓은 색다른 공간으로 이동을 암시해 준다.

지금까지 우리는 엘리아드가 의미하는 '입사'의 단계의 관점에서 살펴보았다. 다음으로 엘리아드가 성속의 이론에서 언급하고 있는 인간사의 파란만장한 삶의 여정을 성(聖)과 속(俗)의 끊임없는 연결과정으로 보고 있다. 그러한 성속의 반복되는 행위의 과정에 있어서 필연적으로 수반되어야 하는 첫 번째 단계가 시련의 과정이다. 골드문트가 수도원을 떠나면서 그 여정에 따른 수많은 경험 중에서 특히 골드문트의 관능을 통한 세속화의 길이라는 부제를 '시련'의 단계와 결부시켜 보면 감성적(자연적) 행위를 주로 행하는 편력에서 정신적 단계를 추구하는 예술가적 삶으로 들어서기 이전까지의 상황에 초점을 맞추어 살펴 보기로 하겠다.

2) 시련의 단계 : 시련 및 극복 과정

(1) 골드문트의 관능적 체험을 통한 세속화의 길

앞에서 엘리아드가 제시한 시련(Ordeal)의 단계는 골드문트가 순진한 상태에서 육체적인 고통을 극복하는 과정에서 속된 세계 속에서도 어떠한 정신력을 보여주고 주고 있는 지를 검토하는 단계이다. 골드문트가 보여주는 세속화의 길은 수도원을 이탈하여 속된 세계를 경험하는 과정을 중심으로 살펴보기로 한다.

골드문트가 관능적인 성의 세계를 탐닉해 가는 과정, 살인, 기아, 절망 등 죽음에 대한 공포와 불안을 경험하면서 직면하는 세속적인 상황들은 그에

---

52) Vgl. Mircea Eliade : *Rites and Symbols of Initiation*, op.cit., p.135.

게 또 다시 새로운 인식을 제시해 주고 있다. 골드문트의 이러한 인식은 엘리아드가 지적한 바 있는 "육체적 고통을 견디어 내면서 무엇보다도 의지와 정신력의 증명을 보여주는 시련"[53]의 의미로 해석할 수 있다. 이와 같은 의미에서 골드문트가 성스러운 수도원의 생활을 접고서 탈출하여 속된 세계를 극복하는 과정을 엘리아드의 시련의 단계로 이해할 수 있다.

일반적으로 인간은 삶의 의미를 발견하기 위해 자아 탐색을 통하여 끊임없는 시도를 하게 되어 있다. 더구나 삶에서 어떤 의미를 획득하였다면, 그 의미는 인간에게 주어진 자신의 길을 형성하는 데 결정적 계기를 마련해 준다. 골드문트는 자신에게 의미 있는 삶의 행로를 '어머니를 향해 가는 길'임을 인식하고 수도원을 떠나면서 세속적인 관능적 세계 속으로 들어서게 된다. 비로소 사랑이 어떤 것인가를 알게 되면서 모든 정신적인 것을 아버지의 것으로, 어머니는 적대관계로 인식하게 되어 간다. 이와 같이 골드문트가 두 상반적인 어머니와 아버지 세계 간에 차이가 있음을 인식하고 있음을 나르치스의 말에서도 알 수 있다.

> 너는 눈을 떴다. 그래서 너는 이제 너와 나 사이의 차이를, 어머니의 혈통과 아버지의 혈통 사이의 차이를, 영혼과 정신 사이의 차이를 인식하였다.
>
> Du bist erwacht, und du hast ja jetzt auch den Unterschied zwischen dir und mir erkannt, den Unterschied zwischen mütterlichen und väterlichen Herkünften, zwischen Seele und Geist.[54]

골드문트가 인식한 양극성은 그가 자신의 길을 더욱 분명히 인식하는데 도움을 주었다. 즉, 골드문트는 자신의 길이 인생의 의미에로 향하는, 어머니의 세계로 다다르고 있음을 알면서도 결코 이 길이 순탄하지 않으리라는

53) Ibido., p.15.(Ordeal is not only to conquer physical fatigue, but is above all to show proof of will and spritual strength.)

54) Narziß und Goldmund, S.67.

것도 다음과 같이 예감하였던 것이다.

> 어머니에게는 모든 애정, 즉 달콤하고 푸른 사랑의 눈매, 행복을 약속하는 사랑스러운 미소, 애정이 넘치는 위안이 있을 뿐만 아니라 어머니에게는 우아한 베일 아래 그 어디엔가 일체의 흉악스러운 것, 어두운 것, 일체의 욕정, 일체의 불안, 일체의 죄악, 일체의 비참, 일체의 탄생, 일체의 죽음의 필연이 있었다.
>
> Nicht nur alles Holde war in der Mutter, nicht nur süßer blauer Liebesblick, holdes glückverheißendes Lächeln, kosende Tröstung; in ihr war. irgendwo unter anmutigen Hüllen, auch alIes Furchtbare und Dunkle, alle Gier, alle Angst, alIe Sünde, aller Jammer, alle Geburt, alIes sterben müssen.[55]

골드문트는 '일체의 애정'과 '일체의 죽음의 필연'을 함축하고 있는 어머니를 향하여 걸어가게 된다. 헤르만 헤세가 주장하는 인간 성숙의 제2단계로서 지적하고 있는 순진한 상태에서 죄악으로, 선과 악을 인식하는 관능의 세계로 들어선 것이다. 누구든지 자기가 새로이 선택된 존재의 단계를 받아들이고자 한다면 또 다른 세계로의 입문의 문턱을 통과해야만 한다. 골드문트는 이렇게 '시련'이라는 불가피한 삶을 선택하게 된다. 이렇게 골드문트는 시련을 체험하는 인생 편력을 통해 보다 현실적으로 자연과의 교감을 체험하고 감각적인 삶을 추구하게 된다. 골드문트는 "집시여인 리제에서 성년으로"[56] 만들어진다. 그는 타고난 모성본능에 따라 수도원을 떠나 새로운 환희와 두려운 마음으로 언어도 생각도 없는 눈 먼 신비로 가득 찬 세계에 매료되어 자신을 맡기게 된다. 이제 "넓은 대지는 모두가 그의 현실이 되었으

---

55) Narziß und Goldmund, S.63.

56) Narziß und Goldmund, S.281. [Von der Zigeunerin Lise zum Mann]
(이니시에이션은 "性的인 것에 눈을 뜨는"것도 포함된다. Vgl. *Die Religion in Geschichte und Gegenwart, Handwörterbuch für Theologie und Religionswissenschaft*, Hans Dieter Betz. v. Campenhausen, E.Dinkler, G.Gloge und K.E.Logstrup, Bd. 3, 1963, S.752.)

며 그는 세계의 일부가 되었던 것"[57]이다. 이는 속세에로 들어서는 골드문트에 대한 묘사에서도 보인다.

> 처음으로 세계가 그 앞에 광막하게 기다리면서 그를 받아들이고 그를 즐겁게 하며 괴롭혀 줄 준비를 한 채 열려져 있었다. 그는 이제 세계를 창으로 내다보는 학생이 아니었다.
>
> Zum erstenmal lag die Welt offen vor ihm, offen und wartend, bereit. ihn aufzunehmen, ihm wohlzutun und wehzutun.. Er war kein Schüler mehr, der die Welt durchs Fenster sieht.[58]

골드문트가 또 다른 세계로 들어서는 것은 어둠을 상징하고 미지의 세계, 위험을 나타내는 '시련'의 무대이다. 이것은 새로운 삶에 들어서기 위한 필연적 과정으로 이해할 수 있다. 또한 그가 순진무구한 형태에서 복잡 미묘한 세속적인 형태로의 변화[59]의 과정을 보여주고 있다. 골드문트가 수도원을 떠나 속세에서 겪는 경험 중의 하나는 여성과의 편력이다. 다시 말하면 골드문트는 인생을 관념으로서가 아니라 몸소 체험하는 것을 삶의 근본으로 삼고 있다. 그는 수많은 여인들과의 만남을 통한 애정 행각을 벌이고 있다. 이러한 여성편력에 들어선 처음의 그의 생활은 혼란스런 삶으로 간주할 수 있다. 왜냐하면 "유랑자(Vagabund)"[60]의 삶을 그대로 드러내 주고 있는 골드문트의 영혼 속에는 타향을 떠돌아다니는 충동적 본성-여인의 사랑, 자유에의 요구-에 지배되고 있었기 때문이다. 이러한 유랑자의 단순한 본능적 삶을 골드문트 자신이 감지하는 것에서도 이런 현상을 찾아 볼 수 있다.

이것은 골드문트가 수도원으로부터 '분리'되면서 성(性)적 쾌락 및 세속적

---

57) Narziß und Goldmund, S.91.
[Diese große Welt war jetzt wirklich geworden, er war ein Teil von ihr.]
58) Ibido.
59) vgl. David J.Burrows, Frederick R.Lapides, John T.Shawcross ; *Myths and Motifs in Literature*, The Free press, A Devision of Macmillan Publishing Co. New york, 1973, p.110.
60) Narziß und Goldmund, S.197f.

사랑을 체험한 후에 찾아오는 허무감과 그에 따른 고통을 경험하면서 제시되는 상황을 단적으로 보여주고 있다. '낙원에서 추방된 아담(Adam)의 후예'인 유랑자의 삶에서, 말하자면 골드문트가 자신의 어머니의 행로를 따르는 과정에서 그의 삶이 '낙원적 세계'[61]가 아님을 파악할 수 있다.

> 그는 말로 의식적으로 알고 있지 못했으나 피에 대한 깊은 지식으로 보면 그에게 놓여진 길은 어머니를 향하여, 쾌락을 향하여, 죽음을 향하여 있음을 알았다.
>
> Er wußte, nicht mit Worten und Bewußtsein, aber mit dem tieferen Wissen des Blutes, daßsein Weg zur Mutter führe, zur Wollust und zum Tode.[62]

골드문트의 유랑자적 삶에서 특히 수많은 여성과의 애정 편력으로 그의 '시련'에 대한 위기를 고조시킨다. 왜냐하면 골드문트가 의도한 것과는 다른 형태인 세속의 길을 밟아가면서 다양한 여인의 형상은 그에게 일련의 변형과정을 체험[63]하게 함은 물론 "감각적인 모험의 정점"[64]을 보여주고 있기 때문이다. 또한 골드문트가 여인과의 사랑과 성(性)의 쾌락을 경험함으로써 인생의 생동감을 느끼게 되고 자신의 충동적 마음을 충족시키는 데 충분히 가치 있는 유일한 방법으로 생각하게 된다. 다음에서 골드문트가 어머니의 길을 다만 맹목적으로 추구하고 있음을 알 수 있다.

> 많은 음악가들이 한 개의 악기 뿐만 아니라 세 개나 네 개 혹은 더 많은 악기를 연주 할 줄 아는 것과 마찬가지로 여자와 사랑을 수많은 방식면에서 수많은 다양성과 완전성마저 알게 되는 것이 아마 그의 천명이었을 것이다.

---

61) Vgl. David J.Burrows, Frederick R.Lapides, John T.Shawcross : *Myths and Motifs in Literature*, op.cit., p.110.
62) Narziß und Goldmund, S.174.
63) Vgl. Jseph Campbell : op.cit., p.116.
64) Ibido. [The sublime acme of sensuous adventure.]

물론 그것이 어디에 소용이 있고 어디로 향할 것인지는 몰랐다. 그는 다만 자신의 행로 위에 서 있다는 것을 느끼고 있었다.

Vielleicht war das seine Bestimmung: die Frauen und die Liebe auf tausend Arten und in tausend Verschiedenheiten bis zur Vollkommenheit kennenzulernen. so wie manche Musikanten nicht nur ein Instrument zu spielen wissen, sondern drei, vier, viele. Wozu freilich dies gut ist, wohin es führe wußte er nicht; er spürte nur, daßer auf dem Wege sei.[65]

골드문트는 단순한 본능적 삶만을 추구하는 과정에서 기사의 딸 리디아(Lydia)에게서 마음과 육체는 상응[66]하고 있음을 알게 된다. 그는 "빛이나 이성에 이르는 길"[67]을 상실한 채 들뜬 사랑에 전전하는 감각적인 세계를 추구하는 것만이 자신의 길이 아님을 깨닫게 된다. 이러한 골드문트의 인식은 빅토르(Viktor)를 살해함으로써 더욱 분명해진다. 골드문트는 자신을 죽음의 공포 속으로 밀어 넣고 빅토르를 "성(性)에 대한 집착에서"[68] 탈피하고 또한 죽음으로부터 벗어나게 한다. 더욱이 골드문트는 죽어가는 인간의 모습이나 해산하는 산모의 표정을 정욕의 표정이나 몸짓과 같다는, 즉 "쾌락과 고통은 서로 유사하다."[69]는 인식의 경지에 도달하게 된다. 골드문트가 인간의 최상의 악이라 할 수 있는 살인을 저지름으로써 그의 삶이 깊은 "타락"[70]의 나락에 떨어지는 처참한 모습을 엿볼 수 있다. 그러나 골드문트가 두루 통과한 이러한 모든 세속적인 상황은 '타락' 그 자체만을 표현하는 것이 아니다. 즉, 그의 모든 체험을 통하여 '육체와 정신은 상응'하며, '고통

---

65) Narziß und Goldmund, S.105.
66) Vgl. Narziß und Goldmund, S.122.
67) Narziß und Goldmund, S.51.
[Schauerlich wühlte in ihm die Wunde, ohne Weg zum Licht, ohne Weg zur Vernunft.]
68) Narziß und Goldmund, S.134.
69) Narziß und Goldmund, S.134. [Schmerz und Lust einander ähnlich.]
70) David J.Burrows, Frederick R.Lapides, John T. Shawcross : *Myths and Motifs in Literature*, op.cit., p.110.

과 쾌락'은 동일하다는 진리를 터득한다는 사실이다. 이로 인해 골드문트로 하여금 두 가지 대립적인 개념 및 상황들의 양극에 대한 단일성에 대한 자각을 하게 한다. 비로소 골드문트는 두 대립적 상황이 둘이 아닌 하나[71]임을 깨닫게 됨은 물론 현 상태를 넘어선 변화의 과정을 체험하게 되는 것이다. 엘리아드의 성년식의 관점에서 보면 골드문트의 이러한 행위의 변화 양상은 시련에 상응하는 제의적(상징) - 죽음[72]으로부터 재생 - 새로운 자각 - 의 일면을 보여 준 것으로 해석할 수 있다. 또한 골드문트는 유한한 인간의 존재가 죽음에 직면하여 찾아오는 나약성과 무상성을 극복할 수 있는 길이 예술 속에 있음을 인식하고 '정신'의 길로 들어서게 된다. 이러함으로 골드문트의 속(俗)된 행위는 또 다시 새로운 자각과 함께 성(聖)스러운 세계를 향한 첫 걸음으로서 예술가적 삶을 선택하게 된다. 골드문트는 세속화의 길을 거치면서 '시련'을 겪는 동안 새로운 자각과 함께 또 한 번의 속(俗)에서 성(聖)으로의 전이 과정을 경험하게 된다. 즉, 골드문트는 감각의 세계로부터 '정신'에 대한 새로운 인식을 가지게 된 것이다. 이상으로 우리가 골드문트의 시련을 관능적인 삶에 대한 추구를 중점적으로 살펴보았다면 다음 절에서 다룰 골드문트의 삶은 구도자적 자세로 정신(내면)을 향해 정진하는 그의 또 다른 일면에 초점을 맞추고, 이전의 상황에 비교해서 성(聖)의 행위로 간주 할 수 있는 골드문트의 '예술가적 삶'과 그의 각성을 '시련 극복 과정'으로 살펴보고자 한다.

(2) 골드문트의 예술가적 삶을 통한 성(聖)스러운 세계로의 길

일반적으로 인간은 자기 자신을 발견하기 위해서 표현하고자 하는 인간의 기본적인 욕구가 있다. 본 작품의 주인공 골드문트도 자신이 누구인가에

---

71) Vgl. Joseph Campbell : op.cit., p.108.
72) Vgl. Mircea Eliade : *Rites and Symbols of Initation*, op.cit., p.35.

대한 자아의 정체성에 대한 의문을 제시하면서 끊임없이 탐구해 가려고 한다. 인간의 자아완성은 직접적인 의식적 자각 밖에 있는, 어떤 초월적인, 혹은 원형이라 불리는 존재와의 관계를 통해서 이룰 수가 있는 것이다.

골드문트가 자기 인식을 거듭하면서 예술을 통해 감지하게 되는 초월적 존재인 에바 어머니(Eva Mutter)를 향해 가까이 접근하는 현상이 그의 삶에서 극명하게 드러나고 있다. 특히 이러한 어머니 에바를 향해 가도록 하는 매개체적 역할을 하는 예술은 인간의 삶에 단순한 자연적인 힘의 변화 이상의 것을 나타내는 어떤 새로운 것에의 가능성을 제시해 준다. 더욱이 인간만이 예술을 통하여 독창적인 창조적 행위를 통한 자기 인식에 대한 가능성을 보다 확대시키고 있음을 볼 수 있다.

헤르만 헤세에 있어서 예술은 모든 사물 뒤에 존재하는 신(神)적인 존재로 암시[73]되고 있다. 이러한 신(神)의 의미는 "모든 형상과 다양성을 넘어 유일한 정신"[74]을 나타내는 단일성(Einheit)인 것이다. 왜냐하면 헤르만 헤세에게 있어서 삶은 오로지 양극 사이의 흐름에서 존재하고 있기 때문에 끊임없이 이러한 면을 제시하면서 "다양성에 존재하는 단일성이 근간을 이루고 있음"[75]을 부각시켰던 것이다. 헤세는 본 작품에 등장하는 골드문트를 통하여 예술에 대한 새로운 인식을 보여주고 있다. 즉, 골드문트는 예술을 대립적 개념 및 상황에서 인식하는 가운데, 단일성에 대한 새로운 자각을 하게 된다. 골드문트가 체험한 '쾌락과 공포' 사이의 절망적 방황이나 성(性)

73) Vgl. Hermann Hesse : *Klein und Wagner*, in : *Gesammelte Werke* in 12 Bände, Bd. 5, Suhrkamp, Verlag, Frankfurt am Main 1976, S.256.

74) Hermann Hesse : *Das Glasperlenspiel*, in : *Gesammelte Werke* in 12 Bänden, Bd. 9, Suhrkamp, Verlag, Frankfurt am Main 1976, S.40.
[(...)an den über allen Bildern und Vielheiten in sich einigen Geist, also an Gott.]

75) Hermann Hesse : *Dei Nürnberger Reise*, in : *Gesammelte Werke* in 12 Bänden, Bd. 7, Suhrkamp, Verlag, Frankfurt am Main 1976, S.112.
[Beständig möchte ich daran erinnern, daß dieser Buntheit eine Einheit zugrunde liegt.]

의 쾌락과 죽음의 감정 사이의 교체현상은 골드문트로 하여금 예술에 대한 새로운 인식을 하게 한다. 골드문트가 예술가로서 자신의 길을 추구한 결정적 계기는 "고뇌와 감미로움(Schmerz und Süße)"[76]이 똑같이 깃든 니콜라우스(Nikolaus) 스승의 마리아 상(像)에 매료된 후 자신 안에서 예술가적 기질이 있음을 발견[77]하였을 때부터이다. 골드문트는 이러한 양극성의 조화를 이루는 예술작품 속에서 살아가는 예술가로 비쳐지고 있다.

> 오늘 이제, 그는 새로운 갖가지 형상들에 마음이 충만되어 격심한 모험과 체험의 상흔과 자취를 영혼에 새겨 두고, 명상과 새로운 창조에의 고통스런 동경을 가지고 속세에서 돌아와 보니, 이 원시적인 준엄한 석상들이 그의 가슴을 갑자기 과격한 힘으로 휘저었다.
>
> Heute nun, da er voll von Bildern, die Seele gezeichnet von den Narben und Spuren heftiger Abenteuer und Erlebnisse, voll schmerzlicher Sehnsucht nach Besinnung und nach neuem Schaffen aus der Welt zurückkam, rührten diese uralten strengen Figuren sein Herz plötzlich mit übermächtiger Gewalt.[78]

골드문트는 내부세계에 관심의 눈을 뜨게 된다. 그는 예술가적 정신을 새로운 감성과 경험으로 받아들이면서 감각적으로 체험한 혼돈과 쾌락, 절망이라는 무상한 세계로부터 탈출을 시도한다. 골드문트는 다양한 여성과 편력을 벌이는 과정에서 여성적 관능의 세계에 신비한 매력을 느끼게 된다. 이를 계기로 하여 그는 여성과의 관능적인 체험 끝에 찾아오는 허무성을 인식한 후 창작을 하면서 새로운 의미를 탐색하고자 '정신'의 세계에 몰입하게 된다. 골드문트가 "예술가로서 성숙"[79]을 하기 위한 조건으로 보다 높은 정

---

76) Narziß und Goldmund, S.152.

77) Vgl. Narziß und Goldmund, S.165.

78) Narziß und Goldmund, S.231f.

79) Gotthilf Hafner, *Hermann Hesse Werk und Leben : Ein Dichterbildnis* Verlag. Hans Carl Nürnberg. 1970, S.83.

[Sehr viel Frauenliebe geschieht Goldmund. der heimatlos seinen Besitz. die Welt,

신적 세계에 도달하기 위해서는 위기[80]의 단계를 거치게 되어 있다. 그는 관능(자연)의 세계에서 느낀 절망감은 내부에 존재하는 질서 정연한 영역으로 엘리아드가 지적하고 있는 속된 세계에서 성스런 세계에로의 이행의 필요성을 인식하게 된다. 다시 말하면 이 시점에서 골드문트는 외적인 세계에서 내적 세계로[81] 그 중심 이동이 이루어지게 된다. 그는 자신의 예술가적 천성을 발견함으로써 자신에게 부과된 시련을 받아들인다. 이것은 바로 새로운 정신적인 삶으로의 탄생[82]을 의미한다. 세계의 아름다움을 깊이, 또는 그는 그 영혼 속에 고귀한 형상을 만들 수 있는 천부적 재능을 부여 받아 예술가로서 생활을 하면서 나르치스(요한) 상(像)을 만들게 된다. 말하자면 그는 이전의 관능적인 삶을 정신화 시킬 수 있는 길이 예술 속에 존재함을 깨닫게 된다. 그러한 현상은 "분열과 모순이 없는"[83] 나르치스 상(像)을 바라보는 골드문트에게서도 확인할 수 있었다.

그는 소년시절의 지도자였던 그의 친구 나르치스가 서 있는 것을 보고 있었다. 경건하고 정신적인 얼굴, 품위 있게 위로 올려진 기다란 두 손은 젊음과 내면적인 음악에 충만해 있으면서도 번뇌와 죽음을 나타내고 있었다. 하지만 절망과 혼란과 반항은 모르고 있었다. 그 영혼은 그런 고귀한 표정의 이면에서 즐거움을 가지고 있거나 슬픔을 가지고 있거나 간에 순수한 균형을 잃지 않고 있었다. 그 영혼은 부조화에 시달리고 있지는 않았다.

Er stand auf und sah seinen Freund Narziß, Den Führer seiner Jünglingsjahre. Diesem frommen und geistigen Gesicht. diesen anmutig erhobenen, langen Händen waren Schmerz und Tod nicht unbekannt,

---

durchwandert, den die Sonne wärmt und die Kälte schüttelt, der Hunger leidet und aus vollen Schüsseln speist. Der in seinem Herzen das Bilderbuch seines Lebens sammelt und zum Künstler reift, wie Früchte auf Bäumen reifen,]

80) Vgl. Joseph Campbell : op.cit., p.17.

81) Vgl. Ibido.

82) Vgl. Mircea Eliade : *Rites And Symbols of Initiation*, op.cit., Introduction xiv.

83) Narziß und Goldmund, S.158.

[Dies Bild war ohne Bruch und Widerspruch.]

obwohl sie voll Jugend und innerer Musik waren; aber unbekannt war ihnen Verzweiflung, Unordnung und Auflehnung. Mochte die Seele hinter diesen edlen Zügen froh oder traurig sein, sie war rein gestimmt. sie litt keinen Miß klang.[84)]

골드문트는 나르치스 상(像)을 완성하는 동안 통념적인 유랑자와 같은 자유분방한 태도 및 쾌락을 추구하는 마음에서 멀어진다. 그는 자신이 흠모하였던 나르치스를 따라가거나 그와 같이 되려고 하였지만 그는 나르치스와 자기 자신이 서로 '대립자'임을 분명하게 깨달게 된다. 그는 정신의 세계에 들어서면서 나르치스 상(像)을 완성하는 예술적 작업에 새로운 의미를 부여해 주고 '희생'마저도 요구했지만 오히려 나르치스와의 대립적인 면만 더욱 부각되어진다. 그는 자신이 추구하고 있는 예술이 하나의 대립적인 면만을 부각된다는 사실에 무의미성을 깨닫고 또 다시 허무감에 빠져든다. 그가 예술에 대한 허무감을 인식하고 예술가의 삶에서 또 다른 삶으로 방향을 돌리고 있음을 다음에서 찾아 볼 수 있다.

그에게는 예술도 예술가다움이라는 것도 가령 그것이 태양처럼 타오르지 않고 폭풍우와 같은 힘을 가지지 않는다면, 쾌감이나 쾌락이나 작은 행복을 가져다주는 데 불과하다면 아무 쓸모도 없는 것이었다. 그는 딴 것을 찾았다.

Für ihn waren Kunst und Künslerschaft wertlos, wenn sie nicht brannten wie Sonne und Gewalt hatten wie Stürme, wenn sie nur Behagen brachten, nur Angenehmes, nur kleines Glück. Er suchte anderes.[85)]

이제 골드문트는 순수한 정신의 세계만을 추구하는 것이 예술의 한계임를 인식하게 된다. 그로 인해 그는 순수한 정신을 이와는 전혀 '다른 세계'에서 찾게 되는 것이다. 따라서 골드문트의 예술가적 삶은 새로운 다른 삶

84) Narziß und Goldmund, S.177.
85) Narziß und Goldmund, S.170.

을 향한 이행으로 해석할 수 있다. 이러한 골드문트의 인식 변화를 성(聖)스러운 세계로 이행하기 위한 또 하나의 단계로 보아 그의 어머니 상(像)이 변화되는 과정을 중심으로 살펴보고자 한다.

(3) 골드문트의 어머니 상(像)의 변화과정

골드문트가 예술가의 길에 들어서면서 그의 마음속에는 정신과 의지가 어느 정도 자리 잡게 되었다. 그가 예술가였다는 것이 그의 생명을 고양시켜 준 면도 있지만 동시에 고통을 안겨 준 면도 있었다. “도취를 모르는 이성이나 냉정, 죽음을 알지 못하는 감각의 기쁨, 음양의 대립이 없는 사랑”[86) 등을 추구하지 못하는 예술은 골드문트에게는 무의미한 것으로 인식되어지기에 이른다. 왜냐하면 그것은 골드문트에게 “예술은 아버지의 세계와 어머니의 세계의 결합, 정신과 피의 결합”[87)이기 때문이다. 말하자면 골드문트에게 있어서 꿈과 최대의 예술 걸작이 공통으로 가지고 있는 신비에 가득 찬 거룩하며 유일한 것은 “인류의 어머니 상(像)”[88)인 ‘에바(Eva)의 형상’이며 바로 골드문트 “자신 속에 살아 있는”[89) 어머니, 곧 “어머니의 부름”[90)인 것이다. 즉, 골드문트 자신에 비친 어머니 형상이 인류의 형상으로 “변신(Verwandlung)”[91)되어 나타나고 있다. 골드문트는 관능적인 삶을 살면서

---

86) Narziß und Goldmund, S.198.
[Was wäre Vernunft und Nüchternheit ohne das Wissen vom Rausch, was wäre Sinnenlust, wenn nicht der Tod hinter ihr stünder, und was wäre Liebe ohne die ewige Todfeindschaft der Geschlechter?]

87) Narziß und Goldmund, S.174. [Die Kunst war eine Vereinigung von väterlicher und mütterlicher Welt, von Geist und Blut.]

88) Narziß und Goldmund, S.170. [Das Bild der Menschenmutter]

89) TNarziß und Goldmund, S.189.
[Sie(Urmutter) lebt in mir, immer wieder ist sie mir begegnet]

90) Narziß und Goldmund, S.190. [Der Ruf der Mutter]

91) Narziß und Goldmund, S.189.

인생의 무상함을 인식하게 된다. 또한 그는 예술의 삶에서도 남아 있는 것은 슬프고 잔혹한 사랑의 미소를 머금고 있는 영원히 젊은 신비에 가득찬 어머니, 에바(Eva)였던 것이다.

> 하지만 하나는 남았다: (그것은) 영원의 어머니, 슬프고 잔혹한 사랑의 미소를 지닌 태고적 영원히 젊은 어머니였다.
>
> Doch, eines blieb: die ewige Mutter die uralte und ewig junge, mit dem traurigen und grausamen Liebeslächeln.[92]

골드문트는 인류의 어머니인 에바(Eva)의 부름에 따름으로써 니콜라우스(Nikolaus) 스승 곁을 떠나게 되면서 다시 죽음의 심연 속으로 들어서게 된다. 그는 이전의 관능적인 삶에서 체험한 육체적인 것만이 죽음이나 고통이 아니라, 이제는 그러한 죽음의 상황을 영생하기 위한 집념으로 변모시키면서 자기 자신을 영원 속으로 더욱 상승시키고 있는 모습을 볼 수 있다. 여기서 간과할 수 없는 것은 골드문트가 에바 어머니(Eva Mutter)의 세계에 접근하는 데 보다 중요한 역할을 한 "죽음의 방랑(Todeswanderung)"[93]을 들 수 있다. 골드문트의 '죽음의 방랑'은 페스트로 만연된 지역을 지나가게 되면서 시작된다. 골드문트는 죽음이 가차 없이 밀려든 이러한 상황을 예술가만이 가질 수 있는 탁월하면서도 진정한 '공감'과 냉혹한 관찰자로서 주시하게 된다. 골드문트를 죽음으로 이끄는 그의 변모된 어머니 상(像)에서 골드문트가 성(聖)스러운 조화를 추구하는 '단일성'의 세계로 들어서고 있음을 알 수 있다.

> 죽음이 그의 손을 생명을 향해 뻗쳐올 때 매섭게 도전적으로 가락을 울릴 뿐만 아니라 깊고 충만한 애정으로, 가을과 같이 풍부하게, 울리는 것이었고 죽음이 가까워지면서 생명의 등불은 더욱 더 밝고 환하게 타올랐다. (...) 그에게 죽음은 어머니면서도 애인이었고, 그의 부름은 사랑의 유혹이었고, 그

---

92) Narziß und Goldmund, S.192.
93) Narziß und Goldmund, S.227.

의 접촉은 사랑의 전율이었다.

> Da, wo der Tod seine Hand ins Leben streckte, klang es nicht nur so grell und kriegerisch, es klang auch tief und liebevoll, herbstlich und satt, und in der Todesnähe glühte das Lebenslämpchen heller und inniger. (...) für ihn war der Tod auch eine Mutter und Geliebte, sein Ruf ein Liebeslocken, seine Berührung ein Liebesschauer.[94]

골드문트는 '생명의 어머니'인 에바(Eva)를 '사랑이나 환희'인 동시에 다른 한편으로는 '무덤과 부패'로 간주하였던 것이다. 즉, 그는 페스트라는 죽음의 병을 체험하게 된다. 그는 레네(Rene)의 죽음 앞에 선 얼굴의 표정에서, 유태인 처녀 레브베카(Rebbeka)의 절망적 상황 속의 울부짖음에서 관능의 여인 아그네스(Agnes)와 사랑의 체험을 하게 된다. 이러한 실존적 만남을 통하여 골드문트가 에바 어머니(Eva Mutter)로 가는 길이 더욱 분명해 진다. 특히 골드문트가 아그네스와 사랑에 빠짐으로서 더욱 '어머니'를 생각나게 하고 있다. 아그네스의 자태와 그녀의 생명은 어릴 때 마울브론(Maulbronn) 수도원 시절, '생명과 기쁨'의 상징인 어머니의 이미지를 연상하기에 충분했다. 또한 그러한 어머니상은 동시에 교수형에 처해지는 죽음과 같은 위기 상황을 탈피하고자 하는 갈망의 상징인 '어머니'의 상(像)으로서 나타나게 된다. 이러한 골드문트의 '죽음과 쾌락'의 경험은 에바 어머니상(像)에 대한 확신과 함께 성(聖)의 세계인 단일성의 세계를 분명이 인식하게 하는 결정적인 계기가 되었던 것이다. 따라서 두 대립의 극이 지양될 수 있는 영역은 에바 어머니의 세계, 인류의 어머니인 에바(Eva)의 상(像)을 형상화하는데, 결국 그것은 골드문트가 추구하는 궁극적인 목표였다.

이러한 골드문트가 추구하고 있는 양극성의 극복 과정은 이러한 에바 어머니의 세계에 대한 인식과 함께 나타나고 있다. 말하자면 일반적으로 인간이 수많은 고된 '시련'을 겪은 후에 궁극적인 목표에 도달하였을 때 시련이 극복

94) Narziß und Goldmund, S.226f.

된다고 한다면 골드문트의 경우도 '시련'의 범주에 속하는 모든 체험을 넘어서 자신이 바라는 참된 목표가 무엇인지를 에바 어머니의 세계를 통해서 깨닫게 된다. 왜냐하면 에바 어머니의 세계에 대한 새로운 인식은 '죽음'을 체험하는 시련을 극복해야만 가능하기 때문이다. 이렇게 볼 때 골드문트의 내면적 삶에 긍정적인 영향을 주는 것은 여인과의 사랑 체험으로 볼 수 있다.

수많은 여인들은 그네들의 특징을 각각 대변하면서 골드문트를 에바 어머니에게로 다가가게 한다. 이로 인해 골드문트 또한 인간이 체험할 수 있는 다양한 경험을 하게 된다. 처음에는 골드문트에게 개인적 어머니로 길을 제시하고 있지만, 차츰 변모 되어 초월적인 존재인 인류의 어머니 에바 어머니에로 인식하기에 이른다. 다시 말하면 주인공 골드문트가 이원적인 대립에서 단일성을 각성하는 단계에 이르기까지 경험한 수많은 여성들은 최고의 단계에 이르게 하는 중요한 원동력을 제공하게 된다. 즉, 주인공 골드문트가 그의 내면 성숙을 위해서 여성과의 편력을 통한 성(性)적 쾌락을 넘어선 보다 높은 차원에 이르는데 거쳐야하는 성년식의 통과의례인 것이다. 골드문트는 예술가의 삶의 길에 들어서면서 육체적인 감각을 넘어 정신의 세계를 추구하게 되고 예술의 가치를 '관능'보다 우위에 둔다. 그는 항상 자신의 이상으로 삼았던 나르치스를 모범으로 삼아 요한 상(像)을 제작한 것으로 볼 수 있다. 그러나 그는 단순히 본능만을 추구하는 감각의 세계에 대해 허무감에 빠진다. 또한 그는 요한 상(像)을 완성함에 따라 자신이 나르치스와 같이 된다는 것이 불가능하다는 것을 인식하게 된다. 그는 더구나 아름다운 예술작품의 완성만을 위해 사물의 모든 대립적 상황을 무시한 채 예술을 추구한다는 것은 자신의 목표가 아니라는 것을 깨닫고 더욱 좌절감에 사로잡힌다. 다시 말하면 골드문트는 좌절감이라는 '시련'을 체험하게 된 것이다.

골드문트는 감각의 세계와 정신의 세계를 모두 포괄하는 인류의 어머니인 에바 어머니 상(像)임을 인식함에 따라 예술가의 세계로부터 에바 어머니의 세계로 향해간다. '자연'의 세계를 경험한 후 '정신'의 세계로 들어서면서 자연의 세계 속에서 경험한 무상의 감정을 정신의 세계에서도 재차 인식하게 이른다. 골드문트가 새로운 자각에 이르는 것은 일종의 '시련'을 거쳐 궁극적 목표인 에바 어머니에 이르기까지 고난의 여정이 '시련 극복 과정'이라고 해석할 수 있다.

골드문트의 시련 극복 과정은 에바 어머니의 인식에 도달하기 까지 어미니 상(像)의 변화 과정을 보여 주고 있다. 골드문트에 나타난 성(聖)과 속(俗)의 양상은 수도원을 떠나 에바 어머니에 대한 새로운 인식에 이르기까지 수많은 경험으로 나타난다. 이러한 물론 보다 높은 차원에로의 속(俗)된 세계에서 성(聖)의 세계에로의 이행하는 과정에서 수차례의 성(聖)과 속(俗)의 반복을 통한 새로운 인식에 도달하게 된다. '이전의 삶에서 새로운 삶으로 이행'하면서 끊임없이 절망과 갈등, 방랑하는 과정에서 시련이 따르게 되어있다. 이러한 시련의 과정을 극복함으로써 성(聖)과 속(俗)의 궁극적 합일점에 도달한 것은 초월적인 존재의 영역을 인식한 것으로 이해할 수 있다. 또한 주인공 골드문트가 초월적 존재(원형)인 에바 어머니(Eva Mutter)를 향해서 추구하는 태도는 자신의 끊임없는 노력과 방황을 보여줌으로써 시련 및 극복 과정을 제시해 주고 있는 것이다. 따라서 다음 절에서는 골드문트는 성(聖)과 속(俗)의 합일적 존재로서 초월적 의미를 지닌 에바 어머니에 대한 새롭게 인식하는 과정을 구체적으로 살펴 본다. 동시에 골드문트의 인식이 나르치스에 어떤 영향을 미쳤으며 그에 대해 나르치스가 깨달아 가는 과정을 엘리아드의 성년식의 마지막 단계인 죽음을 통한 '재생 단계'와 연결지어 살펴보기로 하겠다.

5. 죽음을 통한 재생단계

헤르만 헤세에 있어서 삶을 대신하는 "예술은 자연과 정신의 산물"[95)]이면서 이 두 양자는 필연적으로 상호작용하며 의존관계에 있다. 헤세의 이러한 독특한 예술에 대한 관점은 대부분의 그의 작품에서 예술이 핵심을 이루고 그의 예술관을 반영한 것에서 연유하고 있다.

본 작품의 경우에도 헤세의 예술에 대한 주제의식은 주인공 골드문트가 예술을 인식하는 과정에서 잘 드러나 있다. 말하자면 골드문트의 인생관은 헤세의 작품에서 일반적으로 보이는 예술에 나타나는 역할과 상통한다. 그는 자신의 삶을 창조하는 본질적인 부분으로 만들면서 정신과 자연이라는 대립성으로 받아들이고 있는 것이다.[96)] 즉, 골드문트는 진정한 예술이 삶 자체로부터 유래한다는 것과 창조적으로 살기 위해서 예술가의 길을 걸어가야 한다는 진리를 깨닫게 된다. 그는 고통과 쾌락이 있는 굴곡진 삶의 체험을 통하여 자기 영혼을 강하게 표현하고 있다. 결국 골드문트에 있어서 "예술은 다양한 성분들이 서로 조화를 이룬 혼합물[97)]인 것이다. 골드문트는 예술을 매개로 하여 대립적인 요소 간의 조화를 나타내는 에바 어머니를 새롭게 인식함으로써 양극성을 조화한 단일성의 세계로 나아가게 된다. 이러한 새로운 인식의 변모를 보이는 골드문트는 나르치스의 도움으로 다시 수도원으로 복귀함으로써 '초시간성과 성(性)의 양극적 단일성을 인식하는' 종합의 단계인 신앙의 단계로 들어서게 된다. 즉, 골드문트가 신앙의 단계로 들어서는 초월적 상징적 존재인 에바 어머니와의 합일은 그의 죽음을 의미하기도 한다.

---

95) Joseph Mileck : *Hermann Hesse*, C. Bertelsmann Verlag, GambH München 1979, S.204. [Die Kunst ist ein Produckt sowohl der Natur als auch des Geistes.]

96) Vgl.Ibido.

97) Ibido., S.207. [Kunst ist ein Kompositum, dessen vielfältige Bestandteile miteinander harmonieren.]

헤세는 '죽음'을 인간의 성숙에 필요한 '과정'으로 보고 '죽음'이란 단순히 삶의 종말이 아니라 단일성의 체험을 이루게 하는 원동력으로 보았다. 바로 여기에서 '죽음'에 대한 긍정적인 측면을 볼 수 있다. 이것은 헤세가 제시한 '인간성숙의 3단계' 중 그 마지막 단계로서 골드문트의 죽음을 '몰락'으로 보는 것이 아니라 '은총과 구원'에 이르는 길임을 극명하게 보여주고 있다.

문학작품에서 제시하는 헤세의 죽음관은 골드문트의 '죽음'에서도 볼 수 있는데 이것은 또한 엘리아드가 제시하는 죽음을 통한 '재생'의 측면과 어느 정도 상통한 면을 보이고 있다. 따라서 '죽음'을 맞이하면서 초월적 존재인 에바 어머니와 합일을 이루는 골드문트와 그로 인해 새로운 각성을 하게 되는 나르치스의 변모 과정을 엘리아드의 성년식의 마지막 단계인 죽음을 통한 '재생'의 관점에서 살펴보고자 한다.

1) 에바 어머니와의 합일을 통한 골드문트의 재생

골드문트는 보다 성숙한 모습으로 수도원으로 복귀하게 된다. 그의 친구 나르치스와의 대화를 통해 에바 어머니에 대한 인식을 구체적으로 보여주고 있다. 말하자면 골드문트에 있어서 예술이 단일성을 구현해 주는 매개체 역할을 하였다면 이러한 단일성 사상의 실현체로서 에바 어머니 상(像)은 초월적 존재인 동시에 원형적인 생성의 근원[98)]임을 골드문트의 다음과 같은 표현에서도 알 수 있다.

> 훌륭한 예술품의 원형은 실제로 살아있는 인물이 아니며, (...) 원형은 예술가의 영혼 속에 고향을 갖고 있는 하나의 형상이다.

---

98) 말하자면 에바 어머니(Eva Mutter)는 골드문트(Goldmund)의 영혼에 영원성을 불러일으키는 재생의 원동력이 되면서, 골드문트(Goldmund)에게 단일성의 체험을 이루게 하는데, 결국 죽음이라는 인간의 근원적 자유와 해방을 부여해 줌으로써 인간구원의 근본정신이 되고 있음을 암시하고 있다.

Das Urbild eines guten Kunstwerks ist nicht eine wirkliche, lebende Gestalt, (...) Es ist ein Bild, das in der Seele des Künstlers seine Heimat hat.[99]

에바 어머니는 골드문트의 수많은 경험과 편력 후에 궁극적으로 도달되어야 할 목표점인 것이다. 이러한 것을 근간으로 에바 어머니 상(像)에 대해 구체적으로 살펴보면 다음과 같다.

우선 골드문트가 에바 어머니에 대한 인식에 이르기까지 골드문트의 어머니상(像) 전개 과정을 구분하여 살펴보면 다음과 같다.

수도원 학생인 골드문트가 어머니의 존재를 망각한 채 정신적 인간을 향해 방랑하는 과정이 아버지에 의해서 어머니 상(像)에 대해서 재인식이 된다. 그는 나르치스의 대화를 통하여 어머니를 발견하게 된다. 골드문트는 어머니의 전령관이나 명명한 리제의 만남에서 어머니의 부름에 따르게 된다. 그는 어머니 상(像)에 대한 동경이 커지면서 어머니 상(像)을 만들기 위한 본격적인 형상화작업을 개시한다. 결국 골드문트가 죽음의 공포에서 어머니를 부르게 되며 드디어 죽어가면서 인류의 어머니로서 인식하는 단계에 이르게 된다.

이와 같은 구분은 골드문트가 인생을 유랑하면서 자신의 어머니 상(像)이 에바 어머니 상(像)으로 인식되어 가는 과정을 보여주고 있다. 또한 골드문트의 이러한 어머니 상(像)의 전개과정을 그의 삶과 연결 지어 작품 자체를 전체적으로 살펴보면 다음과 같다.

본 작품의 1~5장에서는 골드문트가 관능적(자연적)인 삶에 들어서기 전의 상태로 수도원 생활을 제시하면서 이때의 어머니 상(像)은 골드문트를 부르면서 유혹하는 삶과 죽음의 유혹자로 나타나고 있다. 본 작품의 6~16장에서는 골드문트가 수도원을 떠나 자연의 세계와 정신의 세계를 모두 경

99) Narziß und Goldmund, S.276f.

험하면서 삶의 도상에서의 어머니 상(像)뿐만 아니라, 영원히 신비한 것으로서의 어머니 상(像)을 인식한다. 본 작품의 17~20장에서는 어머니 상(像)을 모두 총괄, 융합하는 인류의 어머니, 에바 어머니 상(像)으로 어머니 상(像)의 '변화'와 함께 합일로서의 어머니 상(像)이 인식되는 과정을 묘사되고 있다. 특히 에바 어머니의 부름에 따라 죽어가는 골드문트의 모습에서 에바 어머니의 초월적 의미는 더욱 부가된다.

이러한 분류에 따른 어머니 상(像)의 전개는 바로 골드문트의 삶 자체로 볼 수 있다. 왜냐하면 골드문트의 개인적 어머니 상에서 인류의 어머니 상을 인식하는데 골드문트의 삶을 세 단계로 구분해 보았을 때 동일한 구조를 보여주기 때문이다. 즉, 골드문트가 나르치스한테서 의존 생활과 그것으로부터의 탈피(1~5장), 자유와 방랑의 시기(6~16장), 복귀, 자성(自省), 성숙과 결실의 시작(17~20장)"[100]과 동일하다.

이제까지 우리는 골드문트가 삶의 원동력으로서 삼은 어머니 상(像)의 전개과정을 개인적 어머니 상(像)에서 인류의 어머니, 에바 어머니 상(像)으로 변화하기까지 골드문트의 삶과 관련하여 살펴보았다. 개인적 어머니 상(像)에 대한 이해는 앞에서 충분히 다루었으므로 골드문트의 '변화'된 어머니 상(像)으로서 에바 어머니 상(像)[101]을 다루어 보고자 한다.

우선 골드문트가 죽음에 직면하면서 에바 어머니의 부름를 받게 된다. 그로 인해 예술가 골드문트로 인해 단일성에 대한 인식을 하게 되는 나르치스가 각성하는 과정을 살펴보기로 하겠다. 예술가의 입장에서 골드문트가 '원

---

100) Narziß und Goldmund, S.278. [Die Abhängigkeit von Narziß und ihre Lösung-Die Zeit der Freiheit und des Wanderns-und die Rückkehr, die Einkehr, den Beginn der Reife und Ernte.]

101) 어머니 상(像)의 전개과정을 살펴보면서 '변화'된 어머니 상(像)으로서 에바 어머니(Eva Mutter)는 결국 골드문트(Goldmund)의 "총체적 각성"으로도 볼 수 있다. 왜냐하면 무한의 초월적인 범주는 지성과 영혼의 조화 즉, 정신적인 것과 감각(육체)적인 것의 양면을 가진 조화적 인간상을 포함하고 있기 때문이다.

형'에 대한 이야기를 하게 되자 나르치스는 자신과 같은 정신세계에 속하는 신학자나 철학자들이 '이데아'라고 명명하는 개념과 일치한다고 말한다. 또한 일찍이 골드문트를 수도원 생활에서 세속적인 생활로 들어서게 한 이유는 골드문트가 연구한 "예술가의 정신(Der Geist eines Künstlers)"[102]에 매료되었기 때문이라고 말하면서 나르치스가 "새로운 친구"[103]가 되었음을 밝힌다. 나르치스는 예술과 철학이 서로 일치점을 보이며 자연과 정신이 서로 상통하고 있음을 깨닫게 되는 것이다. 예술가로서 성숙한 모습으로 수도원에 복귀함으로써 골드문트는 헤세가 언급한 인간성숙의 '제3단계'에 드디어 이르게 된다. 비로소 "나와 너, 우리들 내부에서 생동하고 있는 것에 대한 인식을, 신비한 기적과 비밀스러운 신성(神性)에 대한 인식"[104]을 하게 된다. 이러함으로써 신성에 대한 체험 곧 단일성의 체험을 하게 되는 '신앙'의 길로 나아가게 된다. 다음의 나르치스의 표현에서 알 수 있듯이, 최고의 단계에 도달한 골드문트는 세속적인 세계를 초월한 순수한 영역에로 진입되었음을 [105]보여주고 있다.

> 그의 전 존재를 보다 높은 질서로 끌어 올린 채, (...) 그를 어린이로서 신(神)의 나라로 이끌어 넣어 주었다.
>
> Mit seinem ganzen Wesen zurückbezogen auf eine höhere Ordnung, (...) und ihn als Kind in ein Reich Gottes einbezog.[106]

골드문트는 유아기의 상태인 순진무구의 근본으로 되돌아가는 것이 아니라 보다 고양된 질서와 규율에 인도되어 "충만한 빛과 신의 은총"[107]이 깃

---

102) Narziß und Goldmund, S.277.

103) Ibido. [Jetzt können wir aufs Neue Freunde sein.]

104) Hermann Hesse : *Betrachtungen*, a.a.O., S.438.
[Es ist die Erkenntnis des Lebendigen in uns, in jedem von uns, in mir und dir, des geheimen Zaubers, der geheimen Göttlichkeit, die jeder von uns in sich trägt.]

105) Vgl. Mircea Eliade : The Sacred And the Profane, op.cit., p.41.

106) Narziß und Goldmund, S.293.

든 채 영원의 세계에 참여하고 있음을 알 수 있다. 골드문트는 질서와 밝음으로 가득 찬 수도원 생활에서 "속세와 신의 언어"[108]를 표상하는 마리아 상(像)을 완성한 후 얼마동안 자신의 청춘 시절의 방랑과 같은 그러한 기대감으로 수도원을 떠나지만 죽음의 미소를 띤 어머니의 모습을 간직한 채 되돌아오게 된다. 골드문트가 바라던 것은 예술품의 창작이 아니라, '어머니의 부름', 말하자면 '죽음'을 포함한 일체의 상징적 인류 최초의 어머니으로써 '에바'의 부름에 응하는 것이다. 다음에서 우리는 죽음을 인생의 마지막으로 보는 것이 아니라 에바 어머니와의 합일을 이루는 필연적 과정으로 인식하는 골드문트에게서 '재생'의 의미를 발견할 수 있다.

> 내가 죽음에 흥미를 가지고 있는 것은 내가 어머니를 향하여 가는 도상에 있다는 것이 언제나 나의 신앙 혹은 나의 꿈이기 때문이다. 죽음은 최초의 사랑이 이루어졌을 때의 커다란 행복과 마찬가지로 크나큰 행복이 될 것이라고 나는 생각한다. 나를 다시 끌어들여서 허무와 순진무구한 상태로 다시 돌아가게 해 주는 것은 큰 낫을 가진 죽음이 아니고 어머니라는 생각을 나는 뿌리칠 수가 없다.
>
> Neugierig auf das Sterben bin ich nur darum, weil es noch immer mein Glaube oder mein Traum ist, daß ich unterwegs zu meiner Mutter bin. Ich hoffe, der Tod werde ein großes Glück sein, ein Glück, so groß wie das der ersten Liebeserfüllung. Ich kann mich von dem Gedanken nicht trennen, daß statt des Todes mit der Sense es meine Mutter sein wird, die mich wieder zu sich nimmt und in das Nichtsein und in die Unschuld zurückfüfhrt.[109]

골드문트에게 있어서 죽음은 영원한 초월적 의미를 지니고 있는 모성(母

---

107) Narziß und Goldmund, S.307. [Eine Fülle von Licht und Gottesgnade.]

108) Narziß und Goldmund, S.291.
[Von den beiden Teilen, aus denen das Wesen bestand, sollte der eine die Welt, der andere das göttliche Wort darstellen.]

109) Narziß und Goldmund, S.316.

性)으로부터의 복귀를 의미한다. 이와 같은 의미에서 엘리아드도 "인간 존재가 무(無)와 죽음으로부터 구원된 존재로 나타나는 것은 거룩함과 실재성의 근원에 대한 이같은 영원한 복귀의 덕분인 것이다." 110)라는 견해를 제시하고 있다. 에바 어머니는 골드문트에게 생명을 주고 그 삶을 아름답게 해 주며 무상을 극복 할 수 있는 예술의 창작에 영감을 주어 마지막에 가서는 영혼의 보호자로서 죽음을 인도한 것이다. 이제 골드문트는 죽음을 받아들이면서 성(聖)스러운 초월적 존재 에바 어머니와 합일에 이른다. 더욱이 다음 표현에서 골드문트는 '어머니 부름'에 따르는 자신의 길을 나르치스가 전적으로 부정해서는 안 되는 것임을 제시하고 있다.

> 하지만 나르치스 자네가 어머니를 가지고 있지 않다면 앞으로 어떻게 죽을 셈인가? 어머니 없이는 사랑할 수가 없어, 어머니 없이는 죽을 수가 없어.
> Aber wie willst denn du einmal sterben, Narziß, wenn du doch keine Mutter hast? ohne Mutter kann man nicht lieben. Ohne Mutter kann man nicht sterben.111)

이는 골드문트가 죽기전 나르치스에게 언급한 말로서 골드문트 자신만의 어머니가 아닌 인류의 어머니로서 나르치스도 이러한 에바 어머니의 부름에 따라야만 한다는 것을 암시하고 있다. 결국 나르치스가 골드문트로 인해 새로운 각성을 하게 되는 결정적인 계기가 된다.

골드문트는 지금까지의 삶에서 다른 삶으로 이행이 가능할 수 있으리라는 새로운 인식을 나르치스에게 부여함으로써 나르치스의 '새로운 탄생', 즉, '재생'을 도모하고 있는 것이다.

나르치스의 재생을 도모하면서 결국 골드문트는 인류의 어머니(Eva

110) Mircea Eliade : *The Sacred and the Profane*, op.cit., p.107. [It is by virtue of this eternal return to the sources of the sacred and the real that human existence appears th be saved from nothingness and death.]
111) Narziß und Goldmund, S.320.

Mutter)의 품속으로 들어감으로써 신(神)적인 존재와 합일을 이룬다. 다시 말해서 초월적 존재인 에바 어머니와 합일에 이르는 골드문트의 죽음은 인간이 대자연의 품속에서 우주적 원리로 수긍해 가는 것과 같은 원초적인 본연의 모습으로 회귀한다고도 볼 수 있다.

골드문트의 죽음은 한 생명에서 다시 자기 생명을 연장시키는 '재생'이 되는 것이며 더욱이 그에게 있어서 에바 어머니는 자기 존재의 '시작'임은 물론 영원으로 나타나고 있는 것이다. 위에서 우리는 골드문트가 신(神)적인 존재와 합일하는 과정을 엘리아드의 '재생'의 측면과 관련지어 살펴보았다. 골드문트가 에바 어머니와의 합일을 보여주고 있는 공간이 나르치스가 머물고 있는 수도원이라는 점에서 골드문트로 인한 나르치스의 각성에 주목할 필요가 있다. 따라서 골드문트가 수도원에 복귀함으로써 변모되는 나르치스의 인식 과정을 골드문트의 '재생'과 마차가지로 나르치스의 '재생'의 과정에 맞추어 간략하게 살펴보고자 한다.

2) 골드문트를 통한 나르치스의 재생

나르치스가 지나치게 이성의 힘에 의존함으로써 "정신적인 자부와 학자적인 오만"[112]을 보이면서도 "정신은 자연 속에 생존할 수 없고 자연에 대립하는 유희로서만 존재한다"[113]고 생각한다. 골드문트의 천부적 소질이 어떤 숨겨진 근원에서 주어진 것임을 알게 된다. 그것이 '어머니의 혈통'임을 그에게 자각시킨다. 또한 나르치스는 골드문트가 자신과 대립되는 인물로서 "완전히 닮지 않았음"[114]을 인식하고 골드문트와의 "차이"[115]를 제시하게 된다.

---

112) Narziß und Goldmund, S.40. [Geistdünkel und gelehrten Hochmut.]

113) Narziß und Goldmund, S.66. [In der Natur kann der Geist nicht leben, nur gegen sie, nur als ihr Gegenspiel.]

114) Narziß und Goldmund, S.38.
[Unsere Freundschaft hat überhaupt kein anderes Ziel und keinen andern Sinn, als

나는 나의 본성으로 말해서 학자이고 나의 천직은 학문이다. (...) 우리들 학문적인 인간에게 있어서는 차이를 확인하는 것보다 중요한 것이 없으며 학문은 차이의 기술을 의미한다. (...) 해와 달이, 바다와 육지가 서로 접근할 수 없는 것과 같이 서로 접근할 수 없는 것이 우리의 과제이다.

Ich bin meinem Wesen nach Gelehrter, meine Bestimmung ist die Wissenschaft. (...) Für uns Wissenschaftsmenschen ist nichts wichtig als das Feststellen von Verschiedenheiten, Wissenschaft heißt Unterscheidungskunst. (...) Es ist nicht unsere Aufgabe, einander näherzukommen, sowenig wie Sonne und Mond zueinander kommen oder Meer und Land.[116]

이런 두 사람의 '차이'에 대해 언급한 나르치스는 골드문트가 학자로서는 부적합함을 알고 세속의 길로 가도록 한다. 그 후 나르치스는 골드문트가 죽기 직전에 구해 냄으로써 골드문트는 또 다시 나르치스의 도움을 받아 수도원으로 돌아오게 된다. 초기 수도원시절, 나르치스와 골드문트의 우정관계를 압도적으로 이끌고 있는 것은 사색가인 나르치스의 '정신'이었다. 이러한 나르치스의 '정신'이 그에게 '구원'이었다. 그러나 골드문트는 방랑을 통하여 예술가로서의 삶을 체험하는 과정에서 나르치스를 통하여 '예술가 정신'을 일깨움을 받게 된다. 수도원으로 복귀한 골드문트는 예술과 철학에 관한 나르치스와의 대화에서 '예술가 정신'을 언급함으로써 과거 선도자 역할을 행했던 나르치스와 '대등'한 우정관계로 발전하게 된다. 이제야 비로소 깨달음으로 향하여 가는 길은 다양하며, 나르치스가 고집했던 정신의 길은 유일한 것도 또한 최상의 것도 아님을 깨닫게 된다. 이러한 나르치스의 인

---

dir au zeigenm wie vollkommen ungleich du mir bist!]

115) Theodore Ziolokowski : *The Novels of Hermann Hesse, A study in Theme and Structure*, op.cit., p.232. Theodore Ziolokowski는 작품 속에서 나르치스(Narziβ)의 태도가 대부분 골드문트(Goldmund)와 '차이'를 보인다고 지적한다.

[Narziss activity consists largely of making distinctions, of definging differences, categorizing, scholasticzing; Whereas Goldmund, in both love and art, seeks to efface all differences ad flux.]

116) Narziß und Goldmund, S.45ff.

식에서 우리는 엘리아드의 성년식의 이론의 '재생'의 단계와 연결 지을 수 있다. 물론 나르치스는 골드문트와 같은 육체적 시련과 같은 "인간적인 방랑과 불안"[117]은 겪지 않았을 지라도 순수한 정신의 세계만을 추구하던 그는 비로소 다양한 인식의 길이 있음을 감지하면서 '새로운 각성'이라는 재생 단계를 체험한 것으로 볼 수 있다.

> 우리들 사색가는 세계를 신(神)에게서 분리시킴으로서 신(神)에게 가까워지고자 한다. 자네는 신(神)의 창조물을 사랑하고 다시 창조함으로써 신(神)에게 가까워진다.
>
> Wir Dunker suchen uns Gott zu nähern, indem wir die Welt von ihm abziehen. Du näherst dich ihm, indem du seine Schöpfung liebst und nochmals erschaffst.[118]

나르치스는 자기와 대립하는 인물인 골드문트의 예술가적 정신세계를 인정함으로써 대립된 양극에서 조화로 향해 가고 있음을 보여주고 있는 것이다. 골드문트가 마리아 상(像)을 완성한 후 얼마동안 수도원을 떠났을 때 나르치스는 자신이 골드문트에 의해 풍요로워졌을 뿐 만 아니라 빈약해졌음을 절실히 느끼게 된다. 아울러 우리는 나르치스가 자신의 속세의 세계, 사상, 학식 등에 대해 심한 동요가 일어나고 있는 모습을 살펴 볼 수 있다.

> 과연 모범적인 생활의 질서와 규율, 속세의 감각적 행복에의 단념, 더러움과 피에서의 이탈, 철학과 사상으로의 침잠은 골드문트의 삶보다 나았을까? (...) 과연 인간은 (...) 관능을 억제하고 속세에서 달아나도록 만들어져 있단 말인가?
>
> War da wirklich die Ordnung und zucht eines exemplarischen Lebens, der Versicht auf Welt und Sinnenglück, das Fernbleiben von Schmutz und

---

117) Willhelm Grenzmann : *Dichtung und Glaube, Probleme und Gestalten der deutschen Gegenwartsliteratur*, Athenäum Verlag, GmbH Frankfurt am Main 1964, S.123.

118) Narziß und Goldmund, S.298.

Blut, die Zurückgezogenheit in Philosophie und Andacht besser als des Leben Goldmunds? (...) War der Mensch wirklich dazu geschaffen (...) seine Sinne abzutöten und der Welt zu entfiehen?[119]

나르치스는 골드문트의 부재(不在)가 길어질수록 그에 대한 그리움은 물론 '사랑'에 대한 의미를 인식하기에 이른다. 죽음이 깃든 모습으로 돌아온 골드문트에게 나르치스는 다음과 같이 고백한다.

> 그것은 사막에서 우물을 의미하고 황야에서 꽃이 피는 나무를 의미한다. 내 마음이 메마르지 않는 것과, 신의 은총을 받아들일 수 있는 장소가 나에게 있다는 것은 오직 자네 덕택이다.
> Es bedeutet den Quell in einer Wühenden Baum in einer Wildnis. Dir allen danke ich es, daß mein Herz nicht verdorrt ist, daß eine Stelle in mir blieb, die von der Gnade erreicht werden kann.[120]

골드문트는 나르치스에게 '어머니' 없이 사랑할 수도, 죽을 수도 없다는 말을 한 후 숨을 거두게 되자 나르치스에게 내면의 변화가 일어나고 있음을 다음 표현에서 미루어 짐작 할 수 있다.

> 마지막 남긴 골드문트의 말은 그의 마음속에서 불꽃처럼 타올랐다.
> Goldmunds letzte Worte brannten in seinem Herzen wie Fieber.[121]

앞에서 제시된 나르치스의 인식과정이 변화하는 모습은 결국 나르치스 자신의 세계와는 전적으로 다른 골드문트의 세계를 공감하고 수용함으로써 적대적 대립이 아닌 조화의 세계를 보여준다.

지금까지 우리는 골드문트와 나르치스가 양극성(Polarität)을 극복하고 단일성(Einhiet)에 이르는 과정을 각각 엘리아드의 '재생'의 관점에서 고찰해

---

119) Narziß und Goldmund, S.305f.
120) Narziß und Goldmund, S.315.
121) Narziß und Goldmund, S.3.

보았다. 골드문트는 초월적 존재인 에바 어머니의 부름에 따름으로써 죽음을 맞이하게 된다. 그러한 존재의 세계와 합일을 이루고 있다면 나르치스도 골드문트의 예술가적 정신에 감화되어 자신을 돌아보게 됨으로써 새로운 인식을 통하여 단일성에 도달하게 된다. 즉, 나르치스의 새로운 정신에 대한 각성은 대립적 양극성을 극복한 단일성을 깨달은 새로운 세계에로의 '탄생'이라는 점에서 '재생'의 의미로 해석할 수 있다.

제Ⅷ장 토마스 만(Th. Mann)의 교양소설『마의 산 Der Zauberberg』속 성년식 서사구조

1. 토마스 만의 교양소설『마의 산 Der Zauberberg』의 성년식 소설로서 성립 배경

본장은 괴테의 교양소설(Bildungsroman)의 전통을 계승하고 있는 전형적인 지성적 소설인 토마스 만의『마의 산』이라는 작품을 선정하였다. 토마스 만의『마의 산』에 대한 다양한 연구의 방향이 있지만 그중에서도 교양소설적인 관점의 연구는 지배적이다.[1] 필자는 그러한 전형적 독일의 교양소설

---

1) Jügen Scharfschwerdt, *Thomas Mann und der deutsche Bildungsroman*, Stuttgart, 1967, S.114-115. 샤르프쉬베르트(Scharfschwerdt) 자신은 토마스 만의『마의 산』의 전반부가 한스 카스토르프의 주인공의 개인적 발전 과정의 체험 양상을 보여 주고 있다면 후반부는 작가 자신이 교양(Bildung)에 대한 성찰의 암호로서 사용되는 주인공의 더욱 추상적인 존재 양상이 드러나 있다고 지적하고 있다.

Helmut Koopmann Hrsg. *Thomas Mann Handbuch*, Alfred Kroener Verlag 1990, S. 419-420 [Hans Wysling은 토마스 만 자신도 괴테의 교양소설 빌헬름 마이스터를 비교하고 있다고 지적하면서 토마스 만의 작품 *Der Zauberberg*는 괴테의 교양소설의 전통을 계승하고 있음을 명확히 밝히고 있다. Seit 1921 hat er mit Goethes Wilhelm Meister (Tb, 15.6.1921) vergleichen. Er drückt sich dabei vorsichtig aus, nennt das Buch Versuch[...],

적 전통을 고수하고 있는 토마스 만의 『마의 산』을 지금까지 소홀히 다루어졌던 엘리아드의 성년식의 관점에서 본격적으로 고찰하고자 한다. 본 소설의 줄거리를 주인공 한스 카스토르프(Castrop)를 중심으로 요약하면 다음과 같다.

주인공 한스 카스토르프는 다소 평범한 젊은이로서 배르크호프(Berghof) 요양원에서 환자로 있는 그의 사촌 요하힘(Joahim)을 방문차 그가 살았던 함부르크(Hamburg)라는 사회를 떠나서 다보스(Davos)를 향하게 된다. 원래는 짧은 일정의 방문이었지만 그 자신이 결핵이라는 병으로부터 회복되기까지 7년이라는 세월을 병동에서 보내게 된다.

한스 카스토르프가 은둔적이며 열병적인 분위기 속에서 평범한 인간 한스 카스토르프가 감각적, 윤리적, 지적인 영역 면에서 평지의 세계에서는 꿈에도 생각하지 못한 모험 수준의 세계를 체험하는 과정이 묘사되어 있다. 이러한 과정은 정신적인 영역에서 전형적이고 대표적인 다양한 인물과의 접촉을 통하여 드러나고 있다. 주인공의 마적인 모험은 교술적인 도구의 기능을 수행하고 있다. 이러한 주인공의 모험은 원래 완숙한 경지를 넘어서 주인공이 도취경에 빠져 고조로 상승하는 경지에 이르기까지 이루어진다.

마의 산에서의 체험은 교육학적으로 작용하고 있다. 카스토르프는 태생부터 끌리는 죽음을 극복하고 지금까지 관심밖에 있었던 죽음과 인생의 어

---

die Linie des Bildungs-und Entwickelungsromans, die Wilhelm Meister-Linie fortsetzen, spricht von einer von Bildungsgeschichte und Wilhelm Meisteriade.]

Todd Kontje, *Thomas Mann's world, Empire, Race, and the jewish Question*, The University of Michigan Press, 2011, P. 88 Up to this point, about halfway through the Novel, The magic mountain follows the pattern of the German Bildungs-or Entwickelungsroman, in which a young man typically has a romantic adventure or two on his way to marriage and integration into society, and Thomas Mann repeatedly underscored the links between his novel and what he felt was the peculiarly German genre of the Bildungsroman.]

두운 면을 지닌 인간을 이해하기에 이른다. 주인공은 그의 죽음에 대한 극복이 이루어지지 않은 상태로 죽음을 생각하고 있다. 주인공이 지식과 건강과 삶에 대한 바른 인식에 도달하기 위해서는 필수적으로 치러야 하는 병과 죽음에 대해 실존적으로 인식하는 과정이 묘사가 되어 있다는 점에서 본 소설을 입사식 소설(Initiation story)이라고 칭할 수 있다.[2] 그는 태어날 때부터 부모가 다 죽어 고아로 성장한 자로서 요양원에서 수동적 존재로 배우기만 하면서 대립적 요소들을 합일시키는 주제를 파악하는 방법을 터득한 후 인류의 선과 사랑을 위해 끝까지 투쟁하는 인간으로 변화한다. 한스 카스토르프가 변화와 생성의 과정 속에 존재하는 인간의 모습을 그대로 재현하고 있다는 점은 한계 상황에 처한 실존적 인간의 모습을 보여준다. 한스 카스토르프가 도달한 '자아 완성'의 단계는 하나의 상태에서 다른 상태로의 질적 변화를 감행함으로써 얻어진 결과이다. 특히 본 작품의 주인공 한스 카스토르프를 통해서 평온하고 익숙한 질서가 있는 평지에서 벗어나 7년 동안의 요양을 하면서 죽음같이 고요한 험난한 고산지역에서 주어진 역경을 극복하는 과정을 엘리아드의 성년식 이론의 관점에서 분석해 보고자 한다.

1) 『마의 산』에 나타난 성년식 서사구조

니머로(H. Nemerov)는 그의 하버드대학교 박사학위 논문「탐색자 영웅, 토마스 만의 작품 속에 나타난 보편적 상징으로서 신화」[3]에서 『마의 산』의 작품에 등장하는 주인공을 탐색의 주인공으로 정의하고 있으며, 『마의 산』을 성배류의 소설로 규정짓고 있다. 주인공 카스토르프는 그래서 무엇인가를 찾으며 질문하는 존재로 나타나거나 중세문학의 성배를 찾은 주인공처

2) *Thomas Mann Handbuch* Hrsg. von Helmut Koopmann, a.a.O., S.420 [Das weist alles viel eher in die Sphäre des Abendteuer-und des Initiationsromans.]

3) Howard Nemerov, *The Quester Hero. Myth as Universal Symbol in the works of Thmas Mann.* Havard University . Dissertation.

럼 천국과 지옥을 두루 편력하며 다른 성배를 찾아서 탐색하는 소설로 규정짓고 있다.

토마스 만에 있어서 죽음과 병은 건강과 삶으로 가는 과정에서 통과 의례로 보고 있기 때문에 본 소설은 성년식 소설(Initiationsstory)의 특성을 보이고 있다. 또한 이 분야의 선구적 위치에 서 있는 아우스부르크 대학교 독문학 교수 헬무트 코프만(Helmut Koopmann)은 본 토마스 만의 『마의 산』을 성년식 소설(Initiationsroman)의 관점에서 고찰하고 있다는 점에[4] 필자도 본 연구에 강하게 동기 부여가 되었다. 기존의 이 분야의 연구 방법에서 소홀히 다루어왔던 엘리아드의 성년식의 관점에서 토마스 만의 『마의 산』에 등장하는 주인공 카스토르프가 주인공이 되기 위해서 어떠한 성숙의 과정을 통과하고 있는지를 고찰하고자 한다.

(1) 입사단계(Entry)-한스 카스토르프의 함부르크를 향해 떠남

엘리아드는 입사단계에 대하여 다음과 같이 규정하고 있다.

> 입사자들이 그들의 어머니로부터 분리되는 예식의 첫 부분의 의미는 매우 분명하다. 우리는 늘 단절 상태에 놓여 있는데, 이것은 어린 시절로부터 추방당하는 폭력적 단절이 될 수도 있고, 때로는 어머니의 세계, 여성의 세계, 어린이의 무책임의 상태, 무지함과 성의 행복의 상태로부터 단절이 될 수도 있다.[5]

이 작품에서의 엘리아드가 언급하고 있는 입사단계는 본 작품의 주인공 한스 카스토르프가 고향인 함부르크를 떠나 독립적인 존재로 성장해 가는

4) Vgl. Helmut Koopmann, *Der klassisch-moderne Roman in Deutschland*. Stuttgart/Berlin/Mainz/Köln 1983. S.26-76.

5) Michael Eliade, *Rites and Symbol of Initiation, The Mysteries of Birth and Rebirth*, op.cit., p.8.

일련의 과정에서 찾아 볼 수 있다.

> 한 평범한 청년이 한 여름에 고향 도시인 함부르크를 출발하여 그라우뷥덴주의 다보스 플아츠로 가는 여행길에 올랐다. 그는 3주 예정으로 누군가를 방문하러 가는 길이었다. 함부르크에서 그곳까지는 먼 여행길이다. 3주 동안 짧게 머물기에는 사실 참으로 멀고 먼 길이다. [...][6]
>
> Ein einfacher junger Mensch reiste im Hochsommer von Hamburg, seiner Vaterstadt, nach Davos-Platz im Graubuendischen. Er fuhr auf Besuch für drei Wochen. Von Hamburg bis dort hinauf, das ist aber eine weite Reise: zu weit eingentlich im Verhältnis zu einem so kurzen Aufenhalt.

카스토르프가 함부르크라는 고향을 떠나가는 과정은 캠벨(Campbel)이 영웅 신화(Hero Myth)에서 지적하고 있는 신화의 영웅들이 진정한 영웅이 되려면 거쳐야 하는 첫 단계인 '모험에의 소명'이 여기에 해당된다. 이는 원래 신화 속에 출현하는 영웅들은 운명적으로 태어나며 이러한 운명적으로 탄생된 영웅들은 그가 속한 사회에서 무엇인가를 찾기 위해서 미지의 영역에로의 탐색을 시작할 것을 암시하고 있다. 이러한 신비스런 미지의 세계는 낙원일 수도 있고 위험한 도가니일 수도 있다. 일반적으로 신화속의 영웅들이 전개되는 탐색의 공간은 일반적으로 인간이 쉽게 접근하기 어려운 오지, 숲, 지하 왕국, 해저, 천상, 비밀의 섬, 험한 산꼭대기 혹은 꿈꾸는 세계에까지 뻗어 있다. 그러나 이곳에는 항상 변화를 자재하는 존재, 여러 형태를 취하는 존재, 뜻밖의 고통, 초자연적인 행위, 그리고 초현실적인 환희가 있다. 영웅은 자신의 의지력으로 모험을 완성할 수 있다.[7]

---

6) *Thomas Mann, Gesammelte Werke in Einzelbaenden*, Frankfurt Ausgabe, Herausgegen von Peter de Mendelssohn, S. Fischer Verlag 1981 S.9. 이하 본 작품의 인용하는 경우 Zauberberg에 해당 페이지를 표기하기로 한다.

7) J. 캠벨, 『천의 얼굴을 가진 영웅』, *The Heor with a thousand faces*, 이윤기 옮김, 민음사, 2004, p.80.

본 토마스 만의 작품 『마의 산』에 등장하는 주인공 한스 카스토르프가 자신이 살던 고향을 떠나야 했던 가장 큰 이유는 사촌 요아힘의 병 때문에 요양원에 잠시 방문하여 봉사하면서 사촌의 말벗이 되는 일이었다.

> "사촌 요아힘은 5개월 이상 국제 요양원 '베르크호프'(원장은 고문관인 베렌스 박사임)에서 죽치고 앉아 있으니, 그가 보낸 엽서에 적혀 있듯이 반복되는 요양 생활로 지루함에 못 견디어 죽을 지경이었다. 따라서 한스 카스토르프는 툰더 운트 빌름스 회사의 견습기사로 입사하기 전에 불쌍한 사촌을 봉사하기 위해서 그곳으로 가는 것 외에 가까워지는 일은 없다고 생각했다. 그것이 양 쪽 다 가장 기분 좋은 일이었다."[8)]
>
> Und nun saßer seit über fünf Monaten im Internationalen Sanatorium 'Berghof' (dirigierender Arzt: Hofrat Dr. Behrens) und langweilte sich halb zu Tode, wie er auf Postkarten schrieb. Wenn also Hans Castrop denn schon eine Kleinkigkeit für sich tun wollte, bevor er bei Tunder & Wilms seinen Posten antrat, so lag nichts näher, als dass er auch dort hinauffuhr, um seinen armen cousin Gesellschaft zu leisten, für beide Teile war es das angennehmste.

일반적으로 인간은 어린이 같이 친진한 상태에서 벗어나 성숙하기 위해서는 부모의 곁을 떠나 독립된 사회의 구성원으로 살아가게 되어 있다. 엘리아드가 지적하고 있는 입사 혹은 입문기라고 하는 것이 그것인데, 가족관계로부터 의존성으로 벗어나 독립적인 인간으로 전이가 이루어지는 단계를 말한다.

한스 카스토르프의 경우는 보수적인 가족의 품에서 탈피하여 열려진 사회로 나아가는 길이 지극히 단순하고 평범한 삶 속에 봉쇄되어 있기 때문에 새로운 방향을 모색하지 않을 수 없는 상황에 놓여 있다. 한스 카스토르프에게 있어서 함부르크라는 정든 고향을 박차고 아주 낯선 다보스로 그의 사촌 요아힘을 만나러 가는 길은 사회적으로 독립적인 존재가 되기 위한 출발

---

8) Zauberberg, S.55.

점으로 볼 수 있다. 한스 카스토르프는 그가 소속 되어 있던 친숙한 가족의 구성원의 존재로부터 그 스스로 주체가 되어야 하는 사회적 존재로서 인식을 하게 되었다는 것을 의미한다. 이러한 입사 과정에서 한스 카스토르프는 극복해야 할 여러 가지 어려운 난관을 만나게 된다. 지금까지는 일반인처럼 평범하고 예의바른 삶을 살아온 한스 카스토르프는 특별한 시련을 체험한 적이 없었다. 그런 한스 카스토르프에게 있어서 요양원은 더 이상 탈출구를 찾을 수 없지만 극복해야할 시련의 공간이 된다. 이제 그는 다보스 요양원에서 체험한 죽음과 질병에 대해 깊이 성찰하는 기회를 갖게 된다. 3주일 머물려던 계획을 접고 7년이나 머물 것을 결심한 것은 비로소 한스 카스토르프의 본격적인 길고 긴 탐색의 여정을 예고하고 있다. 그는 자기 자아의 실존적 존재의 의미에 대한 회의를 품게 된다. 또한 여기에서 한스 카스토르프에게 다보스 요양원은 병고로 죽어가는 사람들을 목격하면서 죽음에 대한 실존적인 체험을 하게 되는 장소다. 기존의 평지의 세계와 단절시키면서 다보스라는 요양원의 다른 세계에로의 진입을 시도하고 있다. 마치 단군신화에서 곰이 인간이 되기 위해서 동굴이라는 어두운 공간으로 들어가는 것과 같다.

주인공 한스 카스토르프가 체험해야 하는 시련은 한 세계에서 다른 세계로 넘어가는 과정에서 발생한다. 한스 카스토르프라는 주인공은 철없이 순진하게 성장하면서 고난에 찬 거친 세상을 잘 헤쳐 나가지 못하는 한 인간으로 보인다. 이러한 연약한 인간이 어떻게 그러한 시련을 극복하고 새로운 공동체의 창조라는 국면으로 전환해 가는가를 보여준다. 한스 카스토르프가 치러야 했던 거친 시련이 자신이 속한 함부르크 사회로부터 분리되는 과정에서 발생한다는 사실은 한스 카스토르프의 집안에서 내려오는 질병과 연관시킬 때, 그 의미가 분명히 드러난다. 이것은 다보스 요양원에 폐렴이 발생했는데도 한스 카스토르프에게는 특별한 시련이 발생하지 않는다는 점과 비교해 볼 수도 있다. 일반적으로 성장하는 과정에서 정상적인 상태가 아닌 고아로서, 부모가 아닌 남에 의해 양육된다는 것은 새로운 세계로 나아가기 위해 극복해야 하는 시련의 여지가 남아 있음을 암시해 주고 있다.

이러한 주인공 한스 카스토르프가 겪어가야 하는 엘리아드의 입사의 단계는 진정한 주인공이 되기 위해 친숙한 집의 공간을 떠나 낯선 요양원의 세계를 향하여 어두운 밤의 여행을 시작하는 시점이다. 주인공 카스토르프가 함부르크에 있는 익숙한 고향 집이라는 공간에서 벗어나 사촌 요하힘이 있는 다보스 요양원이라는 어둡고 낯선 다른 공간을 향한 탐색의 시작은 엘리아드의 성년식의 관점에서 보면 입사의 단계로 해석할 수 있다.

(2) 한스 카스토르프의 탐색을 통한 시련단계

엘리아드의 시련단계에 대한 정의는 다음과 같다.

> 잠을 자지 않는 시련행위는 육체적 피로를 견디어 내면서 무엇보다도 의지와 정신력의 강인함을 증명해 보여주는 것이다.[9]

보통 신화에서 영웅이 되려면 먼저 거쳐야하는 시련의 단계가 있다. 영웅이 증명할 수 있는 의지와 정신력을 보여 주듯이 소설속의 주인공이 되려면 극복해야 하는 시련은 새로운 세계에서 전개되는 한스 카스토르프의 다양한 인간들과의 만남을 통하여 주인공다운 의지와 정신력을 보여 주어야 한다. 본 소설의 주인공 한스 카스토르프는 스위스의 다보스 요양원에 이르는 과정에서 특별히 시련을 경험하지 않는다. 다만 한스 카스토르프가 겪는 시련의 과정에서 다보스 요양원에서 다양한 인간들과의 만남이 이루어진다. 일반적으로 신화 속에 등장하는 주인공들이 시련을 향한 탐색의 과정이 전개되는 것처럼 한스 카스토르프의 시련의 과정도 어떠한 인간을 만났느냐

9) Eliade, op.cit., p.1.

의 문제가 중요한 관심거리이다. 이러한 시련의 과정 속에는 대부분 요양원에서 개성 있는 많은 사람들과의 만남을 통하여 전개되는 사건들로 점철되어 있다. 주인공 한스 카스토르프가 원래 생각했던 3주간의 짧은 방문이 아니라 7년 동안이라는 예상치 않은 장기간의 병동에서의 체류로 이어진다. 그리고 그는 자신도 그 병동에서 폐결핵으로 고통을 받고 있음을 알게 된다. 그는 무엇인가에 마적이며 몽환적인 '마의 산'의 분위기에 매료된 상태에서 평범한 삶을 누릴 수 있는 단계에서 꿈도 꿀 수 없었던 이국적인 동양풍의 쇼샤 부인과의 관능적인 체험을 하기도 한다. 한스 카스토르프는 다양한 체험의 이야기를 들으며 영혼의 세계에서 온 밀사들, 대표자들, 해설자들과 같은 다양한 인물들과의 접촉을 통해 더욱 긴밀해진다. 한스 카스토르프가 겪었던 무시무시한 경험들은 교육적인 도구로 이해할 수 있다. 한스 카스토르프는『마의 산』을 통해 폐결핵이라는 병고를 치르면서 죽음을 동경하게 된다. 그리고 그는 죽음이라는 것이 매순간 삶속에서 의식하고 살아가야 할 신비스럽고 어두운 세계로 이해하는 경지에 도달한다. 그는 죽음에 대해 심각하게 고민하나 자신이 죽음의 의식 속에 사로잡히지는 않는다. 이러한 점들이 인간이 살아가는 동안에 치러야 하는 질병과 죽음을 극복해 나가는 과정을 보여주고 있는『마의 산』을 입사식 소설로 규정지을 수 있는 조건이다.[10] 성배를 찾아 나서는 구도자와 같이 한스 카스토르프는 목표에 접근하기 전에 여러 가지 끔찍한 시련들을 체험해야만 한다.

한스 카스토르프는 위험천만한 산의 정상에서 인간 본성에 대한 꿈을 꾼다. 토마스 만의 대표적인 교양소설『마의 산』은 유럽 역사의 암울한 시대상을 반영하고 있다. 토마스 만이 그 작품을 창작할 당시에는 단편소설로

---

10) Vgl. Helmut Koopmann, *Der Klassisch-moderne Roman in Deutschland*. a.a.O., S.26-76. 아우스부르크대학교 독문학교수였던 헬무트 코프만은 인류학적 성년식의 관점을 도입하여 토마스 만의 작품 *Der Zauberberg*를 성년식소설(Initiationsroam)로 규정하고 주인공 카스토르프의 시련과정을 성년식서사구조로 분석하고 있다.

쓸 계획이었다. 그러나 작품의 크기가 점점 커져 결국 토마스 만이 오랫동안 화두로 삼았던 병고와 죽음이라는 무거운 주제를 담게 되었다. 이것은 바로 다보스 요양원이라는 배경 속에서 매일 중병으로 죽음과 싸워야 하는 인물들을 등장시키고 그들로 하여금 자신의 생을 돌아보며 인생의 의미에 대해 깊이 성찰하는 글쓰기의 전략이 숨어 있다. 이를 통해 토마스 만 자신이 평생 동안 창작을 통해 실현하고자 했던 주제를 다룰 수 있었다.

토마스 만은 프린스톤 대학에서 행한 『마의 산』 입문 강연(1939)에서 이 작품을 창작하게 된 직접적인 동기에 대해 언급한 바 있다. 1912년에 토마스 만의 부인이 폐병에 걸려서 생기는 고통을 호소한 적이 있다. 다행히 심각한 상태는 아니었지만 토마스 만의 부인은 일단 스위스의 고지대에 위치한 요양원에서 6개월 정도 치료를 받아야 했다. 토마스 만은 몇 주 동안 아내를 방문했다. 『마의 산』의 〈도착〉이라는 제1장에는 그 곳에서의 안내와의 만남과 그가 받은 낯선 인상이 상세히 묘사되어 있다.[11] 실제로 토마스 만 자신이 아내가 환자로 있는 3주 동안 요양원에서 받은 강렬한 인상들을 본 작품에 반영한 것으로 볼 수 있다. 그것은 한스 카스토르프가 원래 의도했던 것과 같은 것이다. 그에게는 계획했던 3주가 예상치 않게도 7년이라는 긴 세월을 다보스 요양원에서 보내야 했다.

본 소설의 화자는 요양원에 도착한 한스 카스토르프를 평범한 청년으로 묘사하고 있다. 주인공 카스토르프의 주변을 싸고 있는 배경은 모순으로 가득차 있었다. 카스토르프 청년은 기독교적 세례에 대한 경건함을 표현할 뿐만 아니라 부르주아적 전통을 고수하고 있다. 그는 이러한 부르주아적 전통 속에 깊숙이 매몰되어 있었기 때문에 죽음의 경험도 그저 모호한 경험에 불과한 것이다. 카스토르프에게 죽음은 위엄 있고 신비스러운 것이며 당연히 치러야 할 통과의례에 해당된다. 동시에 그에게 죽음은 육체적 붕괴의 과정

11) Zauberberg, S.9-18.

을 의미한다. 사촌 요아힘을 문병하러 온 그 자신 역시 병을 앓고 있음을 발견함으로써 그 자신이 단순한 시민이 아니라 모순에 찬 존재라는 사실을 인식하게 된다.

> 그리고 그 외에도 그 자신의 몸에서 무엇인가 이상한 점이 발견되었기 때문이다. 이제 이런 일들이 다 탈 없이 지나간 일일까? 그는 건강하며, 사람들이 조속한 시일 내에 평지로 되돌아가서 일을 할 수 있도록 이들을 건강하게 해 주자고 마음으로 우러나서 한 일일까? 그의 볼이 항상 파리한 게, 사실 정상 체온을 상위하는 것처럼 보였다. 하지만 이것은 착각에 의한 것일지도 모르고, 얼굴색이 그런 것은 단지 이곳의 공기 탓일지도 모른다. 한스 카스토르프 자신도 이곳에서 체온을 재지 않고 판단한 것이긴 하지만 열이 없는데도 날이면 날마다 얼굴이 공연히 화끈거리는 것을 느꼈다. 그러나 베렌스 고문관이 말하는 것을 들으면 체온이 더 올라가지 않을까 하는 생각이 될 때도 종종 있었다.[12)]
>
> Und außerdem weil er selbst etwas abbekommen hatte, War es nun vorbei damit? War er gesund und unzweideutig gesonnen, die Leute gesund zu machen, damit sie recht bald ins Flachland zurückkehren und Dienst tun könnten? Seine Backen waren bestätig blau, und eigentlich sah er aus, als hätte er Übertemperatur. Aber das möchte auf Täuschung beruhen und nur die Luft schuld sein an dieser Geschichtsfarbe. Hans Castorp selbst spürte hier ja tagein, tagaus eine trockene Hitze, ohne Fieber zu haben, soweit er es ohne Thermometer beurteilen konnte. Zwar, wenn man den Hofrat reden hörte, konnte man wieder zuweilen an Übertemperatur glauben;

한스 카스토르프는 의사가 얼버무리고 더듬거리면서 야단치는 것을 목격하고 자기가 예상했던 대로라고 생각한다. 그 의사는 아주 친절해서 그 환자가 원하는 대로 자신의 손을 화면을 통해 보여준다. 그는 자신에게 익숙한 몸의 일부를 보면서 생전 처음 자기도 죽을 것이라는 사실을 예감하게 된다. 그런 죽음에 대한 생각을 하자 그의 얼굴에는 평소에 음악을 들을 때

12) Zauberberg, S.210.

짓던 표정이 떠오른다. 약간 멍하고 졸린 듯하면서도 경건한 표정이었다. 입은 반쯤 열리고 머리는 어깨 쪽으로 약간 기울인다. 결국 인간이란 누구를 막론하고 언젠가는 죽음의 길을 통과해야 한다는 숙명을 받아들이게 된다. 이제 한스 카스토르프는 폐에 염증이 있는 것을 알고 인생의 큰 충격을 받게 된다. 담당 의사는 그에게 6개월 정도 그곳에 남아 치료를 받을 것을 권유한다.

다른 한편 이 작품에는 유머러스한 풍자적 요소가 담겨 있다. 그가 체험한 요양원에서는 죽음과 약간 비정상적인 분위기가 감돌고 있다는 점이다. 『마의 산』은 바로 이러한 상승적 작용이 가능한 곳을 상징한다. 저지대의 사람들은 건강과 삶의 현실을 중시하지만, 『마의 산』의 고지대에서는 죽음에 이르는 병을 보다 높은 차원의 삶으로 보고 있다. 카스토르프는 병자인 자신의 몸을 형광판을 통하여 투시해 보면서 자신의 무덤 속을 보는 기분으로 날마다 죽어가는 실존적 존재임을 인식하게 된다.

> 고문관이 가슴속 얼룩점과 선들, 검은 주름을 면밀히 관찰하였다. 동시에 엿보는 한스 카스토르프도 요하힘의 무덤 속의 모습과 해골, 즉 앙상한 뼈대와 비쩍 마른 죽음의 모습을 열심히 들여다보았다. 그는 경건한 마음과 공포의 감정으로 충만되어 있었다.[13]
>
> Er studierte die Flecken und Linien, das sein Mitspäher nicht müde, Joachims Grabesgestalt und Totenbein zu beobachten, dies kahle Grüst und spindeldürre Memento. Andacht und Schrecken erfüllen ihn.

고문관은 또 다시 우윳빛이 도는 판을 통해 이번에는 한스 카스토르프의 내부를 곁눈질을 해서 보았다. 고문관이 웅알거리는 듯한 말, 종종 내뱉는 잔소리와 말투로 미루어 보아 결과가 그의 기대한 바와 같은 모양이었다. 그런 다음에 그는 친절하게도 환자의 간절한 요구를 받아들여 환자가 형광판을 통해 자신의 손을 보게 해 주었다. 그래서 한스 카스토르프는 자신이 볼 것을 결심해야 했던 것, 하지만 사실 인간이 보도록 되어 있지 않은 금기상

13) Zauberberg, S.308.

황, 또한 자신이 그것을 몸소 보리라고는 상상조차 하지 않을 것을 보고야 말았다. 즉 그는 자신의 무덤 속 모습을 보았던 것이다. 그는 빛의 힘을 빌려서 나중에 자신의 몸이 산산이 분해된 모습을 미리 보았던 것이다. 자신의 몸에 달고 다니는 살이 분해되고 없어져서 안개처럼 형체도 없이 사라져 버렸다. 그리고 이처럼 흐릿한 가운데 정교하게 뻗어 나간 오른손 뼈마디의 위쪽 약손가락에는 할아버지한테 유산으로 물려받은 인장 반지가 시커멓고 헐렁하게 붕 떠 있었다. 인간이 자신의 몸에 줄줄이 꾸미고 다니는 딱딱한 속세의 물건은 살이 녹아 없어지면 자유를 얻었다가 그 다음에는 다른 살에 넘어가 한동안 그 살이 자신과 함께 다니게 되는 것이다. 그는 티나펠 영사의 고인이 된 선조처럼 투시하고 날카로운 눈으로 자신에게 친숙한 몸의 일부를 바라보았다. 그리고 그는 지금까지 살아오면서 처음으로 자신이 죽을 것이라는 사실을 알게 되었다.[14)]

Abermals spähte der Horat durch die milchige Scheibe, diesmal in Hans Castorps Inneres, und aus seinem halblauten Äußerungen, abgerissenen Schimpfereien und Redensarten schien hervorzugehen, dass der Befund seinen Erwartungen entsprach. Er war dann noch so freundlich, zu Leuchtschirm beobachte, da er dringend darum gebeten hatte. Und Hans Castrop sah, was zu sehen er hatte erwarten müssen, was aber eigentlich dem Menschen zu sehen nicht bestimmt sein könne, es zu sehen: er sah in sein eigenes Grab. Das spätere Geschäft der Verwesung sah er vorweggenommen durch die Kraft des Lichtes, das Fleisch, worin er wandelte, zersetzte, vertilgt, zu nichtigem Nebel gelöst, und darin das kleinlich gedrechselte Skelett seiner rechten Hand, um deren oberes Ringfingerglied sein Siegelring, vom Grossvater er ihm vermacht, schwarz und lose schwebte: ein hartes Ding dieser Erde, womit der Mensch seinen Leib schmückt, der bestimmt ist, darunter wegzuschmeltzen, so dass es frei wird und weiter geht an ein Fleisch, das es eine Weile wieder tragen kann. Mit den Augen jener Tienappelschen Vorfahrin erbkickte er einen vertrauten Teil seines Körpers, voraussehenden Augen, und zum erstenmal in seinem Leben verstand er, dass er sterben werde.

토마스 만은 자신의 소설 『마의 산』을 개안 소설이라 표현했다. 『마의

14) Zauberberg, S.309.

산』은 한스 카스토르프가 인생의 의미에 대해 새로운 인식을 가지게 한다는 이야기이다. 그러나 그렇게 인식하는 과정은 순탄하지만은 않고 역설적인 면을 지니고 있다. 한스 카스토르프는 다보스 요양원에 머무르는 기간이 처음 3주 체류할 계획이었던 것이 7년으로 길어지면서 지식인 세템브리니의 도움을 받아서 다양한 생각을 하게 된다. 그리고 그는 러시아 출신의 신비스럽고 미모의 여인 쇼샤로부터 사랑의 유혹을 받아서 산 아래의 평지의 삶을 결별하고 높은 고지의 마의 세계로 빠지게 된다. 이러한 그의 마적인 체험은 지금까지 보수적이고 인습적이었던 한스 카스토르프의 정신적 지평을 열어 주었고 이로 인하여 낯선 먼 세계에 대한 새로운 인식의 모험을 계속할 수 있도록 해주는 계기가 된다.

그는 남들은 관심을 크게 두지 않고 있는 타락과 질병, 그리고 죽음의 세계에 대해서 마력처럼 매료될 정도로 순진한 청년이었다. 카스토르프는 휴머니스트로서 활동적인 현실 세계로 들어가기 위해서 안간힘을 써 보지만 그 노력에 비해 성과는 그리 크지가 않았다. 하지만 카스토르프가 표현할 수 없는 어떤 유혹에 이끌려 점점 마의 산이라는 함정에 빠지지 않게 한 공적은 세템브리니에게 돌려야 한다. 그는 젊은이로 하여금 발생학과 식물학을 배우고 환자를 간병하는 따위의 선행을 하도록 일깨워 주었고 죽음과 질병의 세계를 경험하게 했으며, 죽음을 극복하는 길을 천재적인 방법으로 인식하게끔 했다.

한스 카스토르프의 요양원에서 겪었던 고독하고 무미건조한 생활은 쇼샤부인의 등장으로 새로운 국면이 전개된다. 즉, 관능미의 화신이라고 알려진 쇼샤 부인은 한스 카스토르프를 유혹하는 몸짓으로 일부러 자신의 엑스레이(x-ray)사진을 보러 방에 오지 않겠느냐고 물어본다. 그는 쇼샤의 관능적 매력에 사로잡히게 되고 그로 인해 조롱의 대상이 된다. 그날 밤 이후로 쇼샤의 유혹에 넘어 간 한스 카스토르프는 심한 정신적 갈등을 체험하게 된다. 여태껏 그가 완전히 관능의 세계로 타락해 버리거나 아니면 윤리적 의식으로 모든 시민적인 과거를 회복하느냐 하는 갈림길에 서게 된 것이다. 또한 긴장되게 서로 대립하면서 한스 카스토르프에게 미치는 두 힘의 관계가 변화한다. 세템브리니의 인문주의적 교육의 노력과 소샤 부인으로부터 풍겨오는 관능적 마력이 긴박하게 대립했으나 그것들이 자리하고 있는 지표간의 차이가 너무 심했기 때문에 그 결과는 자명한 것이다. 이 시점에서부터는 양쪽이 같은 위치에서, 다 같이 교육적이고 지적인 논쟁으로 대결하게 된다.[15] 그날 밤 카스토르프에게 혼란을 준 후 쇼샤 부인은 다보스 요양원을 떠나버리게 된다. 그 다음에는 훨씬 더 불길한 인물이 그 자리를 차지한다. 이 작품이 풍기는 분위기는 한층 더 흥미롭고 진지해 진다.

실제로 토마스 만은 이 책을 진지한 코믹 소설로 언급한 적이 있다. 그는 본 작품을 통해 두 가지 대조적인 인물을 교차시키려 했다. 토마스 만이 그의 작품 『베니스에서의 죽음 Der Tod in Venedig』에서 이미 보여 주듯이 건강과 병, 시민적 삶의 양식과 요양원, 의식과 꿈, 정치와 음악, 규범과 해체, 시간과 초시간과 같은 대립적인 세계를 작품 속에 긴장감 있게 등장인물을 통하여 대립시키고 있다.

예컨대 세템브리니는 유럽이 지향하는 가치세계와 이성과 활동의 세계를 표상하고 있다.[16] 새로운 인물 나프타 교수는 아주 냉소적이고 극단적으로 술수에 능한, 완전한 운명주의자이며 현실주의자다. 세템브리니와 나프타

---

15) Kurzke, Hermann, *Thomas Mann. Epoch-Werk-Wirkung*, Muechen 1985, S.11.

16) Hans Wysling, Der Zauberberg, in: *Helmut Koopmann* Hrsg. Thomas Mann Handbuch, Alfred Kröner Verlag 1990, S. 403, [Er eröffnet sich damit, wie im Tod in Venedig, das Spannungsfeld zwischen Gesundheit und Krankheit, bürgerlicher Lebensform und Sanatorium, Bewusstsein und Traum, Politik und Musik, Moral und Eros, Disziplin und Auflösung, Zeit und Zeitlosigkeit, Intellek und Willen usw. Diese Gegensätze, motivisch hundertfältig ausgebreitet, sind auch mitgemeint in der Antithese Westen und Osten, Europa und Asien. (...) Settembrinie vertritt innerhalb des Romans die Wertewelt des Flachlands und des Westens; Der Ration und der Tätigkeit.)

교수의 대조적인 점은 부분적으로는 토마스 만과 정치의식이 강한 사회비판적인 태도를 취하고 있는 그의 형 하인리히와의 관계를 연상하게 하기에 충분하다. 나프타 교수는 토마스 만 자신이 지니고 있는 독일의 낭만주의와 암흑에 대한 생각을 바탕으로 창조해 낸 인물이다. 나프타는 매우 다양한 면모를 보여주고 있다. 그는 예수이교도이며 공산주의자이고 유대인 출신으로서 이성보다는 신비주의, 행동보다는 명상을, 건강과 인생을 즐기며 육체의 아름다움보다는 병과 절제와 고통, 그리고 총체적인 신성국가를 지향하며 진보보다는 반동이며 복지보다는 빈곤을 옹호하는 인물이다.[17] 또한 나프타는 세템브리니와 논쟁하는 가운데 두 가지 기능을 수행하고 있다. 하나의 기능은 세템브리니가 거절하는 모든 일을 대항하는 일을 하고, 다른 하나는 세템브리니의 입장이 지니고 있는 잠재적인 모순들을 만들어 내는 일을 한다.[18] 특히 두 사람의 논쟁은 마의 산의 주위에서 전개되는 사소한 일로부터 인류의 과거와 현재와 미래까지, 그 영역이 무한히 확대되어 간다.

소설 속에서 세템브리니와 나프타 교수 사이를 결별하게 하는 논쟁은 당시 제1차 세계대전 직전에 독일과 유럽의 지성인 사이를 갈라놓는 인생의 논쟁이라고 언급할 수 있다. 토마스 만은 인생에 대한 이런 두 가지 견해 즉, 합리주의와 운명주의 견해 사이에 어떤 조화를 모색했다. 그는 그러한 합일점을 19세기 독일 문화예술에서 가장 막강한 인물인 바그너와 니체로부터 찾으려 했다.

---

17) Ibido, S.408-409. [Innerhalb der Roamnstruktur ist er Gegenfigur zu Setemmbrini, damit Vertreter und Befürworter nicht der Ratio, sindern der Mystik, nicht der Tätigkeit, sondern der Kontemplation, nicht der Gesundheit, des Lebensgenusses und der Leibesschönheit, sondern der Krankheit, der Askese und des Leidens, nicht der Demokratie, sondern des Totalitären Gottesstaates, nicht des Fortschnitts, sondern der Reation, (...) nicht des Wohlstands, sondern der Armut,]

18) Todd Kontje, op.cit., p.98. [Naphta serves a double function in his debates with Settembrini: the one is to serve as a representative for everything Settembrini rejects: the other is to bring out the latent contraditions of Settembrini's positions.]

〈눈〉이라는 제목의 장에서 이러한 주제들을 융합시키며 본 작품의 주인공 한스 카스토르프는 갈등을 겪다 니체의 견해와 흡사한 해결책을 찾는다. 니체의 책은 실제로 토마스 만에게 본 소설의 핵심이 되는 사상을 제공해 주었을 뿐만 아니라 『마의 산』이라는 제목까지 암시한 중요한 역할을 한 셈이다. 인간에게서 죽음이란 것이 인생의 마지막 경험이든 아니든 그것은 단순한 발상에 불과하다. 한스 카스토르프는 인간의 본성에 대한 니체의 견해를 적극적으로 받아들였다. 탐색의 과정에서 한스 카스토르프가 인간의 본성에 대한 니체의 견해를 받아들인 것은 다름 아닌 그 자신도 창조, 생성의 능력을 갖추고 있다는 것을 암시한다. 이러한 능력은 탐색과 귀환의 과정에서 나타나는 능력으로 그가 시련의 단계를 겪은 다음 발생하는 현상이라는 점에서 주목할 만하다

(3) 한스 카스토르프의 죽음을 통한 재생단계 : 정신적 죽음을 통한 삶에 대한 새로운 인식

엘리아드의 성년식의 세 번째 단계인 죽음단계는 필연적으로 재생단계와 관련된다. 죽음이 있음으로써 새로운 재생이 이루어지기 때문이다. 엘리아드의 죽음단계에 관한 정의이다.

> 우리의 목적에 있어서 가장 중요한 것은 죽음과 재생의 사상은 성년식(Initiation)의 모든 형태에서 기본적인 것이며, 여기에 첨가하자면 죽음은 죽은 자를 위해서는 종말이 아니라 귀환이다.[19)]

본 작품의 주인공 카스토르프가 〈눈의 장〉에서 죽음을 체험하고 다시 현실로 귀환하여 오는 과정을 중심으로 살펴보기로 한다. 세템브리니와 나프타 교수의 대화는 일치점을 찾지 못하고 사사건건 대립하면서 한스 카스토

---

19) Eliade, op.cit., p.34.

르프를 혼란에 빠트린다. 그들의 토론 속에 질서나 명쾌함이 빠져 있는 듯 하다. 두 사람 모두 이원적인 논쟁에만 몰두한 나머지 서로의 의견만 내세웠고 경우에 따라서는 자가당착에 사로잡혀 모순투성이로 점철되어 있는 이론을 주장하기도 한다. 한스 카스토르프는 그들의 무의미한 논쟁에 실망하여 혼자 눈 속으로 나갔다. 그는 그 곳에서 예전에 본적 없는 여러 장면들을 기억했다. 그는 바람 소리를 들으면서 눈 속에서 자신을 발견할 정도의 깨달음의 경지에 이른다. 그는 꿈을 통해 인간성에 변화가 일어나고 있음을 예감한다. 그는 인간이 정중하게 사회성과 지성을 가지고 사회생활을 해야 한다는 사실을 꿈을 통해 깨달았다. 그가 꿈과 같이 정신이 혼미한 상태에 빠졌던 것은 불과 십여 분 정도였다. 한스 카스토르프는 자신이 단지 십여 분 정도 눈 속에 누워 있으면서 어떻게 그토록 여러 번, 행복한 꿈을 꿀 수 있었는지 오랫동안 생각했다.

소설의 철학적 클라이맥스는 '눈'이라는 제목의 장에서 일어나지만 토마스 만은 그 지점에서 그치지 않는다. 눈 속에서 주인공 카스토르프가 헤매는 과정에서 죽음의 고비를 경험하면서 그의 내면세계에서는 성년식으로서의 의식과정(Initiationsrutus)이 이루어진다.[20]

탐색의 성배에 해당되는 그의 목표는 특히 본 소설의 〈눈 Schnee의 장〉에서 찾아 볼 수 있다. 카스토르프가 휘몰아치는 눈송이 속에서 헤매는 것처럼 눈송이는 전체적인 형식적 완성이라는 관점에서 죽음 같은 완성을 나타내고 있다면 온갖 역동적인 변화가 회생되고 있음을 의미한다. 〈눈의 장〉에서는 기억이 지워진 죽음의 세계 속으로 여행을 시작하게 된다. 이것은 예측이 불가능한 불안한 세계에로의 여정으로 볼 수 있다. "원 속으로 들어가는 일과 죽음의 세계로 들어가는 과정이 구체화되어 있다. 이러한 나락 끝으로 가는 여행은 완전한 인간을 향한 꿈을 포기하는 일이며 태양의 사람

---

20) H. Koopmann, *Der Klassisch-moderne Roman in Deutschland.* a.a.O., S.52.

들, 감각적인 아름다움, 질서정연한 성스러운 사회적 교류의 삶을 살아가는 반면에 어둡고 신비스러우면서도 공포스러운 인생의 심장 한 가운데 뿌리를 박고 있는 세계를 인식하고 있다. 인간의 전체성과 완전성에 대한 꿈같은 이미지의 본질을 설명하기 전에 카스토르프가 이러한 것으로부터 이끌어 내고자 하는 결론을 검토해 보는 것이 적합할 것으로 생각한다.

카스토르프는 눈 속의 안개 속에서 사경을 해매면서 꿈속에서 죽음과 삶의 모순적 동질성을 체험하게 된다. 그는 인간이란 죽음과 삶을 함께하는 존재로 보게 된다. 인간에 관한 가장 중요한 문제는 그것이 삶의 문제든 죽음의 문제든, 서로 대립·상극되는 극단론 가운데 어느 한 쪽에 의해 해결될 수 없다는 사실이다. 따라서 세템브리니와 나프타 교수의 논쟁 속에서는 그러한 해결점을 발견할 수 없다. 결국 본능적이고 감각적이며 현세적인 카리스마의 이미지를 지닌 페프콘이 그 해결책을 제시한다.

페프콘은 아주 독특한 인물로서 남다르고 상당히 무게 있는 사람이지만 일관성이 부족한 면이 있다. 요양원 사람들로부터 많은 인기를 얻었던 페프콘은 한스 카스토르프에게 영향을 준 다른 인물들과 대조적으로 막연한 이론을 추구하지 않고 지극히 현실적인 인물로서 『마의 산』을 비극적 대단원으로 이끈다. 그가 한스카스토르프에게 커다란 영향을 미치는 것은 대립되는 관념의 상호작용에 종지부를 찍는다는 점이다. 그러나 역설적이게도 로맨틱하고 절대적인 페프콘은 제일 먼저 파국을 맞이한다. 그는 인생에 대한 감정이 쇠퇴하는 것을 우주의 종말이라고 느끼고 결국 불안에 휩싸여 자살하고 만다. 이 사건을 계기로 다보스 요양원 안은 광적인 혼란에 휩싸인다. 특히 페프콘이라는 인물은 죽음에 대립하는 삶이 아니라 죽음을 초월하는 보다 깊고 보다 높은 삶을 추구했다. 반면에 한스 카스토르프는 자아와 세계를 깨닫기 위한 모험을 하는 과정에서 세템브리니와 나프타 사이에 대립하는 세계를 대표하는 인물이다. 결국에는 다양한 인물들에 의해 상징된 여러 대안들이 하나씩 종말을 고한다. 그리고 그 대안들로 전쟁을 모면해 보고자 했던 유럽의 희망도 사라진다. 본 작품에 보이는 나프타와 세템브리니의 논쟁은 절정에 이른다. 그것은 나프타 교수는 총으로 자결함으로써 또 하나의 죽음을 부른다. 오래전에 세템브리니가 한스 카스토프에게 인생과 죽음에 대해 열심히 가르쳐 주었다. 한스 카스토르프의 성장에는 그들의 이념이나 사상보다는 오히려 그들의 눈에 보이지 않는 존재만으로도 영향을 크게 주었으며 한스 카스토르프는 언제나 그들의 영향에서 수동적 인물로 나타난다.

『마의 산』의 비극은 의지와 관념들이 충돌할 때마다 병고에 지친 한스 카스토르프가 떠날 준비를 하면서 절정에 이른다. 그는 독일군의 일원으로서 제1차 세계대전에 참전한다. 한스 카스토르프만이 극단론을 거부하고 통합의 원리를 깨닫고 철학적인 의문과 갈등을 체험하면서 좀 더 강하고 고차원적인 역사의 힘에 자신을 맡긴 것이다. 한스 카스토르프가 깨닫게 된 것은 인간은 질병과 죽음에 대한 깊은 경험을 통해서만 비로소 더욱 건전하고 건강하게 된다는 사실이었다. 마찬가지로 인간이 구제받기 위해서는 죄악에 대해 알아야만 한다. 한스 카스토르프는 인생에는 두 가지 길이 있다고 말한다. "하나는 규칙적이고 직접적인 바람직한 길이고 다른 하나는 나쁜 길이다. 그것은 죽음으로 이끄는 길이며 바로 천재의 길이다."[21] 한스 카스토르프는 성스러운 성배를 추구하는 사람이다. 만일 그가 신성하게 여기는 그 성배를 찾지 못한다면 그는 그의 오지로부터 유럽의 비극 속으로 추락하게 된다. 질병과 죽음에 대한 가장 깊은 지식을 경험하고 살아남아야 한다는 것이 바로 인간 존재의 본질이며 미래의 인간성의 개념인 것이다. 그 시기에 유럽의 정신은 파탄을 맞이했다. 거칠고 혼란스런 내용을 실은 신문들

21) Helmut Koopmamm, *der Der klassische moderne Roman in Deutschland*. a.a.O., S. 29. [Der andere ist der gewöhnliche, direkte und brav. Der andere ist schlimm, er führt über den Tod,, und das ist der geniale Weg.]

은 그의 발코니에까지 쏟아 들어왔다. 한스 카스토르프는 눈보라 속에서의 신비한 죽음의 체험이 매우 강한 인생관에 영향을 미치고 있다. 죽음에 대한 경험을 통하여 삶으로의 기적에 이르는 변화 과정은 구체화된 죽음과 생성, 변화와 부활이라는 광적인 원초적 종교성(orgiastische Urreligiosität)을 갖는다.[22] 그러나 나프타의 비밀 결사단의 비의적 의식과 눈보라 속에서의 의식이 같은 것만은 아니다. 전자가 의식(儀式)의 외면적, 형식적 통과의례라면 후자는 실제의 죽음과 공포를 통해 얻어진 내면적, 주체적인 변화과정을 의미한다.[23] 마치 눈 속에서 헤매던 때와 같이 이제 전쟁 한가운데로 뛰어든 원동력을 얻게 된다. 이것으로 비로소 주인공 카스토르프가 죽음을 극복하고 새로운 삶을 재발견하는 한스 카스토르프의 성년식은 완성단계에 이르게 된다.

> 죽음 혹은 삶, 병과 건강, 정신과 자연, 이런 것이 서로 모순 관계가 되는 것일까? 묻고 싶어, 그런게 과연 문제가 되는지를. 아니지, 그런것은 문제가 되지 않고, 어느 것이 고귀한가 하는 것도 문제가 되지 않아. 죽음의 모험은 삶 속에 포함되어 있고, 그러한 모험이 없는 삶이 진정한 삶일런지 몰라.[24]
>
> Tod oder Leben-Krankheit, Gesundheit-Geist und Natur. Sind das wohl Wiedersprüche? Ich frage: sind das Fragen ? Nein, es sind keine Fragen, und auch die Frage nach ihrer Vornehmhiet ist keine. Die Durchgängerei des Todes ist im Leben, es wäre nicht ohne sie,

삶 속에 죽음이 같이 존재한다고 하는 토마스 만의 생사관을 극명하게 표현하고 있다. 본 작품의 제6장 〈눈 Schnee〉에서 카스토르프가 무서운 눈보라 속에서 죽을 것 같은 고비를 겪으며 죽음과 삶의 변증법적인 관련성을 보여 주고 있다. 이것은 바로 재생하기 위해서는 죽음이라는 과정을 체험할

---

22) Ibido., S.61.
23) Ibido., S.64.
24) Zauberberg, S.694.

수밖에 없다는 엘리아드의 성년식의 마지막 단계인 죽음을 통한 재생단계에 해당된다.

단순하며 미숙한 청년 카스토르프는 다보스 요양원에서 모든 대립이 조화로운 통일로 귀결되는 과정을 체험한다. 예컨대 그는 삶과 죽음, 질병과 건강, 육체와 정신, 자유와 속박, 이 모든 것은 서로 대립되는 것이 아니라 서로에게 속하며 서로의 일부라는 진리를 터득하게 된다. 그리고 이러한 대립적 요소들을 지양하여 통일로 합일시키는 주체는 다름 아닌 새로운 인간이다. 그는 이 새로운 인간형이 바로 인류가 지향하는 이념이며 꿈이라는 진리를 깨닫게 된다. 또한 그는 인간의 의무란 죽음이나 질병에 자신을 방치하는 것이 아니라 인류의 선과 사랑을 위해 끝까지 투쟁하는 일이라는 확신을 가지게 된다.

한스 카스토르프의 지혜는 니체의 죽음에 대한 사상에 압도되어 허무주의에 빠지는 것이 아니라, 죽음의 본질을 철저하게 이해하여 죽음을 삶에 대립시키지 않고 삶 속에 포용하여 더 이상 죽음을 두려워하지 않고 미래로 나아가려하는 추진력에 있다. 이 부분은 한스 카스토르프가 추구하는 매우 핵심적인 주제 의식이다. 여기에서 지혜란 신의 능력이기 보다는 인간의 능력에 속한 것이다. 인간이 신으로부터 독립될 수 있었던 것은 인간의 사고를 세계의 중심에 두고 인간을 사고의 주체로 두었기 때문이라는 점을 고려하면 한스 카스토르프의 지혜란 바로 사고의 주체로서 한스 카스토르프가 존재할 수 있음을 보여주는 단서가 된다.

토마스 만은 1차 대전 전부터 만연한 자본주의의 모순과 전쟁의 참혹함을 죽음과 질병에 에워싸인 다보스 요양소를 통하여 폭로하고 비판하며 이를 치유하고자 한다. 토마스 만은 윤리적이며 현실감각을 갖춘 한스 카스토르프를 작중 인물로 등장시켜 그 당시 시대가 요구하는 시민으로 교육시킨다. 따라서 다보스 요양원에서의 병과 죽음, 눈 속의 혼절과 미몽, 쇼샤 부인에의 사랑과 페퍼콘 삶의 철학이 한스 카스토르프에게는 삶으로의 사랑과 현실을 극복할 수 있는 힘을 제공하고 있다. 이러한 한스 카스토르프가 다보스 요양원에서의 7년의 심한 병고를 체험하면서 죽음을 극복하고 새로운 세상을 건설하는데 필요한 인간으로 재탄생되어야 한다는 현실 인식의 변화를 엘리아드의 성년식의 관점에서 보면 죽음을 통한 재생의 단계로 해석할 수 있다.

제Ⅸ장 결론

독일인의 내면의 정체성이 잘 드러나 있는 전형적인 서사형식인 독일 교양소설에 대해 원론적으로 살펴보고 난 후 독일문학에서 대표적인 교양소설의 작품 속에 내재되어 있는 교양소설적 서사구조와 성년식의 서사구조를 고찰한 결과 다음과 같이 각 장마다 소결론을 얻어 낼 수 있었다.

제Ⅰ장 독일 교양소설(Bildungsroman)의 성립에 대한 원론적 고찰의 경우

지금까지 독일 교양소설에 대한 정신사적, 장르사적 성립 배경과 그리고 교양소설의 개념이 이론적으로 성립하게 되는 과정을 검토해 본 결과 다음과 같은 결론에 도달하게 되었다. 괴테의 『빌헬름 마이스터의 수업시대』가 쓰인 시대적 배경에는 프랑스의 시민혁명(1789년)과 독일의 가부장적 영주국가의 형성이 있다. 따라서 시민계급의 형성이 요청되었으며, 지배자의 억압과 혼란한 시대로부터 탈출하기 위해 개인 내면의 세계에 미학적으로 몰두하지 않을 수 없었던 것이다. 또한 당시의 사상가 루터, 라이프니츠, 칸트, 훔볼트 등은 인문주의 정신과 인간이 타고난 자연성의 개발을 강조하였고 빌란트, 헤르더, 괴테 등은 인간이 지니고 있는 선천적 소질과 후천적 환경의 조화를 이룰 때 인간의 성장이 이루어진다는 견해를 폈다. 시민의 주권을 강조하는 프랑스혁명과 혼란한 국내의 사회변화, 인간 내면에 내재해 있는 자연성의 개발을 주장하는 인문주의적 교양사상이 독일에서 내면의 성숙과정을 강조하는 교양소설을 탄생시킨 것이다.

장르사적 관점에서 보면, 독일의 교양소설과 그 주제 및 구조가 유사한 스페인의 피카레스크 소설이 독일에 수용되기 전에 이미 피카레스크적 요소가 독일 서사문학의 전통 속에 흐르고 있었기 때문에 독일 교양소설은 스페인의 피카레스크 소설을 본격적으로 수용하여 정신적, 도덕적인 면을 중요시하는 독일식 피카레스크 소설로 발전시킬 수 있었다는 것이다. 괴테 이전에도 슈팅, 야콥, 모리츠, 빌란트와 같은 서사 문학 속에 이미 피카레스크의 요소와 교양소설의 요소를 지니고 있었으며, 괴테도 독서체험을 통해서 자연스럽게 교양소설과 피카레스크의 서사구조를 충분히 이해하고 있었다고 할 수 있다.

독일 교양소설 개념의 어원에는 신의 모습을 되찾아보자는 종교적 의미가 있으므로 18세기에는 인간의 이성적 능력을 발휘하고 개성을 개발하는 인문주의적 이념으로 발전되었다. 여러 학자들을 거친 후 딜타이가 괴테의 『빌헬름 마이스터』와 같은 종류의 모든 소설을 교양소설로 분류하기 시작함으로써 소설의 한 장르로 발전하게 된 것이다.

교양소설과 유사한 개념을 가진 장르로는, 주인공의 내면의 성숙과정을 중시하는 발전소설과 일정한 교육의 목적을 위해서 한 주인공의 성장과정을 교육적 측면에서 다루는 교육소설이 있는데, 교양소설은 주인공의 성숙과정뿐만 아니라 조화로운 완성의 단계에 이르는 과정을 묘사하는 서사구조를 지닌 전형적 독일적 교양소설로써 유럽에 널리 알려지고 되었다고 볼 수 있다.

제II 장 독일 교양소설의 성년식 서사구조 성립의 문화 및 이론적 배경의 경우

먼저 제1절에서는 독일 교양소설에 존재하는 이러한 성년식 구조가 성립될 수 있는 문화적 배경을 독일의 경우에는 그리스 오딧세이 영웅 신화와 기독교적인 세계와 깊은 관련성이 있음을 검토하였다. 또한 독일 문학의 경우에는 그리스 영웅 신화 그리고 기독교적 세계(성경, 세례의식, 십자가, 예수 수난사, 그리고 고해성사)가 성년식 구조의 원초적인 기본 토대가 되었음을 검토해 보았다.

결국 진정한 인간은 방랑의 체험을 고백하고 다시 성스런 존재로 재탄생되기를 바라고 있다. 서구인의 고백의식은 기독교에서 죄를 사해달라는 기도 혹은 고해성사로 표현되고 있는데, 고백을 통하여 자기의 잘못한 점과 죄의식을 참회하는 경향이 있다. 서구인들은 죄 사함을 받으려는 고백의식은 속된 방랑체험을 참회하고 정화된 인간으로 변신시키는 성년식의 원천임을 확인할 수 있었다. 따라서 이러한 고백의식이 잘 반영된 종교적 고백문학에서 세속적 자서전(Autobiographie)과 교양소설(Bildungsroman)이라는 서사적 장르가 발생할 수 있었다는 이론의 근거를 찾을 수 있었다.

길가메쉬 서사시, 호머의 오딧세이 혹은 성경의 이야기에서도 미지의 세계에 출정하여 모험적인 시험을 치르고 귀환하는 성년식의 의식을 치르는 과정을 묘사하고 있다는 점과 픽션적인 종교 문학에서도 연금술사들의 신화적 성지여행은 바로 성년식의 주제로 볼 수 있다. 결국 독일의 교양소설에 내재되어 있는 모험적인 요소는 미지의 세계를 여행하면서 치러야 하는 모험의 통과의례를 내포하고 있음을 재확인할 수 있었다.

다음 제2절에서는 교양소설에 있어서 성년식의 서사구조를 밝히기 위한 이론적 배경으로 엘리아드의 성속의 이론, 성년식의 이론 그리고 신화적 영웅탐색의 개념을 도입 하였다.

엘리아드의 성속의 이론에서는 인간은 존재론적으로 속(俗)에서 성(聖)으로의 전이 현상이 반복적으로 나타나게 되어 있다고 전제하고 속(俗)에서 성(聖)으로의 전이는 하나의 차원에서 또 하나의 다른 차원으로 들어가는 것을 의미한다고 규정하고 있다. . 다시 말하면 속된 세계에서 성스러운 세계로의 이행은 '중심'에 도달하려는 과정을 의미하는 것이다. 그의 성년식의 이론에 의하면 하나의 성인이 되기 위해서 통과하여야 하는 입사의 단계, 시련단계 그리고 죽음단계와 재생의 단계를 보이듯이 작가라는 인간이 만들어내는 작품속에 등장하는 주인공의 방랑성속에도 이러한 성과 속의 요소의 반복 현상과 성년식의 탐색 과정을 보일 것이라는 가능성을 시사해 주고 있다.

세계문학 작품에 편재하는 보편적인 성년식의 서사 구조를 찾는 작업보다 선행되어야 하는 과제는 특정 국가의 문학 작품에 나타나는 성년식 서사 구조의 특징을 규명하는 일이다. 서사문학의 주인공이 고난의 색다른 시간과 공간과 미로의 세계를 극복하는 일은 무지에서 지식으로 변화되는 내면적인 움직임이며 정신적 탐색과정이라고 지적한 점은 매우 학술적으로 주목할 가치가 있다..

일반 교양소설에 등장하는 주인공들은 뚜렷한 소명의식을 가지고 남다른 예술가적 기질과 시민적 기질을 보여주며 세계와 자아의 긴장된 갈등구조 속에서 사회화된 자아를 발견하려는 과정을 보여준다. 일반적으로 신화속에 등장하는 영웅들이 성년식의 탐색과정을 밟아가듯이 교양소설에 등장하는 주인공들이 동일한 성년식의 서사구조를 보여 줄 수 있다는 점을 예시해 주고 있다. 이러한 면에서 김열규 교수는 그의 저서 『우리의 전통과 오늘의 문학』에서 성년식은 발전적 성격의 소유자를 주인공으로 하는 교양소설의 특수한 장르로 정립할 수 있다고 지적함으로서 성년식 구조와 교양소설의 상관성은 매우 높다는 점을 시사해 주고 있다는 점에서 필자는 그의 학문적 탁견에 감탄하지 않을 수 없다.

제Ⅲ장 교양소설의 서곡으로서 볼프람 폰 엣센바하의 작품 『파르치팔』의 성년식 서사구조의 경우

독일 교양소설의 원형으로 지적되기도 하는 중세문학 작품 『파르씨팔』에 있어서 신화적 성년식 서사구조가 있는지를 살펴 본 결과 다음과 같은 소결론을 얻어 낼 수 있었다. 주인공 파르치팔이 순진한 어린이단계에서 태어날 때부터 천부적으로 기사의 기질을 가지고 태어나는데, 진정한 기사수업을 받기 위해서 어머니 곁을 떠나는 입사단계를 거쳐서, 기사들과의 결투에서 고난을 극복하고 기사로써의 수업을 받으면서 사랑을 체험하고, 성배를 찾아 방랑하면서 경험하는 많은 모험을 시련의 단계로 볼 수 있다. 결국 지금까지의 성배를 찾기까지의 방랑과정을 청산하는 것은 파르치팔이 지금까지 걸어 온 기사로서의 삶을 중지한다는 의미에서 죽음의 단계로 해석할 수 있다. 파르치팔이 성배의 성에서 아포르타스에게 진정한 마음으로 그와 고통을 같이하면서 그에게 병고를 물어봄으로써 마법에 걸려있는 성배왕을 병고로부터 구하고, 그 자리에 파르치팔이 성배왕으로 군림하는 과정을 재생의 단계를 볼 수 있다. 이와같이 주인공 파르치팔이 기사로써의 수업을 하는 과정에서 온갖 기사로써의 역경을 극복하고 병든 성배왕을 구하고 성배왕이 되기까지의 변신한 과정을 보여주는 성년식의 서사구조를 보여주고 있다. 이것은 바로 주인공의 자아정체성을 탐색해가는 과정을 묘사하는 독일 교양 소설의 탄생의 가능성의 길을 열어 주었다는 데 그 장르사적인 의의를 부여할 수 있다.

제Ⅳ장 괴테의 『빌헬름 마이스터의 수업시대』 속의 교양소설과 성년식의 서사구조 경우

1785년에 이와 같은 연극소설을 포기하고 이탈리아 여행에서 돌아온 괴테는 시대적 요구에 알맞은 인간이 성숙해 가는 인간의 조화적 완성을 주제로 하여 교양소설을 창작하기 위해 〈우어마이스터〉를 개작할 필요성을 강하게 인식하게 된다. 『빌헬름마이스터의 연극적 사명』이라는 그의 작품 속에 연극이 주인공의 교양을 형성하기 위한 중요한 요소로 작용하도록 구성하고 있다. 그는 연극이 〈우어마이스터〉에서 궁극적 사명이 아니라 그의 교양과정을 추구하고 그 시대가 요구하는 시민적 이상을 실현하는 통과점으로 제시하는 『빌헬름 마이스터의 수업시대』라는 전형적인 독일 교양소설을 예비하고 있다는 점에서 그 소설사적 의미를 부여할 수 있다.

이러한 상기한 소설에서 제시하고 있는 연극적 사명을 의식하고 창작된 교양소설의 원형이 바로 괴테의 『빌헬름 마이스터의 수업시대』이다. 본 교양소설의 주인공 빌헬름 마이스터가 연극적 사명을 실현하는 예술가가 되고자 출발하여 그 시대가 요구되는 시민이 되기까지의 성장해 가는 과정을 방랑단계, 내면화의 성숙단계, 현세적 낙원단계로 나누어 살펴 본 결과 다음과 같은 소결론에 이를 수 있었다.

제1장에서 5장까지는 주인공 빌헬름 마이스터가 예술가가 되기 위해서 수많은 사랑과 실연, 그리고 연극체험을 통한 방랑 단계를 거쳐서 제6장에서 빌헬름 마이스터가 내면성을 향하여 깊은 성찰의 시간을 보내고 마지막 제7과 8장에서 다양한 여성과의 편력을 체험한 후 현실적인 여성 나탈리에와의 결합을 통하여 그 당시 시민사회가 필요로 하는 시민으로 살아 갈 것을 결심하는 과정을 현세적 낙원의 단계로 해석할 수 있다.

다른 편으로 괴테의 형태학적 세계관의 관점에서 보면 제1장에서 5장까지 빌헬름의 방랑은 심장의 팽창작용이요, 제6장에서 수녀의 내면화 현상은 심장의 수축작용이며, 제7장과 8장은 팽창과 수축의 양극성의 승화이며 이것은 곧 괴테의 형태학적 미학의 완성으로 이해할 수 있다. 또한 엘리아데의 이론의 관점에서 본 작품을 분석한 결과 주인공 빌헬름 마이스터가 시민적으로 성숙한 인간이 되기 위해서 엘리아드가 주장하는 성년식의 입사단계, 시련단계, 죽음단계, 재생단계의 서사구조를 지닌 것으로도 파악할 수 있다.

빌헬름 마이스터가 성숙하기 위한 입사단계는 그의 연극세계에 대한 관심과 마리안느와의 사랑이 계기가 된다. 그는 어린 시절부터 인형극에 매혹되어 연극에 관심을 두게 된다. 그가 마리안느와의 사랑과 연극에 대한 열띤 관심을 가지게 되는 단계로 볼 수 있다. 빌헬름 마이스터가 어머니의 따뜻한 품안의 세계에서 벗어나 연극의 세계와 마리안느에 대한 사랑에 빠져 새로운 인간으로 눈을 뜨기 시작하는 것이 입사단계이다. 그리고 빌헬름마이스터가 그의 애인 마리안느로부터 실연을 체험하고, 미뇽이 연극단장으로부터 심한 학대를 당하는 모습을 목격하고, 야르노를 통해 셰익스피어의 연극을 새롭게 체험하고, 산적들로부터 습격을 당하고, 아버지를 잃고, 아들 펠릭스를 죽이려는 노인의 광기를 경험하고, 아우렐리에가 갑작스럽게 죽음을 체험하는 일련의 고난의 과정을 엘리아드의 시련의 단계로 볼 수 있다. 그리고 빌헬름 마이스터가 펠릭스를 교육시키기 위하여 윤리적이며 종교적 신비감을 지니고 있으면서도 현실감각을 갖춘 여성 나탈리에와 결합함으로써 연극을 하면서 예술가로 살고자 하는 생각을 접고 그 시대가 요구하는 시민적 인간으로 귀환하는 과정을 죽음을 통한 재생으로 해석할 수 있다. 작품의 주인공 빌헬름 마이스터가 원래 바라던 연극인으로서 살고자 하는 꿈을 단념하는 행위를 기존의 생각에 대한 부정이라는 의미에서 죽음의 단계로 볼 수 있다. 결국 주인공 빌헬름 마이스터가 그러한 죽음의 단계를 거쳐서 다시 그 시대가 요구하는 시민적 인간으로 귀환하는 과정을 재생의 단계로 해석할 수 있다.

제 V 장 노발리스의 교양소설 『푸른 꽃』 속 성년식의 서사구조의 경우

필자는 기존의 노발리스 문학에 대한 연구방향과는 차별화 하기 위한 새로운 학문적인 도전으로서 엘리아드의 성년식의 이론의 관점을 도입하여 노발리스의 교양소설 『푸른 꽃』에 등장하는 주인공 하인리히(Heinrich)가

낭만주의적 시인으로서 성숙해 나가는 과정을 살펴 본 결과 다음과 같은 소결론을 얻을 수 있었다.

엘리아드의 성년식의 4단계 중에서 하인리히가 시인이 되기 위한 입사식이 시작되는 단계는 제2장에서 아우스부르크(Ausburg)를 향해 여행을 떠남에서 시작된다고 볼 수 있다. 이것은 바로 이 세상 밖의 세계를 전혀 모르고 살았던 20대 젊은 청년 하인리히가 성숙한 인간으로 변화하기 위해서 부모님 곁을 떠나는 단계에 해당된다. 주인공 하인리히의 부모님이 하인리히로 하여금 순진성에서 벗어나 아들 하인리하가 성숙한 시인으로 태어나도록 세상과 자연과 인간 속으로 입사를 시킨 것으로 이해할 수 있다.

주인공 하인리히가 어머니와 친한 상인들과 같이 고향 아이제니흐에서 아우크부르크(Ausburg)를 향해 여행길에 오른다. 그 여행은 철부지 스무 살의 하인리히가 혼자서 치러야 하는 고난의 여정으로 볼 수 있다. 주인공 하인리히는 상인들과 동행하는 도중에 아라온의 전설과 바다 속에 가라앉은 아틀란티스 이야기를 듣게 된다. 주인공 하인리히가 2장부터 엘리아드의 시련의 단계로서 시인이 되기 위한 긴 밤의 여행(Night Jounery) 중에 치러야 했던 다양한 고난에 찬 이야기 체험을 지적할 수 있다.

엘리아드의 성년식의 마지막 단계인 죽음을 통한 재생의 단계를 단적으로 지적하면 다음과 같다. 노발리스는 대우주를 삶과 죽음의 원저수지로서 보았다. 인간은 소우주에 해당되는 데, 인간은 이러한 대저수지 속에서 결국 태어나기 위해서 다시 죽음의 세계로 잠시 들어간다. 노발리스는 이러한 순환론적 세계관을 주인공 하인리히를 통해서 여러 가지 형태로 윤회하는 과정을 상징적으로서 가시화시키고 있다. 상기한 작품에 등장하는 주인공 하인리히를 통하여 드러난 대우주를 반영하는 인간 의식은 계속적으로 반복되는 작은 죽음에 대한 체험과 거기에 상반적으로 다시 태어나는 윤회의 과정은 그의 삶과 죽음을 동일시하는 순환론적 생사관의 반영으로 해석할 수 있다. 주인공 하인리히가 꿈속에 보았던 푸른 꽃을 향한 탐색을 통하여 또 다른 세계인 지하세계와 대우주의 공간을 방랑하면서 유한한 이승과 무한한 신의 세계를 넘나드는 것은 그의 모든 질서가 확립된 시적 국가가 실현된 황금시대(Goldene Zeitalter)를 동경하는 낭만주의적 세계관을 보여주는 좋은 증거이다. 결국 노발리스의 본 교양소설은 이러한 낭만주의적 세계관을 잘 반영하고 있는 성년식 서사구조를 지닌 낭만주의적 교양소설로 볼 수 있다.

제 VI 장 켈러(G. Keller)의 작품『녹색의 하인리히 Der grüne Heinrich』속 교양소설 및 성년식 서사구조

1. 켈러의 작품『녹색의 하인리히』속 교양소설적 서사구조의 경우

이번 연구를 통하여 필자는 켈러의 작품『녹색의 하인리히』를 교양소설의 전통과 관련이 없는 작품이라고 보는 것이 잘못된 견해라는 점을 찾아 낼 수 있었다.

첫째로 우리는 그 소설과 교양소설과의 연관성을 확실하게 찾아볼 수 있다. 젊은 주인공은 그 주인공이 성장하고 있는 세계로부터 허락된 주인공이기보다는 자아실현을 충실히 하기 위해서 탐색하는 인물로서 안나와 유디트라는 대조적인 두 인물 속에서 에로틱한 체험과 정신적 사랑이라는 두 가지 유형의 만남이 이루어지고 있다는 점이다. 또한 도로첸과 그의 아저씨와의 만남과 마지막에 유디트가 귀환함으로써 교양소설의 서사적 구성의 특징을 암시하고 있다는 점을 지적할 수 있다.

켈러는 진부한 현 상태를 궤변론적으로 변명을 하는 사람이 아니다. 서술자로서의 켈러는 그의 주인공이 현실세계 속에 내재된 풍요로움과 시적인 세계에 이르기까지를 인식하는 데 실패하고 있음을 극명하게 밝혀 주고 있다. 충실한 삶을 살아 보려고 탐색함으로써 상상력으로 현실을 대체하려고 하며, 잠재력을 실제 세계보다 더 높이 평가하고 있다. 켈러가 윤리적으로 엄격한 성품으로 그들이 지니고 있는 결점을 규명하게 되는데, 하인리히는 외부의 현실을 무시함으로써 대가를 지불하게 된다고 주장하고 있다. 그것이 바로 그가 생명 없는 실존세계로 점차로 가고 있다는 비난을 받는 이유이다. 어떤 의미에서 우리는 켈러의 소설을 실제보다도 잠재적인 세계를 동경하며, 행위와 인간 상호작용의 실용성에 작용하는 외부의 자아실현보다는 내향적 경향의 소설 전통과 비평적인 논쟁거리의 소설로 보고 있다. 그러나 다른 의미에서 우리는 켈러의 소설이 그러한 전통 안에서 행해지는 논쟁거리의 대상이 된다는 사실을 인식해야 한다. 그러한 화자가 확인하고 있는 바는 단순히 재미없고 난해한 전형적인 작품은 아니다. 그것은 차라리 그의 온갖 내향성에 그의 개인의 온갖 힘을 기울인다고 하면 예술은 물론 진실한 삶의 생명의 피인 총체성의 그릇이 된다는 사실이며, 예술적 윤리적인 정당성은 서로 손을 잡고 병행적으로 가고 있다. 그러므로 켈러의 소설은 교양소설에 속하는 일시적인 목적론에 귀속시켜야 한다고 주장하고 싶다. 그 주인공은 그의 길을 잃고 있으나, 그 소설 자체는 그러한 서술 형식을 지니고 있음을 보고함으로써 그 소설 자체는 교양소설의 길에서 벗어나 있지 않다. 인간 잠재성의 병렬성과 구성의 연속성 사이의 등장인물의 갈등은 하인리히의 실제 경험에 있어서 완전한 이원론이 될 수 있다. 그러나 그런 긴장은 『녹색의 하인리히』에서 예술적으로 유지되고 있는데 왜냐하면 켈러의 소설은 체험하고 있는 자아와 서술하고 있는 자아가 그 자체적으로 맞물리고 있기 때문이다.

2. 켈러의 작품 『녹색의 하인리히』 속 성년식 서사구조의 경우

다른 한편으로 엘리아드의 성년식의 관점에서 본 작품에 내재되어 있는 주인공 하인리히의 성숙과정을 분석한 결과 다음과 같은 소결론을 얻어 낼 수 있었다.

입사단계 : 제1권에서 아버지가 일찍이 돌아가면서 어린 시절부터 가난한 유년시절을 체험하고 학교생활에서 적응하지 못하고 퇴학을 당하고 22세 유디트에 대한 육체적인 매력에 매료된다. 하인리히가 화가로서의 길을 가겠다는 신념을 가지고 어머니 곁을 떠나야 한다는 결심은 어머니와의 분리라는 의미를 지니고 있다는 점에서 엘리아드의 입사단계로 규정할 수 있다.

시련단계 : 본격적으로 화가 수업을 받기 위해 뮌헨이라는 큰 도시를 향해 떠나게 된다. 그곳에서 두 화가를 만나게 되는데 상업 예술을 지향하는 에릭슨과 창조적 예술성을 지향하는 리스를 종합하려고 시도하나 예술의 상업성과 예술성이라는 이상과 현실 사이에 존재하는 모순 때문에 좌절을 경험한다. 또한 화가수업을 위해서 뮌헨에서 많은 친구와 사귀면서 사랑의 체험을 하게 된다. 하인리히가 도시에 나가서 외부 사람들과 친교를 하며 살아가는 데 치러야 하는 대조적인 사랑의 체험으로 유디트와의 육체적 사랑과 안나와의 정신적 사랑을 체험하게 된다. 특히 하인리히는 지고하게 안나를 정신적으로 사랑하지만 성취하지 못하는 실연의 아픔을 체험하게 된다. 주인공 하인리히가 뮌헨이라는 대도시에 가서 예술가로서 성공하지 못한 좌절의식과 남의 도움을 받아야 하는 가난한 예술가로서 살아가면서 생활고를 느낀 점과 안나와의 정신적 사랑을 성취하지 못함으로서 생기는 심적 고통을 엘리아드의 성년식의 시련의 단계로 규정할 수 있다.

죽음의 단계 : 주인공 하인리히가 도시에서의 화가로서의 성공할 수 없다는 좌절감에서 고향에 돌아오면서 화가의 꿈을 접은 과정이 화가로서의 삶

을 마감한다는 의미를 담고 있다. 여기에서 하인리히는 정신적으로 사랑하던 안나의 죽음과 어머니의 죽음으로 인하여 화가로서의 좌절은 예술가로서의 죽음을 의미한다는 점에서 엘리아드의 죽음의 단계로 해석할 수 있다.

재생의 단계 : 하인리히는 유디트에게서 의인화된 자연을 발견하고 현실적 삶을 살아야 한다는 진리를 믿게 된 것은 실제적인 삶에서 도덕적 구체성과 전인적 교양을 성취할 수 있다는 인식에 도달하게 된다. 결국 하인리히는 뮌헨이라는 큰 도시에서 화가로서의 꿈을 이루지 못하고 귀향하지만 사회를 위해서 봉사자로 다시 태어난다는 의미에서 엘리아드의 재생의 단계로 해석할 수 있다.

제 Ⅶ 장 헤세(H. Hesse)의 작품에 있어서 교양소설과 성년식의 서사구조

『페터 카멘친트』의 경우

켈러의 『녹색의 하인리히』에서 주인공 하인리히가 고향에서 자연을 몸소 체험하고 풍경 화가로 살고자 하는 꿈을 품고 두 여인 안나와 유디트와의 상반적인 연애 체험, 독일 대도시 뮌헨에서의 유학 체험, 주변 예술인들과의 우정을 고백체와 자서전 형식으로 자신이 걸어 온 삶을 묘사하고 있다. 이 점에서 헤세의 『페터 카멘진트』를 연상하기에 충분하다. 두 작품은 주인공의 다양한 고난에 찬 인생 체험을 바탕으로 인간 형성이 이루어지고 있다는 점, 그리고 켈러의 주인공 하인리히는 어머니의 병환으로 인하여 페터는 아버지의 병환 때문에 고향에 돌아오게 된다는 점이 동일하다.

반면에 고향에 돌아 온 후 주인공이 취하는 생활 태도면에서 상이함을 인식할 수 있다. 켈러의 주인공 하인리히는 자기의 재능의 한계를 인식하고 화가가 되고자 하는 꿈을 접고 공공의 복지에 종사하는 정치적 생활을 한다는 점이다. 그러나 헤세의 주인공 페터 카멘진트는 귀향 후에 지금까지 살아 온 삶을 글로 표현하는 시인이 될 것을 결심하는 점이 다르다. 이런 점에서 헤세의 『페터 카멘진트』는 시인으로 형성되어가는 예술가적 교양 소설이라고 칭할 수 있다. 그것에 반해 켈러의 『녹색의 하인리히』는 빌헬름 마이스터처럼 공동체를 위한 봉사자로서 살아가려는 점에서 전통적인 시민적 교양소설이라고 말할 수 있다.

『페터 카멘친트』의 시대는 켈러의 작품 『녹색의 하인리히』의 주인공 하인리히의 시대보다 훨씬 자본주의 사회가 발전되어 순수한 인간성이 부재했던 시대이다. 이러한 인간성을 회복하기 위해서 헤세는 시인으로서 사명을 다하는 예술가적 교양소설을 창작한 것이다. 『페터 카멘친트』가 사람들에게 환영을 받게 된 세기 말 후기 시민사회의 시민과 예술가가 대립된 상황에서 결국 예술가의 길을 택하게 되는 것이다. 이렇게 본다면, 헤세의 『페터 카멘친트』는 시인이 되기까지의 주인공의 성장과정을 묘사하는 예술가적 교양소설임이 더욱 분명해진다.

『데미안』의 경우

필드(George Wallis Field)는 그의 『헤세론』에서 『데미안』은 헤세의 자서전적 요소로 묘사하여 헤세가 체험한 심리적 발전과정을 보여주고 있는 독일 교양소설의 전형이라고 규정하고 있다. 또한 프리드만(Ralph Freedman)도 『서정소설론 The Lyrical Novel』에서, 『데미안』은 에밀 싱클레어의 어린 시절부터 죄를 의식하고 크로머와 같은 악의 세계가 있음을 체험하고, 그러한 선과 악을 초월하는 길을 안내해 주는 데미안을 만나게 되며, 여성적인 것과 남성적인 것, 신과 악마의 요소를 동시에 한 몸에 지니고 페르시아의 신 아브락사스에 사로잡힌다. 그런 후 공원에서 우연히 베아트리스라는 순진하고 아름다운 소녀에 대해서 사랑과 성을 느끼기 시작하면서 어두운 악의 세계에서 벗어나 성스러운 세계로 가게 된다. 외부세계를 초월할 수 있는 인간의지의 힘을 피스토리우스에게서 배우는 단계, 싱클레어가 다시 어른이 되어서 데미안을 상봉하게 되자 지금까지 성취하고자 한 자아초월의 경지에 이르게 된다. 이는 싱클레어가 데미안과 하나가 됨으로써 베아트리스, 에바 부인의 이상과도 합일되는 단계를 말한다. 이러한 주인공 싱클레어가 성숙한 인간이 되기까지의 성장과정을 묘사하는 교양소설로서 발전과정을 보여주고 있다고 말 할 수 있다.

테오도르 지올코프스키(Theodore Ziolkowski)는 독일 교양소설에 대한 정의를 '목적의식이 미성숙하고 불안한 상태에서 개성과 능력을 전체적으로 조화시키는 길로 나가는 젊은이의 발달과정을 묘사하는 것'으로 내리고 있다. 교양소설에 대한 프리드만과 지올코프스키의 관점에서 보더라도 『데미안』은 양극적 단일성을 추구하는 교양소설로 규정할 수 있다.

요컨대, 싱클레어의 마음속에서 외계가 완전히 동일시된다고 해서 『데미안』을 교양소설이 아니라고 단적으로 말하기는 어렵다. 결국 양극적 단일성을 상징하는 데미안은 무지한 싱클레어가 도달하려는 이상적 목표였다. 그 결과 싱클레어도 고독과 싸우면서 악의 세계에 적극적으로 뛰어들어 그 실체를 파악하고 선과 악을 초월하는 양극적 단일세계에 이르기 때문에 이 작품은 양극적 단일자 교양소설임이 분명하다. 헤세는 『데미안』을 통해서 시민성이 아니면 양극적 단일성을 추구하던 단계에서 두 세계를 존중하고 조화시켜 전통적 교양소설을 헤세 자신의 개성에 맞추어 차원 높은 시민적 양극적 단일자 교양소설로 승화시키고 있다는 점을 우리는 높이 평가해야 할 것이다.

『유리알 유희』의 경우

『유리알 유희』(1943)에 와서는 결사와 봉사의 사상이 주류를 이루는 새로운 형태의 교양소설로 변화한다. 이 작품의 주인공은 교단의 조직에 순응하는 유연한 성격의 소유자로 변모하고 있다. 헤세의 경우, 교양소설의 운명은 더욱 내면적 자기형성의 경향을 강화하던가, 아니면 유토피아의 세계를 구상하던가, 둘 중의 한 길이었다. 『유리알 유희』는 크네히트의 유고를 포함한 '마기스터 루디 요셉 크네히트의 전기의 시도'라는 긴 부제가 붙어 있다. 그것은 이중의 테마를 의미하며, 그 진정한 의미에서도 이 작품은 교양소설적인 색채가 농후한 느낌을 준다. 하나는 퇴폐한 현대문명에 직면한 유럽의 보편성 있는 교양의 이상을 발전시켜 유리알 유희의 이념에 구체화시키고 있다는 점이다. 또 하나는 소명의식 속에서 카스탈리엔이라는 정신의 나라에서 다시 현실세계로 뛰어들어 봉사해야 한다는 자각 속에서 티토라는 제자를 위해서 죽음을 택할 정도로 스승으로서 사명을 다한다. 크네히트는 그러한 죽음을 통해서 자기실현을 완수했다고 할 수 있다. 자연과 정신, 삶과 죽음, 서양적인 것과 동양적인 것은 헤세의 작품 속에 공통적인 주제로 용해되어 있지만, 이 작품은 주인공 크네히트를 통해 두 가지 주제를 잘 조화시키면서 완숙한 자기실현의 과정을 보여준 교양소설이다.

헤세는 우선 『유리알 유희』를 통하여 주인공 크네히트의 성숙과정을 묘사하며, 티토라는 그의 제자를 위해서 희생적 죽음을 선택함으로써 스승의 사명을 다하는 위대한 인간성을 보여주고 있다. 고전적 교양소설의 원형이 되는 괴테의 『빌헬름 마이스터의 수업시대』와 헤세의 『유리알 유희』는 유사한 점이 있다. 전자의 경우에는 주인공 마이스터가 연극사회에서 시민사회로 돌아오지만, 생과 정신이 조화를 이룬다는 점에서 그렇다. 전자는 시민시대의 테두리에 속하며 현실사회 속에서의 자기실현을 내비쳤던 사상에서 기인하는 데 반하여, 후자의 경우는 2,400년대의 미래의 이상을 실현할 수 있는 유토피아적인 세계를 추구하고 있다는 점이다. 사실상 현대는 괴테적인 교양의 실현이 불가능한 시대이다. 그럼에도 불구하고 우리는 '존재하는 것으로 취급함으로써 틀림없이 존재하고 탄생의 가능성에도 한 발 가까워지는 것'이라는 말에서 그 실현의 가능성을 엿볼 수 있는 것이다. 결국 『유리알 유희』는 괴테의 빌헬름 마이스터적인 의미의 시민적 교양소설에 가장 가까운 걸작이라고 할 수 있다. 요컨대, 위에서 살펴본 헤세의 작품들은 결국 독일의 시민적 및 예술가적 교양소설의 전통을 수용하여 헤세 자신의 개성과 헤세가 처한 전후 시대의 요구에 따라서 차원 높은 교양소설로 창작되었다고 할 수 있다.

2. 성년식의 서사구조

『싯다르타』의 경우

헤세의 소설 『싯다르타』의 문학 작품에 내재되어 있는 성년식의 서사구조를 분석하고자 엘리아데의 인류학적인 배경과 캠벨의 신화적 영웅탐색의 개념을 중심으로 살펴보았다. 이러한 성년식의 서사구조의 핵심을 이루는 엘리아드의 성년식과 캠벨의 영웅탐색의 서사구조 이론을 토대로 헤세의 『싯다르타』에 적용하여 분석해 보았다.

헤르만 헤세의 『싯타르타』는 진아(眞我)를 찾기 위해 구도의 길을 떠난 고행자의 이야기를 다룬 작품이다. 이미 유년기에 신학원에서 목사가 되기 위한 성직자로서의 예비 교양 교육을 받았던 헤세 역시 유년기의 신학적 경험과 그 후의 불교사상과의 접목을 통하여 새롭게 획득한 자아성찰의 침전물을 싯다르타에서 펼쳐 보이고 있다. 즉 종교적 체험과 종교적 완성을 위한 개인의 실존적인 노력은 작가에게 삶의 중요한 요소가 되고 있다. 헤세의 『싯다르타』의 경우 주인공 싯다르타가 애욕과 물욕으로 인하여 방랑의 여행에서 겪어야 하는 시련의 과정을 입사단계로 볼 수 있다. 그리고 주인공들이 어둡고 속된 욕망의 세계를 극복하고 있다는 점을 발견할 수 있다.

결국 싯다르타는 삼라만상의 현상에서 변화하는 듯하면서도 변화하지 않는 단일성에 대한 각성을 통해 도가적 인간상으로 변신되는 과정을 귀환의 단계로 해석할 수 있다. 이러한 사실에서 헤세의 『싯다르타』의 경우 흐르는 강에서 단일성을 상징하는 옴(OM)의 소리를 들으면서 단일성을 깨닫는 도가적인 인간이 되기까지 주인공 싯다르타의 방랑을 통하여 성년식의 서사구조를 보이고 있음을 확인할 수 있었다.

『나르치스와 골드문트』의 경우

헤르만 헤세의 교양소설 『나르치스와 골드문트』에 등장하는 주인공 골드문트가 양극의 대립적 삶을 경험하면서 단일성을 인식, 그 합일에 이르는 과정을 엘리아드의 성년식의 관점에서 고찰한 결과 다음과 같은 소결론을 얻어 낼 수 있었다.

골드문트가 자신의 길이 '어머니의 행로'임을 알고 단순히 애정편력과 시련, 즉 절망에 따른 피상적인 반복을 보여준다. 그는 죽음의 공포에 대한 그의 방랑자적 삶에서 새로운 삶의 의미를 부여해 주는 에바 어머니(Eva Mutter)의 세계(聖)를 죽음으로 맞이하면서 현실의 모든 억압을 극복하고 속(俗)의 세계에서 벗어나게 된다. 이렇듯 속(俗)의 세계에서 겪은 고통과 좌절을 극복하고 삶의 궁극적인 의미를 성(聖)의 세계에서 획득하고자 하는 골드문트에게서 성(聖)과 속(俗)이라는 두 가지 경험 양식을 통한 초월적 존재에로의 이행에 대한 인간의 근본적인 욕구의 표현을 볼 수 있었다. 이점에서 골드문트의 삶은 속(俗)에서 성(聖)으로의 끊임없는 이행의 연결과정인 성속의 전이의 반복 과정이라고 할 수 있다. 헤세가 대립적인 두 인물을 설정함으로써 제시하는 양극성 및 단일성의 개념만을 부각시킨 작품(作品)으로 나타나 있는 『나르치스와 골드문트』에 대한 기존의 연구 방법과는 달리 성년식

구조의 관점에서 고찰해보았다는 데서 본 연구의 의미를 부여하고자 했다.

작품의 주인공 골드문트가 인생 편력 후 죽음을 에바 어머니와 합일에 이르는, 초월적인 세계로 이르기 위한 필연적 과정으로 보았다는 점이다. 또한 정신적 동반자인 나르치스에게 양극성의 조화에 대한 단일성에 대한 새로운 자각을 불러일으키게 하였다는 점에서 상승과정 및 재생의 측면을 살펴 볼 수 있었다. 골드문트를 통해 반영된 인간의 존재에 대한 해명, 즉 삶과 죽음, 자아 각성을 통한 재생의 일면 등은 엘리아드의 입사단계, 시련단계, 죽음을 통한 재생의 단계로 고찰해 볼 수 있었다.

엘리아드의 입사의 단계는 골드문드가 자신의 길을 인식함으로써 순진 무구의 상태인 수도원으로부터 떠나게 되는, 즉 시련이 시작되었음을 의미하며, 시련의 단계는 자연(감각)적인 삶과 정신적인 삶을 각각 경험하면서 이 두 세계를 포괄하는 단일성에 이르기까지 골드문트의 시련 극복 과정을 보이며, 죽음을 통한 재생의 단계는 골드문트가 자신의 죽음을 통해 초월적인 존재인 에바 어머니와 합일을 이루는 단계이다. 반면에 작품에 등장하는 인물 나르치스가 유아적인 무지 상태에서 보다 고양된 삶을 향해 추구해감으로써 시련 극복을 통해 나타내 보이는 내면의 성숙과정을 보이고 있다. 나르치스가 자신에게 운명지워진 신(神)에 대한 사랑만이 최고의 목표로 간주하였다는 점이다. 그는 골드문트로 인해 편견된 사랑을 벗어나 단일성을 인식하게 된다. 엘리아드의 성속의 이론을 적용하여 보면 골드문트의 속(俗)된 방랑을 통한 성(聖)스러운 세계로의 전이현상이 이루어지고 있음을 파악할 수 있었다. 결국 골드문트의 인생 편력과 그의 끊임없는 인식 과정을 살펴봄으로써 인간의 속(俗)의 행위를 거쳐 성(聖)의 세계인 초월적 세계에로 근접하기 위해 부단한 노력을 추구하고 있음을 알 수 있다. 헤세의 본 소설에 등장하는 주인공이 양극성을 극복하고 단일성으로 추구하는 과정에서 엘리아드식의 성속의 전이현상과 엘리아드의 성년식 서사구조를 보이고 있음을 발견할 수 있었다.

엘리아드의 성년식의 이론에 근거해서 토마스 만의 『마의 산』에 등장하는 한스 카스토르프가 주인공이 되기 위해서 치러 나가는 힘든 여정을 분석 고찰한 결과 다음과 같은 소결론을 얻을 수 있었다.

상기한 주인공이 단순하고 어느 정도 평범한 젊은 청년 한스 카스토르프는 그가 속한 함부르크 사회를 떠나 베르크호프(Berghof) 요양소에서 환자로 요양하고 있는 그의 사촌 요하임을 방문하고자 다보스로 여행을 떠나는 시점을 엘리아드의 입사단계로 볼 수 있다. 엘리아드의 시련단계로는 짧게 계획된 그의 여행은 자신이 결핵이 걸렸음을 알게됨으로써 7년간의 휴양으로 이어진다. 마의 산의 신비적이며 열기 띤 분위기 속에서 평범했던 한스 카스토르프의 기질은 높고 강화된 과정을 통해 평범한 생활 속에서는 결코 경험할 수 없었던 병고를 통한 죽음의 세계를 체험하는 단계를 시련의 단계로 볼 수 있다. 성배를 찾아 떠난 전통적인 순례자처럼 한스 카스토르프는 그의 목적을 얻기 전에 수많은 엄청난 경험을 겪어야 한다. 특히 그의 탐색 과정에서 성배에 해당하는 목표는 "눈"의 장에서 드디어 발견된다. 위험한 산 속에서 길을 잃고 눈 속에 파묻혀 있으면서 그는 죽음에 직면한 인간성에 관한 꿈을 꾸게 된다. 설사 그가 추구하였던 성배를 찾지 못했다 할지라도 설원에서 유럽의 파국의 극한상황에로 떠밀려가기 전에 그는 자신의 끔찍한 꿈속에서 성배를 예측할 수 있었을 것이다. 주인공 한스 카스토르프가 거치게 되는 으스스한 모험들은 자신의 원래 능력을 뛰어 넘어 주인공을 강화, 고양시켜주는 교수법이다. 엘리아드의 죽음을 통한 재생의 단계로는 정신세계를 대표하는 다양한 인물들과의 접촉을 통해 이뤄지면서 이야기가 전개된다. 한스 카스토르프는 죽음에 매료되는 타고난 성품으로 죽음을 단순히 무시하지 않고 인생의 어둡고 신비로운 면을 간과하지 않음으로써 인간성에 대한 완전한 경지에 이르게 된다. 그는 죽음을 고려하지만 죽음이 그를 지배하도록 내버려 두진 않는다. 토마스 만의 교양소설 『마의 산』은 지식, 건강 그리고 삶으로 가는 필수적인 과정으로써 역설적으로 죽음과 병을 체험하여야 한다는 새로운 인식을 제시한다는 점에서 지성적 성년식 소설로 지적할 수 있다.

참고문헌

— 1차 문헌

Goethe, Johan Wolfgang von : *Goethes Werke*, Hamburer Ausgabe in 14 Bänden, hrsg. von Erich Turnz, München, 1973, Bd.7.

Hesse, Hermann., *Gesammelte Schriften.* Suhrkamp Verlag . Frankfurt am Main 1970, Bd.1. Bd. Bd. 5, Bd.7, Bd.9, Bd.12.

Hermann Hesse, Betrachtungen, in: Gesammelte Werke in 12 Bände, Bd. 10, Suhrkamp Verlag, Frankfurt am Main 1976.

Keller, Gottfried, *Sämtliche Werke*, ed. J. Fränkel, Vol. III-IV, Zurich and Munich, 1926.

Keller, Gottfried, *Sämtliche Werke.* Historisch-Kritische Ausgabe, Hrsg. von Karl Grob, Walter Morgenthaler, Peter Stocker, Thomas Binder, Der gruene Heinrich, Erster Band, Straemfeld Verlag Verlag Neue Zuercher Zeitung 2006.

Mann, Thomas, *Gesammelte Werke in Einzelbänden*, Frankfurt Ausgabe, Herausgegen von Peter de Mendelssohn, S. Fischer Verlag 1981.

Novalis Werke/Briefe Dokumente, Hrsg von Ewald Wasmuth, erster Band/ Die Dichtungen, Verlag Lambert Schneider/ Heidelberg, 1953.

Von Eschenbach, Wolfram , *Parzival in Prosa* , Übertragung von Wilhelm Stapel. Albert langen Georg Müller Verlag GmbH, Muenchen 1950.

— 2차 문헌

Ammerlahn. Hellmut, *Wilhelm Meisters Mignon ein offenbares Rtsel* , In Dvjs, 1968. 42 Heft 1.

Baron, "*The Querelle*," pp.5-6.

Beddow. Michael, "T*homas Mann's Felix Krull and the Traditions of the Picaresque Novel and the Bildungsroman*" (Ph.D. diss., Cambridge University, 1975)

Bildungsroman, in *Reallexikon der deutschen Literaturgeschichte*, 1. Auf, 1924/25

Blanckenburg, Friedrich von : *Versuch ber den Roman*, Faksimiliedruck der

Originalausgabe von 1774. Mit einem Nachwort von Eberhard Lm- mert, Stuttgart, 1965.

Bodkin, Maud : *Archetypal Patterns in Poetry*, Oxford University Press, 1934.

Borcherdt, Hans Heinrich : *Bildungsroman*, in : Reallexikon der deutschen Literaturgeschichte, Bd. Ⅰ, Berlin 1958.

Cassirer, Ernst : *Die Philosophie der Aufklärung*, Tübingen, 1932.

Cassirer. Ernst, *Freiheit und Form* 2, Aufl, Berlin, 1918.

David H. Miles, *Pikaros Weg zum Bekenner*, in Rolf Selbmann, Der *Bildungsroman*, wissenschafliche Buchgesellschaft, Darmstadt, 1988.

Die Bibel oder die ganze Heilige Schrift des Alten und Neuen Testaments nach der deutschen Uebersetzung Martin Luthers, Stuttgart 1962, Römer 6, 3.

Dilthey, Wilhelm : *Das Erlebnis und die Dichtung. Lessing. Goethe. Novalis. Hö lderlin*, Gttingen, 1970.

Dilthey. Wilhelm, *Das Leben Schleiermachers*, Bde.1.2. Auf Berlin- Leipzig. 1922.

Eliade. Mircea, *Das Mysterium der Wiedergeburt. Initiationsriten, ihre kulturelle und religioese Bedeutung.* Zurich 1961.

Eliade, Mircea : *Rites and Symbol of Initiation. The mysteries of Birth and Rebirth*, New york, Harper Torchbooks, 1965.

Eliade, Mircea : *The Myth of the Eternal Return.* Bollingen Series XLVI, Princeton Univ. Press, 1949.

Emmel, Hildegard : *Geschichte des deutschen Romans*, Bd.1 Bern. u. München 1972.

Ernst Robert. Curtius, *Kritische Essays zur europäischen Literatur*, Bern, 1954, S.164.

Fiedler, Leslie : "Archetype und Signature", In *Myth & Motif in literature*, edited by David J. Burrows, Frederick R. Lapides, John T Shawcross, The Free Press, New york, 1973, S.22-36.

Field, George Wallis: *Hermann Hesse.* Twayne Publishers A Division of G.K. Hall & Co., Boston 1970.

Freedman. Ralph, "The Lyrical Novel", in *Studies in Hermann Hesse, André Gide, and Virginia Woolf*, 1971.

Frye, Northrop : *Anatomy of Criticism,* Princeton, Princieton University Press, 1957.

G. W. F. Hegel : *Phänomenologie des Geistes*, Verlag von Felix Meiner in Hamburg, Darmstadt, 1952.

Gallmeister, Petra :" Der Bildungsroman", in *Formen der Literatur*, hrsg. von Otto Krö rrich, Stuttgart, 1981, S.38-48.

Gerhard. Melitta, *Der deutsche Entwicklungsroman bis zu Goethes Wilhelm Meister*, Hall, 1926.

Guillen, Claudio. "Zur Frage der Begriffsbestimmung des Pikaresken", In: Helmut Heidenreich.

George. Lukcs, *Literatursoziologie*, Leipzig, 1962.

Hass, Hans Egon : "Wilhelm Meisters Lehrjahre," in *Der deusche Roman vom Barock bis zur Gegenwart,* hrsg. v. B. v. Wiese, Dsseldorf, 1963, S.132-210.

Heisermann, Arthur R. *The Novel before the Novel: Essays and Discussions about the Beginnings of Prose Fiction in the West*, Chicago : Uni. of Chicago Press, 1977.

Henkel, Arthur : "Versuch ber den Wilhelm Meister", in Rupertocarola 31, 1962.

Hermann. Kurzke, *Thomas Mann Epoch-Werk-Wirkung*, Müchen 1985.

Hsia, Adrain : *Hermann Hesse und China*, Frankfurt am Main 1974.

Hillebrand, Bruno : *Theorie des Romans*, München 1980.

Inge. Diersen, *Untersuchungen zu Thomas Mann*, Berlin 1965.

Jacobs, Jürgen : *Wilhelm Meister und seine Brüder, Untersuchung zun deutschen Bildungsroman*, Wilhelm Fink Verlag. München, 1972.

Luedemann, Susanne : *Mythos und Selbstdarstellung*. Friburg im Briesgrau, Rombach 1994.

Janz. Rolf-Peter, *Bildungsroman, in Deutscher Literatur, Eine Sozialgeschichte* Band 5, Reinbek, 1980.

Jung. C G, *The Archetyper and the colletive unconscious*, Trans. by R.F.C. Hull, New york, Pantheon, 1959.

Koopmann, Helmut, Hrsg. *Thomas Mann Handbuch*, Alfred Kröner Verlag 1990.

Köhn. Lothar, *Entwickelung und Bildungsroman*, Forschungsbericht, Tübingen 1969.

Kontje, Todd, *Thomas Mann's world, Empire, Race, and the jewish Question*, The University of Michigan Press, 2011.

Krueger, Herm Anders, "Der neue deutsche Bildungsroman", in Westermanns Monatschefte, 101 Band, 1. Teil, 1906.

Literatur. Sachlexiko, Hrsg von Volker Meid, Deutscher Taschenbuch Verlag.

Ludwig. Ernst, *Die religise und die humanitätsphilosophische Bildungsidee und die Entstehung des deutschen Bildungsromans im 18 Jahrhundert* , Bern, 1934.

Luedemann. Susanne, *Mythos und Selbstdarstellung.* Friburg im Briesgrau, Rombach 1994.

Lukács, Georg : "Wilhelm Meisters Lehrjahre", in *Deutsche Literatur in zwei Jahrhundert*, Neuwied u. Berlin, 1964.

Mannack, Eberhard : "Der Roman zur Zeit der Klassik : Wilhelm Meisters Lehrjahre", in *Deutsche Literatur zur Zeit der Klassik*, hrsg. v. K. O. Conrady, Stuttgart, 1977, S.211-222.

Marcus, Mordecai : "What is an Initiation Story?", In *Critical Approaches to Fiction*, edited by. Shiv. K.Kumar. Keith, Mekean Megraw - Hill-Book Company, New york, St. Louis, San Francisco, Toronto, London, Sydney, 1968.

Martini, Fritz : "Der Bildungsroman. Zur Geschichte des Wortes und der Theorie", in DVjs. Jg., H. 1, 1961, S.44-63.

May, Kurt : "Wilhelm Meisters Lehrjahre, ein Bildungsroman?," in DVjs, 31.Jg., 1957, S.1-37.

Mayer, Gerhart : "Wilhelm Meisters Lehrjahre. Gestaltbegriff und Werkstruktur", in Goethejahrbuch, 92. Bd., 1975, S.140-162.

Mayer, Gerhart: *Die Begegnung des Christentums mit den asiatischen Religionen im Werk Hermann Hesses.* Ludwig Roehrscheid Verlag. Bonn, 1956.

Miles, David H : "Pikaros Weg zum Bekenner", in *Zum Geschichte des deutschen Bildungsroman*, Hrsg. von Rolf Selbmann, Wissenschaftliche Buchgesellschaft, Darmstadt, 1988.

Miller, Dean A: The Epic Hero, The Johns Hopkins University Press 2000.

Minder, Robert: *Glaube, Skepsis und Rationalismus. Dargestellt aufgrund der autobiographischen Schriften von Carl Philipp Moritz*, Frankfurt/M. 1974.

Morgenstern. Karl, *Dorpatische Vorträge für Freunde der Philosophie, Literatur und Kunst* , Dorpat und Leipzig, 1817.

Morgenstern. Karl, "Über das Wesen des Bildungsroman", in Indisches Museum Dorpat, 1820.

Obleser. Horst, *Parzival. Ein Initiationsweg und seine Bedeutung.* Königsfurt Verlag. 2002.

Myths & Motifs in Literature, ed. David J. Burrows, Frederuck RE. Lapides, Joh T. Shawcross. The Free Press. A Division of Macmillan Publishing Co., Inc. New York. 1973.

Oinas, "Folk-Epic," 103 ; Frye, Secular Scripture, 83.

Pascal. Roy, *The German Novel* : Studies, University of Toronto Press, Canada, 1956.

Reiner, Wild, *Literatur im Prozeß der Zivilisation, Entwurf einer theoretischen Grundlegung der Literaturwissenschaft* , Stuttgart, 1982.

Rank, Otto, *the Myth of the Birth of the Hero and other Writings*. Vintage Books. A Division of Random House, New York, 1959.

Rohde. Erwin, *Die Griechische Roman und seine Voläufer*(1876: reprint, Hildesheim: G. Olms, 1960): Ben Perry, *The Ancient Romances : A Literary-Historical Account of Their Origins* (Berkeley : University of Califonia Press, 1967.

Rose, Ernst : *Faith from the Abyss. Hermann Hesse's Way from Romanticism to Modernity*. New York University Press 1965.

Rosenkranz. Karl, "Einleitung ber den Roman", in *Ästhetische und Poetische Mittheilungen*, Magdeburg, 1827.

Sagmo, Ivar : *Bildungsroman und Geschichtsphilosophie. Eine Studies zu Goethes Roman "Wilhelm Meisters Lehrjahre*", Bouvier Verlag Herbert Grundmann, Bonn, 1982.

Salinas. Pedro : "Der literarische Held und der spanische Schelmenroman", In: Helimut Heidenreich. *pikarische Welt*. Darmstadt 1969.

Scharfschwerdt, Jügen, *Thomas Mann und der deutsche Bildungsroman*, Stuttgart, 1967.

Schirmer, Walter F. : *Der Einfluss der deutschen Literatur auf die Englische im 19. Jahrhundert*, Max Niemeyer Verlag, Halle/Saale, 1947.

Schlegel. Friedrich, Athenum Fragmenten 1797-1798, *Goethes Werke*.

Scholl, Margart : *The Bildungsdrama of the Age of Goethe*, Herbert Lang Bern Peter Lang, Frankfurt/M, 1976.

Sachlexikon Literatur, Hrsg von Volker Mied, Deutscher Taschenbuch Verlag

Schmeling, Manfred : *Der labyrinthische Diskurs.. Vom Mythos zum Erzählmodel..* Frankfurt a.M. Athenäum, 1987.

Scholl, Margaret, *The Bildungsdrama of the Age of Goethe*, Peter Lang. Frankfurt/M. 1976.

Seidler, Herbert: *Die Dichtung. Wesen ·Form ·Dasein*, 2.,überarbeitete Auflage. Alred Krönr Verlag, Stuttgart, 1965.

Selbmann, Rolf : *Der deutsche Bildungsroman*, Stuttgart, 1984.

Sieber, Harry : *The Picaresque*, Methuen & Co.ltd, 1970.

Sorg, Kans-Dieter : *Gebrochene Teleologie. Studium zum Bildungsroman von Goethe. bis Thomas Mann*, Carl Winter Universitätsverlag, Heidelberg, 1983.

Stahl, Ernst Ludwig : *Die religiöse und die humanitätsphilosophische Bildungsidee und die Entstehung des deutschen Bildungsromans im 18. Jahrhundert*, Bern, 1934.

Staiger, Emil : *Goethe*, Bd. 2, Zürich, 1962.

Steiner. Rudolf, 4. Vorträg vom 7.2.1913, zit. Nach von dem Borne, G.

Stelzig, Eugene L. *Hermann Hess's Fiction of The Self. Autobiography and Confessional Imagination.* Princeton University Press Princeton, New Jewsey, 1988.

Stopp, F. J. "Keller's Der grüne Heinrich: The Pattern of the Labyrinth," in The *Discontinuous Tradition*: Studies in Honour of E. L. Stahl, ed. P. F. Ganz (Oxford, 1971).

Strich. Fritz, “Dank an H. Hesse”, in *Der Dichter und die Zeit*, Bern, 1947

Swales, Martin : *The German Bildungsroman from Wieland to Hesse*, Princcton University Press, Princeton, N.J. 1978.

Swales. Martin, “Utopie und Bildungsroman”, in Wilhelm Voßk amp, *Utopieforschung*, Band 3, Stuttgart, 1982.

Turnz. Erich, Anmerkungen zu “Wilhelm Meisters Lehrjahre”, in Goethes Werk, Bde7, München.

Wundt. Max, *Goethes Wilhelm Meister und die Entwickelung des modernen Lebensideals*, Berlin und Leipzig, 1913.

Viëtor, Karl : “Das Problem der Bildung”, in *Am Beispiel Wilhelm Meister*, Bd. 2, hrsg. von Klaus L. Berghahn, Beate Pinkerneil, Königstein/Ts, 1980.

Ziolkowski, Thedore : *Hermann Hesse. A Study in Theme and Structure.* Princeton . Princeton University Press, 1965.

국문학술 자료

김열규, 『우리의 전통과 오늘의 문학』, 문예출판사, 1987.
이가형, 『피카레스크소설』, 민음사, 1997.
이경재, 『신화해석학』, 다산글방, 2002.

번역자료

엘리아데, 멀치아(金炳旭 譯), 「現代의 神話」, 『文學과 神話』, 대방, 1983.
캠벨, 조샙(이윤기 역), 『천의 얼굴을 가진 영웅』, 민음사, 2002.
Thomas. Bulfinch(손명현역), 『그리이스 로마신화』, 동서문화사, 1975.
C.G 융(한국융연구원 저작번역위원회 역), 「원형과 무의식」, 솔, 2002.

부록 :

독일 교양소설(Bildungsroman)에 대한 국내 연구서지목록

고규진

「독일 교양소설과 유토피아 (Bildungsroman und Utopie)」(人文科學, Vol.64 No.-, [1990])

고규진

「교양소설 개념의 문제점 -『빌헬름 마이스터의 수업시대』를 중심으로- (Uber die Problematik des Gattungsbegriffs "Bildungsroman" - Am Beispiel des Wilhelm Meisters Lehrjahre)」(獨逸文學, Vol.42 No.3, [2001])

고익환

「發展 및 教養小說로서 「베를린 알렉산더 廣長」研究」」

(외국어교육연구, Vol.7 No.-, [1992])

고익환

「문학 : 발전 및 교양소설 연구(Eine Studie uber Entwicklungs - und Bildungsroman)」

(독일어문학, Vol.7 No.-, [1998])

고익환

「교양소설로 본 『베를린 알렉산더 광장』(Eine Studie über 『Berlin Alexanderplatx』 als Bildungsroman)」(人文科學研究, Vol.25 No.-, [2003])

고원

「빌헬름 마이스터의 수업시대 『Wilhelm Meisters Lehrjahre』」(獨逸文學, Vol.55 No.1, [1995])

구장률

「근대초기 지식편제와 교양으로서의 소설 (The formation of knowledge and Project of 'Buildung' - focusing on Choi Nam-seon」(한국문학연구, Vol.41 No.-, [2011])

김광요
「볼프람 폰 엣셴바흐(Wolfram von Eschenbach)의 교양교육사상 (Bildungsepik Wolfram von Eschenbachs)」 (외국어교육연구논집, Vol.- No.12, [1998])

김양선
「여성 성장소설의 대중성(The Popularity of Female Bildungsroman)」 (문학교육학, Vol.10 No.-, [2002])

金永珠 김영주
「Goethe의 教養小說(Wilhelm Meisters Lehrjahre:빌헬름 마이스터의 修業時代)에서 主人公 Wilhelm의 教養過程 研究」 (崇實大學校 大學院 論文集, Vol.2 No.-, [1984])

김연군
「독일 교양소설 연구(I):교양소설의 본질」(독어독문학, Vol.- No.17, [1982])

김종균
「이태준 장편소설의 교양소설적 특성 연구」(한국외국어대학교 논문집, Vol.30 No.1, [1997])

김혜경
「존재탐구와 상승서사의 성장담화 고찰 (A Study On Bildungsroman of Ontology Studies and Ascending Narration)」 (구보학보, Vol.2 No.-, [2007])

김혜숙
「독일 교양소설 이론과 수사학 (Theorie des deutschen Bildungsromans und Rhetorik)」 (독일어문학, Vol.28 No.-, [2005])

김활
「교양소설과 화자 혹은 목격자 (Bildungsroman and Narrator (or Witness Character))」 (東西文化, Vol.26 No.-, [1994])

김홍섭
「교양소설의 새 지평 (Neue Horizonte des Bildungsromans)」
(獨逸文學, Vol.61 No.1, [1996])

박광자
「교양소설Bildungsroman의 개념에 관한 고찰 (2. Die vergleichende literaturwissenschaftliche Studie : Studien xum Begriff des Bildungsromans)」
(괴테연구, Vol.4 No.1, [1991])

송민정
「작품에서 텍스트로, 『마의 산』 "다시 읽기" -다시 읽는 독자, 믿을 수 없는 서술자를 만나다 (Vom Werk zum Text. Eine andere Lesart von Thomas Manns Der Zauberberg -Beim "Wiederlesen" begegnet der Leser dem unzuverlassigen Erzahler.)」
(독일어문학, Vol.55 No.-, [2011])

송성희
「산업사회의 교양소설: G.켈러의 녹의의 하인리히」(외국문학, Vol.- No.39, [1994])

오한진
『독일 교양소설』 문학과지성사 서울, 1989.

이덕형
「독일 교양소설 비판 시론 (Ein kritischer Versuch über den Bildungsroman)」
(獨語教育, Vol.8 No.1, [1990])

이덕형
「켈러의 『초록의 하인리히』」에 나타난 노동의 개념 - 교양소설의 순응논리와 관련하여 - (Eine Studie uber den Arbeitsbegriff im 「grunen Heinrich」 G. Kellers – in bezug auf die Logik der Anpassung des Bildungsromans -)」
(독일어문학, Vol.1 No.-, [1993])

이덕형
「독일 교양소설론의 비판적 고찰」(문예미학, Vol.2 No.1, [1996])

이동하
「서양 교양소설의 전범 괴테의「빌헬름 마이스터의 수업시대」」
(한국논단, Vol.103 No.1, [1998])

이상기
「『나르치쓰와 골드문트』는 教養小說인가?」(里門論叢, Vol.5 No.1, [1986])

이승윤
「교양소설의 가능성 혹은 소설의 미래 (The Possibility of “Bildungsroman“ or The Future of The Novel)」 (현대문학의 연구, Vol.19 No.-, [2002])

이은자
「교양소설의 미학적 가능성」 (語文論集, Vol.5 No.1, [1995])

이창남
「한-독 성장소설 비교연구 (1) -독일 성장 소설의 통시적 전개와 비교문학적 함의들 (Eine komparatistische Untersuchung zu koreanischen und deutschen Bildungsromanen (1) -Die diachronische Entwicklung des deutschen Bildungsromans und dessen komparat istische Bedeutungen)」 (괴테연구, Vol.21 No.-, [2008])

임재동
「교양소설에서 개인과 사회에 대한 규제원리 (Ein regulierendes Prinzip für die Person und die Gesellschaft in dem Bildungsroman)」 (헤세연구, Vol.9 No.-, [2003])

임홍배
「괴테의『 빌헬름 마이스터의 수업시대』와 교양소설 논의」 (문예미학, Vol.2 No.1, [1996])

장미영
「소설이론적 관점에서 본『빌헬름 마이스터의 수업시대』 (Untersuchung des Romans Wilhelm Meisters Lehrjahre - unter dem erzahltheoretischen Gesichtspunkt -)」
(獨逸文學, Vol.74 No.1, [2000])

장순란
「노발리스의 성장소설 『하인리히 폰 오프터딩엔』 연구 (Eine Untersuchung von Novalis` Bildungsroman Heinrich von Ofterdingen -Aus der Perspektive der Genderforschung)」 (독일어문학, Vol.42 No.-, [2008])

전창배
「슈티프터의 소설 『늦여름 Der Nachsommer』에 나타난 정체성의 문제 (Die Problematik der Identitat in Stifters Roman Der Nachsommer)」 (괴테연구, Vol.17 No.-, [2005])

전창배
「『빌헬름 마이스터의 수업시대』의 수용에 대한 괴테의 비평 (Goethes Kritik zur Rezeption des Romans Wilhelm Meisters Lehrjahre)」 (괴테연구, Vol.19 No.-, [2006])

진상범
「H. Hesse의 교양소설에 관한 연구」 (독어독문학, Vol.- No.21, [1983])

진상범
「문학 : 이광수 소설 『무정』 에 나타난 유럽적 서사구조 - 스페인의 피카레스크적 서사구조에서 독일의 교양소설적 서사구조에로의 변화과정을 중심으로 (Eine Studie uber die europaische narrative Struktur im Werk Mu - Jong von Goang - Su lee ⁻ Mit beson deren Berucksichtigungen des Veränderungsprozesses der narrativen Struktur des pikare sken Romans zur narrativen Struktur des Bildungsromanes)」 (독일어문학, Vol.17 No.-, [2002])

진상범
「독일 교양소설 (Bildungsroman) 의 성립에 대한 원론적 고찰 - 교양소설의 정신사적, 장르사적 및 이론적 성립배경을 중심으로 - (Zusammenfassung : Thema : Eine grun dsätzliche Betrachtung uber die Entstehung des deutschen Bildungsromans ⁻ In bez ug auf die geistesgeschichtlichen , gattungsgeschischtlichen u . Theoretische Hintergr unde zur Entstehung des deutschen Bildungsromans)」
(헤세연구, Vol.5 No.-, [2001])

진상범
「괴테의 『빌헬름 마이스터의 수업시대』의 개작 과정과 교양소설로서의 서사구조 (Der Umgestaltungsprozess und die narrative Struktur im Bildungsroman Wilhelm Meisters Lehrjahre von Goethe)」 (헤세연구, Vol.14 No.-, [2005])

최선령
「20세기 초 교양소설의 두 갈래 (안과 밖)」 (영미문학연구), Vol.- No.14, [2003])

최혜실
「1930년대 교양소설 양식의 가족사 소설 연구 : 서론 ; 유토피아의 과거지향성 (A stury the 1930' S family romance of Education - novel style)」
(韓國國語敎育硏究會 論文集, Vol.38 No.-, [1990])

허병식
「교양소설과 주체 확립의 동력학(Buldungsroman and Dynamics of Establishment of Subjectivity)」 (한국근대문학연구, Vol.2 No.1, [2001])

허영재
「Bildungsroman의 개념 규정에 관한 고찰 (Eine Betrachtung uber die Begriffsbestimmung des Bildungsromans)」 (人文論叢, Vol.34 No.1, [1989])

Hong, Kil Pyo
「Der deutsche Bildungsroman als literarisches Paradigma der Moderne (근대의 문학적 패러다임으로서의 독일 교양소설)」 (독일언어문학, Vol.17 No.-, [2002])

외국의 독일 교양소설에 관한 연구 서지 목록

Adalbert Stifters Roman "Der Nachsommer", in: Poetica 10 (1978), S. 25-52.

Arendt, Dieter : *Der Schelm als Widerspruch und als Selbstkritik des Bürgertums. Vorarbeiten zu einer soziologischen Analyse der Schelmenliteratur.* Stuttgart 1974.

Arnold, Ludwig : *Stifters "Nachsommer" als Bildungsroman.* Gießen 1938. (=Gießener

Beiträge zur deutschen Philologie 65). Band, 1. Heft. Dorpat 1824. S. 1-46.(Alle drei Aufsätze Morgensterns jetzt im WdF-Band "Der deutsche Bildungsroman")

Bark, Joachim : Bildungromane, in: *Deutsche Literatur. Eine Sozialgeschichte.* Hrsg. v. Horst Albert Glaser. Band 7. Vom Nachmärz zur Gründerzeit: Realismus 1848-1880. Reinbek 1982. S. 144-162.

Beck, Hans Joachim : Friedrich von Hardenbergs "Oeconomie des Style". Die "Wilhelm Meister"-Rezeption im "Heinrich von Ofterdingen". (Diss. Tübingen) Bonn 1976.

Becker, Eva D. : *Der deutsche Roman um 1780. Stuttgart* 1964 (=Germanistische Abhandlungen 5).

Beddow, Michal : *The Fiction of Humanity. Studies in the Bildungsroman form Wieland to Thomas Mann.* Cambridge 1982(=Anglia Germanica series 2).

Berger, Albert : *Ästhetik und Bildungsroman. Goethes "Wilhelm Meisters Lehrjahre".* Wien 1977 (=Wiener Arbeiten zur deutschen Literatur 7).

Berger, Betra : Der moderne deutsche Bildungsroman. Bern und Leipzig 1942 (=Sprache und Dichtung. Forschungen zur Sprach- und Literaturwissenschaft. Heft 69).

Berger, G. : Die *Romane Jean Pauls als Bildungsromane.* Diss. Leipzig 1923.

Betram, Franz : Ist der "Nachsommer" Adalbert Stifters eine Gestaltung der Humboldtschen Bildungsideen? Diss. Frankfurt 1957.

Blanckenburg, Friedrich von : *Versuch über den Roman.* Faksimiledruck der Originalausgabe von 1744. Mit einem Nachwort von Eberhard Lämmert. Stuttgart 1965(=Sammlung Metzler 39).

Brenner, Peter : Die *Krise der Selbstbehauptung. Subjekt und Wirklichkeit im Roman der Aufklärung.* Tübingen 1981.

Brettschneider, Werner : *"Kindheitsmuster". Kindheit als Thema autobiographischer Dichtung.* Berlin 1982.

Bruford, Walter H. : *The German Tradition of Self-Cultivation. Bildung from Humboldt to Thomas Mann.* Cambridge 1975.

Blessin, Stefan : Die radikal-liberald Konzeption von "Wilhelm Meisters Lehrjahren", in DVjs 49(1975). Sonderheft 18. Jahrhundert. S. 190-225.

Bollnow, Otto Friedrich " Der "Nachsommer" und der Bildunsgedanke des Biedermeier, in: Beiträge zur Einheit von Bildung und Sprache im geistigen Sein. Festschrift für Ernst

Otto. Berlin 1957, S. 14-33.

Bollnow, Otto Friedrich : Vorbetrachtungen zum Verständnis der Bildungsidee in Goethes "Wilhelm Meister", in: Die Sammlung 10 (1955). S. 445-463.

Borchmeyer, Dieter : Stifters "Nachsommer"-eine restaurative Utopie? In: Poetica 12 (1980), S. 59-87.

Borchmeyer, Dieter : Höfische *Gesellschaft und französische Revolution bei Goethe. Adliges und bürgerliches Wertsystem im Urteil der Weimarer Klassik.* Königstein 1977.

Böttcher, Wolfgang-Michael : Politik und Schönheit zu Hölderlins "Hyperion", in: Literatur für Leser 1981. S. 93-111.

Buckley, Jerome Hamilton : *Season of Youth. The Bildungsroman from Dickens to Golding.* Cambridge (Mass.) 1974.

Cocalis, Susan L. : The Early German "Bildungsroman" and the Historical Concept of "Bildung". Phil. Diss. Princeton 1974.

Constantin, Emmy : Die Begriffe "Bild" und "bilden" in der deutschen Philosophie von Eckehart zu Herder, Blumenbach und Pestalozzi. Diss. Heidelberg 1944.

Daemmrich, Horst S. : E.T.A. Hoffmann: "Kater Murr" (1820/22), in: RRR(1983). S. 73-93.

Darstellung con Petra Gallmeister: Der Bildungsroman, in: FdL S. 38-48.

ders.: Über das Wesen des Bildungsromans. Vortrag, gehalten den 12. December 1819, in : Inländisches Museum. Hrsg. v. Carl Eduard Raupach. Dorpat 1820. 1. Teil: I. Band, 1. Heft, S. 46-61 ; 2. Teil: I. Band, 3. Heft, S. 13-27.

ders.: Zur Geschichte des Bildungsromans. Vortrag, gehalten den 12. Dec. 1820, in : Neues Museum der teutschen Provinzen Rußlands. Hrsg. v. Carl Eduard Raupach. 1.

ders.: Entwicklung und Bildung. Deutungsversuche anläßlich der Dichung Adalbert Stifters, in: Beiträge zur Bildung der Person. Alfred Petzel zum 75. Geburstag. Freiburg (1961), S. 151-171.

ders.: *The German Bildungsroman from Wieland to Hesse.* Princeton 1978 (=Princeton essays in literature).

ders.: Der deutsche Bildungsroman, in: Wilhelm Voßkamp (Hrsg.): Utopieforschung. *Interdisziplinäre Studien zur neuzeitlichen Utopie.* Band 3. Stuttgart 1982. S. 218-226.

ders.: *The German Novel of Education 1764-1792. A complete Bibliography an Analysis.*

Bern 1982 (=European university studies; ser. 1; German language and literature; Vol. 550).

ders.:Romantheorien der Restaurationsepoche, in: RRR (1983) S. 11-37.

Dohmen, Günter : Bildung und Schule. *Die Entstehung des deutschen Bildungsbegriffs und die Entwichlung seines Verhältnisses zur Schule*. 2 Bände. Weinheim 1964-65.

Eichner, Hans : Zur Deutung von "Wilhelm Meisters Lehrjahren", in: Jahrbuch des Freien Deutschen Hochsifts 1966. S. 165-196.

Eilert, Heide : Eduard Mörike: "Maler Molten" (1832), in: RRR (1983) S. 165-182.

Einsiedel, Wolfgang von : Thomas Manns "Zauberberg"-ein Bildungsroman? in: Zeitschrift für Deutschkunde 42 (1928), S. 241-253.

Enzensberger, Hans Magnus : Wilhelm Meister, auf Blech getrommelt, in: Gert Loschüt. (Hrsg.): Von Buch zu Buch- Grünter Grass in der Kritik. Eine Dokumentation. Neuwied und Berlin 1968, S. 8-12.

Fertig, Ludwig : Der Adel im deutschen Roman des 18. und 19. Jahrhunderts. Diss. Heidelberg 1965.

Fink, Gontier- Louis : Die Bildung des Bürgers zum "Bürger". Individuum und Gesellschaft in "Wilhelm Meisters Lehrjahren", in: Recherches Germaniques 2 (1972). S. 3-37.

Fischer, Kurt Gerhard : Bildungsprobleme, dem "Nachsommer" nachgesagt, in: VASILO8 (1959), S. 54-94.

Fürnkäs, Josef : *Der Ursprung des psychologischen Romans. Karl Philipp Moritz' "Anton Reiser"* Stuttgart 1977.

Gille, Klaus F. : *"Wilhelm Meister" im Urteil der Zeitgenossen*. Assen (1971).

Gille, Klaus F. : *Goethes Wilhelm Meister. Zur Rezeptionsgeschichte der Lehr- und Wanderjahre*. Königstein 1979 (=Texte zur deutschen Literatur in wirkungsgeschichtlichen Zeugnissen. Hrsg. v. Karl Robert Mandelkow. Band 3).

Germer, Helmut : *The German Novel of Education 1792-1805. A complete Bibliography and Analysis*. Bern 1968 (=German Studies in America No 3).

Grube, Kurt : *Die Idee und Struktur einer reinmenschlichen Bildung. Ein Beitrag zum Philanthropismus und Neuhumanismus*. Halle 1934. (=Pädagogik in Geschichte, Theorie und Praxis 1).

Grütter, Emile : Immermanns "Epigonen". Ein Beitrag zur Geschichte des deutschen

Romans. Diss. Zürich 1951.

Haas, Rosemarie : *Die Turmgesellschaft in "Wilhelm Meisters Lehrjahren". Zur Geschichte des Geheimbundromans und der Romantheorie im 18. Jahrhundert.* Frankfurt 1975 (=Regensburger Beiträge zur deutschen Sprach- und Literaturwissenschaft. Reihe B, Band 7).

Hahn, Karl-Heinz : Adel und Bürgertum im Spiegel Goethescher Dichtungen zwischen 1790 und 1800 unter besonderer Berücksichtigung von "Wilhelm Meisters Lehrjahren", in: Goethe-Jahrbuch 95(1978). S. 150-162.

Halse, Sven Erik : Bildung als Bewältigung der Gegensätze. Zur Historizität der Bildungsideale in Adalbert Stifters "Der Nachsommer", in: Orbis litterarum 36 (1981), S. 281-301.

Harich, Wolfgang : *Jean Pauls Revolutionsdichtung. Versuch einer neuen Deutung seiner heroischen Romane.* Reinbek 1974 (=das neue Buch 41).

Hashimoto, Takashi : Was haben wir Japaner vom deutschen Bildungsroman gelernt? In: AIG, S. 125-129.

Hass, Hans-Egon : Goethe, Wilhelm Meisters Lehrjahre, in: DR,Band 1. S. 132-210.

Hasubek, Peter : Karl Immermann: "Die Epigenon" (1836), in: RRR (1983) S. 202-230.

Heesch, Käthe : Gottfried Kellers "Grüner Heinrich" als Bildungsroman des deutschen Realismus. Diss. Hamburg 1939 (=Dichtung, Wort und Sprache. Literatur- und Sprachwissenschaftl. Beiträge 4).

Hegel, Georg Friedrich Wilhelm : 〈Vorlesungen über die〉 Ästhetik. Hrsg. v. Friedrich Bassenge. Berlin 1955 (=Klassisches Erbe auf Philosophie und Geschichte).

Hermand (Hrsg.), Reingold Grimm/Jost : *Vom Anderen und vom Selbst. Beiträge zu Fragen der Biographie und Autobiographie.* Königstein 1982.

Hempfer, Klaus W. : Gattungstheorie. Information und Synthese. München 1973(=Information und Synthese 1).

Hoffmann, Werner : Grimmelshausens "Simplizissimus"- Nicht doch ein Bildungsroman? In:GRM 17(1967). S. 166-180.

Hohendahl, Peter Uwe : *Der europäische Roman der Empfindsamkeit.* Wiesbaden 1977 (=Athenaion. Studientexte 1).

Holst, Günther J. : *Das Bild des Menschen in den Romanen Karl Immermanns.* Meisenheim am Glan 1976 (=Deutsche Studien 29).

Irmscher, Hans-Dietrich : Keller, Stifter und der Bildungsroman des 19. Jahrhunderts, in: *Handbuch des deutschen Romans*. Hrsg. v. Helmut Koopmann. Düsseldorf 1983. S. 370-394.

Jacksom, Paul : Bürgerliche *Arbeit und Romanwirklichkeit. Studien zur Berufsproblematik in Romanen des deutschen Realismus*. Frankfurt 1981.

Jacobs, Jürgen : *Wilhelm Meister und seine Brüder. Untersuchungen zum deutschen Bildungsroman*. München 1972.

Janz, Rolf-Peter : Bildungroman, in: *Deutsche Literatur. Eine Sozialgeschichte*. Hrsg. c. Horst Albert Glaser. Band 5. Zwischen Revolution und Restauration: Klassik, Romantik. Reinbek 1980. S. 144-163.

Jost, Francois : La Tradition du "Bildungsroman", in: Comparative Literature 21 (1969). S. 97-115.

Kafitz, Dieter : Wirklichkeit und Dichtertum in Eichendorffs "Ahnung und Gegenwart", in: DVjs 45 (1971). S. 350-374.

Kaiser, Herbert : "Der Nachsommer". Dialektik der ästhetischen Bildung, in: ders.: Studien zum deutschen Roman nach 1848. Duisburg 1977, S. 107-164.

Gerhard Kaiser: *Gottfried Keller. Das gedichtete Leben*. Frankfurt 1981. S. 12-249.

Karcic, Lucie : *Light and Darkness in Gottfried Kellers "Der grüne Heinrich"*. Bonn 1976.

Kern, Johannes P. : *Ludwig Tieck. Dichter einer Krise*. Heidelberg 1977. (=Poesie und Wirklichkeit 18).

Killy, Walter : Der Roman als romantisches Buch. Über Eichendorffs "Ahnung und Gegenwart", in: I, S. 136-154.

Kimpel, Dieter : Friedrich Hölderlin, "Hyperion" (1797/99), in: RER(1981), S. 75-97.

Köhler, Erich : Gattungssystem und Gesellschaftssystem, in: Romanistische Zeitschrift für Literaturgeschichte 1 (1977).

Köhn, Lothar : Entwicklungs- und Bildungsroman. Ein Forschungsbericht. Mit einem Nachtrang. Stuttgart 1969 (=Erweiterter Sonderdruck auf DVjs 42 〈1968〉).

Kolbe, Jürgen : *Goethes "Wahlverwandschaften" und der Roman des 19. Jahrhunderts*. Stuttgart 1968. (=Studien zur Poetik und Geschichte der Literatrur 7).

Krüger, Herm. Anders : Der neuere deutsche Bildungsroman, in: Westermanns

Monatschefte 51. Jahrgang, 101. Band, 1. Teil, 1906, S. 257-272.

Krumbiegel, Helga Esselborn: *Der "Held" im Roman. Formen des deutschen Entwicklungsromans im frühen 20. Jahrhundert.* Darmstadt 1983 (=Impulse der Forschung 39).

Kuhn, Hugo : *Gattungsprobleme der mittelhochdeutschen* Lieratur in: H. K.:Dichtung und Welt im Mittealter. Stuttgart 1959.

Kurscheidt, Georg : Der Schelmenroman, in: FdL S. 347-359.

Laufhütte, Hartmut : *Wirklichkeit und Kunst in Gottfried Kellers Roman "Der grüne Heinrich"*. Bonn 1969 (=Literatur und Wirklichkeit 6).

Lichtenstein, Ernst : Bildung, in: *Historisches Wörterbuch der Philosophie.* Hrsg. v. J. Ritter. Band Ⅰ. 1971. Sp. 921-937.

Lillyma, William J. : *Reality's Dark Dream. The narrative Fiction of Ludwig Tieck.* Berlin 1979.

Lindau, Marie-Ursula : *Stifters "Nachsommer". Studie zur didaktischen Struktur des Romans.* Wien 1977.

Linke, Wolfgang : Die Arbeit in den Bildungsromanen des poetischen Realismus. Diss. Erlangen 1952.

Litt, Theodor : *Das Bildungsideal der deutschen Klassik und die moderne Arbeitswelt.* Bochum 7. Aufl. o.J. (=Kamps pädagogische Taschenbücher 3).

Mähl, Hans Joachim : Novalis' Wilhelm Meister Studien des Jahres 1797, in: Meophilologus 47 (1963). S. 286 ff.

Mahr, Johannes : *Der Weg des Dichters in Novalis' Heinrich von Ofterdingen.* München 1970.

Marsch, Edgar : Gattungssystem und Gattungswandel. Die Gattungsfrage zwischen Strukturalismus und Literaturgeschichte, in: *Probleme der Literaturgeschichtsschreibung.* Hrsg. von Wolfgang Haubrichs. Göttingen 1979 (=Zeitschrift für Literaturwissenschaft und Linguistik. Beiheft 10). S. 104-123.

Martini, Fritz : Der Bildungsroman. Zur Geschichte des Wortes und der Theorie, in:DVjs 35 (1961), S. 44-63. Wiederabgedruckt in: F.M., Literarische Form und Geschichte. Aufsätze zur Fattungstheorie und Gattungsgeschichte von Sturm und Drang bis zum Erzählen heute, Stuttgart 1984.

May, Kurt : "Wilhelm Meisters Lehrjahre", ein Bildungsroman? In: DVjs 31 (1957). S. 1-37.

Mayer, Hans : Karl Immermanns "Epigonen", in: der.: Studien zur deutschen Literaturgeschichte. Berlin 1954 (=Neue Beiträge zur Literaturwissenschaft 2) S. 123-142.

Mayer, Gerhart : Wilhelm Meisters Lehrjahre. Gestaltbegriff und Werkstruktur, in: Goethe-Jahrbuch 92(1975). S. 140-164.

Mayer, Gerhart : Wilhelm Raabe und die Tradition des Bildungsromans, in: Jahrbuch der Raabe-Gesellschaft 1980, S. 97-124.

Mclnnes, Edward : Zwischen "Wilhelm Meister" und "Die Ritter vom Geist". Zur Auseinandersetzung zwischen Bildungsroman und Sozialroman im 19. Jahrhundert, in: DVjs 43 (1969). S. 487-514.

Meier, Hans : *Gottfried Kellers "Grüner Heinrich". Betrachtungen zum Roman des poetischen Realismus*. Zürich und München 1977.

Menae, Clemens : *Die Bildungsreform Wilhelm von Humboldts*. Hannover u. a. 1975. (=Das Bildungsproblem in der Geschichte der europäischen Erziehungsdenkens 13).

Menze, Clemens : *Wilhelm von Humboldts Lehre und Bild vom Menschen*. Ratingen(1965).

Meyer, Hermann : E. T. A. Hoffmanns "Lebensansichten des Kater Murr".in: ders.: *Das Zitat in der Erzählkunst. Zur Geschichte und Poetik des europäischen Romans*. Stuttgart 1961. S. 114-134.

Michelsen, Peter : *Laurence Sterne und der deutsche Roman des 18. Jahrhunderts*. Göttingen 1962. 2., durchges. Aufl. 1972 (=Palaestra 232).

Miles, David H. : The Picaso's Journey to the Confessional: The Changing Image of the Hero in the German Bildungsroman, in: PMLA89(1974). S. 980-992. (jetzt auch in: WdF "Der deutsche Bildungsroman").

Miles, David H. : Kafka's Hapless Pilgrims and Grass' Scurrilous Dwarf: Notes on Representative Figures in the Anti-Bildungsroman, in: Monatshefte 65, Nr. 4 (1973), s. 341-350.

Miller, Norbert : *Der empfindsame Erzähler. Untersuchungen an Romananfängen des* 18. Jahrhunderts. München 1968.

Morgenstern, Karl : Bruchstück einer den 12./24. Dec. 1810 in Dorpat im Hauptsaal der Kaiserl. Universität öffentlich gehaltenen Vorlesung über den Geist und Zusammenhang einer Reihe philosophischer Romane, in : Dörptische Beyträge für Freunde der Philosophie, Litteratur und Kunst. Hrsg. v. Karl Morgenstern. III. Band. Jahrgang 1816,

Erst Hälfte. Dorpat und Leipzig 1817. S. 180-195.

Mörtl, Hans " Dämonie und Theater in der Novelle "Der junge Tischlermeister". Zum Shakespeare-Erlebnis Ludwig Tiecks, in: Shakespeare-Jahrbuck 66 (1930). S. 145-159.

Müller, Joachim : Phasen der Bildungsidee in "Wilhelm Meister", in: Goethe Jahrbuch 24 (1962). S. 58-80.

Müller, Klaus-Detlef : Utopie und Bildungsroman. Strukturuntersuchungen zu Stifters "Nachsommer", in: ZfdPh 90 (1971), S. 199-228.

Müller, Klaus-Detlef : *Autobiographie und Roman. Studien zur literarischen Autobiographie der Goethezeit*. Tübingen 1976(=Studien zur deutschen Literatur 46).

Müller, Detlev K. : *Sozialstruktur und Schulsystem. Aspekte zum Strukturwandel des Schulwesens im 19. Jh.* Göttingen 1977. (=Studien zum Wandel von Gesellschaft u. Bildung im 19. Jh. 7).

Niggl, Günter : *Geschichte der deutschen Autobiographie im 18. Jahrhundert*. Stuttgart 1977.

Nothmann, Karl-Heinz : Erziehung und Werdegang des Kaufmanns I, Spiegel deutscher Romane des 19. Jahrhunderts. Diss. Hamburg 1970.

O'Boyle, Leonore : Klassische Bildung und soziale Struktur in Deutschland zwischen 1800 und 1848, in: HZ 207 (1968). S. 584-608.

Osawa, Mineo : Ich und Welt. Ein Versuch über den deutschen "Bildungsroman", in: Doitsu Bungako 18(1957). S. 49-57.

Osterkamp, Barbara : *Arbeit und Identität. Studien zur Erzählkunst des bürgerlichen Realismus*. Würzburg 1983 (=Epistemata Reihe Literaturwissenschaft 12).

Piechotta (Hrsg.), Hans Joachim : *Reise und Utopie. Zur Literatur der Spätaufklärung*. Frankfurt 1976 (=edition suhrkamp 766).

Preisendanz, Wolfgang : Keller, Der grüne Heinrich,. in: DR, Band 2, S. 76-127.

Profitlich, Ulrich : Risiken der Romanlektüre als Romanthema. Zu Jean Pauls "Titan", in: Leser und Lesen im 18. Jahrhundert. Heidelberg 1977 (=Beiträge zur Geschichte der Literatur und KUnst im 18. Jahrhundert 1). S. 76-82.

Pfotenhauer, Helmut : Aspekte der Modernität bei Novalis. Überlegungen zu Erzählformen des 19. Jahrhunderts, ausgehend von Hardenbergs "Heinrich von Ofterdingen", in: *Zur Modernität der Romantik*. Hrsg. v. Dieter Bausch. Stuttgart 1977

(=LS 8). S. 111-142.

Popp, Joseph : Weltanschauung und Hauptwerke des Freiherrn Adolph Knigge. Diss. Leipzig 1931.

Preuß, Ulrich : Bildung und Bürokratie. Sozialhistorische Bedingungen in der ersten Hälfte des 19. Jh.s, in: Der Staat 14 (1975). S. 371-396.

Rau, Peter : *Identitätserinnerungen und ästhetische Rekonstruktion. Studien zum Werk von Karl Philipp Moritz.* Frankfurt 1983 (=Literatur und Kommunikation 1).

Raubut, Franz / Ilse Schaarschnidt: Beiträge zur Geschichte des Bildungsbegriffs. Weinheim 1965.

Reinhard, Heinrich t: *Mörike und sein Roman "Maler Molten"*. Zürich und Leipzig 1930.

Requadt, Paul : Eichendorffs "Ahnung und Gegenwart "in: Der Deutschtunterricht 7 (1955). S. 79-92.

Ribbat, Ernst : *Ludwig Tieck.* Kronberg/Ts. 1978.

Richter, Wilhelm : *Der Wandel des Bildungsgedankens. Die Brüder von Humboldt, das Zeitalter der Bildung und die Gegenwart.* Berlin 1971.(=Historische und Pädagogische Studien 2).

Ringer, Fritz K. : Higher Education in Germany in the Nineteenth Century, in: Journal of Contemporary History 2(1967). S. 123-138.

Ringer, Fritz K. : *Education and Society in Modern Europe.* Bloomington, Ind. u. London 1979.

Röder, Gerda : *Glückliches Ende im deutschen Bildungsroman.* München 1968 (=Münchner Germanistische Beiträge 2).

Rohde, Richard : Jeans Pauls Titan. *Untersuchungen über Entstehung, Ideengehalt und Form des Romans.* Berlin 1920 (=Palaestra 105). Reprint Mew York 1967.

Rosen, Robert S. : *E. T. A. Hoffmanns "Kater Murr". Aufbauformen und Erzählsituationen.* Bonn 1970.

Rosenkranz, Karl : Einleitung über den Roman, in: ders.: Ästhetische und Poetische Mittheilungen. Magdeburg 1827. S. 3-40 (jetzt auch in :WdF "Der deutsche Bildungsroman). zum Hingergrund: Franz Rhöse: *Konflikt und Versöhnung. Untersuchungen zur Theorie des Romans von Hegel bis zum Naturalismus.* Stuttgart 1978.

Rehm, Walter : Roquairol. Eine Studie zur Geschichte des Bösen, in: ders.: Begegungen und Probleme. Studien zur deutschen Literaturgeschichte. Bern. 1957. S. 155-242.

Rumler, Fritz : Realistische Elemente in Immermanns "Epigonen". Diss. München 1964.

Ryan, Lawrence : *Hölderlins "Hyperion". Exzentrische Bahn und Dichterberuf.* Stuttgart 1965.

Sagmo, Ivar : *Bildungsroman und Geschichtsphilosophie. Eine Studie zu Goethes Roman "Wilhelm Meisters Lehrjahre"*. Bonn 1982 (=Abhandlungen zuf Kunste-, Musik- und Literaturwissenschaft Bande 318).

Saine, Thomas P. : Über Wilhelm Meisters "Bildung". in Lebendige Form. Interpretationen zur deutschen Literatur. Festschrift für Heinrich E. K. Henel. Hrsg. v. Jeffrey L. Sammons und Ernst Schürer. München 1970. S. 63-81.

Samuel, Richard : Novalis, Heinrich von Ofterdingen, in: DR, Band 1. S.289 ff.

Gert Sautermeister: Gottfried Keller, Der grüne Heinrich. Gesellschaftsroman, Seelendrama, Romankunst, in: RBR (1980) S. 80-123.

Scharfschwerdt, Jürgen : *Thomas Mann und der deutsche Bildungroman. Eine Untersuchung zu den Problemen einer literarischen Tradition.* Stuttgart 1967 (=Studien zur Poetik und Geschichte der Literatru 5).

Schäfer, Heide-Lore : Joseph von Eichendorffs "Ahnung und Gegenwart". Untersuchungen zum christlich-romantischen Gesinnungsroman. Diss. Freiburg 1872.

Schräder, Monika : *Mimesis und Poiesis. Studien zum Bildungsroman.* Berlin und New York 1975 (=Quellen und Forschungen zur Sprach- und Kulturgeschichte der germanischen Völker N. F. 65).

Schlaffer, Hannelore : Wilhelm Meister. *Das Ende der Kunst und die Wiederkehr des Mythos.* Stuttgart 1980.

Schrimpf, Hans Joachim : *Karl Philipp Moritz.* Stuttgart 1980 (=Sammlung Metzler 195) (mit ausführlichen Literaturangaben)

Schlechta, Karl : *Goethes Wilhelm Meister.* Frankfurt 1953.

Schlegel, Friedrich : Über Goethe's Meitster, in Athenäum. Eine Zeitschrift. Ersten Bandes zweites Stück. Berlin 1798. Reprint Frankfurt 1973. S.323-354.

Schöndorfer, Ulrich : Stifters Synthese humanistischer und realistischer Bildung, in: VASILO17 (1968), S. 13-18.

Schöll, Norbert : Der pikarische Held. Wiederaufleben einer literarischen Tradition seit 1945, in: *Tendenzen der deutschen Literatur seit 1945*. Hrsg. v. Thomas Koebner. Stuttgart 1971 (=Kröners Taschenausgabe 405), S. 302-321.

Schönert, Jörg : *Roman und Satire im 18. Jahrhundert. Ein Beitrag zur Poetik.* Stuttgart 1969. (=Germanistische Abhandlungen 27).

Schötz, Alfred : Gehalt und Form des Bildungsromans im 20. Jahrhundert. Diss. Erlangen 1950.

Schuller, Marianne : Das Gewitter findet nicht statt oder die Abdankung der Kunst. Zu Helga Esselborn-Krumbiegel: *Der "Held" im Roman. Formen des deutschen Entwichlungsromans im frühen 20. Jahrhundert.* Darmstadt 1983 (=Impulse der Forschung 39).

Schwarz, Egon : Joseph von Eichendorff: "Ahnung und Gegenwart" (1815), in: RER (1981). S. 302-324.

Selbmann, Rolf : *Theater im Roman. Studien zum Strukturwandel des deutschen Bildungsromans.* München 1981 (=Münchner Universitätsschriften 23).

Seidler, Herbert : Wandlungen des deutschen Bildungsromans im 19. Jh., in: WW11(1961). S. 148-162.

Sengle, Friedrich : Biedermeierzeit. *Deutsche Literatur im Spannungsfeld zwischen Restauration und Revolution 1815-1848.* Band II. Stuttgart 1972 [mehrfach, s. Register].

Singer, Herbert : Hoffmann: Kater Murr, in: DR Band I. S. 301-328.

Sochatzky, Klaus : *Das Neuhumanistische Gymnasium und die reinmenschliche Bildung. Zwei Schulreformversuche in ihrer weterreichenden Bedeutung.* Göttingen 1973. (=Studien zum Wandel von Gesellschaft und Bildung im 19. Jh. 6).

Sorg, Klaus-Dieter : *Gebrochene Teleologie. Studien zum Bildungsroman von Goethe bis Thoman Mann.* Heidelberg 1983 (=Beiträge zur neueren Literaturgeschichte 64).

Späth, Ute : *Gebrochene Identität. Stilistische Untersuchungen zum Parallelismus in E.T.A. Hoffmanns "Lebens-Ansichten des Kater Murr"*. Göppingen 1970.

Spies, Bernhard : Behauptete Synthesis. *Gottfried Kellers Roman "Der grüne Heinrich"*. Bonn 1978.

Stadelmann, Rudolf / Wolfram Fischer: *Die Bildungswelt des deutschen Handwerkers um 1800. Studien zur Soziologie des Kleinbürgertums im Zeitalter Goethes.* Berlin 1955.

Stadler, Ulrich : Novalis, "Heinrich von Ofterdingen" (1802), in: RER (1981). S. 141-162.

Stahl, Ernst Ludwig : Die religiöse und die humanitätsphilosophische Bildungsidee und die Entstehung des deutschen Bildungsromans im 18. Jahrhundert. Diss. Bern 1934.

Steinecke, Hartmut : *Romantheorie und Romankritik in Deutschland. Die Entwicklung des Gattungsverständnisses von der Scott-Rezeption bis zum programmatischen Realismus.* 2 Bände. Stuttgart 1975f.

Stierle (Hrsg.), Odo Marquardt/Karlheinz : *Identität.* München 1979. (=Poetik und Hermeneutik VIII).

Storck, Joachim W. : Das Ideal der klassischen Gesellschaft in "Wilhelm Meisters Lehrjahren", in: Versuche zu Goethe. Festschrift für Erich Heller. Hrsg. v. Volker Dürr und Geza von Molnar. Heidelberg 1976. S.212-234.

Stolz, Paula : Der Erziehungsroman als Träger des wechselnden Bildungside als in der 2. Hälfte des 18. Jahrhunderts. Diss. München 1925.

Swales, Martin : The Story and the Hero. A Study of Thomas Mann's "Der Zauberberg", in: DVjs 46 (1972), S. 359-376.

Swales, Martin : Unverwirklichte Totalität. Bemerkungen zum deutschen Bildungsroman, in: *Der deutsche Roman und seine historischen und politischen Bedingungen.* Hrsg. v. Wolfgang Paulsen. Berlin und München 1977. S. 90-106 (jetzt auch in: WdF "Der deutsche Bildungsroman).

Taraba, Wolfgang " Die Rolle der "Zeit" und des "Schichsals" in Eduard Siegbert S. Prawer: Mignons Genugtuung. Eine Studie über Mörikes "Maler Molten", in: I. S. 164-181.

Thomas, R. Hinton : The uses of Bildung, in: German Life and Letters 30 (1976-77). S. 177-186

Tiefenbacher, Herbert : *Textstrukturen des Entwicklungs- und Bildungsromans. Zur Handlungs- und Erzählstruktur ausgewählter Romane zwischen Naturalismus und Erstenm Weltkrieg.* Königstein 1982 (=Hochschulschriften Literaturwissenschaft 54).

Treffer, Günter : Studien zum Problem der Bildung in Thomas Manns Roman "Der Zauberberg". Diss. masch. Wien 1956.

Vaget, Hans Rudolf : Liebe und Grundeigentum in "Wilhelm Meisters Lehrjahren". Zur Physiognomie des Adels bei Goethe, in: *Legitimationskrisen des deutschen Adels 1200-1900. Hrsg.* v. Peter Uwe Hohendahl und Paul Michael Lützeler. Stuttgart 1979

(=LS 11). S. 137-157.

Voßkamp, Wilhelm : *Romantheorie in Deutschland. Von Martin Opitz bis Friedrich von Blanckenburg.* Stuttgart 1973.

Voßkamp, Wilhelm : Gattungen als literarisch-soziale Institutionen, in: Walter Hinck (Hrsg.): *Textsortenlehre- Gattungsgeschichte.* Heidelberg 1977(=medium Literatur 4). S. 27-44.

Wagner, Hans : Der englische Bildungsroman bis in die Zeit des ersten Weltkrieges. (Diss. Bern) Zürich 1951.

Walter, Babara : Der moderne deutsche Bildungsroman. Diss. Masch. Berlin 1948.

Weil, Hans : *Die Entstehung des deutschen Bildungsprinzips.* Bonn 1930. (=Schriften zur Philosophie und Soziologie IV).

Wendt, H. Jürgen Meyer: Eichensorffs "Ahnung und Gegenwart": "Eingetreues Bild jener gewitterschwülen Zeit"? in: Der Deutsche Roman und seine historischen und politischen Bedingungen. Hrsg. v. Wolfgang Paulsen. Bern und München 1977. S. 158-174.

Wiese, Benno von : *Karl Immermann. Sein Werk und sein Leben.* Bad Homburg 1969.

Wild, Reiner : *Literatur im Prozeß der Zivilisation. Entwurf einer theoretischen Grundlegung der Literaturwissenschaft.* Stuttgart 1982. Bes. S. 75-78.

Windfuhr, Manfred : *Immermanns erzählerisches Werk. Zur Situation des Romans in der Restaurationszeit.* Gießen 1957 (=Gießener Beiträge zur deutschen Philologie N.F. Band 14).

Wittich, Werner : Der soziale Gehalt in Goethes Roman "Wilhelm Meisters Lehrjahre", in: Hauptprobleme der Soziologie. Erinnerungsgabe für Max Weber. II. Band. München und Leipzig 1923. S. 277-306.

Wölfel, Kurt : Friedrich von Blanckenburgs "Versuch über dem Roman", in: *Deutsche Romantheorien.* Hrsg. von Reinhold Grimm. Band 1. Frankfurt 1974. S. 29-60.

Worthmann, Joachim : *Probleme des Zeitromans. Studien zur Geschichte des deutschen Romans im 19. Jahrhundert.* Heidelberg 1974. (=Probleme der Dichtung 13).

Wundt, Max : Goethes *Wilgelm Meister und die Entwicklung des modernen Lebensideals.* Berlin und Leipzig 1913.

Wuthenow, Ralph-Rainer : *Das erinnerte Ich. Europäische Autobiographie und Selbstdarstellung im 18. Jahrhundert.* München 1974.

찾아보기

(ㄱ)

(ㄴ)

(ㅁ)

(ㅂ)

(ㅇ)

(ㅈ)

(ㅊ)

(ㅎ)